時代小説　ザ・ベスト2020

日本文藝家協会 編

集英社文庫

目次

本文デザイン／桐野太志（Balcony）

時代小説
ザ・ベスト
2020

日本文藝家協会 編

編纂委員

川村　湊
雨宮由希夫
伊藤氏貴
植松三十里
末國善己
縄田一男

太郎庵より

奥山景布子

【作者のことば】

拙著既刊『葵《あおい》の残葉』（文春文庫）の周辺には「未収録エピソード」とでも言うべきプロットがたくさんあります。

中でも思い入れの深い、尾張徳川家の隠密《おんみつ》、お慶（『葵の残葉』中で、もとは「けい」だったのを、慶勝《よしかつ》から「慶」の字を賜ってこの名になりました）の「その後の物語」が本作です。

「太郎庵」の名を持つ椿《つばき》は、今も毎年、熱田《あつた》神宮で美しい花を咲かせています。

奥山景布子（おくやま・きょうこ）　昭和四十一年　愛知県生

「平家蟹異聞」（『源平六花撰』所収）にて
第八十七回オール讀物新人賞受賞
『葵の残葉』にて第三十七回新田次郎文学賞を受賞
近著――『音四郎稽古屋手控　音わざ吹き寄せ』（文藝春秋）

——ああ。きれいだこと。

空の青と森の緑に、そろそろ花時の終わる椿《つばき》が彩りを添えている。

明治十一年（一八七八）四月。

慶《けい》は久しぶりに、熱田《あつた》の社《やしろ》を参拝にきていた。

——何年ぶりだろう。

確かあれは、お城の金鯱《きんこ》が東京へと運ばれた頃だった。湯島《ゆしま》の博覧会の前の年だったはずだから、明治四年、七年前だ。

あの時は漠然とだが、もう二度と尾張《おわり》へ来ることはないだろうと思っていた。武士の身分がなくなった世で、東京にいる老いた父と二人、これからどうやって暮らそうかと考えながら、金鯱の後を追うように、ここを発《た》っていったのだった。

——まさか、こんな形で戻ってくることになろうとは。

父が亡くなって天涯孤独の身の上となった慶は、その後しばらく東京の写真館で女中奉公をしていた。そこを辞める時が来たら、どこか尼にしてくれる寺を探そうと思っていた。

今、慶が身を寄せているのは、熱田の社近くに住まいする妙春尼《みょうしゅんに》の庵《いおり》である。ただ、ここに世話になることになったのは、出家の志のためではなかった。

——小田《おだ》さま……どんなお方だろう。

小田光太郎《こうたろう》。慶の、見合いの相手である。

この縁組みがまとまれば、慶は小田の妻として、蝦夷地《えぞち》——今は北海道と新しい名がついている——へ渡ることになる。

現在、尾張徳川《とくがわ》家の旧藩士たちを中心に、北海道開拓、入植の企てが進められている。禄《ろく》を失った士族の生計《たつき》の途《みち》として、ということらしい。

慶は、女ながらにこの開拓団に志願した。すると、旧主である尾張徳川家の当主、慶勝《よしかつ》公より直々に、「志は健気《けなげ》であるが、女子《おなご》を独り身では行かせられぬ。誰か適切な者との縁組みを」との沙汰があった。

併せて、開拓を主導している人々の間から、入植にあたっては、男子もできるだけ独り身でない方が良いのではという意見もでたようで、慶の他にも、開拓団に加わることを前提にした見合いに臨む、士族の女子がいるようだ。

妙春尼は、自分の庵をそうした女子の拠《よ》り所に提供し、すでに何組かの縁がまとまるのを見届けているという。

「ただ今戻りました」

庵へ戻ると、妙春尼が出かけようとしていた。

「ああ、お慶さん。ちょうどよろしうございました。今お茶室のしつらいを考えていまして。いっしょに八剣宮《はっけんぐう》さまへ行ってくれますか」

「はい」

八剣宮は熱田宮の別宮で、境内の南にある。

参道の入り口近くにある、青々と葉を繁《しげ》らせた椿の大木のそばまで行くと、尼は枝々を丁寧にかき分け、薄紅色の花のつき具合を調べていく。

「もうそろそろ今年の花はおしまいなので、本来は茶席にふさわしくないのかもしれませんが……。来年の花を予感させてくれる一輪にしたいと思って」

「来年の花、でございますか」

「ええ。明日はぜひ、そんな趣向で。……お慶さんの行く末が見えるように」

――庵主《あんじゅ》さま。

明日は、小田がここへ訪ねてくることになっている。

「だいじょうぶかしら」

ふと漏らしてしまった独り言を、尼が引き取ってくれた。

「だいじょうぶですよ。殿の志に応えようというお方です。きっと良い方でしょう」

「ええ。でも」

慶は初婚になるが、もう歳《とし》は三十を越えている。一方の小田は妻と離縁し、今は八歳になる男子と二人、熱田から一里ほど北にある御器所《ごきそ》村で暮らすと聞く。

――気に入ってくださるだろうか。

東京の尾張徳川家の屋敷で開拓の計画を聞き、これを宿命と志願して、ここまで来た。

思いも及ばぬ北の地へ向かう覚悟はじゅうぶんしてきたつもりだが、だんだんと、そのための条件である「誰かの妻になること」の方が、むしろよほど難しく、覚悟のいることだという気がしてきた。

花嫁修業をして、どこからか縁組みの舞い込むのを待つ——普通の武家の子女ならば当たり前の、そうした娘時代を過ごさなかった自分の生い立ちを、慶は改めて不安に思うようになっていた。

——そういえば、庵主さまは。

いつから、どうして、尼になったのだろう。

おそらく自分と同じほど、もしかすると自分より若いかもしれぬ。落ち着いた物腰、身についた勤行《ごんぎょう》の様子からすると、何らかの事情でごく幼い頃に仏門に入った人であろうかと、慶は察していた。

穏やかに、祈る暮らし。もしあの時、開拓団のことを聞かなければ、今もそちらの途を探していたかもしれない。

「お慶さん、これ、どうかしら」

尼が示した一枝には、ふっくらとした薄紅色のつぼみが一つと、厚みのあるつやつやとした葉が一枚、ついていた。

「まあ、きれい」

「じゃあ、これにしましょう。ここにはさみを入れてくださいな」

この椿は太郎庵《たろうあん》という名を持つ由緒ある木で、むやみに切ることは許されていない。妙春尼の属する寺ゆえの特権である。

慶は慎重にはさみに力を込めた。ささやかな一枝が尼の手の上に落ちた。

「さあ、これで良い明日が迎えられましょう」


翌日の午後、羽織袴《はおりはかま》姿の男が二人と、男の子が一人、庵を目指してやってきた。表向きは妙春尼の茶会に招かれた体《てい》で、慶はその手伝いをするお半東《はんとう》としてお目見えすることになっている。

水屋からは、露地を歩く三人の姿を見ることができる。慶には三人とも初対面になるが、大人二人のうちのどちらが小田なのかはすぐに見て取れた。もう一人が片眼《かため》を覆っていたからだ。

――角田《つのだ》さまの弟さま。

開拓団の責任者の一人である角田弘業《ひろなり》の弟に、隻眼の歌人として知られる弟彦《おとひこ》がいて、こたびの計画に加わる予定であることは、すでに聞かされていた。弟彦はご一新後、旧藩士のうちでもっとも早く農業を始めた一人であるという。小田は今、弟彦のもとで農業の手ほどきを受けているということだった。

「さ、始めましょう。お作法、あまりこだわらなくていいですよ」

男の子を間にはさんで、三人の客が並ぶ。尼は体の横に手をすっと伸ばしてお辞儀をすると、炉の前に座った。尾張独特の茶道の流儀、松尾流《まつお》のお辞儀である。慶が教わっていたのは表千家《おもてせんけ》だが、松尾流はもともと表千家から出たものなので、作法の違いは動きに困るほどではなかった。

慶は干菓子の入った盆を手に中へ入り、弟彦の前に差し出した。

「お菓子……」

葉の形をした麦落雁《らくがん》を見て、男の子が目を丸くして小さく叫んだ。小田が「これ」と窘《たしな》めた。

「庵主さま、申し訳ありません。なかなか、甘い物を与える機会などないものですから」

「良いのですよ。こちらとて、ちゃんとしたお砂糖を使った菓子は貴重で、なんだかうきうきしてしまうのです。ご時世ですもの」

身分を失った武士の暮らしは厳しい。大人たちがうなずき合って、かえって庵の空気が解《ほど》けた。尼の暮らしも同じく質素で倹《つま》しいことは、慶もよく知っている。

「皆さま、お元気でしょうか。角田さまや吉田《よしだ》さまは……」

尼と弟彦が、互いの知己の噂《うわさ》話を始めた。弟彦の兄、弘業や、開拓団の筆頭責任者、吉田知行《ともゆき》、何より、尾張家の当主である慶勝の名に、慶は懐かしさを覚えたが、口を挟むことはしなかった。

……入江《いりえ》の娘であったことは、秘しておれ。

こたびの縁組みにあたり、長谷川惣蔵《はせがわそうぞう》から言われたことだ。

小田に伝えられている慶の出自は、「長谷川の養女で、実は旧尾張藩士故沢田庫之進《さわだくらのしん》の妾腹《しょうふく》の娘」となっている。長谷川も沢田も、慶勝が尾張の家督を継ぐ前からの側近だった。

――出自。

自分が本当は誰なのか。慶にそれを知る術《すべ》はない。

釜がしゅんしゅんと音を立てて沸き始めた。尼が無駄のない動きで柄杓《ひしゃく》を取り上げ、水を注《さ》す。

湯音の静まるのを聞きながら、慶は遥《はる》か昔、慶勝に拾われた頃のことを思い出した。

慶は産みの親を知らない。

物心ついた時には、他の大勢の子どもたちといっしょに、角兵衛獅子《かくべえじし》の一座にいた。親方の折檻《せっかん》におびえながら踊りと軽業《かるわざ》を覚え、必死で客の投げ銭を集めて歩いていた。

あるとき、市ケ谷八幡《いちがやはちまん》でやはり芸を披露していたとき、慶は親方の隙を突いて盗みを働いた。露店の店先から団子を一串取って、走って逃げたのだ。

身軽とはいえ所詮子どもの足、団子を口に運ぶ暇もなく大人たちにつかまった慶は、親方から割竹で体中を打《ぶ》たれた。

――あの時、御前がいなければ。

自分はあれから、どうなっていただろう。行く先は、見世物小屋か女郎屋か。いずれにせよ、泥水を啜《すす》るような思いをしていたに違いない。

たまたま微行《びこう》でその場に居合わせた慶勝が、なんの気まぐれか、親方に金を渡して慶を引き取ってくれた。まだ尾張を継ぐ前、支藩である高須松平《たかすまつだいら》家の次男として江戸に暮らしていた頃で、そのとき供をしていたのが、長谷川だった。

当時の慶はむろん知らぬことだが、若い頃の慶勝には、何度となく本家である尾張徳川家を相続する話が持ち上がっては消えていたのだそうだ。慶が拾われたのは、もうすっかりその話はないものと慶勝も周りも諦めかけていた頃だったらしい。

ところが、それから半年ほどして、慶勝の尾張入りが急遽《きゆうきよ》実現した。先代の当主の、突然の死によるものだった。

それを機に、慶は入江家の養女となった。

……お土居《どい》衆であったことは、言わぬように。

名古屋《なごや》城の三之丸北の長屋に代々住まう、御側《おそば》組同心のことだ。十八の家からなるこの同心は名古屋城の警固《けいご》が本務だが、その性格上、当主や重役たちの陰の者として、表には出せぬつとめを負うこともある。

それぞれの家は、いつでも無理なく市井に紛れ込めるよう、何らかの技芸を継承しており、慶が引き取られた入江家は、音曲《おんぎよく》を得意としていた。慶は幼い頃から三味線《しやみせん》や唄を仕込まれ、長じてからはその腕を生かし、寄席《よせ》や廓《くるわ》に出入りしては、様々のご用をつとめていた。

しかし、もはやそれも遠い来《こ》し方になった。

開拓団に加わりたいという慶を、慶勝は「働き口をというなら、名古屋にできた織工場へ行く途もある。よく考えよ」と諭したが、気持ちは変わらなかった。

――生き直したい。新しい土地で。

慶勝から「そなたはもうお土居の者ではないのだから、何か生計の途を探すように」と言われた時から、ずっと考えてきたことだった。

「お続き、いかがですか」

尼が茶のおかわりを勧めた。

「お菓子も食べていいの？」

男の子の目が輝いた。

「これ、直太朗《なおたろう》」

「いいんですよ。じゃ、お点前《てまえ》をお慶さんと代わりましょう」

小田が決まり悪そうにこちらを見た。誠実そうな、日に焼けた皺《しわ》がちな目が父子そっくりで、慶は思わず微笑《ほほえ》むと、小田の頰も少し緩んだ。茶の入った碗《わん》を手にした直太朗が、慶に向かって「いただきます」と挨拶をする。

――つとめてみよう。

妻にも、母にも、なれるように。

翌日、「今後のことは、開拓団の出立《しゅったつ》の日時なども勘案した上で知らせるから」と弟彦から知らせがあり、暗黙の内に見合いは成立したようである。

もとより慶は、よほどのことがない限り、自分から断るなどということは考えていなかったから、覚悟を新たにするばかりだった。

尼は尼で、さして自分と歳も変わらぬ慶に対して、娘か妹でも嫁にやるように思ってくれているらしい。「他のものはともかく、せめて着るものだけは。寒い土地だそうですし」と、なにくれと気遣ってくれるのはありがたかった。

「お慶さん。小田さんがおいでになったわ」

見合いから五日ほど経《た》った日の昼過ぎ、今度は小田が一人で庵を訪ねてきた。

——なんだろう。

その目に、いくらか思い詰めた色があるように見えて、慶は戸惑った。

もしや、やはりこの縁はなかったことにとでも言われるのだろうか。

「直太朗さんは今日は？」

「留守番を言いつけて参りました」

そう言ったきり、小田は黙ってしまい、用件を切り出してこない。

ちっちちっ、ちっちちっ。笹鳴《ささな》きを繰り返すウグイスの声だけが小さく響く。

「私、座を外しましょう」

そう言って立ち上がりかけた尼を、小田は引き留めた。

「いえ。庵主さまもぜひ、某《それがし》の話を聞いてください。角田殿には口止めされていたのですが、これを隠したまま、お慶殿を妻にすることはできません」

座り直す小田を見つめながら、慶は己の心の臓が音を立てるのを感じた。

次の言葉を待つ。

「お二人は、青松葉《あおまつば》をご存じですか」

どう答えれば良い。慶は助けを求めて、尼の方を見た。

尾張徳川家に仕えていた者なら、知らぬと言えば嘘《うそ》になる。ただ、決して口にしてはならぬことと、誰もが胸底深く沈めている一件だ。

隣で、尼がゆっくりと息を吐くのが分かる。

「知らぬとは申しませんが……なぜ今その話を」

青松葉。慶応《けいおう》四年（一八六八）一月二十日に名古屋城で起こった、家臣粛清事件である。

本来なら将軍家を支えるはずの御三家、しかもその筆頭の尾張だったが、当時、藩政の舵《かじ》を握っていた慶勝は、むしろいち早く勤王の方針を打ち出し、尾張だけでなく、徳川が一門で新体制に与《くみ》し、薩長《さつちょう》と連携しうる途を探った。

ところが、その調整の最中に鳥羽伏見《とばふしみ》の戦いが起き、将軍徳川慶喜《よしのぶ》は京都守護職の松平容保《かたもり》、京都所司代の松平定敬《さだあき》を連れて、軍艦開陽丸《かいようまる》で江戸へ逃亡してしまった。

容保と定敬とは、慶勝にとって父を同じうする弟だ。三人とも、もとは美濃《みの》高須松平家の生まれで、いずれも養子として、尾張、会津《あいづ》、桑名《くわな》へ入った者である。また慶喜も、血筋で言えば母方のいとこにあたる。

このことで、尾張は窮地に陥った。公家《くげ》や薩長の者たちから向けられた「尾張は信頼できぬ」「実はやはり幕府方と通じているのであろう」との疑いを、何らかの形で拭い去る必要に迫られた。

そのために行われたのが、家中における粛清だった。幕府方に近しいと判断された重役、渡辺新左衛門《わたなべしんざえもん》、榊原勘解由《さかきばらかげゆ》らをはじめとする十四名が斬首された他、家名断絶、永蟄居《えいちっきょ》など、処分の憂き目に遭った者は、総勢三十四名にのぼる。最初に処刑された渡辺の家の通称から、この一件は誰言うともなく青松葉と呼ばれるようになった。

悲劇などという言葉では到底語れぬ闇を抱えて、尾張徳川家はご一新を迎えたのだ。

——小田さまは、いったい何を。

慶は身構えた。

「……実は某、あの折、討手《うって》の一人をつとめておりました」

小田が絞り出すような声で言った。

——討手。

「〝御三家たるもの、幕府方と最後まで運命を共にするべきだ〟。ただその思いを持っていたというだけで、他には何の咎《とが》もないはずの朋輩《ほうばい》の首を、某は、この手で斬ったのです」

袴の膝の上で、骨張った拳が震えている。

「今も、あの折の夢を見ます。主命とは言え、ああした形で人を斬ったこの身が、直太朗をまっとうに成長させられるだろうかと思うと、眠れぬことも多い。先の妻と離縁することになったのも、実は妻の縁続きに、あの折の処分者がいたことが理由でした」

畳の上に、滴がぽとりと落ちたのが見えた。

「秘しておけと、吉田さまからも、角田殿からも言われました。某と同じく討手だった者には、その後自殺したり、行き方知れずになっている者もいて、祟《たた》りの噂なども密《ひそ》かに流れています。中には、なぜあんなことをせねばならなかったのか、本当に必要な処分だったのかと、殿のご判断に疑問を持つ者もある」

いえ、それは……思わずそう言いそうになって、慌てて口を閉じる。

慶はあの折、京からの道中、垂井《たるい》の宿にいた慶勝に命じられて、一足先に名古屋城下へ入った。

その後清洲《きよす》へ入った慶勝のもとに立ち戻り、城下の様子、とりわけ、渡辺、榊原の家の、日頃と変わるところのなさそうな様子を伝えた折の、慶勝の苦しげな表情を、慶は忘れることができない。

お土居衆の役目はあくまで手足だから、その時慶勝が何を考えていたのかまでは、慶は知らない。知っているのは、夕刻に参上した家老の成瀬《なるせ》を相手に、翌朝、空が白み始めるまで、座敷で何やら書面をにらみながら、ずっとひそひそと談合していた慶勝の気配だけである。

「あの闇を払拭するためにも、新天地で開拓を成功させるのが今の使命だと諭されました。それは、分かっているつもりです。しかし、こんな大事を隠したまま夫婦《めおと》となって、新たな土地へ共に向かうかと思うと……」

小田は改めて慶に向き直った。

「某は、幽霊だの、祟りだの、信じてはおりません。ですが、開拓、入植の困難は、きっと並大抵のことではないでしょう。その苦労を聞いた人はきっと、祟りだ、報いだと後ろ指を指すに違いない。某は覚悟の上です。しかし、あなたにそれを打ち明けずにこの縁談を進めるのは卑怯《ひきょう》だと」

小田は改めて頭を下げた。

「どうか、もし破談にというなら、してもらって構いません。失礼する」

そう言い捨てて出て行く小田の背を尼が追っていったが、慶の方はその場に縛り付けられたように動けなくなっていた。

――誠実なお方なのだ。

打ち明けられた事実は重い。

斬首に遭った者が十四名いるということは、同じ数だけ、それを行った者がいるということだ。

聞かされてみれば当たり前のことなのに、慶はこれまで、考えてみたこともなかった。

しかもその一人が、自分の縁組みの相手であるとは。

……何の咎もないはずの朋輩の首を。

さりとて、小田が青松葉の粛清において討手の一人であったことは、縁組みを断る理由にはならない。

むしろ慶に大きな迷いをもたらしたのは、小田が事実を誠実に打ち明けてきたことの方だった。

——自分も、打ち明けるべきなのだろうか。

お土居衆であったことを。

つとめのため、お家のためと思ってしてきたことを。

慶は、己の来し方を思いおこして、今改めて途方に暮れていた。


ご一新直前の数年間、慶はかなりの時を京で過ごした。

元治《げんじ》元年（一八六四）七月に、禁門の変が起きた。

薩摩《さつま》が会津と組んで、あるいは会津を利用して長州《ちようしゆう》を京から閉め出した——というのがこの一件についての大方の見方だ。当時帝《みかど》の位にあった孝明《こうめい》天皇が、何かと過激な長州のやり口を嫌っていたことも、背景にある。

閉め出された長州がもちろん黙っているはずがないことは、薩摩も会津も分かっていたので、長州を「朝敵」と名指しして征討せよとの命令が、やがて朝廷から幕府へと出された。

この幕府軍の総督を要請されたのが、慶勝だった。

慶は京で、尾張が諸方面と内密に連絡を取るための手足となって働いていた。会津や薩摩の者たちとさりげなく知り合い、表に出せぬ書状のやりとりや、内密の会談の場をしつらえるには、三味線が弾けて、酒席に出られる女であることが、大きな意味を持った。

ただ、この時、慶勝が西郷隆盛《さいごうたかもり》らの尽力も得てとりまとめた長州への寛大な処分は、弟の容保らをはじめとする強硬派には受け入れられなかった。当初慶勝の策に賛同していたはずの慶喜──当時は禁裏御守衛総督の地位にあった──も、途中から調整役としてのつとめを放棄してしまい、挙げ句の果てに手のひらを返したように慶勝を無能呼ばわりしたので、結局慶勝はそれを機に、いったん中央政局からは身を退《ひ》く形になった。

「芋に酔うたのであろう」──かような言葉で慶喜が、慶勝は西郷に良いように動かされたと揶揄《やゆ》していたと聞いて、慶勝の側近たちはみな、慶喜への不信感を強くしたのだと、慶は後に、長谷川から聞かされた。

この一件のあと、慶勝は慶応三年まで、ほぼ国許《くにもと》の尾張で時を過ごし、内政に専心していた。

とはいえ、尾張がまったく京の動きに関知しないというわけにはいかず、重役たちが代わる代わる、京の尾張屋敷に詰めており、慶も引き続き、京でのつとめを続けていた。

──あれは本当に、本当にうかつだった。

取り返しようのない悔いは、慶の胸中深くに今も重く沈んでいる。

その頃、慶は西洞院川《にしのとういんがわ》の西側にある、愛宕《あたご》社の近くに仮住まいしていた。尾張の家老である成瀬の京屋敷の近くだった。

前年、七月に将軍家茂《いえもち》が、十二月には孝明天皇が亡くなっていた。尾張ではしきりに薩摩と連絡を取り合っていたようだ。今思えば、慶勝がいつ上洛《じょうらく》すべきか、その時機を計っていたのだろう。

その日も、愛宕社に長谷川からの指図が届いていた。指示された店へ出向き、お座敷をつとめて書状を受け取り、長谷川の宿所へ持参しなくてはならない。

三味線を入れた長袋を抱えて、慶は木屋町《きやまち》通りを目指して歩き出した。

「ようどこへ行くんだ」

聞き慣れた声がした。

「あら……」

新撰組《しんせんぐみ》の伊木八郎《いきはちろう》である。

まずい人に出会ってしまった。

「今日もお座敷かい」

「え、ええ」

「忙しそうだな。なかなか会えないじゃないか」

「ごめんなさい、そのうちに」

禁門の変で京市中一帯が火事になった折、逃げようとした慶は、焼け落ちてきた建物の下敷きになり、身動きが取れなくなった。どうあがいても重い瓦や土壁から逃れられそうになく、痛みで声も出ない。逃げ惑う人々は誰一人、倒れている慶に気づいてくれず、死も覚悟したその時、手を差し伸べてくれたのが伊木であった。

伊木は手際よく瓦礫《がれき》を取り除いて、慶を助け起こしてくれた。歩けなくなっていた慶を背負い、笹屋《ささや》という小さな宿に連れて行き、けがの手当もしてくれた。

——あの時、すぐに出てくるのだった。

けがが治るまで逗留《とうりゅう》したら良いという言葉に甘えてしまったのが、そもそもの間違いだった。慶はそのまま、笹屋で伊木と男女の仲になってしまった。

けがが治り、お土居のつとめに戻ってからも、慶は時折、人目を忍んで笹屋で伊木との逢瀬《おうせ》を続けていた。

お役目を考えれば、新撰組の一人と恋仲になるなど、あってはならぬことだ。

ただ、尾張や江戸とは何かと習慣の違う京の町でのつとめは、慶にとって気の張ることばかりだった。同じ唄でも三味線の手が違ったりもし、「お江戸の姐《ねえ》さんの手では唄えまへんなぁ」などと、お座敷で芸妓《げいぎ》から嫌がらせをされることもあった。ささいなことと言えば言えたが、表の身分を取り繕うために、ここまで面倒な思いをすることは、江戸や尾張ではあり得ないことだった。

今思えば、けがをした心細さを言い訳に、胸の内に色恋をつけ込ませる、隙ができてしまっていたのだろう。

伊木の腕の中で、この人は自分の命を救ってくれた男だと改めて思い返すのは、どうしようもなく甘美な時間だった。お土居のつとめなどもう忘れて、ただの女になりたいという気持ちが、ふと胸のうちに頭をもたげてくることもあった。

――それは、許されない。

許されるはずがない。

「送ってやるよ。今日は非番だから、おまえの顔が見たいと思ってたんだ」

伊木は慶の耳元で「抱けねぇのは残念だが」と囁《ささや》くと、当たり前のように慶の脇を歩き始めた。

――どうしよう。

だから、早く別れてしまえば良かったのに。

初めから、踏み込んではいけない恋だ。身に染みるほど分かっていたはずなのに。

「……店だ？」

「え」

「だから、どこの店へ行くんだって聞いてるんだ。どうしたんだよ、ぼんやりして。何かあったのか」

「木屋町よ。加納《かのう》のお座敷」

慶はつとめてさりげなく、料理屋の名を告げた。

「そうか。客は誰なんだ」

「さあ、知らないわ。お金さえもらえれば、私みたいな三味線弾きには、客が誰だろうと同じだもの」

素っ気なく言ってしまったが、あとから思えば、それも間違いだったかもしれない。

「ふん。女ってのは気楽でいいな」

伊木が肩をそびやかした。

「男はそうはいかないからな。おれは、絶対に平士《へいし》のままじゃ終わりたくないんだ。長州討伐でも何でも良い、もう一度、大きないくさがあるといいんだが。とにかく手柄がほしい」

伊木の近頃の口癖はこれだった。知り合った頃は、もう少し世直しだのなんだのと志めいた言葉で行く末を語る人だったのに、いつの間にか、手柄と金のことしか口にしないようになった。

——だから、別れなきゃ。

加納の前まで来ると、慶は「ほな、おおきに」とわざとらしい上方《かみがた》言葉を使って、伊木に背を向けた。

「ああ。ま、せいぜい稼ぐんだな」

伊木は店の二階にちらっと目をやると、その場を離れて行った。

招き入れられた座敷では、商家の旦那風の男が三人、芸妓に酌をさせていた。

「まあ、お三味線の姐さん来てくれはったわ。旦はん、唄《うと》うてくれはりますか」

求めに応じて三味線を弾く。一時《とき》ほどするとお開きになり、慶に袱紗《ふくさ》包みが渡された。

「おおきに」

祝儀といっしょに、書状が入っている気配がある。今度はそれを、長谷川のもとへと持って行く。

加納で借りた提灯《ちょうちん》を手に、高瀬川《たかせがわ》沿いをまっすぐ、足を急がせていたときだった。

「おい。その懐に入っているの、なんだ。祝儀だけじゃないだろう」

袖が摑《つか》まれると同時に伊木の声がして、慶は思わず総毛立った。

「前から気になっていたんだ。お慶、おまえ、ただの三味線芸者じゃないな。どこかの隠《おん》密《みつ》だろう」

動揺してはいけない。やり過ごさなければ。

身分を偽ることは、慣れているはずだったのに。

「隠したって無駄だ。おまえが何度か、尾張のご重役らしき旦那と会うのを、おれは見てるんだ。どう見ても、以前、会津の屋敷へ訪ねてきたのと同じ御仁《ごじん》だったぜ」

いつから疑われていたのだろう。気づかなかったとは、あまりにもうかつだった。

「知りませんよ」

「そうつれないこと言うなよ。もうかれこれ三年近く、何度も同じ布団で汗かいた仲じゃないか」

下卑た伊木の言葉遣いに、慶は耳を塞ぎたくなった。

――こんな人だったのだろうか。

「それにおれはおまえの命の恩人だろう？　金なり手柄なり、お膳立てしてもらっても、罰は当たらないと思うが」

どうすれば良い。考えているゆとりはなかった。

「分かったわ。ここでは話ができないから、ちょっと下へおりましょう。その手、離してちょうだいな」

慶は伊木の手をなんとか振りほどくと、橋の下へ降りていきながら、提灯を消した。姿の見えぬ柳が、葉ずれの音をさせている。

三味線の長袋の柄のあたりを素早くまさぐって、慶は息を深く吸った。

——こんな人だったのだ。この男は。

きょろきょろと辺りを見回す伊木の影が、一瞬雲間から顔を出した月明かりで、ぼんやりと浮かび上がった。

迷っている時ではない。慶は伊木の懐をめがけて身を躍らせた。

「おまえ……」

嗅ぎ慣れた鬢付《びんつ》け油の匂い。その懐で、あやされるように過ごした夜々のことは、もう二度と思い出してはならない。慶は小刀を握る手に力を込めた。

長袋からこっそりと抜いた小刀は、江戸を発つとき、養父の入江から「もしもの時は使え」と与えられたものだ。「封じるべきが相手の口か己の口かは、よく考えよ」との言葉とともに。

「よう、お二人さん、見せつけてくれるねぇ」

思いがけぬ声にぎょっとすると、舟の行く波音がした。行き過ぎる舟の上からは、柳の下で恋仲の男女が抱き合っているように見えたらしい。

「うう……」

伊木のうめきが耳のうちへ重く流れ込む。慶は手にさらに力を込め、伊木の体のうちをえぐった。

どこの茶屋からか、三味線の音が聞こえてくる。左手の親指の付け根に、鋭い痛みが走った。

夢中で握ったあまり、刃の根元に指をかけてしまったらしい。思わず悲鳴を漏らしそうになったのを、ぐっと呑《の》み込む。

――声を上げてはいけない。

人目につかぬよう、ここから立ち去る。

今からしなければならないのは、ただそれだけだ。

自分にそう言い聞かせながら、慶は痛みと、腕に滴る血の生温《なまぬる》さに耐え、伊木の体を柳の根元におろした。

手ぬぐいでぐるぐる巻きにした左手を袖の中に隠し、闇を伝うようにして小路を抜ける。

大通りへ出た慶は、月明かりを頼りに、どうにか長谷川の宿所まで辿《たど》り着いた。

裏木戸から庭伝いに離れ座敷の前まで行くと、襖《ふすま》がすっと開いた。

「遅かったではないか。案じていたぞ」

「申し訳ございませぬ」

帯の間にしまっておいた書状を差し出すと、長谷川は行灯《あんどん》に近付き、目を忙しく走らせた。

「やはり、岩倉《いわくら》はかようなことを。まったく、油断のならぬ奴《やつ》だ。そうそう薩摩の思うようにばかりはさせぬぞ」

ご苦労だったと呟《つぶや》いた長谷川は、書状から慶の方へ目を移すと、「待て」と声をかけてきた。

「そなた、その袖の汚れは、血ではないか。けがをしたのか。何があった。まさか」

「酔っ払いの浪人に絡まれまして。ふりほどこうとしましたら、刀を抜いてきましたので、相応にあしらったつもりでしたが、いささか不覚をとりました」

「ただの酔っ払いか。そなたの素性を探っての所行ではあるまいな」

「さようなことはないと存じます。ただの粗暴な浪人かと」

そう。あれはただの浪人だ。それだけだ。

「ならばよいが。こちらで傷の手当をさせよう」

「いいえ。大したことはございませぬ。住まいへ戻れば、持参の薬もございますので」

長谷川の心遣いはありがたいが、今は一刻も早く一人になりたかった。

「無理するでないぞ。ご苦労だった。しばらく、大事を取って他の者と交替せよ」

黙礼して、そっと背を向けて去った。

あの夜のことは決して、慶の記憶から消えることはない。親指の付け根の傷跡とともに。月から目を背けてうつむき、震える総身を己の腕で抱えるようにして歩いた、京の町。ご一新、ご一新と、世の仕組みは変わり、慶は身分も仕事も変わった。さりとて、罪の記憶まで新しくなるわけではない。立場は違えど、小田の告白した懊悩《おうのう》は慶もよく身に染みているだけに、これからどうすべきか、いっそう迷った。

お家の大事のために、やむなく、罪のない人を斬った。

小田がそう己を咎めているとしたら、自分はいったいなんだろう。

油断した自分の過ちを隠すために、一度は身を任せた男を刺し殺した――こんな女が、人の妻や、子の母になるなど、許されないのではないか。

開拓団に加わろうと思ったのは、もはや裁かれようもない自分の罪を、少しでも償うことにつながるのではないかと思ったからだ。加えて、慶勝からは「そなたはもうお土居の者ではないのだから、何か生計の途を探すように」と言われたものの、誰からも何の命《めい》も与えられぬ生き方がどんなものか、思い描けぬのも事実であった。

女子一人では行かせられぬ――女一人では、贖罪《しょくざい》の途も選べないのだろうか。

慶は改めて、己の考えの甘さを思い知った。

庵の格子窓が畳に影を差してきた。日が傾いてきたようだ。

――庵主さまは、どこまで行かれたのか。

外へ出てみると、手水鉢《ちょうずばち》に何か黒い種のようなものが浸してあるのが目にとまった。

——何かしら。

目を凝らしていると、軽い足音がして、尼の姿が見えた。

「お慶さん。ちょっと手伝ってくださいな。日が暮れる前に、これを済ませてしまいたいの」

「は、はい」

尼は手水鉢に柄の付いた網を入れて黒いものをすくい取ると、手のひらに丁寧に受けた。

「これを、ここへ埋めてください。そうね、指で少し穴を開けて、一つずつ」

慶は尼に言われるがまま、その黒いものを五つ、庭の一隅の土中に埋めた。

「これは、なんですか」

「種よ。太郎庵の」

椿は種で増えるものなのか。慶にはまったく知識がなかった。

「こちらに、小さい木が二本あるでしょう。これが昨年植えたもの。その向こうの、もう少し大きい一本は、その前の年。毎年、種はいくつも蒔《ま》いてみるのだけれど、木になるまで育ってくれたのは、この三本だけ……なかなか難しいのです」

尼が指し示したのは、五寸前後の若木たちだった。

「これで、いつ頃花がつくのですか」

「そうね。早くて、五年後かしら」

「五年後」

ずいぶん気の長い話だ。

「木の生長というのは、人が思うより以上に、時も手間もかかるのですよ。しかもね、うまく育ったからと言って、あそこの花と」

尼はそう言うと、庵の中を指さした。

「あれと同じ花が咲くかどうかは、分からないの」

「それは、どういう……」

「椿って、いろいろな花があるのです。色も白、紅、薄紅。一輪の中に紅白の模様が出るものなども。また、花びらの数も、五弁のものもあれば、八重桜のようにたくさんになるものもあります。他にも、咲き方や花の大きさなど、それこそ無数に違うものがあると言ってもいいでしょうね」

そうなのか。これまで、そういうところに目を留めて見たことがなかった。

「挿し木で増やすと、元の花と同じ花が咲くのだけれど、実生《みしょう》の椿はね、まったく違う花が咲くことがちょくちょくあるのです。咲いてみるまで、分からない。中には、これまでにないような新しい花が出てくることもあって、高値で買い求める人もあるそうです。それを目当てに育てる、好事家もあるとか」

「庵主さまもですか？」

「そうね……。それも良いかもしれないわ」

尼はほんの少し、悪戯《いたずら》っ子のような笑みを見せたが、やがて種を埋めた土に向かって静かに合掌した。

「私は、なんでしょう。……そう、きっと、私は椿に、時を見せてもらっているのです」

「時？」

「ええ。時の過ぎていく、それを感じ取る、拠り所を。ですから、どんな花が咲こうと、いいえ、花どころか、たとえ芽さえ出なくとも、この種を蒔くことが、まず心の支えなのです」

「心の支え」

慶は尼の言わんとするところを量りかねた。

「一服、いたしましょうか。お慶さん、お点前をお願いします。お菓子はないけれど」

先日用意した菓子の残り——といってもごく僅かなものではあったが——は、すべて懐《かい》紙《し》に包んで直太朗に持たせてやった。目を躍らせて「ありがとう」と言った顔がいじらしく、次に会えるのを楽しみに思ったのだったが。

——きっと、母には、なれぬ身だ。

手に付いた土を柄杓の水で洗い流すと、二人は庵の中に戻った。

炭を組み直し、釜を入れ、水を注ぎ、湯が沸くのを待ちながら女二人で座る。

——ああ、つぼみが。

六日前には開きかけだった薄紅の太郎庵は、ふわりと開いて山吹色の蘂《しべ》を覗《のぞ》かせていた。

——庵主さまは。

小田と、何か話をしてきたのだろうか。

日が傾き、まだ灯を点《とも》さぬ庵の中はすでに薄暗く、互いの顔がぼんやりとしか見えない。

茶の入った碗を炉の脇へ置くと、尼はすっと立ち上がってそれを取り、もう一度自分の座に戻った。

「ご自服でどうぞ」

「はい」

茶筅《ちゃせん》のさらさらという音に、釜の湯音が重なる。

「ね、お慶さん。罪や過ちを犯して、その後一番辛《つら》いことはなんでしょう」

どきん。静かな庵に自分の胸の音が響いたようだ。

「一番辛いこと、でございますか」

なんだろう。

考え込んでいると、尼の言葉が夕闇にゆっくりと溶け出してきた。

「私が、答えを持っているわけではないのですよ。むしろずっと、仏門に入ってずっと、そのことを思い続けているのです」

——庵主さま？

「これは、私の勝手な当て推量ですから、もし違っていたらごめんなさい。お慶さん、先ほどの小田さまのお言葉を聞いて、むしろご自分が何か、お悩みになっているのではなくて？　あ、これは答えないでくださいね、聞き出したくて言っているのではないの」

釜の湯がかすかに鳴った。

すべて見透かされているのだろうか。慶はぎょっとしながら尼の方を見たが、その表情は分からない。

「小田さまは、罪の思いをずっとお一人で抱えてこられたのでしょう。お慶さんとのご縁のはじめに、それを打ち明けることができた。それだけでもきっと、御仏《みほとけ》のお導きでしょう」

そんなふうに、都合良く受け止めて良いものだろうか。

「人によっては、犯した罪や過ちを、一人でずっと背負っていかねばならないこともあります。それがいつまでなのか。死ぬまでなのか。それとも、いつか、誰かに話せる時が来るのか。それは、その時が来てみないと、分からないのでしょうね」

「時、ですか」

「ええ。本当のことだから、なんでも早く打ち明けてしまえという考えもあるでしょうけれど、私は、ものごとはそんなに容易ではない気がするのです」

尼は茶を飲み終えた碗を袱紗に載せて前へおしやった。

「受け止める、あるいは、許す。そのためには、長い時がかかるでしょう。……実生の椿が咲くほどの。ことによったら、大木になるほどの時があっても難しいことだって、あるかもしれません」

——庵主さま？

尼の眉間に大きな蝶《ちょう》のような歪《ゆが》みが浮いている。見たことのない厳しい顔だ。

が、それから尼は一度目を閉じ、いつもの顔に戻ってこちらを向いた。

「お慶さん。私の父はね。青松葉で処刑されたうちの一人なのです」

「え」

「名を打ち明けて、お慶さんにこれ以上余計な因果を生じさせたくないので、あまり詳しいことは申せませんが……」

処刑された人の娘。

その人から見たら、慶勝も、吉田も角田も、父を死に追いやった憎い人ではないのか。

それがなぜ、こうして開拓の計画に力を貸しているのか。

「私は、あの前年に、とある家に縁づいたばかりでした。ところが、父が処刑されたことが分かると、舅《しゅうと》は、私をすぐ離縁するように夫に命じたのです。今後の出世に差し障るからと。夫は、舅の言葉を聞き入れませんでしたけれど、その後すぐ、主命で旅に出なくてはいけなくなって」

「旅、ですか」

「ええ。お慶さんも聞いたことがあるでしょう、勤王誘引の話」

勤王誘引。これには、慶自身は関わらなかったものの、多くのお土居衆が諸方へ走ったので、もちろん聞いてはいる。

〝尾張藩はすでに勤王を掲げ、新政府軍に与している。ついては、諸藩も家中を勤王に統一せよ。いずれあるであろう新政府軍の東征の際には、決して抵抗や妨害をせぬと誓う証書を、至急提出せよ〟

東海道《とうかいどう》、中山道《なかせんどう》沿いに所領を持つ大名、旗本、寺社などをこう説得し、証書を出させるという活動である。

青松葉のあと、この勤王誘引のために尾張藩士たちが奔走し、ほんの二ヶ月ほどの間に七百五十通もの証書を提出させた。新政府軍が何の妨害や衝突もなく京から駿府《すんぷ》まで進むことができたのは、すでに尾張による調略が済んでいたからだと、長谷川から慶は聞いている。

とはいえ、結局尾張に残ったのは、「御三家筆頭のくせに、先頭を切って幕府を裏切った」という暗い評判だ。新政府の重職に就く尾張出身の者はごく少なく、あの犠牲と労力はなんだったのか――そう疑問や不満を持つ者がいるのは、やむを得ないのかもしれぬ。

その重苦しさをはねのけるべく、北海道開拓は企画されたとも言えるようだ。

「夫が留守の間に、私は実家へ戻されてしまって。そのまま、母といっしょに他家へ預けの身になってしまったので、諦めるしかありませんでした」

「お母上は」

「亡くなりました。御前が藩知事になられて、家名が復活したのを、病床で聞いて、何より喜んでいましたけど。思えばそれが最後になりました」

慶勝が名古屋藩知事になったとき、最初に行われたのが、青松葉における処刑者の家名復活だったと聞いている。

「ただ、よほど思うところがあったのでしょうね。母は私に、もう二度と誰の妻にもならぬようにと、繰り返し言い置いて亡くなりました。ですから、その後、こうして仏門に入る許しが得られたのは、せめてもの母への孝養と言えるかもしれません」

そんないきさつがあったとは。お土居の者として、人の背景来し方をそれなりに見抜く力は持っていたつもりだったが、残念ながらあまりあてにはならぬようだと、慶は改めて尼の小さな口元に目をやった。

「今のご時世、こんな暮らしぶりがかえって呼び寄せるのでしょうか、私の庵には、ご一新で生きる途を失った女子たちがよく、胸の内を打ち明けに来ます。暮らしの途を失った窮状とか、人に言えぬ罪とか。尼になりたいとの訴えも、たびたびあります。でも、それを叶《かな》えることはできなくて……このところ、仏道をめぐる状況は、あまりよろしくありませんから」

そうだった。神道と仏教とを区別せよというのが新政府の方針とかで、ここ数年、各地で次々と寺や仏が壊されている。還俗《げんぞく》を強いられた挙げ句、半ば強制的に軍隊に配属された僧侶も多いという。

「尾張も、ここはなんとか大丈夫ですけれど、津島《つしま》では宝寿院《ほうじゅいん》さまが壊されてしまいましたし。お寺や御仏を壊されないまでも、寺領の大半を政府に納めさせられてしまったところも多いですからね。そんな折に、北海道のお話を知ったのです。正直、吉田さまや角田さまとお目にかかるのは辛く思いましたけれど」

尼はそう言いながら、先ほど種を埋めた土の上へ目をやった。

「椿の実になりたい。私、ずっとそう思っているのです」

「椿の実、ですか」

「ええ。ほら、先ほどの種。こんなふうに入っているのですよ」

尼は立ち上がって小箱を手にし、慶に開けて見せてくれた。湿った綿を丁寧に開いていく。

「もとは丸くて固い実なのですけれど、中の種が生長すると、自然に割れてきて、こんな姿になるのです」

割れた殻には、黒い種がいくつも収まっている。

「これらの種が、土に埋まって、何年もかかって、前とは全然違う花を咲かせる。辛かった記憶、いろんな人への恨み、悲しみ。全部土に埋めて、違うものに変えていく。そういう尼になれるよう。それが私の志です」

慶は、おそらく自分とさして歳の違わないであろう尼の顔を、まじまじと見た。

「お慶さん。もし、何か抱えているなら、まず埋めてみませんか。芽が出てから、いいえ、花が咲いてから考えても、仏さまはきっと許してくださるはずです」

まず埋めて。

「実は小田さまには、〝きっとお慶さんはいっしょに行くと言うはずですから、そのおつもりでいらしてください〟とお伝えしておきました――いけなかったでしょうか」

芽が出てから、花が咲いてから。

「庵主さま。私にも、椿が育てられるでしょうか」

そう言ってしまって、慶ははっとした。

――北海道で、椿は生きられるのかしら。

極寒の地と聞いている。吉田は楽観的で、「なに、お天道さまはどこへだって付いてくる」などと言っていたが、角田の方は「吉田さんは農業を甘く見ている。土というものは、そうたやすい相手ではありませんよ」と、いくらか警戒している様子だった。

「そうですね。お慶さんがというより、風土が合うかどうかでしょうけれど。でも、私も、何度もやってみて、ようやくあそこまで育てることができたのです」

そう言うと、尼は再び小箱を丁寧に閉じた。

「毎年、太郎庵の実を、お慶さんに届けられるよう、吉田さまにお願いしてみましょう。実が採れるのは初冬ですけれど、蒔く時季は春と秋、二度あります。乾かないように丁寧にしまっておけば、実そのものは長く生きますよ――ただ、お慶さん。もし芽が出なくとも」

尼は少し言い淀《よど》んだ。言葉を選んでいるようだった。

「芽が出ないからと言って、埋めたのが無駄だったと思わないでくださいね。土になる者がいても、いいのですから」

「土になる者」

「ええ。すべてを抱えて土になる者のことも、御仏は決して、お見捨てになりませんから」

明治十一年六月二十一日。

慶は小田光太郎の妻として、熱田を出立していった。

まとめた荷物の中には、妙春尼から渡された小さな箱があった。

北海道遊楽部《ゆうらっぷ》（現在の二海《ふたみ》郡八雲町《やくもちょう》）の地を踏んだのは、それからおよそ一《ひと》月後のことであった。

（「小説　野性時代」二〇一九年二月号）

仮装舞踏会

林真理子

【作者のことば】

『西郷《せご》どん！』を書き終えた後、編集者から「スピンオフを一篇」と言われて書きました。西郷の最初の、離婚した妻がずっと気になっていたので、こうやって登場させせました。芥川龍之介の「花火」をモチーフにしているのは、すぐに気づかれたと思います。

林真理子（はやし・まりこ）　昭和二十九年　山梨県生

「最終便に間に合えば」「京都まで」にて第九十四回直木賞受賞
『白蓮れんれん』にて第八回柴田錬三郎賞受賞
『みんなの秘密』にて第三十二回吉川英治文学賞受賞
『アスクレピオスの愛人』にて第二十回島清恋愛文学賞受賞
近著――『綴る女　評伝・宮尾登美子』（中央公論新社）

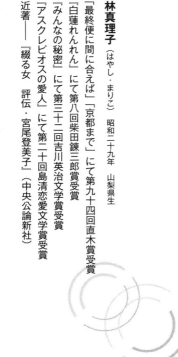

西郷従道《さいごうじゅうどう》は不機嫌であった。

それは謹厳で温厚なことで知られる彼にしては、非常に珍しいことである。

午前中、外務大臣井上馨《いのうえかおる》から、一通の招待状が届いた。そこには金文字で従道の名が刻まれている。来《きた》る九月に鹿鳴館《ろくめいかん》で舞踏会を催す。それにぜひ出席賜りたいという文面である。

舞踏会というのは珍しくない。妻と一緒に訪欧旅行をしてからというもの、井上外務大臣は日本人を少しでも西洋人に近づけることを、自分の使命としているのだ。まずコンドルという建築家をロンドンから連れてきて、日比谷《ひびや》に豪壮な二階建ての邸《やしき》をつくった。そこで舞踏会というものを開くと聞いた時、政府の閣僚たちはどれほど驚いたであろうか。男と女が抱き合って、くるくると舞うというのだ。しかもまず、女の手をうやうやしくとり、男の方から頭を下げたりする。それは生まれついての男尊女卑がしみついている薩摩《さつま》の男たちにとって、驚天動地の出来ごとであった。

「男が女房でもない女の腰を触るとは、なんというこつじゃ」

天を仰いだ従道であったが、それでも日比谷には出向いた。礼服を着て勲章をつけ、舞踏会とやらに出席した。中心になっていたのは、当然のことながら井上夫妻で、まるで西洋の者たちのように、〝わるつ〟という踊りのステップを踏んでいるではないか。

驚いたのは武子《たけこ》夫人で、訪欧する前はごく平凡な、丸髷《まるまげ》の武士の妻であった。それが束髪という正月のお供え餅のような髪型に変わっている。そしていとも軽やかに楽しげに踊るのであるが、その様子は堂に入っている。また西洋人と堂々と英語で喋《しゃべ》るのにも驚いた。

そんなことが出来るのは、留学生として帰ってきた山川捨松《やまかわすてまつ》、津田梅子《つだうめこ》、永井繁子《ながいしげこ》の他には、外交官夫人として海外を体験した鍋島直大《なべしまなおひろ》夫人、柳原前光《やなぎわらさきみつ》夫人ぐらいであった。

「まあ、なんということでありましょうなァ。日本の女がよくあんなもんを着て、あんなもんを履けるもんでごわすなあ」

と妻の清子《きよこ》は帰ってきてからしきりに言ったものである。この時妻は、白衿《しろえり》紋つきの二枚襲《がさね》を着ていたものだ。

それがこの四年ですっかり変わった。井上夫人や大山巌《おおやまいわお》夫人となった捨松に感化され、「踏舞練習会」というものに出るようにもなった。そしてやがて夜会服というものをつくるようになる。横浜《よこはま》ではそろそろ西洋服をつくる店が出始めた頃だ。清子はまず手始めに、臙脂色《えんじいろ》の夜会服をつくった。衿まできっちりとボタンでとめる慎《つつ》ましいかたちであるが、清子にとっては大決心であった。

「この服の下には、〝こるせっと〟というものを着るのでございますが、それがまた苦しくてたまりません。〝しゅーず〟というものときたら、まあ、その痛いこと、痛いこと。よくあんなもの履いて、歩いたり、踊ったり出来るものでごわす。まあ、西洋の女というのは、なんと我慢強いものでございますなあ」

と薩摩訛《なま》りが残る言葉で喋る。維新もだいぶたってから、夫たちによって東京に呼ばれた妻たちは、まだ東京言葉に慣れていなかった。

それがこの変わりようはなんであろうか。今、従道は妻の新しい夜会服の勘定書きを目の前にして憤然としているのである。それはパリから三ケ月かけ、船便で運ばれてきた最新モードの夜会服である。

いつまでも横浜の清国人《しんこくじん》の仕立屋や白木屋《しろきや》の女服裁縫でつくらせたものでは、欧米の外交官夫人たちに嗤《わら》われる。それならば本場パリでちゃんとつくったものにしようと、井上夫人が音頭をとり、なじみの店に注文したのだ。その値段が四百円とあって従道は目をむいた。奏任官六等の書記官の年俸と同じである。

「なんでこんなもんがいるとじゃ」

つい彼は声を荒らげた。

「新しい馬車も買える値段ではなかか。馬鹿もたいがいにしろ。不景気で世の中は騒いでいる時ではなかか」

「そんでもなあー」

清子はひと呼吸おいた。

「旦那さまのご身分を考えたら、私らがきちんとした夜会服を着ねばなりもはん。他がどうあろうと、鹿鳴館に入れますのは、正妻に限りますからなあ」

これは痛烈な皮肉というものであった。他の高官の例に漏れず、従道も柳橋《やなぎばし》の芸者との間に、子どもをつくっているのである。

清子と結ばれたのは、明治もたった二年しかたっていない時だ。兄嫁の糸子《いとこ》が、たまたま祭りで見かけた清子を見初めたのである。清子は御側御用人得能良介《おそばごようにんとくのうりようすけ》の長女であった。従道も勝者の幸運により、欧米視察が決まっている。高官への道は約束されたようなものである。もともと兄、隆盛《たかもり》とも親しいこともあり、縁談はとんとん拍子に進んだ。

当時は婚礼の日まで、花嫁の顔を見ることはない。ましてや従道は、東京で奔走する日々だ。しかし糸子の、

「ほんなこつ、美しかおなごさんです。まるで野に咲く花のようなこつ」

という言葉を信じたのである。新郎が二十七歳、新婦は十六歳であった。その次の月、従道は欧州に向けて出発した。出来たばかりの政府は大盤振るまいで、将来有望な青年たちを次々と欧米に送り込んだのである。

その間、新婚の清子は西郷家に住むことになった。言ってみれば小舅《こじゆうと》、小姑《こじゆうとめ》と暮らすわけであるが、西郷家は大層居心地がいい。なにしろ戊辰《ぼしん》戦争で戦死した次兄、吉二郎《きちじろう》の未亡人が、家を去らずずっと居ついたほどである。

とはいうものの、留守中の若妻を案じて、従道は時々手紙を書いた。が、返事はない。その頃薩摩の女はたいていが無筆で、清子はそのことを恥じていたようである。

従道がロンドンからアメリカ経由で帰ってきたのは、明治三年のことだ。すぐに鹿児島

に向かいたかったのであるが、帰朝したばかりの彼を政府はほうっておかない。さまざまな報告をすませ、やっと帰郷したのは三ケ月もたってからのことだ。土産《みやげ》の銀製のコンパクトを渡すと、

「こんな立派なもの」

と清子は頬を赤くした。コンパクトをのぞき込むと、化粧をしていない初々しい少女の顔があったと、従道は十年以上昔のことを思い出す。

今の清子は目黒《めぐろ》にある西郷邸を切りまわす女主人である。この土地はいずれ兄隆盛を迎え入れようと、従道が買い求めたものである。が、それも明治十年の西南《せいなん》の役《えき》でかなわぬこととなった。今、そこには和館と洋館が建っていて、使用人や書生らが十数人いる。海軍大臣といっても、清廉で知られる従道の内証はかなり苦しい。そのやりくりをするのも、清子の役割であった。清子は慎ましくて賢い、薩摩の女の典型である。しかしそれとこれとは別だ。従道は奥歯を嚙《か》みしめ、舌うちするのを我慢した。

そして彼のやるかたない思いは、外務大臣である井上馨に向けられていく。ふだんは政府を支える閣僚として親しくつき合っているのであるが、彼に対するトゲのような感情はこういう時、不意にわき出るのである。

井上の金に対する執着は昔から有名であった。いや執着というよりも、彼はあっけらかんと、金をつかもうとする。時代の混乱の中、運のいい者たちが権力にすり寄り、魔術のように途方もない金をつくり出す。それに手を貸してやって何が悪いという態度であった。

兄の隆盛は井上のことを、心の底から軽蔑していて、宴会の席で、

「三井《みつい》の番頭さんに、酌をせんと」

と皮肉を言ったのはあまりにも有名である。井上は江藤新平《えとうしんぺい》に尾去沢《おさりざわ》銅山にかかわる汚職を追及されると、あっさりと政界を去った。そして西郷の言葉どおり、三井財閥の番頭となったのであるが、やがて政界に復帰する。伊藤博文《いとうひろぶみ》が、彼のことを買っていたので、それからはとんとん拍子に、妻と娘を連れて西洋視察に出かけた。井上は西南戦争が終り、世の中が落ち着いた頃に悠々と帰国したのである。

そして日本の不平等条約を解決するためには、まずは彼らの風俗を学ばなければと説いたのだ。井上は美男子のうえに弁舌さわやかである。しかも洋行帰りの男だけが持つ洗練さを備える。その彼が言う、

「まずは外側からでも欧米の人間に追いつかなければならない」

という主張に、政府の主だった者たちが頷《うなず》くはずはない。井上馨を嫌う閣僚たちは多かったのだ。しかし井上は強運であった。あれほど彼の登用に反対していた大久保利通《おおくぼとしみち》が、井上の外遊中に暗殺されたのである。おまけにこの頃から、海外の要人がたて続けに来日したため、政府は井上の力を頼らなければならなくなった。

井上は言う。欧米の客人を泊めるための宿泊所が必要だ。彼らを歓迎するための宴会場もである。

こうして気づくと、日比谷の一角に鹿鳴館が建てられることになった。二階建てのれん

がづくりの宴会場に、十八万という金がかかったのである。これには世間も驚き、非難の声があがった。従道もその莫大《ばくだい》な費用に目を瞠《みは》った。言いたいことは山のようにある。なぜこれほどの金がかかるのか。わが国にとってこの豪華な建物は、本当に必要なのであろうか……。

しかしここで異を唱えることは出来ない。今の日本にとっていちばん必要なことは「大同につく」ということだと従道は考えていた。不平等条約を改善するために、わが日本人がいかに優秀な民族かということを見せつけなければいけないのだ。

ついこのあいだまで、ちょん髷を結い、刀を差していた男たち。キモノを着ていた女たちさえも、その気になれば、燕尾《えんび》服を着、ドレスを着ることが出来る。「サルまね」と嗤われてもいい。とにかくなりふり構わず西洋の文化に追いつくのだ。

こう井上が熱弁をふるえば、従道は反対することが出来ない。この時代を迎えるために、自分たちはどれほどの血を流してきたであろうか。世の中が変わって十年たっても、兄隆盛は同志たちと戦い自ら果てたのである。そういう多くの犠牲をはらって、今日という日があるのだ。

そのことを思えば、ダンスを踊るのにどれほどのことがあるだろうか。女の手をとるのも耐えなければならない。そう思って自分は、珍妙な「踏舞練習会」というものにも出席したのである。

「ワンツースリー、ワンツースリー、ソコデマワッテクダサイ」

井上が連れてきた、大使館勤務というイギリス人の若者に〝わるつ〟というものを習ったことさえある。

それにひきかえ、妻の清子は夫よりもはるかに早く、鹿鳴館に順応したといってもいい。何年か前に「慈善会《バザー》」が開かれた時、清子は大山巌夫人、捨松に頼まれて委員のひとりになったのである。華族の夫人、令嬢が物売りになるというので、新聞も書きたてた。小さな花束や、人形、ハンカチといった小物、そして西洋菓子などを売るのだ。清子は傘と扇子の屋台を担当していた。

従道もつき合いで駆り出されていたのであるが、妻のいきいきした様子に驚いたものだ。

「どうぞ、お買いあそばせ。京都の老舗《しにせ》でつくらせた上等の扇子ですわ」

声を張り上げている。男尊女卑の風が強い薩摩に生まれ、人前で目立つことを、固くいましめられていた妻が、楽しそうにものを売っているのである。この日は舞踏会ではないので、やや派手な色目の二枚襲を着ていたが、委員であることを示す青色のリボンを、胸元に誇らしくつけている。

「どうぞ、お買いあそばせ。どうぞ、手にとってごらんあそばせ」

家にいる時の訛りのある言葉ではなく、なめらかな標準語だ。そんな妻に気後れして、少し遠回りして歩く従道であるが、伊藤博文夫人の梅子《うめこ》に見つけられてしまった。

「ああ、よかったわ。この煙草《たばこ》入れをぜひお買いになってくださいませ」

従道はこの伊藤夫人が苦手である。小さな顔に整った目鼻立ちが、きつい印象をうける。

元は下関《しものせき》の芸者だったということであるが、その趣は微塵《みじん》もない。独学で書や歌を学び、今や夫の代わりに手紙を書くという賢夫人である。夫の病的ともいえる女遊びにも寛容で評判がいい。しかし従道は梅子の、切れ長の目を見るたびに、なにかに叱責されているような気がして仕方なかった。

「わかりました、買いましょう」

財布を開いて、五円札を取り出す。これで釣りはいい、というつもりであった。が、梅子は財布をのぞき込むようにして、

「煙草入れは三円ですが、十円お出し遊ばせ」

と命ずる。

「十円の煙草入れなど聞いたことがありませんよ」

「高くてもいいのですよ。今夜は慈善バザーですからね」

と十円札を取り上げられたことに、従道は腹を立てている。いくら総理夫人といっても今や海軍大臣の自分が、そこいらの従卒のように扱われたのである。

そして今度の舞踏会である。しかも仮装舞踏会だというではないか。今年の春、首相官邸で催され、物議をかもしたばかりである。もうたいがいにしろと従道は言いたい。

仮装といえば、それは芸人たちのすることだ。祭りの時などに、男が女の着物を身につけ笑わせたりする。あるいは東京や京の芸者たちが、節分にするお遊びだ。政府の高官とその妻たちが、どうしてそんなことをしなくてはいけないのだろうか。

「西洋ではあたり前のことだ。男も女も違う人間になって存分に楽しむのだ」

井上は力説するが、従道は苦々しい気分になる。

「お前らは行かなくてもよい」

と妻や娘たちに言い渡した。

「そんなわけにはいきもはん。これもお国のためです。どんなものを着ていったらいいのか、井上さまや伊藤さまの奥さま方と相談しておりましたもの」

「お前は本当に出るつもりなのか」

「これもお国のためでございますから」

「そんな気遣いはいらぬ」

従道は怒鳴った。

「国のことを考えるのは、男の仕事じゃ。おなごが口を出すことではない」

口に出してみると、すべてのことに腹が立ってくる。井上夫人を中心に、政府高官の女たちがひとつにまとまっていくさまも不愉快である。井上武子は、出しゃばりの典型的な洋行帰りの女ではないか。それに加えて、津田梅子、大山捨松といった留学生組が手を貸しているのも気にくわない。彼女たちはアメリカに行かせてくれた恩返しとでも思っているのか、この国家事業を支えようとしているようだ。

特に大山捨松の美しい洋装と巧みな英語は、もはや鹿鳴館にはなくてはならないものになっている。が、正直な話、従道は彼女の前に立つと、不快さがじわりとわいてくるのだ。

女がこれほど堂々としていていいものであろうか。捨松ときたら、全くものおじせずに外国の男たちとも会話をし、楽し気に笑い合う。それは従道が知っているヨーロッパの女そのものだ。

本当にこれは、日本の女なのだろうか。

捨松には驚くばかりだ。大山巌と結婚した時も度肝を抜かれた。大山は父方の従兄弟《いとこ》で、従道も子どもの頃からよく知っている。ずんぐりとしたあばた顔の中年男だ。その大山と結婚するにあたって、捨松は、

「これも国にお仕えするということですから」

と言ったという。なんという小賢《こざか》しい女だろうかと腹が立った。さすが官軍をいちばん手こずらせた会津《あいづ》の娘である。

とにかく従道は、女が前に出るのが大嫌いなのだ。しかし鹿鳴館は女なくしては成り立たない。女はかつてなかったほど優遇され、ダンスにバザーとはしゃいでいる。それが鹿鳴館なのだ。

当日、従道は妻や娘たちに舞踏会に行くのを禁じた。風邪《かぜ》をひいたといって休ませたのである。

しかし自分は欠席するわけにもいかず、大礼服を着て馬車に乗った。おそらく不粋な人間と思われるだろうが仕方ない。仮装などというものは、断じてしたくないのである。

薩摩藩邸時代の黒門をくぐると前庭で降り、しゅろの木を眺めながらアーチ型の玄関に入った。ロビーからまず大階段がある。手すりに凝った彫刻がほどこされているが、それが見えぬほど人が溢《あふ》れていた。みな思い思いの恰好《かっこう》をしているが、西洋の人間の姿をしているものは少ない。みんななじみのある者を真似《まね》ているようだ。

大山巌は浅野内匠頭《あさのたくみのかみ》に扮《ふん》している。裾をひきずり、にせものの刀を高くかかげ、

「おとめくださるな、おとめくださるな」

と皆を笑わせている。その傍《そば》に立っているのは、大原女《おはらめ》に扮した大山捨松だ。夫がはしゃげばはしゃぐほど、彼女は寡黙になっていくようだ。静かな微笑をうかべて、夫よりはるかに背の高い女だ。

井上馨はといえば、三河万歳《みかわまんざい》に扮している。女たちが何か言うたびに、自分の顔をぴしりと叩《たた》きおどけている。山県有朋《やまがたありとも》は幕末の頃自らも属していた奇兵隊隊長、渋沢栄一《しぶさわえいいち》は山伏《やまぶし》だ。

そうかと思えば、ヴェネチア貴族の衣装を身につけた伊藤夫妻もいる。美しいことで知られる令嬢は、先頃婿を取ったが、白い帽子をかぶったイタリアの田舎《いなか》娘だ。スペインの士官の軍服を着た宮さまもいる。そのうちに酒がまわりホールが騒がしくなってきた。弁慶《べんけい》と白拍子《しらびょうし》が軽いダンスを踊り始め、見物人たちがゲラゲラ笑い出したのだ。人を避けて、談話室に向けて歩き出した時、

「西郷さま、西郷伯爵さまでいらっしゃいますか」

呼び止められた。

見知らぬ老婆が立っていた。女は仮装をせず、綸子《りんず》の紋付を着ていた。

「お懐かしゅうございます。須賀《すが》でございます」

「えっ、須賀さんですか」

維新の十年ほど前のことになる。あまり世間に知られていないことであるが、この頃、西郷隆盛は最初の結婚をしていた。須賀はその時の相手である。

「本当に久しぶりですな」

従道はつくづく女を見る。あの頃二十一だった須賀は、もう五十半ばということになる。年相応に老けてはいたが、ほっそりと品がいい。身につけているものも上等で、相当の暮らしをしていることがわかる。そもそもこの鹿鳴館にやってきたというだけで、今の須賀の身の上がわかるというものだ。

しかしいったい何をしているのか。どんな夫に連れられてきたのか。もし須賀が鹿鳴館に出入りするほどの薩摩の男と結婚していたら、自然とそのことは耳に入ってきたはずだ。弟の伊集院兼寛《いじゅういんかねひろ》は出世して今年子爵になったが、そのってでやってきたのであろうか。

「どうしてわたくしが、ここにいるのか考えていらっしゃるのでしょう」

従道の心の内を見るように、須賀は語り出した。

「私はあの後、縁あって佐賀の方と再婚いたしました。主人は苦労して学問で身を立てまして、今は帝国大学法科大学の教授をしております」

「そうでしたか」

鹿鳴館はこのところ、学者や画家といった者たちにも門戸を開いていた。政界の上流階級だけが集っているという批判を避けるために。

いつのまにか舞踏会にやってくる人々は増えている。仮装をしている者よりも、見物しようとする者の方がはるかに多い。大臣や華族といった人々が、珍妙な恰好をするのを眺めようとしているのだ。人々の歓声があがる。天平《てんぴょう》時代の女官に扮した下田歌子《しもだうたこ》が、馬車を降りたのである。下田歌子といえば、明治宮廷一の歌詠みとして、女ながら大変な権勢を誇っている女傑だ。華族女学校の教授である彼女も仮装というものをするのかとみんな大喜びだ。

従道と須賀は、自然と人に押されるように踊り場の片隅へと動いていた。そこは今夜の舞踏会にものおじして、舞踏室に進むことの出来ない者たち、田舎から上京してきた資産家や、低い爵位の者たちが、所在なげに立っているところだ。談話室でもないのに、煙草を吸っている者もいる。従道の立場なら、舞踏室の真ん中に進むべきであるが、そこにとどまっている。三十年ぶりに再会したかつての兄嫁と、もう少し言葉をかわしたかった。

「私など、こんな華々しいところは場違いなんでございますよ」

須賀の言葉には、確かな薩摩の訛りがある。それはこの時代、東京において珍しいことではなかったが、従道には好ましい。

「たくは法学の勉強のために、少しロンドンに行っておりました。ですからこういうことにとても開けているのですよ」

「ほう、ロンドンですか」

須賀は洋行帰りの博士と結婚していたのだ。しかしそれを自慢する風でもなく、淡々と続ける。

「遅く出来たひとり娘がおりますが、今夜は、その娘に何やらおかしな恰好をさせております。もう二十歳《はたち》を過ぎておりますのに、いいご縁がございません。こういうところに連れてくれれば、どなたかとおめにかかれると思っているのでしょう。まっことお恥ずかしいことでございます」

従道は家にいるはずの娘たちのことを思った。長女はこの舞踏会に出席できないことがおおいに不満に違いない。同じ令嬢でも、三島通庸《みしまみちつね》の娘たちは汐汲《しおく》み女の仮装をしているのだ。

「もうあれから十年たったのでございますねえ」

須賀が何のことを話しているのかわかった。西郷隆盛が戦って敗れた、西南の役のことを言っているのだ。

「私はもう東京に出てきておりましたが、東京でもえらい騒ぎでございました。西郷星という大きな星が降ってきたと」

「そうですね。そんなこともありましたね」

従道は素直に応えた。西郷隆盛を敵にまわした弟として、自分はずっと生きてきた。まわりでこの話題を口にするものはほとんどいない。そんな中、須賀は隆盛の思い出をごく自然に口にするのである。

「やさしくて、大らかで、いつも人のことばかりお考えになる。それはそれは立派な方でした」

「そうです。郷中《ごうちゅう》の若者《にせ》の中でも、兄は群を抜いとりました」

「娘の私は、あなたのお兄さまから縁談がありました時、どれほど嬉《うれ》しかったでしょう」

「初めて聞きもした」

「そうでございますか。そんなことはとうにご存じかと思っておりました」

須賀は少々おどけたように、唇をゆるめた。すると老いた顔の中に、一瞬色彩が生まれた。従道は須賀が嫁いできた下加治屋町《したかじやまち》の家を思い出す。男の兄弟四人がひとつの布団を取り合うような貧しさの中、若い花嫁の登場は、どれほど眩《まぶ》しかっただろうか。

「わーい、嫁さんじゃ、嫁さんじゃ」

と照れ隠しもあり、わざとはしゃいで兄の寝室へ入った。そこには見たこともないような新しく立派な寝具が置かれていた。それが花嫁道具だとわかったのは、後のことである。

「おいもここで寝るとじゃ」

菊の模様の布団に、大の字になった彼の髪を、須賀は優しく撫《な》でてくれたものだ。

しかしあの年、不幸は次々と西郷家を襲った。まず祖父が死に、父が、最後に母が逝った。一年の間におそらく祖父の胸の病いが伝染《うつ》ったものと思われる。

須賀は新婚早々、三人を看取《みと》らなければならなかった。貧しいうちで葬式など出せるわけもなく、淋《さび》しい野辺送りがあっただけだ。それでも須賀の花嫁布団が消えた。おそらく城下の質屋に持っていき、そのまま流れたのであろう。布団がなくなったので、兄夫婦は死んだ母の残した、垢《あか》じみた薄い夜具を使っていたのではなかろうか。やがて須賀は、姉の琴《こと》と一緒に寝るようになった。兄がそれを希望したのだ。

隆盛は次の年、江戸行きが決まった。出世と喜んだのもつかの間、旅装を整える金もなく、親戚中から借り集めたものである。須賀の実家からもいくばくかの餞別《せんべつ》が出た。伊集院家とどういう話し合いがされていたのであろうか。隆盛が江戸に旅立ってすぐ、須賀は家を去ることになった。優しい兄嫁を慕って、琴は泣き続けたものである。

「あの時、私はひどい掛気《かっけ》にかかっていたのです」

そのことは知っている。しょっちゅう足をさすっているのを見たからだ。

「父は怒りました。西郷の家はろくにものを食べさせていないのかと。私は決してそんなことはないと言ったのですが、父は聞く耳を持ちませんでした」

「それは仕方ないことかもしれません。義姉《あね》さんは——」

三十年ぶりにその呼び名がすらりと出たのは不思議だった。

「兄さんの留守中、義姉さんはどれほどご苦労なさっていたことでしょう。私ら食べ盛りのきょうだいが残って、いつも腹を空《す》かせておりもした」

「でも、辛抱すればよかったのですよ。どうして私は耐えることが出来なかったのでしょうか」

「いや、いや、昔のことでごわす。すべては貧乏のせいですよ」

「そう。貧しいというのは、本当に人から多くのものを奪っていくものなのですよ」

踊り場も大変混んできて、二人は舞踏室へと向かう。陸海軍軍楽隊が奏でる曲は、いつしか〝ぽるか〟に変わっていた。大きなシャンデリアの下、大山巌の浅野内匠頭が、ニセモノの刀をふりまわしながら踊り、相手をしているのは御殿《ごてん》女中となった井上夫人である。

「あそこに娘が。手を振っております」

須賀が言う方を向くと、スイスかフランスの村娘に扮した若い娘が、にっこりと笑いかけた。娘の隣では、やはり西洋の狩人《かりゅうど》の恰好をし、つけ髭《ひげ》をつけた男が踊っている。

「あれが主人でございます。私は西郷さまの次に、あの人と一緒になりました。若い頃はそれはそれは貧乏いたしましたが――」

須賀はそこで、くるりと従道の方に向きなおった。

「私たちはあれからずっと、仮装舞踏会をしているようなものでございますね。そう、ずっと、ずっと」


（「小説 野性時代」二〇一九年二月号）

あかるの保元

村木 嵐

【作者のことば】

遊びをせんとや生まれけむ　戯《たわぶ》れせんとや生まれけん——

『梁塵秘抄《りょうじんひしょう》』に収められているこの歌は、平安時代には最先端のメロディがつく歌謡曲だった。編著者の後白河《ごしらかわ》法皇は当時の最高権力者だが、遊女たちが好んだそれらの歌を生涯かけて収集した。

気さくに庶民とも付き合った法皇は、どんな声で歌ったのだろう。きっとその巧さは町の人のほうが知っていたに違いない。そんなことを考えて書きました。

村木　嵐（むらき・らん）　昭和四十二年　京都府生

『マルガリータ』にて第十七回松本清張賞受賞

近著——『天下取』（光文社）

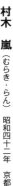

一

まだ暗いうちから箒《ほうき》を使っていたあかるは、白み始めた渡殿《わたどの》を男が歩いて行くのを見て手を止めた。

男は獣の皮でくるんだ巻紙を大切そうに抱えて、あかるを見つけると軽くうなずいた。上がって来いと手招きをして、自分は先に障子を開いて突き当たりの小部屋へ入って行く。

あかるは濡《ぬ》れ縁《えん》のそばに箒を立てかけると、辺りを見回して沓脱《くつぬぎ》から上がった。

部屋へ入ると、男は燭台《しよくだい》に火を灯《とも》していた。

「おはようございます、能盛《よしもり》様。今朝《けさ》もお早いのですね」

「おう、あかる。掃除などいらんと申しただろう。それより、今日も頼むぞ」

男は大内裏《だいだいり》の武士で藤原《ふじわらの》能盛といい、手を止めてあかるににっこりとした。歳《とし》はまだ二十だが、帝《みかど》の異母兄の四宮《しのみや》に信頼されて荘園《しようえん》の管理を任されている。近いうち荘園整理が始まるというので、このところはその目録を書いていた。

あかるは十五になった今年、内裏の後宮で雑仕女《ぞうしめ》として働き始めた。陰明門《おんめいもん》のそばの掃除を割り振られるようになったのはひと月ほど前だが、それからすぐ能盛が近くの殿舎で書き物を始め、あかるは命じられて能盛の書き物を手伝うことになったのだ。

だがもちろんあかるは文字など書けない。読むのも平仮名がやっとなので、手伝うといっても文鎮がわりに巻き紙を押さえているくらいのものだ。

能盛に初めて声をかけられたとき、あかるは機嫌よく歌を口ずさんで落ち葉を掻《か》き集めていた。美しい声だと褒められたのは良かったが、なぜかすぐに記録所へ出す書き物を手伝えと言われた。御役が違うので断ったが、四宮にお許しをいただくと言ってそうしてしまった。

とはいえあかるにとっても、刺すような風の吹き抜ける庭で竹箒を握っているより、火鉢もある座敷で座っているほうがどれだけ楽か知れない。実際すぐに四宮が命じてくれたようで、あかるは能盛が来れば座敷へ入ってよいことになった。

能盛だけが使っているこの座敷には三つの文机《ふづくえ》をつなげた長い文机がある。能盛がその端から巻紙を伸ばし、あかるに軽く顎をしゃくると書き物が始まる。

あかるは息を合わせて紙の終《しま》いの端を押さえる。文机に合わせて真《ま》っ直《す》ぐに広げられたら能盛が文鎮で留める。右から三割がたは書き溜《た》められているので、能盛は今日書く続きの前へ座る。

そのときあかるは竹尺に持ちかえて、紙の行頭を示すために上から二寸のところにずっと当てておく。それを目印に能盛は真下へ書いていくから、あかるの差しを押さえる御役はとても重要だ。

巻紙はあかるの背丈よりも長く、能盛の書く一文字は童の小指の爪ほどの細かさだった。まるで一画ごとに差しで引いたかのようにかくかくとした字体で、数え切れないほどの文字が並んでいるのに、どこにも書き損じはない。

　毎朝あかるは能盛の巻紙を見るたび、すっと背筋が伸びるような気がする。

「どうして能盛様はこんな小さな字が書けるのですか。あかるには一つずつの違いもよく分かりません」

「幼いときからずっと修練を積んできたからな。あかるが婆様《ばばさま》について歌をやっているのと同じことだ」

「でも婆様は、どんなに修練したって皆が同じように歌えるようにはならないと言いますよ。だから能盛様も、たくさん修練した人の中から選ばれて書かせてもらえるようになったのでしょう？」

　あかるが顔を覗《のぞ》き込むと、能盛は少し照れたような笑みを浮かべた。

　能盛は祖父の代から院近臣《いんのきんしん》という上皇の側近を務めてきた武家の生まれだが、武のほうは今ひとつで、そのぶん文の道に抜きん出ている。広い大内裏にある殿舎がそれぞれ何をするところか全て知っているし、太政官《だいじょうかん》のしくみにも精通している。抜群の秀才だと言われているのをあかるも聞いたことがある。

　あかるは細くてしなる竹尺の端をしっかり持った。そうすれば字列は横一列に揃《そろ》っていくが、高さは項目の別に五段もある。

そっと息をつめて能盛の筆先をじっと見ていた。これは四宮のもつ荘園の目録だから、完成すればどこに何町歩《ちょうぶ》の田畠《でんばく》や屋敷があるかが一目で分かるようになる。

座敷の手文庫にはそれぞれの所領から届けられた書付《かきつけ》が積んであった。田畠の坪数、石高《こくだか》から地頭《じとう》の名、産物の類までが詳しく書いてあり、それらを能盛が一枚ずつ吟味して大目録に仕上げていく。

「こんなもの、どこに出すんですか」

「来年できる記録荘園券契所だ」

あかるはついため息が出た。

出会ってから能盛は一日も休まず巻紙に向かっているが、いくら書いても終わりそうにない。部屋の隅にはまっさらの巻紙がまだ三本も立ててある。

「もしも書き間違えをなさったら、能盛様はどうなさるのですか」

「どうって、これは帝もごらんになる文書だぞ」

直すときは上から紙を貼って間違いを隠すのだと聞いたが、あかるにそんな小さな紙を切ることができるだろうか。

そのとき能盛がくすりと笑った。

「あかるは上から紙でも貼ると思っているのだろうが、私はそんなことはせんぞ」

「だけど能盛様だって間違えることはありますよ」

「万が一、書き損じたときは初めからやり直す」

ぎょっとして、あかるは竹尺を持つ手を離してしまった。

「あっ」

能盛の筆を引っかけたかと、慌てて文机を覗き込んだ。だが能盛はそれを見越して、墨《すみ》壺《つぼ》を摑《つか》んで背を向けていた。

能盛は面白がっている顔で、首だけ振り向いた。

「あかるのことだ、必ず竹尺を離すと思ったよ」

しかし冷や汗が出たと微笑《ほほえ》んで、能盛は床の間へ硯《すずり》と筆を避《よ》けた。

「いいよ。あかるに話すつもりだったことを先にする。元の荘園券に不備が多いのだ。それを正してからでなければ書けないからな」

能盛は文机から離れると、あかるを前に座らせて自分は胡座《あぐら》を組んだ。

「初めてあかるに会ったとき、お前が歌っていたのは何というのだった？」

「歌っていた？　今様《いまよう》のことですか」

「そうだな。それをお前に教えてくれる婆様がいるのだろう。名は」

「乙前《おとまえ》とおっしゃいますよ」

「ふむ。たしか歳は六十五だったかな」

あかるは首をかしげた。乙前の歳まで教えた覚えがない。

もともとあかるは美濃《みの》の青墓《あおはか》生まれの孤児だった。それを村の長《おさ》のところで養われて大きくなり、数年前に乙前の世話をするために京へやって来た。乙前には子があるそうだが、あかるは会ったことがなく、乙前は五条の町屋であかると二人で暮らしている。

「あのとき、なぜ私があかるを座敷へ上げたかと申すとな。あんな曲節《きょくせつ》は生まれて初めて聞いた。それをもっと聞きたかったのだ。どうだ、乙前に会わせてくれぬか」

「婆様に……」

それはかまわないが、あかるは能盛がずっと目を逸《そ》らしたままなのが気になった。人はたいてい、疚《やま》しいことがあるときにそうする。

初めて座敷に上がり、あかるが傀儡女《くぐつめ》の修行をしてきたと言ったときもそうだった。

――傀儡というのは人形遣いだろう。あかるはまだ幼いのに、もう春をひさぐのか。

――青墓の傀儡女はそんなことはいたしません。神に芸を奉じる巫女《みこ》と変わりませんよ。

あかるは美濃のその地の生まれだということに誇りを持っている。帝の皇女が今様を伝えた土地が青墓だ。

あのとき能盛はふしぎそうに首をかしげて、ようやく目を逸らさずにあかるのほうを向いた。

――真実、青墓ではそんなことはせんのか。たとえ傀儡女でもか。

――一度、青墓へおいでください。陵《みささぎ》ばかりで土が青いゆえの名ですよ。あっちでもこっちでも奉納の歌ばかり聞こえているんですから。

能盛は童が驚いたときのように目をぱちぱちとさせていた。あの顔を見たときから、あかるは能盛に親しみが湧いて気に入っていた。

「分かりました。だったら婆様に聞いてみます。お急ぎですか」

「ああ、急ぐ。急ぐとも」

能盛は優しげな吊《つ》り目をぱっと細めて微笑んだ。能盛はどことなく猪《いのしし》に似ている。

そういえば今年は乙亥《きのとい》、いのしし年だ。

「よし。それなら今から行こう」

「え、今日おいでになるんですか」

あかるは手文庫に積まれた紙の束に目をやった。不備があるという書付のほかに、まだ目を通してもいない書状がたっぷりと積まれている。

だが能盛はもう立ち上がっていた。いつも朝一番にやって来て日暮れまで座り続けている能盛にしたら初めてのことだ。

こんなところも猪だったと、あかるは肩をすくめて小さく舌を出した。


二人で大内裏を出て大路の柳の下を歩いて行った。乙前の住まいは大内裏からずっと南の五条大路を、加茂川《かもがわ》も越えた東側にある。

辺りは戸板を立てたような家ばかりだが、乙前は歌が生業《なりわい》なので、すぐ河原に出て歌えるように周りが明地《あきち》のところを選んでいた。

乙前はもうずっと昔、まだ幼かった時分に青墓一の歌い手といわれた目井《めい》に見出《みいだ》され、今様という一風変わった抑揚をつける歌を仕込まれた。そうして十歳を過ぎた秋に目井が京の公家《くげ》のもとへ嫁ぐのに連れられて京へ上ったという。

それからはずっと公家たちの邸《やしき》へ今様を歌いに行くことで暮らしをたて、老いたので身の回りの雑用をさせるために同郷のあかるを呼び寄せた。

きっとあかるが青墓の訛《なま》りで話すのが乙前にとっては安らぐのだろう。だから乙前はあかるにとても目をかけてくれている。

「あかるはいつから今様を習っている」

二条大路の辻《つじ》を曲がったときに能盛が尋ねた。この辺りは柳も大きなものが多く、風が気持ちよく吹き抜けるので、あかるは行き帰りに通るたびに歌を口ずさんでいる。

「美濃にいたときから歌っていましたよ。あかるのように親のない子は皆、習います」

巫女の舞と同じで今様は技芸として神事で奉納することができるので、身につけておけば食べていくことができる。乙前も昔はそのつもりで目井から教わったのだ。

「容姿の良い娘は舞を覚えて白拍子《しらびょうし》になることもありますが、あかるはこんな顔ですから。でも青墓には舞を教える大人があまりいないので、大半は傀儡女になるんです」

今様とはその名の通り当世風の新しい音曲《おんぎょく》で、和歌に節をつけて大抵は明るく歌う。生まれつきの声の美しさはもちろん大切だが、それよりも独特の節回しを守っているかが要とされる。歌詞の一字ごとに声を上げ下げし、あるものは長く伸ばし、またあるものは短く切り、続け具合を加減して節をつける。

そして節を覚えたら、声を震わせたり響かせたりする振を加える。

あかるが柳を見上げたとき、ちょうど枝が風にしなってゆらゆらと震えていた。乙前の振はちょうどそれに似ている。

震わせた声というのは、歌いながら喉を叩《たた》けば真似《まね》ることはできる。また響く声というのは、瓶《かめ》に口を当てて歌えば聞くことができる。

だがもちろん手も瓶も使ってはいけない。乙前のようにただ目を閉じて、どんな高い音も低い音も自在に振をつけられるようになってこそ、堂々と今様が歌えると言っても許されるのだ。

そして今様で振というときは、もちろんただの震わせた声などとは違う。

あかるは以前、泣いて鼓膜が張りついたようになったときに一度だけ響く声を出すことができた。だから泣くほど精進すれば歌えるようになるのだと、そのとき乙前には教わったが、今もあかるが声を響かせられるのは泣いたときだけだ。

「あかる」

ふいに呼ばれて顔を上げた。

あかるはいつの間にか両耳をぎゅっと押さえて音を塞いでいた。喉のところにある声を耳のほうへ抜けさせれば震えるような気がして、知らないうちに鼓膜を押さえていた。

能盛が案じてあかるの顔を覗き込んでいる。

「目が真っ赤だぞ」

驚いてまばたきをすると涙がこぼれ落ちた。

「あかる」

「はい」

「あかるは十分美しいぞ。青墓が舞よりも歌で良かったな。白拍子なぞにならんでくれて良かった」

あかるはぽかんと能盛を見返した。見る間に能盛は頰を赤くして怒ったように横を向く。

能盛が大股になったのであかるは遅れないように横に並んだ。

「あかるは誰が名を付けたのだ？」

あかるが首をかしげて鼻を指さすと、能盛はぶっきらぼうにうなずいた。

「ああ、それなら婆様です。私が三つくらいのときに里帰りなさって、皆に名を下さったそうです。青墓で婆様ほど敬われている人はいませんから」

「いや、きっとあかるだけだ」

とつぜん怒ったように能盛は前を睨《にら》んだ。

「あかるの名は、きっと明という文字を当てるのだろう」

能盛は宙に、日と月という字を並べて書いた。あまり文字が読めないあかるだが、その二文字なら知っている。

「でも、めいって何ですか」

「この字はめいとも読むのだ。乙前の師匠の名は目井だろう」

あかるはうなずいた。もちろん会ったことはないが、あれも易しい字なのであかるは書くことができる。

「だから婆様はあかるに自らの師匠の名を付けてくださったのだ。きっといつか、あかるが師匠のような歌い手になるように」

「まさか」

「いいや、そうに決まっている。三つのときからあかるは歌が上手《うま》かったのだ。だから選ばれて乙前のもとへ来たのだ」

あかるは首を振った。乙前が今も敵《かな》わないと言う目井は、歌で病を治すことができるほどの名手だった。

「私もそうだ。庭を掃いていただけのお前に気がついたのは、あまりに声が美しかったからだぞ」

「あかるの声が」

寸の間、喉が震えていると気づいたが、それより先は何も考えられなくなった。今様には田歌《たうた》や娑羅林《しゃらりん》や片下《かたおろし》や、他にもたくさん種類があって、それぞれが鳳凰《ほうおう》の鳴き声を表しているといわれる。なかでも重んじられている秘曲は、あかるは未《いま》だに口にすることさえ許されない。乙前が歌うのを傍らで聞いているだけで、あかるのような声にはまだまだ教えられないと言われる。

――声わざの悲しきじゃ。誰ぞ、わらわが死ぬまでに身につけてくれぬものか。

乙前は秘曲を伝授するまでは死んでも死にきれないといつも言うが、あかるにはどうすることもできない。乙前はまだまだ体も喉も丈夫だが、いつか来るその日と、目の前のあかるを思い合わせると胸が締めつけられるようで、ついあかるに手を挙げることもある。

――どうしてできんのか。精進が足らんのか、生まれつきの声か。

節と振だけで手間取るあかるに、最後はいつも涙混じりに言ってその日の稽古を終わる。乙前の焦りを思えばあかるは早く上達しなければならないのに、いくらやってもできるようにならない。

あかるは頬を拭った。

「能盛様はお優しいのですね」

「いや、そうでもないが」

能盛もようやくいつもの顔に戻って微笑んだ。

「いくさの気配というのも益はあるかな。明日も知れぬと思わねば口にできん」

「いくさの気配？」

はっとして能盛は目を逸らした。

「いや、私は武士だろう。いくさになれば真っ先に死なねばならん」

書き物ばかりしているのでつい忘れるが、能盛の本来の御役は帝に供奉《ぐぶ》することだ。清涼殿《せいりょうでん》の御溝川《おみぞがわ》のそばに詰めているはずが、特別に四宮に命じられてあの座敷へ来ている。

能盛は父も祖父も北面《ほくめん》の武士だった。院御所の北側に控えて上皇をお守りする武士だが、四宮の曽祖父の代から政《まつりごと》をするのは天皇ではなく上皇になったから、能盛たちの御役はとても重い。

「能盛様も太刀《たち》を使われるのですか」

「まあ、いくさならば誰しもな」

あかるが腰の刀に目をやると、能盛は手で隠すようにしてまた大股になった。乙前の暮らす五条河原町《かわらまち》ももうじきだ。

「それよりあかるの婆様は、昔からどんな御殿へも今様を披露しに行ったのだろう」

あかるはうなずいて、覚えているかぎりの大きな邸を指折り数えた。大内裏から朱雀《すざく》大路を下り、堀河院《ほりかわいん》に二条東洞院《ひがしのとういん》、白河北殿《しらかわきたどの》、白河南殿と、公家たちの邸宅が洛中《らくちゅう》にはたくさんあって、その大抵のところへ乙前は入ったことがある。

「今様が流行《はや》りになって、今は大勢の歌い手がいますけど、婆様こそが正統です。婆様はそれを分かってほしくて、若い時分は招かれればどこへでも行ったそうです。でも声わざというのは結局、聞き手が好むほうが残っていくものだって。皆が新奇なもののほうが良いというなら、滅びるしかないと言っています」

公家たちは詩歌や管弦の遊びをよくするが、その一つが歌い手を呼んで今様を歌わせることだ。神楽《かぐら》や催馬楽《さいばら》が好きな公家もいるがこのところは今様がもてはやされて、歌い手たちは皆、自分の歌い方こそが正しいと言っている。今様には独特の節回しや声の震わせ方があるから、同じ歌詞でも人によって全く異なる歌になるのだ。

乙前はもう歳も取ったので、このまま自分の歌い方が廃れるならば諦めるしかないと考えている。

「乙前がどんな御殿へ行ったか、あかるは聞いたことがあるか」

「婆様は京のお邸はほとんど知っていると言っていましたよ」

「自分の歌う番が終われば、そのまま宴《うたげ》が果てるまで高貴の方々と同じ座敷にいるのだろう」

なにせ身分を問われぬ生業だと能盛がつぶやき、あかるも笑ってうなずいた。

「私たちは猫や狆《ちん》のようなものですから」

だからあかるはこの若さで男女の睦《むつ》み事を幾度も目の前で見たことがある。高貴な公家はあかるたちを人と思っていないので、からかうつもりなどなく、ただ目に映っていないかのように振る舞う。平気で鼻を穿《ほじ》るし衣を脱ぐし、亡者か物怪《もののけ》のように不気味だ。

「だが身分不要というのは面白いぞ、あかる。私などでは帝の御顔をお見上げすることも許されぬが、遊び女《め》ならば帝の御袖に触れることもできる」

あかるも乙前から、帝の歌遊びの御船に近づいて行った遊女の話を聞いたことがある。扇で顔を隠して話しかけたら帝が応えてくださったというのだが、いくら水辺でも、能盛たちなら御座船《ござぶね》の縁《へり》に触れることもできないだろう。

「婆様はさぞや不可思議な話も聞いておるであろうな」

「夢か嘘《うそ》か分からぬようなものばかりですよ」

「それでいい。もうこの辺りか」

少し厳しい顔をして能盛は辺りを見回した。団栗橋《どんぐり》を渡り、一筋目を南へ下ってすぐの仕舞屋《しもたや》が乙前とあかるの暮らすところだ。

「婆様」

門を入ったとき歌が聞こえて来ないのでほっとした。乙前は今様を始めると、終いまで通してからでないと顔も上げてくれない。

仕舞屋とはいえ、建て付けは頑丈な部類に入る。二部屋は畳も張られていて、大陸の陶器や花生けが無造作に置かれている。

残る一つの板間には俵が積まれ、蓄えが減るとどこからか新しい俵が運ばれて来る。青菜や川魚は毎朝決まって届けてくれる振り売りがいて、あかるは京へ来てから食べることに煩わされたことはない。

引き戸を開くと乙前は布団をこんもり膨らませた中に手足を入れて座っていた。

文机を逆さに置き、四本の足に布団を掛けて自作した炉だ。寒い日にはいつものことで、妙な姿に能盛が目をしばたたいた。

「おや、客人か。ああ、武士の能盛様じゃな」

「私のことをご存知か」

「あかるがしょっちゅう話すゆえな」

乙前が能盛を手招きして、隣に座れと言って布団を軽く持ち上げた。

乙前と同じように足を入れた能盛は、ぱっと明るい顔をした。

「どうだ、温《ぬく》かろう」

布団の下、逆さに向けた文机の台の部分に信楽《しがらき》焼の壺がある。布団は文机の足に掛けてあって、腰回りほどの壺の底では火を熾《おこ》した炭が赤銅《しゃくどう》色《いろ》に光っている。乙前のために毎朝それを整えてから家を出るのがあかるの役目の一つだ。

「それで、何用かの」

乙前があかるに尋ねた。

「能盛様は婆様の今様を聞きたいそうです」

「今様は夜のものゆえ、日のあるうちは歌わん。修練には朝も晩もないがな」

そう言って乙前はちらりとあかるに目をやった。あかるは肩をすくめ、目を合わさないようにした。

「で、大曲《だいごく》の類いを聞きとうてか」

「いいや。ならば夜まで、乙前様の来《こ》し方を聞かせていただいて待つといたしましょう」

乙前はふんと鼻息をついた。

「あかるからは今様など知らぬ御方じゃと聞いておったが。大曲を知っておるとは、今様にも詳しいのではないかえ」

あかるは驚いて能盛を見返した。

能盛は黙って布団の奥へ奥へと体を差し入れている。

「年寄りには正直に申すがよいわ。どうせ隠せるものではなかろうて」

「婆様……」

「あかるは悪うない。人は思惑があるゆえ近づいて来る。その途中であかるを気に入ってしもうたなら、何も邪《よこしま》なことはない」

能盛は猪顔をくしゃりとさせて布団に伏せた。

「さて。何が聞きとうて参ったかのう」

乙前は見下したように能盛を眺めている。

やがて能盛は観念して布団から顔を上げた。足は入れたままだが、わずかに姿勢を正してまっすぐに乙前を見た。

「婆様は昔から、さぞやあらゆる御殿へ参られたであろう。そのとき新院様の出生の噂《うわさ》を聞いたことはないか」

「新院様とな。崇徳《すとく》上皇のことかえ?」

「そうだ。四宮様の兄君じゃ。同母のご兄弟ゆえ、今は中御門《なかのみかど》東洞院の御所でともにお暮らしになっている」

ふんふんとうなずいて、乙前は造り付けの棚に置いた皿へ顎をしゃくった。

「あれは鳥羽院《とばいん》様に貰《もろ》うた褒美よ」

「なんと、お父宮とも会《お》うたことがあったか」

「ああ。あちらは催馬楽のほうがお好きじゃったがの」

鳥羽院はかつて崇徳を帝にし、すぐ近衛《このえ》にすげ替えた、兄弟たちの父親だ。

「新院は鳥羽院様に嫌われておるゆえの。たしかにこの婆は、新院様の父の話、聞いたことがあるわ」

「鳥羽院様のことを？」

あかるが聞き返すと、乙前と能盛がそろって首を振った。

「新院も四宮も近衛帝も、皆、鳥羽院様の御子《みこ》ということになっておるがの。実は新院だけは違うのよ」

乙前は小莫迦《こばか》にするように笑ったが、能盛は厳しい顔つきで口を引き結んでいる。

「はてさて、そのようなことは京の者は皆知っておるじゃろう。能盛はその何をわらわに聞きたいのかのう」

「皆が知っておると申したな。いつから言われるようになった？　お前はどこへでも招かれるであろう。いつから、誰がそのようなことを言い始めたか思い出してくれぬか」

乙前は顎を布団に立て、ちらりと目だけを能盛にやった。ふうん、と値踏みするような顔だった。

「誰が言い出したか。能盛はそれが知りたいのじゃな」

「その手の噂は宴で出始めると決まっておるのだ。宴といえばどこでも呼ばれるお前たちじゃ。いつからそんな話が出るようになった？」

ふむ、と乙前は笑ってみせたが口を閉じている。

「そのようなことを今更、誰が知りたがっておるのかのう」

ずいぶん間延びした声で、乙前は布団に体をもたせたままだ。

「我らはそのようなことを申さぬゆえ制外でいられるのよ。歌い手であろうと傀儡であろうと、宴での話を他所《よそ》で話すようなことがあれば、我らは十把《じっぱ》一絡《ひとから》げで二度と呼ばれぬようになるわの」

「乙前はその歳であろう。宴にももう行かぬではないか。お前が話したとは露見せん」

「そうはいかんわの。わらわはよいが、あかるが困る。あかるは青墓の跡継ぎじゃ」

驚いてあかるは顔を上げた。だが乙前はあかるを見もしない。

「のう、能盛。新院と四宮は真実、仲が良いのか。たいそういがみ合《お》うておると聞いたことがあるがな」

乙前は淡々と問いかけた。今様を歌うときはあかるより若い声を出すが、今はただの物憂げな老婆の声だ。

能盛は身を乗り出していた。

「兄弟仲は良い。母君が亡くなられてから十年もともに暮らしておられるのだぞ」

新院は和歌を詠み、四宮はそれに曲節をつける今様にのめり込んでいる。兄が詠んだ歌に弟が片端から節や振をつけ、ときには新院もむっとするが、すぐに仕方のない奴《やつ》だと言って笑い出すという。

「婆様、私のことならかまいません。能盛様に教えてあげてください」

「あかる。これからも今様で召されるのはお前だけではないよ。お前だってこの先、同じようなことを聞かれたときは絶対に話してはいけない」

そもそも能盛はなぜそんなことを知りたがるのか。能盛は四宮に仕えているから、四宮に命じられたのだろうか。

「能盛。新院も昔はな、それは鳥羽院様と仲良うしておったものじゃ。近衛帝が生まれても、しばらくは舟で互いの御所を訪ね合うていた」

「それはまことか」

「能盛に調べさせておるぬしはまだ十かそこらであったゆえ、知らぬだろうがな」

他にはもう話すこともないと言って、乙前は顔を反対に向けて布団に伏せてしまった。

「さあ、あかる。そろそろ今様を始めるぞ。早《はよ》う能盛を送って来い」

乙前はもうそれきり口を開かなかった。

二

夏に近衛帝が十七という若さで崩御し、ほんのいっとき次は女帝だと噂が流れた。それほど誰もが思いがけず、次など考えていなかったからだが、結局、四宮が即位することになった。今様狂いの今宮様と陰口を叩かれていたので、名はいずれ変わるということだった。

だがその頃はまだ能盛も相変わらず荘園券を書いており、あかるはそれを手伝った。

「藤原頼長《よりなが》様とその父君が、近衛帝を呪詛《じゅそ》なさったという噂は本当ですか」

あかるが巻紙を押さえながら軽く尋ねたとき、能盛の筆はぴたりと止まった。

頼長は関白《かんぱく》の弟で、父も前の関白だった。さいきん鳥羽院から疎まれて失脚しかかっていたから、その怨《うら》みを子の近衛帝で晴らしたというのはありそうな話だった。

この噂の出所は確かめないのかと尋ねたら、

「頼長様はそのような御方ではない」

能盛は冷ややかに言って、すぐまた筆を動かし始めた。

頼長という人は兄の関白とはいがみ合っているが、能盛どころではなく学識があって藤原氏の氏長者《うじのちょうじゃ》と呼ばれている。

能盛も不足を咎《とが》められたことがあるそうで、逆にそれだけに能盛は頼長を敬っていた。

「噂というのはな、あかる。当のその者を貶《おとし》める話と決まっておるのだ。新院様の噂もそうだっただろう」

父親が違うという風聞で、新院は鳥羽院から疎まれるようになった。そして頼長も噂のせいで、同じく鳥羽院から遠ざけられた。

――風聞が立つと碌《ろく》なことはないんだよ、あかる。我らにしたって、あれは歌の上手《じょうず》だなんぞと評判がたってごらんな。のこのこ出かけて行ったところが、口ほどにもなかったと指をさされるのが関の山だ。

乙前にもそう言われていたのに、あかるはつい口が滑ったのだ。

「そうも噂好きでは、あかるは宴に招かれて歌うのには向いておらんな」

能盛にも呆《あき》れられ、まるで箒で掃くようにその日は座敷から追い出されてしまった。翌日と翌々日は気まずくて大内裏に顔を出さず、その次の日に行ってみたら、四宮が三条の高松殿《たかまつどの》に移ったというので能盛も来なくなっていた。

――そりゃあ四宮が帝におなりあそばしたんじゃ。能盛も忙しゅうて荘園券どころではあるまい。

乙前はあっさりそう言って、いよいよあかるには熱を入れて今様を教えた。

あかるは珍しい変わった曲節のついた歌はよく覚えて歌うことができる。だがもっと気後れせずに声を出すこと、その声を低く、喉に落とすようにして歌うというのがいくらやってもできるようにならない。あまりに歌いすぎて寒くなる頃には血を吐くようになった。

そして明くる年のこれも夏、鳥羽院がみまかったとお触れがあった。あかるは乙前と庭に出て茱萸《ぐみ》の実を採っていたところで、乙前はひょいと川へ顔を出して上手《かみて》を窺《うかが》うと、今日からしばらくは大内裏へ仕事をもらいに行くなと言った。

あかるは毎日、大内裏の御庭へ行って、日が暮れるまで掃除をしていくらかの小粒をもらっていた。それがなくても今日明日どうということはないが、やはり御門番に顔を忘れられても困る。どうしようかと迷っていたが、しばらくのことだ、見ていてごらんと乙前が言った。

――洛中の気が張り詰めておるのが分からんか。お前も歌い手になるなら、そのくらい気づくようにならんとな。

まだまだ修練が足りぬと言われたが、家の外に立って迷っていた。

と、大路の角を曲がって走って来る男があった。

まるで猪のように勢いよく、まっすぐこちらを目指して、あかるに気がつくとぱっと顔をほころばせた。

あかるはつい涙がこぼれ、あわてて頬を拭った。

「あかる！」

半年よりもっと会っていなかった。とうにあかるのことなど忘れたと思っていた能盛だった。

あかるの目の前で能盛は前屈《まえかが》みになって咳《せ》き込んだ。しばらく膝に手をついたきり顔も上げられず、高松殿から走り通して来たのだと切れ切れに言った。

「あかるに会いに来てくださったのですか」

「いくさだ、あかる」

えっとあかるは伸ばしかけた手を止めた。

「水を持って来ましょうか」

「いいや」

あかるは能盛を上《あ》がり框《がまち》のところに座らせて、しばらく口がきけるようになるのを待っていた。

「あかる、帝が新院をお討ちになる」

能盛は四宮を帝と呼ぶようになっていた。

「お二人は仲の良いご兄弟だったのではないのですか」

「ああ。だがもう遅い。高松殿に武士が大勢集まっている」

あかるは顔を曇らせた。高松殿は四宮の新しい住まいだ。

能盛もその一人だが、あかるはあまり武士が好きではない。いつも腰から刀を下げて、まるでいくさ場がすぐそこという形で大路を横いっぱいに広がって歩いている。能盛はそこまでではないが、武士が二人三人で歩いていると、近づけば怪我《けが》をさせられるような気が漂ってくる。

「あちらが先に、頼長様が新院様の御所に武士を集めていたのでな。帝は綸旨《りんじ》を出して参集を禁じられたが、言うことをきかぬのだ」

「頼長様って、近衛帝を呪詛した……」

言ってからしまったと思ったが、能盛は今日は怒らずにただ眉をしかめただけだった。

頼長は近衛帝を呪詛した噂が出て鳥羽院に激しく憎まれ、新院はといえば、鳥羽院の命《めい》でわずか三歳の近衛帝にむりやり譲位させられた怨みがある。

新院のもとに兵が集まっていると知って、四宮は高松殿を北面の武士たちに守らせているという。今日は朝から高松殿と白河北殿がともに武士であふれ、互いに相手の出方を窺っている。

「あの頼長様が呪詛したなどと信じたくはない。だが武士を集めて討って出る気配となれば、信じざるを得んだろう。帝は今朝もまだ、呪詛の噂は誰ぞが仕組んだのだと仰せになっていたが」

その温厚な四宮の膝先に源平の武士が詰めかけて、先手必勝だと言い募っている。

「昔は、帝のご兄弟というのはいくさばかりしていたって婆様に聞きました。そんなときはいつも妙な噂話から始まるんだって」

若い帝が呪詛された噂、新院の父が実は異なるという噂。大内裏の周辺には町ごとに名門の別邸や院御所があって、噂はたいていそのどれか一つから起こる。

「呪詛の噂が仕組まれたとおっしゃっているなら、四宮様はいくさを望んでおられないんじゃありませんか」

「だが止める者はおらぬ。もういくさだ。だから私はここへ来た」

あかるは顔を上げた。まさか能盛は一人だけ逃げて来たのだろうか。

そのとき能盛がふっと笑ってまっすぐにあかるを見た。

「いくさになれば武士は大勢死ぬだろう」

あかるはうなずいた。

「だがもしも生き残れたら、あかるは私と夫婦《めおと》になってくれ」

能盛は真っ赤な顔をしてあかるの手を取った。

「死ぬと思えば、言うておかねばならん。だから思い切って抜け出して来た。私はもし生き残れば荘園券も仕上げねばならんし、他にも書かねばならんことがある。それをあかるには手伝ってもらいたい」

「でも私は文字が書けません」

「字はかまわん。あかるの文鎮がわりは絶妙だ」

「嘘ばっかり。いつもあかるの粗相を恐れておられたくせに」

それに能盛とは身分が違う。

「あかるには私が書き損じをせぬよう、ずっと見ていてほしい」

「でも私は傀儡女ですよ」

「うるさい。私を手伝うのか手伝わんのか」

思わずあかるは噴き出した。猪のような顔をして、能盛は妻が欲しいのか文鎮が欲しいのか。

「あかる！」

「はいはい。手伝います。私はずうっと、能盛様の巻紙を押さえています」

「本当だな」

能盛に腕を引き寄せられて、あかるはいっきに頬が熱くなった。きっと家の中で乙前が耳を澄ませている。

あかるは能盛を押し返して頬をふくらませた。

「もう、なんてことをなさるんですか」

あかるは腰に手を当てて反り返った。

「そんなことより、いくさで死んだりなさいませんでしょうね」

「いや、そればかりは分からん」

能盛はそっぽを向いた。

「何を威張っておられるんですか。必ず帰って来てください。あかるは待っていますから」

「きっとか、あかる」

「それは私の言うことですよ」

能盛は顔をくしゃりとさせて微笑むとすぐ深刻な顔つきに戻った。

「ではな、あかる。行ってくる」

あかるも真顔でうなずいた。もしも帰って来なかったらと不安になって、あわてて首を振った。

能盛は笑って背を向けた。ようやく息が戻ったところだったのに、また猪のように走って行った。

能盛が帰った明くる日の朝早く、新院の暮らす白河北殿に武士が押し寄せ、白河の辺りから大勢が逃げて来た。

白河北殿は乙前の家から加茂川をさかのぼって二条大路を越え、東山《ひがしやま》の裾野近くまで行った池の畔《ほとり》にある。中御門大路から大炊御門《おおいのみかど》大路まで続く長い土塀を四宮方の武士が取り囲み、御殿の門はむろん、塀を越えても出入りはできない。

四宮方の武士たちは残らず鎧《よろい》を着け、矢をつがえていると皆が騒いでいた。

逃げて来た女たちは五条大路のあちこちに屯《たむろ》して噂し合っていた。乙前のもとへはいつも俵物を届けるまほろという商人がやって来て、昼前から長々と話し込んでいた。

「ここまで早いとは思わなかったね。だが新院には援軍も来んそうだ。じき終わるから、あかるはここにじっとしておいで」

「能盛様はどこにおられるんでしょう」

「かわいそうだが、そこまでは分からんよ。だがそう長くは保《も》たんから」

乙前はあかるを手招きして歌の稽古を始めようとした。だがあかるは夢中で家を飛び出した。

川縁に着の身着のままの子連れたちが群がっていた。どれも不安げに東山の裾野のほうを見ているが、まだ煙もなく、何も聞こえてこない。

男たちに混じって威勢の良さそうな女が幾人か、様子を見に行こうと話しているのに行き会った。あかるは一緒に行かせてくれるように頼んで、その中に紛れ込んだ。

「新院は四宮が帝になったのがよほど気に食わなかったんじゃな」

「もともと父宮には逆らえんかったから、おかくれになるのを待っとったのよ」

誰とはなしに口々に言って、来た道を引き返して行く。あかるは耳をそばだてて横を歩いた。

「したって武士ってのは何だろうな。大勢で御殿に詰めかけて、儂《わし》らとさして変わらん下《げ》人《にん》どもが勝ち負けをつけるんか」

明け方、御殿の外を覗いた新院は、表が武士に取り囲まれているのに仰天したという。御所内にいる配下よりずっと数が多く、下手《へた》に火矢でも射かけられればあっという間に燃え落ちてしまう。

「だけど私らが逃げるとき、中御門大路のほうから大層な行列が出て行ったけどね」

頰被《ほっかむ》りをした気《き》っ風《ぷ》の良さそうな女が振り向いて言った。ああその行列なら見たぞと別の男が応えている。

「だから新院の御殿にはもう誰もいないんじゃないかい。今時分は鎮まってると思うけどね」

誰もが夕刻までには家に帰りたい。武士たちが囲んで脅しつけたのだから、大層なことにはならずに終わっているかもしれない。

そう念じて二条大橋のたもとで加茂川を逸れ、東《ひがし》大路のほうへ曲がったとき何か爆《は》ぜるような音が響いてきた。あかるたちが互いに顔を見合わせると、続けざまに二度、三度と続いた。

「火が付いたのと違うか。今のは屋根へ抜けた音だろう」

男が鼻をくんくんと、煙でも嗅ぐようにした。あかるもわずかに木の燃えるような臭いを嗅いだ。

そのときとつぜん大きな鬨《とき》の声が上がり、あかるたちはあわててそばの小路へ転がり込んだ。

熊野社《くまの》の前をこちらへ、括袴《くくりばかま》に脛布《はばき》の男たちが駆けて来る。

はじめは五人六人だったのが、見る間に大路を埋め尽くすほどの数に膨らんで走って来る。

もう一度、熊野社の角で鬨の声が上がった。鎧武者たちが追いかけているようで、がちゃがちゃと鉦気《かなけ》の尖《とが》った音がする。

目の前の大路を脛布の武士たちが走り抜けて行く。今しも加茂川へ出るかというとき、熊野社のほうから風を切って矢が飛んで来た。

あかるは初めて矢が飛ぶのを目の前で見た。弓なりに空へ上がったりはせず、まっすぐに大路を突き抜けて男たちの背に迫る。

鞭《むち》の撓《しな》るような音を残して、鏃《やじり》が男たちの背にめり込んだ。あかるは乙前には喉を撓らせて声を出すのだと教えられているが、撓るとは気を裂く鏃のたてる音だったのだ。

矢は周りの気を巻き込んで、的に近づくにつれてぐるぐると呻《うな》りながら軸が太くなる。的にめり込むとき、軸はあかるの腕ほどもある。

矢は激しく旋回して逃げる男たちの背に襲いかかる。背に届かずに足下に落ちた一本が脛布だけの男のふくらはぎを貫き、刺さってもまだ矢羽根は回り続けていた。

男たちは悲鳴をあげて倒れこんだ。そばの男が倒れても、他はかまわずに逃げて行く。なかで一際《ひときわ》目立つ狩衣《かりぎぬ》に指貫《さしぬき》の武士が、肩を射抜かれて前のめりに倒れた。矢は武士を地面に縫い付けるように穂先が飛び出して地面に突き刺さった。

「頼長様！」

その男ばかりは周囲が守るように群がって、急いで地面から引き起こした。右肩の矢の根元から鮮血の染みが勢いよく衣に広がり、男の顔からいっきに血の気が失《う》せていく。

「傷は浅《あそ》うございますぞ」

随身《ずいじん》たちは体を盾にして男を庇《かば》っている。男は太刀を杖《つえ》にして気丈に立ち上がり、そこを随身が両脇から支えた。

男は血を滴らせて走り出す。

白土の大路のあちこちに血溜まりができていた。横たわっている男たちには矢が刺さり、もう動かない者もある。

あかるは恐ろしさに両手で口を塞いでいた。聞いたこともなかった唸《うな》る音、撓る風の音曲。地面に突っ伏した人の形をしたものが喉を震わせて、声とも音ともつかない息を漏らしている。

生き物にはこんな音があったのだ。乙前の歌には臓腑《ぞうふ》を下げるような低いものも、こちらの体をねじるような強い声も、上からのしかかってくる重い声もある。首を絞められたとき喉から漏れるような声を聞いたことがあるが、あれは人が地面に縫い付けられるときの音だったのだ。

体に矢が刺さる刹那の音、その一拍後に漏れる人の息、そして体の血が外へほとばしり出る、砂粒の擦《こす》れ合うような音。今のあかるの周囲には、ほんの一呼吸だけ乙前が声音を取り替える、その刹那の音が満ちている。

あかるはぼんやりと立ち上がった。もっと近くで、あの声が聞きたい。

「何やってる、頭を下げな」

あの気っ風のいい女房が大きな手のひらであかるの頭を押さえつけた。

だんだんと波が遠ざかっていくようだった。目をしばたたけば辺りにはただ鉦気の騒々しさがあるだけだ。

あかるは女房と並んで葉陰で小さく膝を抱えていた。

「すぐに終わるよ」

女が言ったとき、急にあかるは能盛のことを思い出した。能盛は今どこにいるのだろう。だがとても探すことはできない。辺りは日が昇って明るかったが、砂煙が立って目が痛い。

半刻《はんとき》ばかりそうして皆でうずくまっていた。やがて逃げて行く者もいなくなり、加茂川に出張っていた鎧武者たちがぽつぽつと戻って来た。

「もうちょっと御殿のほうまで行ってみるか」

男たちが言って、あかるも脇道を入って行った。

新院の白河北殿は長い土壁が白々と建っていた。だが門は大きく開き、中から煙が立ち上っている。すでにあかるたちの他にも人が集まっていて、皆、遠巻きに見守っている。ちょうど鎧の武者たちに囲まれて男たちが門を出て来た。

「ごらんな。もう片が付いたらしいね」

女房が言ったとき、御殿の中から大きな音がした。それと同時にぱっと火柱が立って見物の間から悲鳴が上がった。

御殿の屋根に火が付き、破風《はふ》が内側へ落ちていった。炎は薪をくべたようにもっと高くなって、屋根はあかるの目の前で燃え尽きた。

能盛の姿を探したが、同じような姿の武士ばかりで誰が差配しているのかも分からない。連れ出された男たちは悄然《しょうぜん》と、鎧武者たちに取り囲まれて大路を加茂川のほうへ歩いて行く。

河原へ行って片端から首を落とされるのだと誰かが囁《ささや》いて、あかるは女と抱き合って震えた。

ふと、首が落ちるときの声を聞いてみたい気がしたが、あわてて頭を振った。醜い声だけ覚えても、それを浄《きよ》める澄んだ声を出せないようでは今様にならない。

「もう帰ろうか。ここにいても酷《ひど》い仕事しか貰えんだろう。いいよ、お前を送って行く」

「でも……」

「うちはもっと山に近いほうだ。火もじき消えそうだからね、あんたを送ってって食い物でも貰うさ。あんた、良さそうな草鞋《わらじ》を履いてるもの」

あかるはぼんやりと自分の足下を見た。ただの大内裏の雑仕女だが、女房の履き物より は底も厚い藁履《わらばき》だ。

女が逞《たくま》しく歩き出し、あかるは腕に摑まった。思いのほか、しっかりと歩けた。

「いくさはあれきりでもう終わるかな」

「だろうね。新院はどうなったんだろうねえ」

御殿は燃えたが、捕まった男たちの中には特別な形《なり》をした者はいなかった。

「能盛様は……」

「え、何か言ったかね」

女が振り返ったので、あかるは手を離して歩き始めた。


あかるが熊野社のそばで矢いくさを見てから二日の後、新院は仁和寺《にんなじ》で降参した。あの矢いくさの最中《さなか》、新院は北門から近臣に守られて御室《おむろ》まで逃げていた。そしてそのまま寺の奥深くに籠もったが、そこも囲まれて諦めたのだ。

「婆様はまほろに聞いたのか」

夕暮れどきに、まほろがどこかへ帰って行くのを見た。京の市中や大内裏で起こるあれこれを知らせてくれるのはいつもあの男だ。

「まほろが教えてくれたのはそんなことではないわな。だが新院も不憫《ふびん》じゃの。父宮が兄弟を仲たがいさせてな」

「じゃあ四宮様も不憫？」

「勝った側は良いのさ」

能盛たちのほうが勝ったのだと、あかるはようやくほっとした。そのほうが生きていてくれる見込みは高い。

「四宮様はどうして新院様の出生の噂を流した人を見つけようとしてたの」

「そうじゃなあ。本気で兄宮が好きだったのかもしれん。新院を陥れようとしたのが誰か、知りたかったのではないか」

乙前はときどき難しいことを言う。だが出生の噂が出たせいで新院は近衛に譲位させられ、捻《ひね》くれたあまり、ついには四宮とも争うことになった。

「なにせ大天狗《おおてんぐ》じゃもの」

「大天狗？　新院様が」

「いいや。四宮がな」

あかるは首をかしげた。だがそういえば面白い言葉なのに今様にはそれを歌ったものはない。

「まほろは頼長が奈良で死んだことを伝えに来た」

「頼長……」

「あのいくさの首魁《しゅかい》じゃ」

あかるは思わず生唾を呑《の》み込んだ。多分あの矢で射られた男だ。

「あかるは頼長様が射られるのを見たよ。あの傷で奈良まで行ったの」

街道口まで辿《たど》り着けたとも思えないほどの深手だった。あのとき両脇から支えられて無理に歩いていたが、やはり死んでしまったのだ。

「頼長はどうしても奈良へ行きたかったんじゃろう。不憫ぞなあ」

乙前の鼻の中央に皺《しわ》が寄った。瞼《まぶた》が閉じ、喉が震えて声が鳴り始めた。

「――大空かき曇り、一味の雨を降らさばや」

あかるも目を閉じて耳を澄ませた。すると小さな波が押し寄せるように鼓膜が震えていく。

頼長は兄の関白とはずいぶん歳が離れていた。だから父はもう頼長に位を譲ってやれと言い、兄は腹を立てた。

――頼長様の父君は、上皇が政に口出しするのを嫌《きろ》うておられた。頼長様が関白となれば、あの学識をお持ちだ。上皇にそのようなことはさせぬであろうゆえ、兄に関白を代わってやれと申されたのだな。

前に能盛が書き物をしながら教えてくれた。

頼長とその父は呪詛の噂が出ていっきに政から遠ざけられ、鳥羽院に疎まれた者同士、新院と手を結んだ。だが結局、頼長はその父にそそのかされたのだ。

頼長は矢傷を受け、手当もできぬまま父のいる奈良へ向かった。なんとか邸までは辿り着いたが、そのときはもう立っていることもできなかったという。

弱々しい拳を振り上げて、頼長は必死で扉を叩いた。

だというのに父は最後まで門を開かなかった。京で敗れた知らせが先に届き、父は己まで咎めを受けることを恐れたのだ。

「——三草二木《さんそうにもく》はしなじなに、花咲き実熟るぞあはれなる」

乙前の声が天井の梁《はり》を震わせている。

あかるは煤《すす》けた梁の一点を見据え、唇を薄く開けて息を吸い込んだ。乙前は頼長と新院の運命を気の毒がって成仏を念じて歌っているが、あかるは怒りに歌を震わせたい。

「——わぬしは情《なさけ》なや。父や母のさけたまふ仲なれば、切るとも刻むとも世にもあらじ」

乙前はあかるを見た。そして歌うのを止《や》めたのであかるが続けた。

「——娑婆《しゃば》にゆゆしく憎きもの、頭白かる翁《おきな》どもの若女《わかめ》好み。姑《しゅうとめ》の尼君の、もの妬み」

頼長の父はもう八十近い。頼長は歳をとってからの子で、あまりの才気に己が有頂天になり可愛《かわい》がってきたくせに、何を今になって老い先短い己の命のほうを惜しんだのだろう。

扉を叩きながら力尽きた頼長を思うと涙がこぼれそうになる。だが泣くのを堪《こら》えていると鼓膜が滲《にじ》む。

息が細くなるのを自分でも感じた。あかるの声は徐々に小さくなり、やがて蠟燭《ろうそく》の炎のように消えた。

梁からゆっくりと目を落とすと乙前はまだあかるを見ていた。

「ふむ、今日は良うできた」

あかるはぼんやりと目をしばたたいた。

「だがまだ声が若いわの。頼長の父が、老いさらばえた残りの歳月、扉を開けられなんだ己を悔いて喉を掻きむしる、その苦しさの振が付けられればよい」

「あと、もう少し？」

「ああ。只《ただ》の今様はな」

今様でももっとも易しい部類に入る歌だ。だがそれでもあかるは飛び跳ねたいほど嬉《うれ》しくなった。

そのとき乙前は後ろの上がり口のほうへ目を逸らした。

「今日はたまさか、良いものを聴くことができた」

懐かしい声にあかるは驚いて振り返った。

細く開いていた板戸を引き、能盛が笑って入って来た。

「ご無事だったのですね」

あかるは三和土《たたき》に飛び降りて能盛に抱きついた。

——縛りごとばかりの帝位など望まれず、ともに歌を詠んで暮らせばよいではございませぬか。兄君ほどの和歌の巧者もおられませんのに。

ともに暮らしている十年のあいだ、四宮は幾度もそう言って兄を宥《なだ》めていたという。

だが新院は気短で、四宮がそんなことを言うと決まって真っ赤になり、頭をぶるぶると震わせた。まるで首に刃を当てられたような顔で、能盛が怒ったときのような猪に見える愛嬌《あいきょう》はなかった。

――そなたのあれはな、歌を詠むとは申さぬのよ。四宮はただ歌《うと》うておる。儂はそなたのあの珍妙な曲節も、虫唾《むしず》が走るような震わせ声も、身の毛がよだつほど嫌いじゃ。

それでも四宮は挫《くじ》けなかった。虫唾が走る、身の毛がよだつと、そのような震わせ方こそ今様の極みの一つではないかと思いついて、ついそれが顔にも出る。

だが新院はそれでも、歌にしか関心のない一見阿呆《あほう》のような弟を実はとても可愛がっていた。能盛が幾度か垣間《かいま》見《み》た兄弟は、貧しい市中の子らと同じように親しげだった。

だから四宮も思ったことはそのまま正直に言った。

――兄君はもうとうの昔に帝になられましたろう。二度も、お止めなさいませ。

すると兄は苛立《いらだ》って畳を蹴りつけた。振り回した袖括《そでぐく》りの紐《ひも》が襖《ふすま》に当たり、雪渓を描いた絵に凹《へこ》みがついた。

――儂はまだ童だったのだぞ。たった五歳で何ができる。わが子を次の帝に就けることも叶《かな》わずにな。

それを言われれば四宮は黙るしかなかったが、鳥羽院と寵妃《ちょうひ》美福門院《びふくもんいん》が院政を続けていたから、すんなりと我が子に帝位を譲れる帝などいなかった。

新院を疎んじた鳥羽にしても、自らが若かったときは無理やり新院に譲位させられたのだ。

そして四宮もまた、すぐ譲位させられるのに決まっている。

「私も新院様の和歌は見せていただいた。まこと、素晴らしい歌をお詠みになる」

能盛は淡々と荘園券の続きを書いていたが、つと筆を止めて傍らの皿に向き直った。慣れない字を書くときに一度習うために置いているもので、書くとすぐ裂《きれ》で拭き取ってしまう。

能盛はそこに和歌を書きながら読んだ。

「瀬を早み、岩にせかるる滝川の、われても末に会はむとぞ思ふ」

「これが新院様の御歌ですか」

「ああ、そうだ。美しかろう」

あかるは皿を覗き込んだ。

「四宮様とのことを詠まれた歌ですか」

あかるが尋ねると、能盛は不可解そうに見返した。

「だって、岩で分かれても最後にはまた会いたいと」

「そうか、そうかもしれぬ」

能盛は目を見開いて皿を見下ろした。小さな文字はたちまち滲んでいく。

「なあ、あかる。生きるとは悲しいな。新院様も、頼長様も」

能盛は頼長を敬っていた。学問を究めて太政官の首席になり、筆録する者たちを褒めたから、能盛は気に入られていた。あかるなら何度生まれ変わっても書けそうもない小さな文字を二人はこの上もなく美しく、一度も間違えずに書いたのだ。

「四宮様もお悲しいでしょうね」

「そうだな。新院様のこの歌はきっと四宮様のことを詠まれたのだな」

もう皿の文字は流れて読み取れなくなった。だが行く手が二つに分かれた兄弟の歌をあかるはずっと忘れない。

「新院様の思いは四宮様に届いているのだろうか」

どうだろうとあかるが考え込んだとき、廊下で衣擦れの音がした。揃って顔を上げると静かに障子が開いた。

能盛があっと息を呑んで慌てて頭を下げた。あかるの袖を引っ張って、帝だと囁いた。

あかるは思わず畳に額を擦りつけて、おそるおそる少しだけ顔を上げた。

四宮の切れ長の形の良い目があかるを見ていた。ふっくらとした頬に鼻筋が通って、眉は凛々《りり》しく、さすがに別物だという整った顔をしている。

それが頬杖をついてこちらへ親しげに微笑んでいたから、あかるはいっきに頬が赤くなった。

だが心底驚いたのはその声を聞いたときだった。

「──侍藤五君、召しし弓矯《ゆだめ》はなど問はぬ。弓矯も篦矯《のだめ》も持ちながら、讃岐《さぬき》の松山へ入りにしは」

「え？」

ついあかるは声を出してしまった。

乙前なら、この世に二人とはあるまいと手を叩くに違いない、甘露の潤いを持つ声だった。抑揚も付けずただ口にしただけなのに、この声ばかりは隣の座敷へも響いているだろうと思った。今までこんな声は聞いたことがない。

あかるは唾を飲み込んだ。

四宮は天与の声を賜ってこの世に生まれた人だ。あかるごときが歌を極めたいなどと願う、そんな執心が愚かに思えた。

あかるは熱にうかされたように四宮の口元を見ていた。もう一度その声が聞きたくてたまらなかった。

「侍の五郎君よ、なぜ召された弓矯や篦矯を使わぬのか。なぜ歪《ゆが》んだまま松山まで行ってしまうのか」

あかるは目を閉じて聞き惚《ほ》れた。どこか森の奥へ分け入って、琵琶《びわ》が掻き鳴らされるのを聞いているようだ。それも最も低い一絃《ひとつる》だけを悠然と。

うっとりして目の奥が熱くなってきたが、能盛の声で座敷に引き戻された。

「それは兄君様のことでございますか。矯《た》め具があろうに、いじけて真直にならず、と詠まれたのでしょうか」

あかるにも少し分かった。弓矢の歪みを直す者を抱えていながら、なぜ弓矢は歪んでしまったのか。

「兄君を松山へな、流すことに決めたのだ。伊予《いよ》ではないぞ、讃岐の松山じゃ。伊予には道後《どうご》の湯もあるゆえ、癪《しゃく》であろう」

この歌を書き残しておくようにと四宮は言った。

「書くと申されますと」

「能盛はこの先、今様も書き溜めていけ。今様は後の世に残さねばならぬ。私はいつかは今様の万葉集を書く」

「今様の、万葉集……」

思わず口にしたあかるを振り向いて、四宮は目を細めた。

「そなたの婆様、名は乙前と申したか。いつかは会うてみたいものだ」

あかるは驚いて飛び上がりかけたが、必死で留《とど》まって頭を下げた。

「あかるとやら。能盛が噂の出所を探ったのは私が命じたゆえだ」

新院が鳥羽院の子でないと言い出したのは誰か、あかるたちは尋ねられていた。

「結局、お答えすることができませんでした」

あかるは頭を下げたまま応えた。乙前は何か知っていたようだが、能盛には話さないままになってしまった。

「かまわぬ。もとから美福門院様が撒《ま》かれたに決まっておるのだ。分かっていながら、万が一にも違えば良いと願って探らせた」

美福門院は先だって崩御した近衛帝の母だ。鳥羽院の中宮《ちゅうぐう》で、天女と見紛《みまご》うばかりに美しいと言われている。新院と四宮の生母は、鳥羽院の寵愛がそちらに移って出家したのだ。

「あの御方のほかに、そんな話が役に立つ者はおらぬのだ。それゆえな」

天から降ってきたような笑い声だった。神の末裔《まつえい》に相応《ふさわ》しい容姿に、声も格別に神が与えたものだ。それに、さぞ憎いに違いない門院への物言いも優しい。

新院の出生を疑う噂が広まったのは近衛帝が生まれて間もなくだったという。そのせいで新院は譲位せざるを得なくなり、次は四宮もとばして近衛になった。

あかるはそっと四宮の顔を見た。この人は弟のほうが帝になったとき、何も思わなかったのだろうか。たまたま近衛が死んだから帝になれたが、もしそうでなければ永久に帝位に就くことはなかったのだ。

己は納得できても、四宮には皇子もある。新院がそうだったように、四宮も我が子を思って悔しくなかったのだろうか。

そっと能盛を振り向くと屈託もなく微笑んでいる。すると、そんなことはどうでもいいという気もする。

「では、頼んだぞ」

あかるを能盛はもう一度頭を下げた。

「能盛。私も頼長は好きだった。人には何と言われようと一途《いちず》に学問に精進してな。私も今様ではそうありたいものだ」

そうして四宮は茶化すように付け足した。頼長を今様に引き込めば良かったか――

あかるは訳が分からずに能盛と顔を見合わせた。そんなあかるたちを四宮は優しく笑って眺めている。

「当世風の節はつけるが、私も歌は詠むのでな。岩にせかるるとは、男女の間ばかりではなかろうな」

能盛とあかるはいよいよ低く額を畳に擦りつけた。話をすべて聞かれていたようだ。

「挑発に乗って兵を挙げるかどうかは兄君次第だと考えていた。あれほどの歌をお詠みになるものを……。御損をなされたな」

四宮は立ち上がった。障子に手を伸ばしかけて、つと足を止めた。

「能盛。私は名を決めたぞ。曽祖父様にあやかってな、後白河《ごしらかわ》にする」

四宮は鴨居《かもい》に届きそうな頭をわずかに下げて、静かに座敷を出て行った。


（「小説すばる」二〇一九年五月号）

宇都宮の尼将軍

箕輪 諒

【作者のことば】

戦国期の宇都宮家には、昔から思い入れが強い。故郷の大名だということもあるが、戦乱の中で没落し、いつ滅んでもおかしくないほどに弱り果てながらも、あらゆる手を尽くして抗《あらが》い続ける、英傑ならざる者たちの足掻《あが》きに感じ入ってしまう。

今回の話でも、そんな宇都宮家の足掻きを描いた。物語の軸となるのは、当主・広綱《ひろつな》の未亡人であり、夫の死後、実質的な当主代行として家中を牽引《けんいん》した、「宇都宮の尼将軍」こと南呂院《なんりよいん》である。

簑輪　諒（みのわ・りょう）　昭和六十二年　栃木県生
『うつろ屋軍師』にて第十九回歴史群像大賞佳作入選
近著――『千里の向こう』（文藝春秋）

一

傾いた午後の日差しに、軒下の影が濃さを増す。秋虫たちは宵を待ちきれなかったのか、どこからか、気の早い鳴き声を聞かせている。

天正《てんしょう》五年（一五七七）、八月。

若色弥九郎《わかいろやくろう》は、濡《ぬ》れ縁《えん》に腰かけたまま、手にした柄鏡《えかがみ》と睨《にら》み合っていた。髭《ひげ》の剃《そ》り残しはないか、うっかり鼻毛など伸びていないだろうか……どれほど確認しても、なにかを見落としているように思えて、銅張りの鏡面から、なかなか目が離せない。

「そう何度も覗《のぞ》き込んだところで、顔の作りまでは変わらんぞ」

庭先から、間延びした声がした。顔を上げると、父の佐太夫《さだゆう》が、鉢木《はちのき》（盆栽）の世話をしているところだった。棚台の上にずらりと並んだ、梅や松、楓《かえで》、赤四手《あかしで》などの鉢に、父は柄杓《ひしゃく》で水をやったり、鋏《はさみ》で枝葉を剪《つ》んだりしつつ、

「どこの遊女《あそびめ》に入れ込んでいるのかは知らんが、外見《そとみ》ばかりにこだわっても、女子《おなご》の気は引けぬぞ。肝要なのは、花を育み、慈《いつく》しむが如《ごと》き、手間を惜しまぬ心尽くしじゃ」

（なにを言っているのやら）

軽口ではなく、父は本気で忠告しているつもりらしい。その、およそ武士らしくない、間の抜けた物言いに、弥九郎はため息をつきたくなった。痩せがちな体軀《たいく》をかがめるようにして、樹木の相手をしている丸い背中は、百姓にしか見えなかった。

下野《しもつけ》中部の戦国大名、宇都宮《うつのみや》家。弥九郎たちが仕えるこの主家は、実に五百年来の歴史を持つ名門だ。

その発祥は、平安の昔、関白《かんぱく》・藤原道兼《ふじわらのみちかね》の曽孫が東国《とうごく》へ下向し、下野一之宮《いちのみや》である宇都宮明神（二荒山《ふたあらやま》神社）の座主となり、土着したことに始まると伝わる。以来、同氏は神職と武門を兼ね、関東でも屈指の有力大名として威を誇り、繁栄を謳歌《おうか》してきた。

父は、その宇都宮家の門松《かどまつ》奉行だった。

儀礼や供応の際に、飾りの樹木を用意する役目で、それなりに知識や経験も必要ではあるが、とても顕職とは言い難い。戦場で槍《やり》を振るうでもなく、財務や内政に奔走するでもなく、ただただ鉢木の相手をしている父を見ていると、弥九郎はやりきれない気持ちになる。いずれ己も、こんな下らぬ仕事を継がねばならぬのか、と。

「あいにくと、女子などのためではありませぬ」

あえて突き放すように、弥九郎は冷ややかに言った。

「宗家の高継《たかつぐ》様より、お呼び出しがあったのです」

「ほう、ご家老様が？」

鋏を持つ手が止まった。振り返った父は目を丸くしている。

芳賀《はが》高継は、宇都宮家の筆頭家老だ。若色家は、その芳賀氏の分家の一つだが、親類と言っても家格が違い過ぎる。本来であれば、弥九郎などが口を利ける相手ではないし、父も、せいぜい年頭の祝いや歳暮で、挨拶をした程度であろう。

「珍しいこともあるものよな。いったい、何の御用じゃ」

「分かりませぬ。ただ、使いの方は、大事《だいじ》であるとしか」

「大事、のう……」

父は訝《いぶか》しげに、息子の顔をまじまじと見た。不審がるのも無理はない。数にも入らぬような末端の分家の、二十歳《はたち》にも満たない小せがれを、わざわざ召し出すような大事など、弥九郎自身にもまるで想像がつかなかった。

「まあ、なにはともあれ、目をかけて頂いたことは誉れじゃな」

推測するのを諦めたのか、父は一人でそう結論づけると、

「せっかくじゃ、これを、ご家老様にお贈りしてはどうかの」

そう言って、棚台の上から、一つの鉢木を取り上げた。茎のように細いいくつもの枝が、青々とした葉と薄紅色の花をまとい、素焼きの瓦器《がき》の上で放射状に広がっている。

「萩《はぎ》、ですか」

「おお、なかなか面白いじゃろう」

父は得意げに言ったが、弥九郎は戸惑うばかりだった。萩は秋の風物詩として、古《いにしえ》よ

り歌にも詠まれてきたし、庭木にも好まれるが、それは言わば野の美しさであって、仰々しく鉢に飾りつけるような花ではない。

そんな困惑をよそに、こちらが尋ねてもいないのに、父は早口で語り出す。

「こうして鉢に植えてやると、野や山に広がっている姿とは、また違った味わいがあろう。きっとご家老様は、松や楓などのありふれた鉢木など、あちこちから贈られて見飽きておられるだろうし、斯様《かよう》に珍しき趣向の方が、かえって喜ばれると思うのじゃが……」

「お言葉ながら」

弥九郎は、もはや遠慮せずに、深いため息をついた。一人勝手に盛り上がり、嬉《うれ》しそうに樹木のことなどを語る父が、腹立たしくもあり、情けなくもあった。

「どれほど趣向を凝らした花や木も、戦場で命を惜しまず働く、武士《もののふ》の心構えに優るものではありますまい。……まして、只今《ただいま》のような情勢の最中《さなか》、父上のように呑気《のんき》なことを言っていては、ご家老様にもかえって呆《あき》れられましょう」

「む……」

衣に泥でもかかったかのように、父は不快げに眉をしかめた。なにか言いたげに口をもごもごとさせていたが、やがて鉢を戻し、再び水をやりだした。

「わしはこれでも、宇都宮家のために、必死に尽くしておるわい」

顔を背け、ぼやくように、聞き取りづらい声で父は言った。

「刀や槍を振り回すだけが、戦《いくさ》ではあるまい。お主には分かるまいが、この庭先こそが、わしの戦場なのだ」

（ならば、その御自慢の鉢木が）

兵の代わりに戦い、主家を救ってくれるとでも言うのか。そう怒鳴りつけてやろうかと思ったが、力なく肩を落とした父の、あまりに弱々しい後ろ姿に、その気も失《う》せた。

（俺は、こうはならない）

そう己に言い聞かせつつ、弥九郎は濡れ縁の上に立った。

屋敷の外に視線を向けると、遠くに宇都宮城本丸の、物見矢倉《ものみやぐら》が見える。たかが矢倉でも屋根を板晒《いたざら》しにせず、わざわざ茅葺《かやぶき》を用いている辺り、いかにも名家らしく立派だが、長い間、茅を葺《ふ》き替えていないためか、その色は妙にくすんで見えた。

関東屈指の名流、宇都宮家。東国一円に威を誇る、武門の雄。……その繁栄も、もはや遠き昔のことだ。上方《かみがた》の「応仁《おうにん》の乱」、東国の「享徳《きょうとく》の乱」に端を発する、旧体制の崩壊と戦乱の慢性化――いわゆる「戦国時代」の到来に伴い、宇都宮家は見る影もなく没落した。このかつての名門は、度重なる家中の内訌《ないこう》と、近隣諸国からの圧迫によって衰退の一途を辿《たど》り、幾度となく窮地に追い込まれながら、辛うじて家名を保っている。

そして前年、ついに恐れていたことが起こった。

かねてより、病弱で寝込みがちだった、当主・宇都宮広綱《ひろつな》が、三十二歳の若さで没したのである。しかも、跡目を継いだ嫡子・国綱《くにつな》は、この時わずか九歳の幼君だった。

宇都宮家は、いよいよ滅亡の危機を迎えつつある。

「……こんなときに、なにが花だ」

吐き捨てるように呟《つぶや》き、弥九郎は歩き出す。一瞬、父の背が微《かす》かに震えたようだったが、息子の暴言を咎《とが》めるどころか、こちらを見ようともせず、ただ縮こまって聞こえないふりをするばかりだった。


芳賀高継の屋敷は、城中の二の丸にある。さすがに、筆頭家老の住まいだけあって、弥九郎の家などは三つか四つは入りそうなほどに広い。門をくぐり、家人《けにん》の案内に従い、ひどく長い廊下を心細く進む。やがて邸内の一室に通された弥九郎は、久方ぶりに、この宗家の当主と顔を合わせた。

恰幅《かっぷく》のよい身体《からだ》つきをした、五十絡みの初老の男だ。鷹揚《おうよう》で上品な居住いは、白綾《しらあや》の高級な衣と共に、いかにも貴種らしい印象を与える。

「お召しに従い、参上仕《つかまつ》り申した。若色佐太夫が息《そく》、弥九郎にございまする」

針金を折り曲げるように、恐るおそる、強張《こわば》った身体をひれ伏させる。そうしている間も、弥九郎の頭の中では、様々な不安が渦巻いていた。……はたして、己は、なんのために呼び出されたのか。そもそも、一門とはいえ、高継は弥九郎如きを、本当に覚えているのか。誰か、別人と取り違えているということもあるのではないか。

ところが、高継は意外にも、

「よくぞ参った、達者であったか」

などと、ろくに言葉も交わしたことのない弥九郎へ、驚くほど気さくに声を掛けてきた。思いもよらない態度に、こちらが啞然《あぜん》としていると、高継は肩でも抱くように身を寄せ、

「近ごろ、槍の方はどうだ。なかなか、熱心に励んでおるそうじゃが、腕は上がったか」

（あっ……）

そんなことまで、知ってくれているのか。

弥九郎は、まだ初陣《ういじん》を踏んでいない。しかし、いずれ来たるべき戦場に備え、柳田監物《やなぎたけんもつ》という槍仕《やりし》に弟子入りし、同門の誰よりも必死に修練を続けている。

「まだまだ未熟ゆえ、お恥ずかしゅうございまする。されど、いつかは己が槍働きにて、宇都宮に若色弥九郎のあることを、天下に示しとうござる」

「勇ましきことよ。若い者は、そうでなくてはならぬ」

高継は、優しく微笑《ほほえ》んだ。雲の上の存在と言うべき筆頭家老が、自分のような若造のことを気にかけてくれている。弥九郎は、緩みそうになる頰を、引き締めるので精いっぱいだった。

「さて、弥九郎よ、実はな、お主に頼みがあるのじゃ」

「いかなる御用にございましょうか」

「ふむ。それがな……」

高継は目を細めた。声色が、わずかに翳《かげ》りを帯びる。

「南呂院《なんりよいん》様に、関わることでな」

「ほう？」

亡き先代当主・宇都宮広綱の正室のことだ。夫の死に伴って落飾《らくしょく》し、南呂院と号したこの未亡人は、武家の慣例に従って、我が子である幼君・国綱の後見役――実質的な当主代行――を務めている。

「お主も、話には聞いておるであろう。件《くだん》の評定《ひょうじょう》での、南呂院様のお振舞いを」

「は……」

彼女に関する評判は、必ずしも芳しいものではない。南呂院にまつわる種々の噂《うわさ》は、弥九郎のような一家臣の耳にも届いていたし、なにより、彼女の名を口にする高継の顔つきが、その複雑な心境を物語っていた。

「知っての通り、あれは先月のことだ」

そうして、高継は改めて確認すべく、「南呂院様の一件」について話し始めた。

二

一月《ひと》前――天正五年、閏《うるう》七月。
本丸の大広間では、重臣たちが集い、評定が行われていた。芳賀高継を筆頭に、横田出羽《よこたでわ》、今泉但馬《いまいずみたじま》ら宿老衆《しゅくろう》、それに岡本筑後《おかもとちくご》ら奉行衆を加えた十数名が、意見を交わし合っている。

だが、彼らの口ぶりは一様に重く、広間に満ちた空気は、沼底にいるかのように淀《よど》んでいた。

「なにか、手立てはないのか、芳賀殿」

勇猛で鳴らした君島備中《きみじまびっちゅう》が、らしくもなく不安げに言った。

「このままでは、関東は北条《ほうじょう》の意のままになるぞ」

「ふむ……」

北条家。

相模小田原《さがみおだわら》城を本拠とするこの大名は、およそ八十年前に、京の室町《むろまち》幕府の高級官僚であった北条早雲《そううん》（伊勢宗瑞《いせそうずい》）が、一代で打ち立てた新興勢力である。同家は、家祖・早雲から、現当主・氏政《うじまさ》までの四代に渡り、戦乱に乗じて版図を拡大し続け、いまや本国の相模に加え、伊豆《いず》、武蔵《むさし》、下総《しもうさ》を領国化し、さらには上野《こうずけ》、下野、上総《かずさ》、常陸《ひたち》にまで勢力を広げる、関東最大の大名として君臨している。

しかし、宇都宮家を始めとする、古くから関東に根を張って来た大名・領主たちにとって、この京からやって来た新興勢力は、

――東国に縁《ゆかり》なき、他国の凶徒（侵略者）

に外《ほか》ならず、勇猛を誇ってきた坂東《ばんどう》武者の末裔《まつえい》として、決して屈することの出来ない仇敵《きゅうてき》だった。

このため、関東の諸将は、激しい抵抗を続けて来たが、時流に乗る北条の勢いは凄《すさ》まじ

く、千葉《ちば》氏や小山《おやま》氏など、平安以来の名門でさえも屈服や失墜を余儀なくされ、そのほか数え切れぬほどの領主たちが、ある者は降《くだ》り、ある者は滅んだ。

そして、その勢力はいまや、宇都宮家の領国をも脅かしている。

「なに、まだ我らには、上杉《うえすぎ》がついている」

今泉但馬が、声を励まして言った。

越後《えちご》国主・上杉謙信《けんしん》は、「軍神」の異名を取る名将であり、「義」や「筋目」を重んじる、乱世には珍しい信条を持った大名だった。そんな謙信にとって、力によって東国にのさばる北条家は、世の秩序と静謐《せいひつ》を乱す、許しがたき存在であり、これまでも幾度となく、越後国境の三国《みくに》峠を越えて関東へ出兵し、北条の圧迫に苦しむ諸将を救援してきた。

「謙信公にかかれば、北条など虎の前のねずみも同然。いつぞやのように、あの小田原の凶徒どもを、たやすく蹴散らしてくれようぞ」

「援軍の要請に、応じてくれればの話だがな」

多功石見《たこういわみ》という男が、揶揄《やゆ》するように口元を歪《ゆが》めた。

「近ごろの謙信公は、越中《えっちゅう》だの能登《のと》だの、北国《ほっこく》筋にばかりご執心の様子ではないか。女子なら、つれない相手を口説くのも味があるが、男に振られ続けるのは虚《むな》しいばかりよ」

彼の言う通り、昨今の謙信には、関東について、かつてほどの積極性は見られず、むしろ北陸への介入を熱心に行っている。

北条の討伐を公言してはばからず、毎年のように関東へ乗り込み、ときには小田原城にまで攻め上った「越後の軍神」も、いまでは峠を越えても深入りはせぬまま、大した戦果もなく領国へ戻っていくのが常となっていた。

――謙信公は、内心、すでに北条討伐を諦め、我らを見捨てるつもりなのではないか。

上杉への不信感は、関東諸将の隅々にまで広がりつつある。

「どうやら、彼《か》の軍神殿は合戦の将才のみならず、商いの方の商才にも恵まれておられるようだ。わざわざ峠を越えてまで、困難ばかりの関東に出張るよりも、北国で領主の争いに介入しつつ、湊《みなと》の権益でも分捕《ぶんど》る方が、よほど旨味《うまみ》があるのだろうさ」

「石州《せきしゅう》、口を慎まぬか」

長老格の横田出羽が険しい顔つきで、多功の皮肉をたしなめた。

「仮にも、我ら上杉方の盟主に対して、よくも左様《さよう》な悪口《あっこう》を」

「口先ばかりの盟主なぞ、崇《あが》めたところでなんの益がある」

多功はせせら笑い、

「結局、当家にとって味方と呼べるのは、佐竹《さたけ》と結城《ゆうき》ぐらいのものだ」

「……佐竹はともかく、結城はいかがなものか」

そう述べたのは、筆頭家老の高継だ。

常陸の佐竹氏、下総の結城氏は、宇都宮氏と同じく「関東八屋形《はちやかた》」に数えられる名門である。かねてより三家は上杉方として、北条の侵攻に対抗してきたものの、その足並みは揃《そろ》っているとは言い難い。

「味方と呼ぶには、結城はあまりにも腰が据わらぬ。共に北条に抗《あらが》おうと誓ったというに、敵方の攻勢に屈して寝返ったかと思えば、いまは再び、上杉方に戻ってきている。斯様な相手を、どこまで当てに出来るのか」

佐竹、宇都宮、結城……個々の国力では、あの強大な北条にはかなわない。しかし、盟主たる上杉家の姿勢が曖昧である以上、とても強固な結束などは期待できない。

「ではどうすれば良いのだ」

「もはや我らは、上杉の援軍到来を祈ることしか出来ぬのか」

重臣たちは、口々に悲痛な声を上げげた。高継も、彼らに対し、もはや掛ける言葉がなかった。

ところが、そんな中、

「いや、家を守るための手立てならある」

それまで、一言も発することなく、評定の行く末を見守っていた、ある人物が声を上げた。上段に座す、尼僧姿の女――当主後見役・南呂院は、家臣らの視線が己に集まったことを確かめると、ゆっくりと、その驚くべき宣言を一同に伝えた。

「……北条方に、寝返ればよいのじゃ」

その一言は、家臣らに言葉を失わせるには十分だった。愕然《がくぜん》とする面々の中で、高継だけが辛うじて声を上げた。

「なにを、馬鹿な」

あり得ることではなかった。北条家が、関東諸将にとっての仇敵というだけではない。

「あなた様は、佐竹家のお生まれではありませぬか」

そう高継が指摘するように、彼女は佐竹家当主・義重《よししげ》の実妹だった。北条への寝返りは、南呂院にとって、実家と実兄への裏切りにほかならない。

しかし、この尼僧姿の後見役は、微塵《みじん》も動じた様子を見せず、

「嫁いだその日から、妾《わらわ》は宇都宮の女である。家を守るため、手立てを問うつもりはない。それが宇都宮のためであれば、喜んで生家を敵に回し、兄と殺し合ってやろうではないか」

冷淡な、しかし刃でも突きつけるかのような、鋭さを持った語調だった。その意気に家臣たちはたじろいだが、高継はなおも口をつぐまず、

「されど、誇りはどうなるのです。今日まで貫いてきた、我ら坂東武者の意地は……」

「その意地や誇りで、家が保てるのか」

氷を思わせるような瞳で、南呂院は高継を見据えた。

「妾は、なんとしても守りぬく。広綱様が遺された、この家を」

評定を終えたのちは、ひどい騒ぎだった。尼姿の後見役が去った広間で、重臣たちは半ば罵声を上げるように、「いったい、いかなるおつもりだ」「よもや、小田原の凶徒に与《くみ》するなど、あれでも佐竹の娘か」と、各々の不満や戸惑いをぶつけあっていた。

「まるで、鎌倉《かまくら》の尼将軍（北条政子《まさこ》）じゃな」

皮肉屋の多功石見が、うんざりしたように口を開いた。北条政子は、鎌倉幕府を開いた源《みなもとの》頼朝《よりとも》の正室であり、夫や息子の死後、幼き将軍の後見を務め、幕府を主導したことから、「尼将軍」の異名で知られている。

「南呂院様も、姫御前《ひめごぜ》のころより気の強いお人ではあったが、兄を殺すなどと平然と言えるほど、酷薄ではなかったはずじゃ。どうも、広綱公が身罷《みまか》られて以来、人変わりされたと見えるのう」

「悠長なことを言うておる場合か！」

犬の尾のような髭を震わせ、戸祭《とまつり》下総という宿老が怒声を上げた。

「事は意地の問題だけではない。もし我らが屈したとすれば、北条は、自家の一門を宇都宮に送り込み、新たな当主として養子入りさせ、御家を乗っ取ろうとするやもしれぬ」

戸祭が語るような政略は、大大名の勢力拡大における、常套《じょうとう》手段と言っていい。まして、宇都宮家の場合は、当主の国綱が幼少であるため、

――国綱殿が長じられるまでの間、仮の当主として中継ぎを務める。

などと称すれば、養子を送り込む格好の名目になる。無論、成長するまでというのは建前で、一度、養子入りを許してしまえば、あとで適当な理由を構えて、名実ともに家督を奪ってしまうだろう。危機感を抱くのは、当然だった。

「しかし、南呂院様の申されることも、一理ある」

顔をうつむかせ、高継が口を開く。

「いまの窮地に、家を保とうと思えば、北条に与するほどの決断も必要かもしれぬ」

「高継殿、なにを申される」

「宇都宮の筆頭家老ともあろうお方が、なんと情けなき言葉か」

「……静まられよ！」

らしくもなく大声を張り上げ、高継は朋輩《ほうばい》たちを一喝した。端整な顔立ちは苦渋に歪み、目元には涙さえ浮かんでいる。

「わしとて、皆と気持ちは同じだ。だが、家のため、ここは耐えねばならぬ」

高継は言う。一時《いっとき》、北条に与するのは、情勢から見てやむを得ない。だが、この先ずっと、あの「他国の凶徒」の好きにさせていては、皆が申す通り、坂東一円は彼奴《きゃつ》らに呑《の》み込まれ、宇都宮も乗っ取られることになるであろう、と。

「状況を変えるには、上杉の力を借りるしかない。……南呂院様とて、仇敵たる北条に、好き好んで与すると仰せられたのではあるまいよ。越後からの援軍さえ実現すれば、再び上杉方に味方するよう、説得も叶《かな》うであろう」

「されど、上杉は本当に、援軍を送ってくれるだろうか」

「送らせるのだ」

訝しげな声を上げる多功石見に、高継は頑として言った。

「北条に与するは、あくまで一時のこと。いずれこの芳賀高継が、たとえ謙信公と刺し違えてでも、上杉の援軍を実現させてみせる。だから、皆もどうか、わしと共に耐えてくれ」

その後、高継は反発を抱く家臣らを根強く説得して回り、北条方への鞍替《くらが》えという一大転換について、なんとか家中の方針をまとめ上げた。

とはいえ、それで家臣らの不服が消え去ったわけではなく、北条への、そして南呂院へのわだかまりは、宇都宮家中に澱《おり》の如く溜《た》まり続けている。

三

「……弥九郎よ」

説明を終えた高継が、改めてこちらに向き直る。

「お主には、南呂院様の警固番《けいごばん》に加わって欲しい」

「私に……？」

「これほど張り詰めた情勢だ。後見役たる南呂院様に、なにかあっては一大事ゆえ、増員の人選を進めているところなのだが、信頼出来る者となると、なかなか難しゅうてな。どうだ、宇都宮のため、命を懸けられるか？」

「問われるまでもございませぬ」

日々、修練に励んでいる弥九郎の武芸を、そして主家への忠誠心を、高継は買ってくれているのだ。宇都宮家臣として、これほどの栄誉はない。

「未《いま》だ戦場を知らぬ若輩なれど、武士《もののふ》の心は知っております。南呂院様の御身《おんみ》は、我が一命に替えてもお守り致しまする」

　上気する心を抑えきれず、鼻息荒く弥九郎は応じた。ところが、その返答を聞いた途端、高継は小さくため息をつき、

「そうではない。わしは、南呂院様ではなく、宇都宮のために、命を懸けられるかと問うたのだ」

「は……？」

　この筆頭家老は、なにを言っているのだろう。戸惑う弥九郎に向けて、高継はさらに言う。

「わしには、あのお方のなさりようが、どうにも解《げ》しかねるのよ。この期に及んで、北条に与するなど、な」

「されど、それは情勢から見て、やむを得ぬことと……」

「領外の情勢だけを鑑みれば、その通りだ。だが、問題はむしろ、家中の方にある」

　高継は言う。当主と宿老の方針が、真っ向から対立した挙句、家中が割れ、内乱を引き起こし、国が疲弊し、家が傾く……そのような愚挙を幾度も繰り返したために、宇都宮家は現在のような窮地にあるのだと。

「なんとか、執り成すことが出来たから良かったものの、一つ間違えば、今度こそ家が滅

びる恐れさえあった。南呂院様とて、己が評定で申したことに、そのような危険があることも、分かっておられたはずだ」

「ならば、あのお方の真意はどこに……」

「ふむ」

高継は顎に手をやり、しばし考え込むような仕草をした。主筋のことだけに、頭の中で慎重に、言葉を選んでいるのかもしれない。

「……わしは、こう思うのだ。南呂院様は、どちらでも良かったのではないかと」

「どちらでも？」

「我らが北条に与し、やがては屈して傘下となろうと、あるいは、家中が二派に割れることで、北条家がその調停を名目に兵を発し、宇都宮を制圧しようと……いずれにしても末路は同じだ。しかし、それが狙いだとすれば？」

「ば、馬鹿な」

声が、思わず裏返る。とても、信じられることではない。もし、高継の見解が正しいとすれば、南呂院はあろうことか、宇都宮家を北条に、売り渡そうとしていることになるではないか。

視線を床へ落とし、うつむきがちに高継は語る。その語調は、唇が鉛になったかのように重たげだ。

「家中の実権と引き換えに、幼き国綱公の命と、宇都宮の家名を守る……もし、南呂院様が、左様に考えられたのであれば、実家の佐竹を敵に回すことさえ、厭《いと》わぬやもしれぬ」

「そんな……」

弥九郎は、愕然とした。そして同時に、あることに思い至った。

「まさか、警固番というのは……」

黙したまま、高継は静かにうなずいた。その態度で、弥九郎も己の真の役目を察した。

……南呂院を、監視しろ。この筆頭家老は、そう命じているのだ。

「もちろん、わしの杞憂《きゆう》であればそれに越したことはない。むしろ、お主の働きは、あのお方の潔白を証《あか》すことになるやもしれぬ……どうじゃ、出来るか、弥九郎」

「…………」

話を聞いただけでも、困難な役目であることは分かる。しかし、今の弥九郎の胸中を占めていたのは、躊躇《ちゅうちょ》や怖気《おじけ》を塗りつぶすほどの、言葉にならない興奮だった。

「御家のため、粉骨砕身いたしまする」

信頼されている。自分のような分家筋の、なんの実績もない若輩者が。しかも、己の働きは、家中の危機を救うかもしれないのだ。

四

数日後、本丸曲輪《くるわ》の内、北の離れにある南呂院の居所へ、弥九郎は出仕した。

大名の奥方の住まいにしては、室内はまるで飾り気がなく、掛け軸や屏風《びょうぶ》すらない。そのひどく質朴な一間の、固く冷たい板敷の上で、弥九郎は南呂院に拝謁を果たした。

何度か、遠くから見かけたことはあった。しかし、こうして正面から顔を合わせるのは、初めてだった。

（このお方が……）

年の頃は、二十七、八。私室であるためか頭巾や法衣《ほうえ》はまとわず、髪は肩の辺りで「かむろ（尼削《そ》ぎ）」に切りそろえられ、浅紫色の落ち着いた打掛に身を包んでいる。

関東の女人《にょにん》には珍しい、まるで唐物《からもの》の白磁のような肌。しかし、その端整な印象とは対照的なのが、彼女の瞳の異様な鋭さだ。鈴を張ったが如き、などという生温《なまぬる》い眼光ではない。南呂院のそれは、研ぎ終えたばかりの刃物のように、冷ややかで、恐ろしく、しかし魅入られるほどに美しかった。

「物好きなことよな」かむろ髪の後見役は、にこりともせずに言った。「尼将軍だの、人の心がないだのと、家中で散々に言われている女の護衛に、わざわざ加わりたいとは、よほどの変わり者じゃな」

「恐れ入りまする」

つい身を強張らせながらも、弥九郎は応じる。

「されど、国綱君《ぎみ》が長じられるまでの間は、後見役たる南呂院様こそが、当家の屋形（当主）に等しきお立場なれば、御身をお守りすることは、宇都宮を守るも同じ。これに優る、光栄な役目はございませぬ」

「立て板に水じゃな」

切《き》っ先《さき》を突きつけるかのように、彼女の視線が、こちらの両目を捉えた。

「まるで、紙に書いて来たようじゃ」

「なにを仰《おっしゃ》います、拙者は……」

「まあ、良い」

慌てて弁明しようとする弥九郎を、南呂院はすげなく遮《さえぎ》り、

「警固の人数に、多すぎるということはない。そちの申す通り、妾が斯様な立場である以上、命を狙う者はいくらでもおるじゃろう。……あるいは、この城の中にもな」

「は……」

返答すべき言葉が思いつかず、弥九郎は口ごもった。「左様な不届き者はおりませぬ。家臣らは一丸となって、あなた様に忠誠を誓っております」などと取り繕うのは、いかにも追従《ついしょう》が見え透いているし、かといって「仰せの通りにござる」などと答えるのもどうだろう。

「あの、ところで」

気まずい沈黙に耐え切れず、強引に話題を逸《そ》らそうとした。

「なんだ」

「いえ、その、南呂院様は、樹木などをお好みになられると伺い申した。ちょうど、拙者

の父が、門松奉行を務めておりまして……」

背筋が凍るほどに冷淡な、切れ長の眼差《まなざ》しに睨まれながらも、弥九郎は必死で言葉を継ぎつつ、傍らにあった包みを解き、南呂院に向けて差し出した。

それは、鮮やかな青葉を茂らせた、松の鉢木だった。

「勝手ながら、斯様なものを持参仕りました。ぜひとも、南呂院様に進上致したく存じまする」

「ほう、松か」

それまで、氷像のようであった南呂院の顔つきが、わずかに緩んだ。彼女は鉢を取り上げると、ためつすがめつ、興味深そうに眺めた。

「よい枝ぶりじゃな。そちの父が育てたのか？」

「ははっ」

弥九郎は即座にうなずいた。……しかし、実のところ、これは父が育てたものではなかった。

――南呂院様は、樹木や草花の類《たぐい》を好まれる。しからば、お主は鉢木を進物として持参し、取り入るための一助とせよ。

高継はあらかじめ、弥九郎にそのように言い含めた。まさか、進物一つで心を開くようなことはあるまいが、少しでも信用を得るためには、使えるものはなんでも使うべきだ、と。

ただし、肝心の鉢木について、弥九郎の父・佐太夫が育てたものではなく、こちらで用意したものを持っていくようにと、あの筆頭家老は付け加えた。南呂院の好みについては、身分の低い佐太夫よりも、高継の方が詳しいということ、また、彼女の監視は秘事であるため、関わる者をなるべく少なくしたいというのが、その理由であった。

「いかがでございましょうか。もし、南呂院様がお望みなら、父に掛け合い、ほかにもよき鉢木をご用意いたしますが……」

「それは願ってもない」

南呂院はうなずいたが、

「されど、弥九郎よ、献上は無用である」

「はて、なぜでございましょう」

「見るがいい、この根張りの力強さを。一尺に満たぬ松が、山中に大木を見るが如き景色を感じさせる。これだけでも、そちの父がいかに労を惜しまず、この鉢の世話を続けてきたかが分かる」

(それほどの物なのか)

家職に反発してきた弥九郎には、いま一つ、その良し悪《あ》しが分からなかったが、南呂院は感じ入った様子で、

「斯様なものは、持ち主の手元で育てられるべきじゃ。妾は、眺めるだけで十分に満ち足りる。よき父を持ったな、弥九郎」

「恐れ入りまする」

かしこまって、頭を下げる。尼将軍と恐れられるお方にも、意外な弱みがあったものだ。

「進物」の想像以上の効果に驚きつつも、その反応に弥九郎は安堵《あんど》した。


こうして、弥九郎の警固番衆としての――そして、ひそやかな監視役としての日々が始まった。

といって、なにも南呂院の一挙手一投足を見張るというわけではなく、彼女の側近《そば》くに侍《はべ》りながら、外部との連絡を警戒し、人の出入りはどうだったか、怪しいそぶりはなかったかなどを、高継に報告するのが主な役目だった。

（とは言うものの……）

日を経ていくうちに、弥九郎の困惑は深まっていった。外部との連絡もなにも、そもそも南呂院自身が、誰かとひそかに会うような隙をつくろうとしないのだ。

公務に関わる報告を受ける際も、重臣たちとの評定の際も、あるいは厠《かわや》や湯殿に至るまで、彼女の周囲には常に、警固番衆や侍女、小姓らが付き従っている。起床から就寝までを通じて、一人になるということがほとんどなく、密書や密談どころか、無駄話さえろくにしない。

また、その暮らしぶりも、名流の未亡人といった印象からはほど遠い。

たとえば、公務についても、彼女はすべてを家老任せにして報告を待つのではなく、村落などで起こった訴訟、家中財政の使途などについて、自ら資料を確認し、ときには重臣たちを伴って、領内の検分さえも行った。その一方で、武芸の修練についても熱心であり、警固番衆を相手に、刀槍《とうそう》や薙刀《なぎなた》の稽古を頻繁に行った。

その太刀《たち》行きの迅《はや》さは、女人のものとは思えなかった。警固番衆は、ろくに近づくことも出来ぬまま、たんぽ槍や袋竹刀《ふくろしない》で、一方的に叩《たた》き伏せられるばかりだった。

この日もまた、弥九郎たちは、足が立たなくなるほどに、厳しくしごき抜かれた。

「どうした、もうへばったか」

庭先に横たわり、痛みにうめく警固番たちを尻目に、南呂院は一人、涼しげな顔で立っている。頬がわずかに上気している以外には、いつものように眉一つ動かさず、冷淡にこちらを見下している。

「身が持たぬというのであれば、いつでも役を辞すがよい。この程度で音《ね》を上げる者など、幾人並べたところで、警固の用を成すまい」

「なんの……」

起きようとすると、腿《もも》の辺りが千切れるほどに痛む。それでも、弥九郎はなんとか立ち上がったが、ふらつく膝は、いまにも折れて崩れそうだ。荒い息をつきながら、声を絞り出す。

「御身をお守りすることこそ、我らが務めにございまする」

「その有様で、よく申すものよ」

　彼女は、わずかに目を細め、

「だが、立ち上がったことは褒めてやる。……おい、稽古は終わりじゃ。水桶《みずおけ》と手ぬぐいを持て」

「はっ」

　命じられた侍女が、慌ただしく駆け出していく。終わりという言葉を聞いて、ほかの警固番衆も息を吹き返したのか、よろよろと立ち上がりはじめた。

（鎌倉の尼将軍でさえ、ここまで峻烈《しゅんれつ》ではなかっただろう）

　だからこそ、余計に分からなかった。その南呂院が、仮に我が子のためだとしても、仇敵である北条家に、たやすく屈するだろうか。

（あるいは、なにかもっと、別の真意があるのか）

　しかし、考えを巡らそうにも、いまの弥九郎は、ただ倒れずにいることだけで精いっぱいだった。

五

　はじめに持って行った松のあとも、弥九郎は毎朝、鉢木を携えて出仕した。

　ただし、南呂院の意向により、これは献上ではなく、貸与の品として扱われた。杉、槙《まき》、橘《たちばな》、南天など、その日ごとに違った鉢を差し出すと、彼女はそれを私室に飾り、一晩だけ楽しみ、翌朝、新しいものと交換する。

（なにやら、回りくどいことだ）

そう思わないではなかったが、毎朝、鉢木を披露するときだけは、あの南呂院も、

——今日のものは、一段と素晴らしい。吹き流された枝の向こうに、海が見えるようだ。

などと言って、常に張り詰めた態度を、ほんの一瞬、緩ませる。たかが草木とはいえ、信用を得るためには重要だった。

そんな日々が、半月ほども続いた頃、

「お勤めは、どのような具合じゃ」

屋敷へ戻ってきた弥九郎へ、父が、そのようなことを問うてきた。こんな夜更けに、わざわざ部屋まで訪ねて来るなど珍しい。

「なにやら、近ごろのお主は、生傷が絶えぬではないか。さぞ、苦労しておるのだろう？」

「生憎《あいにく》と、父上のお気を煩わせるようなことはございませぬ」

勇猛果敢で鳴らした坂東武者の末裔が、つまらぬことを気にかけるものだ。軽蔑のにじみきった声で、弥九郎は応じる。

「少々の怪我《けが》など、警固番ならば、いえ、武士ならば当然のこと。私は、いまのお役目に、なんの不満も悩みもございませぬ」

「そうか、いや、それならば良いが……では、八重《やえ》様の様子は、いかがであろうか」

「八重様？」

それが、南呂院の俗名だと気づくまで、少し時間がかかった。父にとっては、彼女が昨年より称するようになった法号より、昔からの名乗りの方が馴染《なじ》み深いのだろう。

「なんでも、尼になられてから、お人が変わられたようじゃと聞くが、まことであろうか」

「そう言われましても……」

ついこの間まで、南呂院と言葉を交わしたこともなかったのだ。まして、彼女が以前と比べてどうかなど、分かるはずがないではないか。

（いや、しかし）

良い機会ではないか、と弥九郎は思い直した。もしかすると、かつての彼女を知ることで、その真意について、思わぬ手掛かりが得られるかもしれない。

「以前の南呂院様、いや、八重様とは、どのようなお方だったのです」

「そうさなあ」

父は少し考え込み、

「ううむ、難しいのう。ときに野茨《のいばら》のようでもあるが、芯は堅木のように強い。しかし、楢《なら》や椈《ぶな》では質朴に過ぎるし……」

「父上」

内心、弥九郎は苛立《いらだ》ったが、出来る限り温和な顔を作り、

「なにも無理やり、花や木にたとえずとも宜《よろ》しゅうございます」

「うん？　あ、ああ、そうじゃな」

気まずさを誤魔化すように、父は頭を掻《か》いた。そして、彼女の過去について、おもむろに語り始めた。


同盟関係の強化のため、佐竹家の娘である南呂院——八重姫が、宇都宮家へ嫁いできたのは、いまから十五年前のことだ。

当時、宇都宮広綱は十八歳、八重姫に至っては、まだ十二歳であった。

「嫁いできたばかりの八重様は、言うなれば、腕白な男童《おのわらわ》のようなお方でな」

そう父が語るところによれば、八重姫は和歌や琴などの稽古は嫌がり、童女の身ながら、武芸に強い興味を示した。やがて年が長じてからも、それは変わらず、護身の心得である薙刀はもちろんのこと、弓に刀槍、乗馬や狩猟にまで、のめり込むように熱中した。

「あるときなど、家老衆にも知らせず、勝手に城を抜け出して、狩りに出かけてしまわれてな。当然ながら、城中は大騒ぎとなり、探し出すために、わしのような端役の者まで駆り出されたものじゃ」

もっとも、八重姫は、追っ手に連れ戻されるまでもなく、しばらくすると、自ら城へ戻って来た。馬に跨《また》がり、堂々と大手門より入城する彼女の傍らでは、供回りの者たちが、立派な猪《いのしし》を四人がかりで担いでおり、かったのじゃ。

——許せ。八幡山《はちまんやま》の辺りで、大猪を見かけたと聞きつけてな、居ても立ってもいられな
駆け寄る重臣たちに対して、快活に笑いながら、彼女は言った。その、少しも悪びれない態度に、重臣たちも毒気を抜かれたのか、それ以上はなにも言えなかったのだという。

「本当に、いつまで経《た》っても、悪童のようなお方であったよ」

苦笑交じりに、父はそう語る。しかし、その話を聞けば聞くほど、弥九郎の頭の内では、混乱ばかりが大きくなっていく。

己の知る、あの冷徹で苛烈な南呂院と、父の語る八重姫が、まるで重ならない。まして、彼女が笑みを浮かべるなど、想像すらできなかった。

「しかしながら、ああ見えて、お優しいところもある」

息子の戸惑いにはまるで気づかず、父は呑気に思い出話を続ける。

「実は、八重様が急に狩りへ出られたのには、理由《わけ》があったのよ」

「理由、でございますか」

「うむ。あのお方は、他ならぬ広綱公のために、猪を狩ろうと思い至られたのだ」

亡き先代当主、宇都宮広綱。その気性は、妻である八重姫とは、まるで正反対であったという。穏やかで、物静かで、詩歌や書画を愛した彼は、生まれつき、身体があまり壮健ではなく、病で寝込むことも少なくなかった。

「猪の胆囊《たんのう》は、万病に効くという。あの頃、広綱公は風邪《かぜ》を患われ、なかなか完治せずに

長引いておられた。……その苦しまれるお姿を見かねたゆえに、八重様は大猪の噂を聞きつけるなり、城から飛び出されたようじゃ」

「左様なことが……」

「なにやら、後見役となって以来、色々と家中で言われておるようじゃが」

痩せた背を丸め、父はうつむいた。まるで、実の娘を哀れむかのように、悲しげな顔をしている。

「気が強いばかりのように見えて、心根は情け深きお方よ。それはきっと、今でも変わらぬはずじゃ」

（……どうなのだろうか）

ここまで話を聞いても、弥九郎は容易には受け入れられなかった。なるほど、父が語るように、かつての南呂院には、明るさも、情けもあったのかもしれない。しかし、実家である佐竹家を平然と敵と呼び、「常陸との国境を固め、戦に備えよ」とさえ命じる彼女からは、往時の名残など微塵も見出《みいだ》すことは出来ない。

とはいえ、ここで父を相手に、そのようなことを論じても仕方がない。

「たしかに、花を愛《いと》おしまれるところなど、お優しき心映えの現れやもしれませぬな」

当たり障りのない、取り繕いのつもりで、そんな言葉を吐いた。

ところが、それを聞いた途端に、

「……なんのことぞ？」

うつむいていた顔を上げ、父は怪訝《けげん》そうに眉をひそめた。

「ですから、南呂院様のことです。あのように、草木や花をひどく好まれて……」

「まさか、まさか」

父はぷっと噴き出し、年甲斐《としがい》もなく、声を上げて大笑した。

「あり得ぬわ。あの八重様が、よりにもよって花など」

「えっ……」

弥九郎は、己が耳を疑った。

「そんなはずはありませぬ。南呂院様は、ご自身でも仰せられました」

「ほう？」

ようやく笑いのおさまった父は、こちらの真剣な口ぶりを受けてか、急に神妙な表情になった。

「だとすれば、いまの八重様は、家中の噂で聞くように、よほどお人が変わられたようじゃな」

「ひょっとすると」弥九郎はわずかに身を乗り出す。「広綱公を喪《うしな》われたことで、か弱き草花の命に、なにか思うところでもあられたのでは？」

「かもしれぬ」

父はうなずき、瞼《まぶた》を閉じた。そして、聞き取れないほどの声で、こう独り言《ご》ちた。

「ならば、あの鉢はいっそ、八重様に……」

翌日。

空の色が黒から群青、そして青へと移り変わる早朝、弥九郎は身支度をはじめる。南呂院が起床する卯刻《うのこく》（午前六時頃）までには、本丸に出仕していなければならない。

顔を洗う手桶の水が、数日前より、少し冷たくなった気がする。秋はいよいよ深くなり、冬の足音さえ聞こえてくるようだ。

無論、そうして歳月が流れる間に、関東の情勢も動いている。

宇都宮が、北条方として睨みを利かせていることで、佐竹、結城ら上杉方の北関東諸将は、容易に兵を動かせない。このため北条家は、それまで、北方へ割いていた兵力を房総《ぼうそう》方面へ回し、大規模な攻勢を繰り返している。

このままでは、房総一円は遠くないうちに、北条方によって平らげられることだろう。一方、上杉方の盟主である上杉謙信は、相変わらず動きが鈍く、もはや北条との対決など、諦めたかのようにさえ見えた。

（関東の行く末は、どうなるのだろうか）

顔を洗い、髭や髪を整え、衣服を着替えていくうちに、外から聞こえる鵯《ひよどり》のさえずりに、烏《からす》や鳩《はと》のそれが混ざり始める。

やがて、仕度を終えた弥九郎は、あらかじめ高継より受け取っていた、鉢木の包みを携え、出立しようとした。

そのときだった。

結びが甘かったのか、鉢木を包んでいる袱紗《ふくさ》が、急に緩んだ。そう思った次の瞬間には、鉢木は弥九郎の手の中から滑り落ちていた。

受け止めようと、咄嗟《とっさ》に出した足にぶつかり、鉢木は床に転がった。

血の気が引き、背筋が凍りついた。弥九郎は、恐るおそる布をつまみ上げ、中身を確認した。器の方は、大きなひびが入っていたが、割れてはいない。だが、肝心の梛《なぎ》の木は、暴風にでも遭ったかのように、太い枝がぽっきりと折れ、痛々しい断面を晒していた。

どうする、どうすればいい。焦燥で弥九郎は目が眩《くら》みそうになったが、ややあって、自分の家には、代わりの鉢木などいくらでもあると気づいた。

しかし、庭へと駆け込み、棚台の上に並ぶ鉢木を見回したが、こんなときに限って、梛の鉢木は一つもなかった。

時間がない。こうなれば、もうどれでもいい。弥九郎は棚台の上から、ひったくるように一つの鉢木を取り上げると、大急ぎで袱紗に包み、屋敷を発《た》った。

本丸を訪ねたころには、すっかり辺りは明るくなっていた。

「今日は、なにを持ってきたのじゃ」

出仕してきた弥九郎に、南呂院はいつものように尋ねる。動揺を悟られないように、弥九郎は顔つきを引き締めつつ、

「こちらにございまする」

そう言って、包みを解き、鉢を差し出した。

放射状に広がる枝葉と、咲きこぼれる、小さな薄紅色の花々。それは、萩の鉢木だった。

「たまには、このように風変わりな鉢も面白いと思い、お持ち致しました。楓や櫨《はぜ》のように、鮮烈な赤みではありませぬが、その分、萩の花色には、嫌味や煩《うるさ》さがなく、しみじみと秋の趣が味わえようかと」

言い訳がましく、つい多弁になる。はたして、彼女の好みに合っているのか。せめて、もっと無難な鉢を選べば良かったのではないか。不安に苛《さいな》まれながら、弥九郎はそっと、南呂院の顔色をうかがった。

彼女は、泣いていた。

珠《たま》のような涙が、はらはらと流れて落ちる。そこにいたのは、北条政子の再来でも、血の冷え切った鬼でもない。抑えきれない感情に目元を腫らす一人の女が、己の前にいた。

「……弥九郎」

南呂院は立ち上がり、踵《きびす》を返して背を向けた。

「もう下がってよい」

「は、されど……」

「下がれと言うておるのじゃ！」

それまでの冷淡さとは違う、強い感情が込められた怒声に、弥九郎はたじろいだ。こう言われては、もはや己ごときに、抗弁する術《すべ》はなかった。

「いったい、なにをやっているのだ！」

報《しら》せを受けた高継は、落雷のような怒声を上げた。膝上で固く握った拳が、わなわなと震えている。

「申し訳ございませぬ」

床に額をこすりつけ、弥九郎はひたすらに陳謝した。

「まさか、斯様なことになろうとは思いもせず……」

なぜ、こんなことになったのか、まるで分からない。萩が、好みではなかったのか。しかし、あの涙を見る限り、そのような単純な理由とも思えなかった。

「本来、持って行くはずだった鉢は、まだあるのか」

「は、はい。私の屋敷に……」

「ならば、今からそれを持っていけ」

弥九郎は、目を丸くした。この筆頭家老は、なにを言っているのか。

「枝が折れておりまするが」

「構わぬ。鉢は割れたか」

「ひびが入っておりまする」

「それでいい。下手《へた》に移し変えては、根が痛むやもしれぬゆえ、縄でしばり上げておくがよい。……よいか弥九郎、今後、二度と同じようなことがあってみろ。枝や器などではなく、お主は己が首を損なうことになるぞ」

その言葉が脅しなどではないことは、こちらを睨《ね》めつける眼光からも明らかだった。

「心得たか。ならば、早《はよ》う行け」

「ははっ」

弥九郎は頭を下げ、慌ただしく退出した。

自らの屋敷に戻り、割れた鉢をかかえて、弥九郎は再び南呂院のもとを訪ねた。先刻の有様からして、容易《たやす》く屋敷に上げてはもらえないだろうと覚悟したが、意外にも、門前払いを受けるようなことはなく、拍子抜けするほどすんなりと、対面を許された。

彼女は、すでに泣いてはいなかった。尼僧姿の後見役は、いつものように冷ややかに、こちらを睥睨《へいげい》するかのように座している。

「先刻は、大変なご無礼を仕りました。なにとぞ、ご寛恕《かんじょ》願いたく……」

「もうよい」

必死に詫《わ》びる弥九郎に対して、南呂院は静かに首を振った。

「元から、怒ってなどおらぬ。ただ、驚いただけだ。まさか、萩などを鉢に植えて持ってくるとは、思いもよらなんだゆえな」

そう言って、今朝《けさ》、弥九郎が差し出してそのままになっていた、萩の鉢を取り上げた。

胸の前に抱えた、薄紅色の花を、愛おしむように眺める。

「広綱様は、この花がお好きであった」

「萩を、でございますか」

「ああ。まるで、宇都宮家のようだと、そう仰っていた。……そちも門松奉行の子だ。萩が、どのように育つかぐらいは知っておろう？」

さて、どうだっただろうか。昔、父から聞かされたような気もする。おぼろげな記憶を辿るうちに、ややあって、弥九郎はそのことを思い出した。

萩は、秋に花を咲かせ、冬には枯れる。そして、庭木として育てる場合、花の季節を過ぎれば、新芽の成長を妨げぬように、古い枝は刈り取らなければならないのだ。

たとえ刈らずとも、いずれは勝手に枯れ落ちる、二度と花をつけない、古き枝。たしかに、その儚《はかな》さは——あるいは、それゆえの美しさは、古き名流である宇都宮家が、新たに台頭した北条家に、呑み込まれようとしている様に似ていなくもない。

「……という、意味でしょうか？」

おずおずと、弥九郎が己の存念を語ると、

「かもしれぬ」

うなずきつつ、彼女は鉢を置いた。

「しかし、あるいは、別の意味であったかもしれない」

「とは？」

「たとえ花が散り、枯れ落ちようとも、根は残り、新たな枝を芽吹かせる。萩という花の姿は、そのように見ることも出来よう」

「……つまり、広綱様は」

己が死んだのちも、宇都宮家は再び、花を咲かせる。そう言いたかったというのだろうか。

「今となっては、どちらの意味かなど、分かりようもないがな」

その言葉とは裏腹に、南呂院の口ぶりには、どこか確信めいた響きがあった。

冷ややかな風が、庭から吹き込んできた。鉢の上の萩が揺れ、薄紅色の花びらが、いくつか散った。南呂院は、赤子を抱きかかえるように鉢を取り上げ、風の届かぬ床《とこ》へ、そっと置いた。

六

やがて紅葉の季節は終わり、野に咲く萩も散ってしまった。関東に、冬がやってきた。

北西の日光《にっこう》連山から、地元で「二荒颪《ふたあらおろし》」と呼ばれる厳しい寒風が、宇都宮城下へと吹き降ろされる。身を切るほどに冷たい風が、うなるように吹き荒《すさ》ぶ。

しかし、この日の城中では、そんな寒ささえも忘れるほどの驚きがもたらされていた。

評定の場で、南呂院が、

「これより、当家は北条方と手切れしたいと思う」

いきなり、そう述べたのである。

あまりに唐突なその宣言に、居並ぶ家臣たちは、誰もが虚を衝《つ》かれたように固まっていた。無論、警固番衆として広間の隅に控えていた、弥九郎もその一人である。

そんな家臣らの驚愕《きょうがく》など意にも介さぬように、澄ました顔で南呂院は語る。

「かねてより、佐竹と結城の両家からは、北条方から脱するよう、強い求めがあった。今こそ、その声に応じるべきであると、妾は考えておる」

「さ、されど」

祖母井信濃《うばがいしなの》という老臣が、戦場嗄《が》れした喉から、うわずった声を上げた。

「北条に味方すると申してから、まだ半年と経っておりませぬぞ」

「いかにも。しかし、事情が変わった」

南呂院はうろたえず、あくまでも淡々と応じる。

「無論、各々らは存じておろう。結城家が、我が宇都宮家より、養子を迎えたいと申し入れてきていることを」

北条方より離脱せよとの呼びかけに、宇都宮家が——より具体的には、当主後見の南呂院が、まるで応じる気配を見せない現状に、結城家当主・結城晴朝《はるとも》はよほど焦ったのだろう。窮した彼は、最後の手段として、宇都宮国綱の弟・七郎《しちろう》を養子に迎え、男児のない晴朝の後継にしたいと提案してきた。

武家にとって、跡継ぎほど重いものはない。それは、これまで北条・上杉の両勢力間で、腰の定まらなかった結城家が、二度と旗色を変えることはないという、なによりの証《あかし》だった。

「この養子入りが成り立てば、宇都宮、佐竹、結城は、縁戚として結ばれることになる。ただ北条方を脱するだけでは、当家に利はないが、三家一体となり北条へ抗うとなれば、その意義はまるで違ってこよう」

「しかしながら、南呂院様」

苦い笑みを浮かべながら、多功石見がすかさず口を挟む。この、家中きっての切れ者は、油断なく目を光らせつつ、

「佐竹や結城はそれでよいとしても、斯様にころころと旗色を変えて、盟主たる謙信公は、納得して下さるでしょうか」

と、彼女の提案の弱点を、鋭く指摘してみせた。家臣らのざわめきが、多功に同調するように大きくなる。しかし、南呂院はこの反論にも、眉一つ動かさずに、

「石州よ、上杉の意向など、もはや関係がないのだ」

「なんと……？」

「わざわざ上杉を敵に回すつもりはないが、さりとて、もはや盟主とは思わぬ。坂東武者の意地の通し方は、我ら自身が決すればよい」

他国の凶徒たる北条に、好き好んで屈したい者など、四、五百年来、関東に根を張って

きた武門の中に、ただの一家もいるはずはない。中核となる三家の結束さえ確かであれば、それら大小の領主層を引き込むことで、たとえ上杉家の傘に隠れずとも、抗戦は出来るはずだ。……そのような意味のことを、南呂院はよどみなく、家臣たちに説いた。

それは、上杉方でも北条方でもない、第三勢力としての、坂東武者の独立宣言だった。

「よくぞ申された」

彼女が話を終えたのと、ほとんど同時に声を上げた者がいる。筆頭家老・芳賀高継であった。

「まさしく、願ってもなきこと。北条に屈するのは無論のこと、上杉の気まぐれに振り回されるのも、いい加減、嫌気が差していたところでござった」

そう言って、高継は立ち上がると、

「各々方、いかがか」

朋輩たちに向き直って、声を上げた。線の細い相貌が、興奮に赤みを帯びている。

「今こそ、坂東武者が一丸となって、共に戦うときぞ。我らの意地と武勇がいかなるものか、北条に、上杉に、そして天下へと知らしめてやろうではないか」

家臣たちのざわめきが、さらに大きくなる。しかし、それは先ほどまでの、不審や困惑まじりのものとは違う。ささやき合う声は、波が返すように大きくなり、ついには強大な熱気の渦となって、広間の中で反響した。

「やりましょうぞ」

「北条めが、なにするものぞ」

家臣らは口々に、そうした声を上げた。もはや、異論を挟むものは、誰一人としていなかった。

かくして、宇都宮の方針は、佐竹、結城との反北条同盟への参画と決した。関東の情勢は、いま再び、大きく変容しようとしていた。


まったく、わけが分からない。あれほど、北条への味方を主張しておきながら、あっさりと手の平を返した南呂院も、その南呂院に強い疑いを抱きながら、即座に賛同した芳賀高継も。

しかし、それ以上に、弥九郎が解せなかったのは、評定を終えたのち、南呂院が己の屋敷に戻らず、なんと、高継の屋敷を訪ねたことであった。

邸内の一室で、高継は彼女を出迎えた。どうしたわけか、南呂院はほかの侍女や警固番衆らを別室で待たせ、弥九郎だけを同席させた。

「お待ちしておりました」

高継は深々と頭を下げた。

「おかげさまで、此度《こたび》の一件、なにもかも上手《うま》く行き申した」

「うむ」

南呂院はうなずき、

「そちこそ、大儀であったぞ、高継」

そう言って、彼女は——あの、氷から削り出したような表情をした後見役は、あろうことか、声を上げて笑い出したのだ。

顔つきが、まるで変わっている。悪童のように無邪気で、快活な笑みを浮かべる、見たことのない女がそこにいた。

「なんじゃ、まだ分からぬのか。鈍い奴《やつ》じゃのう」

未亡人ゆえ、鉄漿《かね》をつけていない白い歯を、にやりとのぞかせる。

「初めから、我らは通じておった。ただ、目的のために、対立したように見せかけただけのこと。……此度の同盟を、成し遂げるためにな」

「まさか」

「まさかも、なにもあるか。そうでなくては、三家の同盟など、そうそう纏《まと》まるものではないわ」

そもそも、此度の一件は、結城家の肚《はら》を決めさせるために、仕組まれたことだ。……呆《ぼう》然《ぜん》とする弥九郎に、南呂院はそのように語る。

すなわち、謙信の関東出兵が活発で、上杉と北条の勢力が拮抗《きっこう》していたころであれば、その間を器用に立ち回る結城家の動きは、自家の存続のため、ある意味では理に適《かな》っていた。

しかし、今は情勢が違う。出兵に消極的な上杉方と、それに乗じて拡大を続ける北条方により、関東における両陣営の天秤《てんびん》は、大きく傾いた。こうなった以上、独立を保とうと思えば、北条と対決するしかない。

「その覚悟を決めさせるために、隣国の宇都宮が寝返るという危機を、結城に強いた。そうして、折りを見て、佐竹家から『宇都宮家に、養子を迎えたいと伝えればどうか』と申し入れるよう、あらかじめ取り決めてあったというわけだ」

「なんと……」

弥九郎は驚嘆の声を漏らした。まさか、そのような計画が進行していようなどとは、想像すらしなかった。

「敵を騙《だま》すには、まず味方からとも言うだろう」

目元に微笑を浮かべつつ、高継も口を開く。

「北条に与するなどと言えば、まず反発は避けられない。事によっては、家中の内訌すら招きかねなかった。……しかし、人というのは不思議なものでな。はっきりと、敵と味方を分けてやると、その仲間内では、存外、よくまとまるものだ」

「では、高継様は、あえて……？」

「ああ。冷徹な尼将軍、それに反対する筆頭家老、そうした分かりやすい絵図を用意すれば、家臣の大半は、わしのことを身内と思い、執り成しやすくなる」

そうして、家臣らの意識が南呂院に向いている間に、高継は佐竹家などとひそかに連携し、今回の同盟締結を取りつけたのだという。

「いや、しかし」

弥九郎には、まだ納得がいかない。

「左様に、対立する振りを続けていては、お二人は互いにやりとりは出来なかったはず」

この計画は、決して確実なものではない。標的である結城家はもちろんのこと、上杉、北条、佐竹ら、諸勢力の動きと情勢にも左右され、期間もどれほどかかるか分からない。当然ながら、南呂院と高継の間では、綿密な連携が必要だったはずである。

そうした疑問を、弥九郎がぶつけると、

「やりとりなら、頻繁にしていた。お主が、これを毎日、律儀に届けてくれたからな」

言うなり、高継は床《とこ》に飾ってあった梅の鉢木に、無造作に手を突っ込んだ。そうして、しばらく土の中を探るうちに、なにか白いものを取り出した。

細かく折りたたまれた、一枚の紙。……それを目にしたとき、ようやく弥九郎は、すべてを理解した。

「それでは、私の役割とは……」

「済まなかったな。警固番も見張り役も、方便じゃや。お主の本当の役目は、鉢木の底に埋《うず》めた密書の、運び役であったのだ」

敵を騙すには、まず味方からと申すゆえな。手ぬぐいで土を落としながら、高継はもう一度、澄ました顔でそう言った。

七

すべての始まりは、宇都宮広綱の遺言であったのだと、南呂院は語る。

昨年、病没したこの先代当主は、まだ三十歳をいくつか過ぎただけの、若すぎる晩年のほとんどを、寝所に臥《ふ》せって過ごしていた。

そんな彼が、あるとき、南呂院――当時はまだ、八重と名乗っていた妻と、腹心の高継を枕頭《ちんとう》に招き、「宇都宮、佐竹、結城による反北条同盟」という計画を語った。

「いったい、いつの間にこのような……」

あまりに壮大な案に、高継が目を丸くしていると、

「考える時間だけは、いくらでもあったからな」

広綱は布団の中に臥せったまま、やつれた頰で、はにかむように笑ってみせた。

「自分では、なかなかに妙案だと思うのだが、どうだ高継、知恵者のそちから見て、この策は」

「見事なものかと存じまするが……」

高継は少し考え込み、

「しかしながら、我らの寝返りにより、結城家が抵抗を諦め、北条への臣従を選んだとすれば、いかになさるのです」

「そのときは、それまでのことだ。結城家の意地がその程度ならば、どのみち、三家の同盟などは成り立たず、我らの独立も立ち行かぬ。……されど、なにもせぬまま滅ぶくらいなら、彼《か》の家が、いや坂東武者が背負う歴史と矜持《きょうじ》に、賭けてみたいとは思わぬか」

声はかすれ、力はない。しかし、その瞳の奥には、病人とは思えないほどの強い意志が輝いていた。

これが、彼にとっての戦なのだと、枕頭に控える八重は理解した。もはや、戦場で北条と相まみえることなど叶わぬ広綱にとって、残る命のすべてを尽くして策を練ることだけが、唯一の戦い方であり、坂東武者としての、意地の通し方であるのだ。

しかし、八重には一つだけ納得しかねることがあった。

「なぜ、国綱殿の後見役が、妾ではないのです」

広綱の語る計画によれば、その死後、遺児・国綱の後見役は、芳賀高継が担うことになっている。練り込まれた策の中で、その一点だけが、武家の慣習から外れており、いかにも不自然だった。

「……家中の内訌を防ぐには、二人、意見の違う者を用意すればよい」

天井を見つめながら、広綱はぽつぽつと語った。

「羽州《うしゅう》（横田出羽）か石州であれば、きっと宇都宮のため、憎まれ役を引き受けてくれるだろう。なにも、女のお主が、矢面《やおもて》に立つ必要などはない」

「下らぬことを申されるものよ」

柳眉《りゅうび》を逆立て、八重は広綱を睨んだ。

「妾がその辺りの、殿中育ちの姫御前と同じだとでも？」

「そう怒るな」広綱は眉を開き、困ったように言う。「分かっている、お主は強い。きっと、男に生まれておれば、佐竹家で一廉《ひとかど》の武将になっておったであろうな」

「一廉どころか」

八重は語気を強め、

「妾が女子でなければ、今ごろは兄から、力ずくで家督を奪っております。そののちは、惰弱な宇都宮と、腰の据わらぬ結城を攻め潰し、北関東の兵を統御して、北条と覇を競っていたことでしょう」

広綱は、笑いはしなかった。八重が、本気でそう言っていることも、どれだけ己の生まれを恨めしく思っていたかも、この夫は、十分すぎるほど知っているはずだった。

「口惜しきことに、妾は女子に生まれつきました。……されど、妻としてあなたに出会《でお》うたことは、男に生まれて、戦場で矛を交えるよりも、良き巡り合わせであったと思うております」

そう言って、八重は広綱の耳元に顔を近づけ、囁《ささや》くように言った。

「遠慮はいりませぬ。存分に、我が力を頼られませ」

「……ああ」

穏やかに微笑み、広綱はうなずく。そして、上体をよろよろと起こすと、もたれかかるようにして、八重の身体を抱きしめた。

やつれて軽くなった身体、ほとんど力の籠らない腕、それでも懐かしい匂いが、幾度も重ねた肌の熱が、広綱から伝わってくる。

「頼りにしておるぞ、八重」

うなずく代わりに、夫の背に手を回す。薄い胸元へ顔を押しつけ、鼓動に耳を澄ます。いずれ失われてしまうものだとしても、いま、二人は確かに、互いの生命に触れ合っている。その手触りを忘れないように、そして忘れさせないように、八重は強く抱き返した。

八

「ひょっとして、あの鉢も……」

全てを聞き終えたあとで、弥九郎はぽつりと呟いた。

「なんのことじゃ」

南呂院が尋ね返す。

「分かった気がするのです。なぜ、あのとき己が萩の鉢などを、選んでしまったのか」

持って行くはずの鉢木を折ってしまったあの日、ほかに、もっと無難な鉢はいくらでもあった。だというのに、よりにもよって、萩などという風変わりな鉢を、つい手に取ってしまった。

「あれはきっと、父が広綱様のために、育てていたのだと思います」

「ほう、なぜじゃ」

「寝床に臥せったままでも、間近で観《み》て楽しめるよう、あえて庭木ではなく、鉢に押し込めたのではないでしょうか」

しかし、それは口で言うほど、簡単なことではなかっただろう。ただ植えるだけならともかく、狭い鉢の中で、野山や庭に劣らぬ美しさを感じさせなければならない。だが、葉を整え、枝を剪定《せんてい》し、技巧を尽くせば尽くすほど、かえって自然な味わいから遠ざかり過ぎ、つまらなく見えてしまうかもしれない。

萩の開花の直前に、広綱は病没した。

それゆえ父は、献上の叶わなかったあの鉢を、捨てることも出来ずに持て余したまま、手入れを止められずにいるのではないか。

「私は、父のことが、あまり好きではありません。……されど、悔しきことですが、あのとき、私は己でも気づかぬままに、魅せられていたのだと思います。父が、足掻《あが》き、もがきながら形作った、あの萩の鉢に」

「……そうか」

南呂院は静かに微笑み、立ち上がって庭へと降りた。そうして頭上を仰ぎ、虚空になにかを思い描くかのように、目を細める。

「ならば、やはり萩は、宇都宮家と似ているのかもしれぬな」

「……はい」

時代は、北条家を選ぶのかもしれない。無謀な抵抗など、すべきではないのかもしれない。しかしそれでも、足掻き、挑まずにはいられないのだ。

寒々しい冬の空には、よどんだ鈍色《にびいろ》の雲がかかっている。その曇天を、目の覚めるように真っ白な二羽の鷺《さぎ》が、寄り添い合いながら横切っていった。


この翌年——天正六年（一五七八）三月、越後の軍神と呼ばれた上杉謙信が急逝した。

これを好機と見た北条家が、北関東への侵攻を強めると、宇都宮、佐竹、結城らも、防衛のために出陣した。両軍は、常陸小川台《おがわだい》の地で睨み合ったが、どちらも容易には動かず、やがて双方が撤退した（小川台合戦）。

この結果は、東国諸侯らに驚愕をもたらした。なにしろ、あの強大な北条家に対し、互角の兵力を揃え、隙なく防備を固め、膠着《こうちゃく》状態に持ち込むことに成功したのだ。それは、上杉の援助がなければ、北条に対抗しえないと信じていた領主たちにとって、天地が覆るほどの衝撃であっただろう。

以後、三家を中核とした北関東領主連合（東方《とうほう》之衆《のしゅう》）は、那須《なす》や大掾《だいじょう》といった諸家を糾合しつつ、十二年後——天正十八年（一五九〇）に北条家が滅亡するまで、家と戦線を維持し続けた。

――広綱ノ後室・南呂院、女性ノ身ナガラ甲斐々々《かいがい》シキ操有《みさおあり》テ（中略）異国ノ則天《そくてん》皇后、吾朝《わがちょう》ノ尼将軍・平《たいらの》政子ノ例ナルベシト、宮ノ者共（宇都宮家中）ハ評シアヘリ。（『関八州古戦録』）

南呂院はこの一戦ののちも、十数年に渡って、宇都宮家の政《まつりごと》を後見したという。

（「オール讀物」二〇一九年七月号）

沈黙

細川越中守忠興御事

佐々木功

【作者のことば】

暗い話です。

男が、雨の夜、薄暗い部屋で延々と己の想《おも》いを吐露します。

妻が亡くなりました。死にざまは後世でも語り草となるほどです。残された男の胸中は……

この話には続きがあります。男の家は平成の時代に真に「天下人」となります。

細川護熙《もりひろ》第七十九代内閣総理大臣です。忠興《ただおき》直系、ガラシャではなく、側室の血筋です。

ただ、その細川内閣が極端な短命で終わり、その政権を「三日天下」というなら、真に勝ったのは……

佐々木功（ささき・こう）　大分県生

『乱世をゆけ　織田の徒花、滝川一益』にて第九回角川春樹小説賞受賞

近著――『家康の猛き者たち　三方ヶ原合戦録』（角川春樹事務所）

妻が死んだ。

細川忠興《ほそかわただおき》は薄暗い座敷で一人黙然と瞼《まぶた》を閉じている。

もう一刻《とき》もこうしている。

宿陣場《しゅくじんば》として与えられた野州宇都宮《やしゅううつのみや》城下の豪農の屋敷の一間。

この夜、外は篠突《しのつ》く雨だった。

大粒の雨滴が、戸板を、地面をたたく音が絶え間なく聞こえてくる。

それ以外は何も聞こえない。雨音がこの世を支配している。

しばらく誰も部屋に入れていない。灯火は細く点《とも》してあるだけだ。

慶長《けいちょう》五年七月、世が乱れようとしている。

天下を統一し、日の本の戦国大名たちを膝下《しっか》にひれ伏させた豊臣秀吉《とよとみひでよし》は二年前に死んでいる。残ったのはわずか八歳の遺児秀頼《ひでより》であった。

抜け殻のようになった豊臣政権下でずば抜けた実力者、江戸内大臣徳川家康《とくがわいえやす》は、次の天下を手中に収めんと野心をあらわにしていた。

上方《かみがた》での様々な確執のすえ、謀叛《むほん》の嫌疑をかけられた会津上杉《あいづうえすぎ》の征伐は、家康の旗振りにて決行された。そして、駆り出され江戸城に集結した大名衆は、今、下野《しもつけ》の国へと進駐していた。

その陣中に飛び込んできた、大坂での石田三成《いしだみつなり》ら豊臣家奉行衆旗揚げの報《しら》せ。亡き太閤《たいこう》の遺児秀頼を奉じ、大老毛利輝元《もうりてるもと》を始めとした西国《さいごく》大名たちを引き込んでの大決起である。天下を狙う関東の徳川家康を討ち滅ぼさんとしている。

日本が二つに割れる。

家康とともに上杉征伐に出陣してきた大名たちの陣も揺れている。雨の下、この野州に宿陣中の大名家の将兵皆が囁《ささや》き合う。東の実力者、徳川につくか、幼君をかつぐ西の豊臣につくか。

報せはもちろん、丹後宮津《たんごみやづ》十二万石の城主、五千の手勢を率いて参陣している細川越中《えっちゅうのかみ》守忠興の元へも来ている。

書状を懐に駆けに駆けて上方からこの野州へと参じた使者は、泣きながら忠興の前で頽《くずお》れた。

周囲の家老たちは胡坐《あぐら》を組んだ太腿《ふともも》に拳を叩《たた》きつけ、歯ぎしりをする。そして、巌《いわお》のように固めた面《おもて》を伏せていた。

（それで、いったい、なにを）

忠興は心で呟《つぶや》いて、薄く目を開ける。

文机《ふづくえ》の上に、二つの書状がある。

書状の一つは、豊臣奉行たちが各地の大名へ発した大坂城への参集の触れ状。

もう一つは、妻玉子《たまこ》の死を報じた細川家大坂留守居役の家臣からの書状だった。

妻玉子は、大坂城下に住まう大名の妻子を押さえるべく、豊臣家奉行たちが差し向けた軍兵の前で、屋敷に火を放ち、己を家臣に突き殺させた。

凄《すさ》まじい。一度書状を読んだだけで、その有り様が目に浮かび、脳に刻み込まれるほどの壮絶な死だった。

この二つの書状を前に、細川忠興はこの一刻、眉根を寄せ続けている。

いったい、自分になにをしろというのか。

豊臣家奉行たちは、忠興に家康を討つために大坂に馳《は》せ参じよ、と誘いながら、妻を殺した。

この二つの書状の意味はそれである。厚かましいにもほどがあった。

先ほど、徳川家臣の井伊直政《いいなおまさ》がこの宿陣へきた。

これはどうせ家康の差し金だ。いったいどんな文句で、妻を殺された男を味方に引きずり込もうというのか。

忠興は身構えたが、直政は、「お悔やみと、明日の評定《ひょうじょう》の刻限だけ」と言って、屋敷にあがることもなく帰ったという。

明日、小山《おやま》の徳川本陣に従軍諸将を集めて今後の方針を決める大評定を行う、とのことだった。

（なんだというのか）

忠興は渋く顔を顰《しか》めていた。

「越中殿の胸中、お察しする。今宵《こよい》は誰ともお会いになりたくないだろう」だとか。

なんだ？　自分の胸中だと。

誰が、この細川越中守忠興の胸の内を察することができるのか。

妻が死んだ。

妻、玉子の死。それは、忠興にとってなんら意外なことではない。

むしろ、予期していた。軍勢を率いてこの上杉攻めに出立《しゅったつ》したとき、忠興は妻が死ぬだろうと思っていた。

太閤の死後、重ね続いてきた政闘の数々。溜《た》まりに溜まった諸侯の鬱憤。

そして、その首魁《しゅかい》である徳川家康の不在。家康を奉じる武断派大名たちの東下。

家康打倒を目論《もくろ》む豊臣奉行たち、とくに五奉行筆頭であった石田三成が動かぬはずがない。

そして動く以上、豊臣家の聖都である大坂に残された諸侯の人質、各大名の妻子を押さえるに違いない。

そのために、各大名は出陣前から留守居の者共に十分に言い含め、事が起こった際の対処を言い残していた。

だが、忠興は悟っていた。

(あの女が逃げ隠れするはずがないだろう)

玉子が、あの女が。

男の小袖を着て人目をかすめたり、荷駄の中に汗まみれで身を潜めたりするわけがない。

だから、大坂留守居の家臣には、こう言い残した。

「事が起こったら、玉子を殺して屋敷に火をかけよ」と。

玉子はキリシタンである。自害ができないことを家臣が言い訳にせぬようにする極めて周到な指示だった。

忠興と妻玉子の関係。これをなんといえばいいのか。

冷えきっていた、というのか。

いや、そんな簡単な言葉で片付けることもできない。

(玉子の命は、当の昔に終わっていた)

そう、玉子の命は、父明智光秀《あけちみつひで》が主君織田信長《おだのぶなが》を殺したときに、一度、終わった。歴史にその名を轟《とどろ》かせる謀叛人の娘という途方もない十字架を背負ったとき、それまでの気高く美しい玉子は地上から消え失《う》せたのだ。

そしてその父を嫁ぎ先である細川家が見限ったとき、玉子は生きる術《すべ》を絶たれた。

あの天変地異のごとき大乱が玉子を変えた。

あの時、即断で明智の誘いを断った父細川藤孝《ふじたか》は忠興を呼んでこう言った。

「わしは出家する。お前はどうする」と。

織田信長の喪に服し、頭を丸め、幽斎《ゆうさい》などと名前まで変えた父は形の良い頭を撫《な》でながら口元を歪《ゆが》めていた。

「お前はお前だ。お前の思いで動け」

(まただ)

いつもそうだ。

忠興は口を真一文字に結んだまま、心中では呆《あき》れ果てていた。

父の処世は節所でいつもこうなのだ。

もともとは足利《あしかが》将軍家の家臣、しかも管領《かんれい》を務めた名門細川氏の養子であった細川藤孝。その文武、そして典雅の才は、才覚者揃《ぞろ》いの織田家臣中でも決して見劣りしないほどだった。

だが、父はいつも一歩引いていた。

引いた構えで物事を受け、危ない橋はことごとく避けてきた。

最たるものは、足利将軍家との離別だった。将軍義昭《よしあき》と信長の不仲が表面化すると、藤孝はいち早く義昭の動きを信長に伝え、織田陣営に走った。

足利幕府では名家であり人を統《す》べる才を持ちながら、自我を押し出さず、功を譲り続けてきたからこそできる変わり身だった。

(そして、今度は出家か)

父ほど明智光秀と縁の深い者もいない。

共に将軍義昭を信長に仲介したのに始まり、織田家の与力衆《よりき》として、丹後攻略の友軍として、父と明智は互いに援《たす》け、援けられ続けた仲だった。

そして、親戚にすらなった。

信長は重用する能臣である明智光秀と、その与力細川藤孝の絆《きずな》を固めるべく、光秀の三女玉子と細川家の嗣子《しし》忠興を娶《めあわ》せた。

そんな縁者であり、恩人であり、友ともいえる光秀からの誘い。

それを受けて、苦渋の決断をするのではなく、すべてを投げ捨てた。

汚い、とは思わない。いや、思えなかった。

この決断は、否といっては光秀への裏切り、応といっては信長への謀叛。

そんな、究極の決断を、父はひらりと軽やかにかわした。

かわすために家を捨てた。

(お前はどうする、だと)

捨てたその家をいきなり背負ったのは、二十《はたち》の忠興だ。

捨てた、いや捨ててはいない。父はまだ壮齢であり、隠居するつもりなどない。家臣団も父を仰ぎ見ることに変わりはない。

それで自分にどうしろというのか。まさかこの細川忠興が明智方に走れるというのか。この状況で妻玉子の父だから明智を援けると。そんなことできるはずがない。するはずがない。

「父上！」

次の瞬間、忠興は腰の脇差《わきざし》を引き抜き、己の髷《まげ》をねじきっていた。

「この忠興、謀叛人に加勢することなぞ、あり得ませぬ」

叫んだ忠興を父が見ている。

そのときの父藤孝の顔をなんといえばいいのか。

その顔に浮かんだ複雑な色合いは。

笑みでもない、苦渋でも悲痛でもない、なんともいえない顔色は。

息子の言動が自分の思い通りとほくそ笑むのか、それとも、やはり、そのようにしか振舞えぬのかと憐《あわ》れむのか。

(こ、この妖怪が)

忠興は心で罵倒していた。

その感情の読めぬ緩く結んだ口元を睨《にら》み付けながら同時に思っていた。

この父を超えてやる、と。

「では、玉子は」

その妖怪はぼそりと呟いた。

忠興はぐっと言葉を呑《の》みこんだ。

頭が真っ白になっていた。

「玉子をどうする。忠興よ」

ずるい、本当にずるい男だ。

その時、忠興は父に激しい憎悪を覚えた。それは、殺意にも似ていた。

父が言ってもいいだろう。殺すなら殺せ、返すなら返せ、と。

いや、むしろ父が言ってくれたなら、どれほど楽だったか。

だが、この父は、織田家臣であった細川藤孝は、そして世を捨てた細川幽斎は、なにも言わない。すべてを忠興に委ねていた。

つい昨日まで、玉子は日の本一の妻だった。

その透き通るような白い肌、黒くうるんだ瞳、筋の通った目鼻立ち。

二児をなしたというのに、処女のようなつつましき所作。

それが一夜明けて、玉子は天下人を弑逆《しぎやく》した大罪人の娘となった。

(どうする、だと)

どうすればいい。

忠興の頭の中で、玉子の閨《ねや》での凄艶な仕草が明滅する。

いや、明智を拒絶するのなら、離縁して送り届けるのが妥当であろう。

だが、それだけでいいのか。より激しく明智との縁を断つ、のなら。

父は自分になにを言わせようとしているのか。

(わしに委ねるのか)

忠興はうろたえる己を必死に保っていた。

眼前の妖怪は何かを探るかのようにやや目を細めて忠興を見ている。

——さあ、お前、どうするつもりなのか
そう問い詰め、その際どい言葉を忠興に吐かせようとしている。

(こ、殺す、と言わせたいのか)

手足が痺《しび》れる様だった。いや、忠興の全身が痺れていた。

「捨てます」

嚙《か》み千切るかのように忠興は叫んでいた。

「捨てる。捨てまする。あの大逆人の娘、もはや妻ではない。斬り捨てても構わぬ」

力まかせに、叫んだ。叫ぶほど、言葉が喉からあふれ出してくる。

応じる父の憐憫《れんびん》を帯びたような眼《め》つきが苛立《いらだ》ちを増長させる。

(いつか、この父こそ)

殺す。

その言葉が頭に浮かんで昂《たかぶ》りのあまり眼がくらんだ。卒倒しかけながら、忠興は必死に口を開いた。

「ただちに誅殺《ちゅうさつ》するべき女なれど、我が子にとっては産みの母親。まだ年端もゆかぬ幼子なれば不憫。しからば、人も住まぬ僻地《へきち》に捨てて、この世から抹殺します。それにて我《われ》等《ら》も明智と決別しましょうぞ」

まるで目の前で肩を震わせ泣きむせぶ玉子を木刀で打擲《ちょうちゃく》するように、忠興は叫び続けた。

細川家のみならず他の有力な与力衆からも見放された明智光秀は、「忠興に天下を譲りたい」などという書状まで寄こしてきた。

（馬鹿を言うな）

忠興は益々苛立った。そんな哀訴に応じるわけがない。

天下など、譲られるものではない。己で取ってこそではないか。

そういう意味では、忠興は二世大名ながら十分に戦国の気風を帯びていた。

結局、明智は山崎《やまざき》合戦で羽柴《はしば》秀吉に敗れて、あっけなく滅びた。

「三日天下」とも呼ばれた短命政権だった。

謀叛人光秀を討った秀吉はそのまま天下取りへと邁進《まいしん》した。

そんな秀吉を担ぎながら、忠興は玉子の現世《うつしよ》での生命を存《なが》えさせていた。

捨てる。そんな言い方で、殺さなかった。いや、殺せなかった。

忠興は、玉子を味土野《みどの》という丹後半島内陸の山中へ幽閉した。

天下人秀吉に臣従するための処世だった。

したのか。
そうなのか、処世なのか。あの猿太閤にひざまずくために、そんな処置で己の態度を表
（処世だった？）

いや、本心から秀吉に迎合するなら、離縁でもして差し出すべきではないか。

忠興は思い出してみる。いったい当時、自分が何を考えていたのか。

瞼の裏に浮かぶのは味土野への山道だった。

人里離れた味土野へと忠興は通った。

鬱蒼《うっそう》とした緑に覆われた山間《やまあい》の道を蛇行しながら、忠興はひたすら馬を進めた。半島でありながら見渡しても海も見えず、あたりは山、山、ひたすら山だった。先には民家もない、行きつくところにあるのは、玉子を幽閉する城館のみだった。

春は陽光につつまれながら、夏は噎《む》せ返るような青緑の香りをかぎ、秋は清風に頬をさらし、冬は小雪が舞い散る中を忠興はゆく。ただ、玉子に会うためだ。

「ああ」

思わず小さく声を漏らして、忠興はこめかみを押さえた。

懐かしいような、恐ろしいような。その景色は暗い視界に明滅する。

心にさざ波が立つように乱れて、己の気持ちは定かにならない。

己が遠ざけておきながら、忠興は味土野へと通った。

形式上は代わりの側女《そばめ》を居城の閨に入れながら、忠興は事あるごとに玉子の元へと忍ん

だ。自分が何をやっているのか、もうわからなかった。

時勢という、抗《あらが》えないものに引き裂かれた夫婦。悲愴《ひそう》な二人。

微笑《ほほえ》みをなくした美しい妻。味方はいない。天下の大罪人の娘、日の本すべてが忌み嫌う女。

忠興は、その妻を、隔離した館で抱いた。

己にしかできないことをしている。この女をこの世で自分だけが抱ける。そんなめくるめく想《おも》いが頭の中を駆け巡っていた。忠興は我を忘れた。

玉子もそうだったのだろう。こんな追い詰められた状況で、自分は男の愛撫《あいぶ》を受け、あられもない声を上げている。暗い室内に響く己のあえぎのこだまを聞くたびに、玉子は乱れていた。

妻の狂おしいほどの姿を見て、忠興はさらに昂った。朝も夜も、二人は求めあった。まるでお互いの生気を吸い尽くすかのようだった。

（こんなことをしていて、秀吉に知れたら）

頭をかすめたこともあった。

だが、忠興は玉子を抱いた。抱き続けた。

「秀吉を殺して」

忠興の首筋に吸い付きながら、玉子は呟いた。

「あの男を一族ごと滅ぼして」

言いながら、玉子はその白く柔らかい尻の肉を激しく忠興の太腿に打ちつけ続けた。

(秀吉を殺す)

そんなことができるものか。

忠興は快楽で恍惚《こうこつ》とする意識の中、そう思っていた。

秀吉を殺す、その言葉を繰り返すたび、忠興の男は激しく怒張した。

明らかに倒錯していた。


やがて、秀吉に許され、玉子は陽《ひ》の光の下へと戻ってきた。

二年近くいた味土野で、玉子は三人目の子を産んでいた。

幽閉されていた玉子が一人で身籠り、子を成すはずがない。

忠興はその子を弟興元《おきもと》へと預けた。そのまま養子とさせた子は、細川興秋《おきあき》と名乗った。

この子の出生について、秀吉に問い詰められたら——

だが、そんな心配はいらなかった。

信長を討ったのが光秀なら、織田の天下を簒奪《さんだつ》したのは秀吉だった。そんな己の所業を忘れさせるためか、天下をとった秀吉は寛大だった。

玉子は大概の大名らがそうするように、大坂の細川屋敷に住んだ。

世の注目は避けられなかった。当然である。国色無双といわれたその美貌、そして許されたとはいえ、明智の娘というその血筋。

戦乱が鎮まるにつれ、人々は構えていた刀槍《とうそう》を収め、世の噂《うわさ》や人との交わりを賑《にぎ》やかに語ることで時を明かしはじめていた。とくに天下人のお膝元、家臣や女房衆があつまる社交の場、大坂城下なら、なおさらであった。

忠興は、玉子を極力屋敷に留《とど》め、人前に出さぬよう気を遣った。

だが、そうすることは、なおさら玉子の神秘性を高め、群衆の妄想を掻《か》き立てた。

周囲の奇異な視線に耐える日々は、玉子の精神をしだいに蝕《むしば》んでいった。

ある日、玉子は、こうつぶやいた。

「私を味土野へお戻しください」

忠興の心の臓が、ドクリと蠢《うごめ》いた。

味土野での日々。それは、忘れられぬ禁断の記憶であった。

忠興は大坂屋敷でも玉子を抱いた。

玉子は変わらず美しい。どの側室よりも玉子は美しいのだ。

だが、忠興の心が燃え上がることはなかった。燃えるどころか、燃え尽きたような、そんな気分だった。

玉子もそうだった。大坂での玉子はまるで抜け殻だった。抱いても、まるで意志のない人形の様だった。

忠興は悟った。

至高の情事とはたんなる男女の情欲によるだけのものではない、と。

狂おしいほどに追いつめられた精神状態、そして、お互いの生命を貪り合うほどの欲求が結びついた時、真の男女の交合は成されるのだ。それにまさる快感はないのだ、と。

味土野での濃厚な情事。国中の民が見つめるような錯覚に陥る、二人だけの背徳。

そんな地の果てでの濃密な時にくらべて、大坂屋敷での平穏な暮らし、豊臣傘下細川家の当主と奥方という関係は平凡にすぎた。

味土野へ戻る。

その言葉の耽美《たんび》な香りに忠興は眩暈《めまい》を覚え、足もとはよろけた。

(それができるなら)

だが、今や、そんなことできるはずがない。忠興は歴《れっき》とした天下の覇者豊臣家の大名であり、玉子はその正妻だった。

忠興は思う。

玉子にとって、細川家大坂屋敷は、真の幽閉場なのだ。

天下の衆目を浴び、世の噂話の渦中に置かれる。時勢は、味土野から大坂に玉子を移すことで、過酷な獄中へと投じたのだ。

玉子の気鬱は日々拍車がかかり、忠興は持て余した。

その苛立ちをぶつけるように、忠興はいくさに出た。

いくさは尽きなかった。秀吉は天下を取り国内を平定した後も、朝鮮にまで出兵して、いくさの火種を絶やさなかった。大陸に渡った細川勢は難戦の中、晋州《しんしゅう》城を落とすなどの大功を立てた。

忠興は、秀吉傘下の大名衆の中でも特に気性の浮き沈みの激しい采配をし、苛烈ないくさをした。時に、白刃を引き抜いて、戦場を駆け巡った。その様は狂気すら帯びていた。偏執は平時の文雅においても同じであった。能や和歌、絵画に没頭し、打ち込みに打ち込み、いつの間にか達人の域となっていた。

そして、閨では若い女へと逃げた。

ある時は一度に五人も側女をいれたこともある。やるせない想いをそんなことで晴らすしかなかった。

まるで、己を焼き尽くすかのような忠興の言動は、いつしか、「天下一気が短い」「酷烈だ」などと陰で揶揄《やゆ》されていた。

文化や茶道にも通じ、「利休七哲《りきゅうしちてつ》」とまで讃《たた》えられながらも、裏での忠興の評判は散々だった。

（うるさい）

誰も自分の深意など、わからない。わかるわけがない。

忠興は神経を尖《とが》らせ続けた。

そして、玉子は、というと。

世間の目を恐れ、夫に避けられた妻の行き着いたところ、それは宗教だった。

キリスト教。デウスとかいう神は、なんとうまく玉子の心に入り込んだのだろうか。

いつのまにか洗礼すら受けていた玉子を見て、忠興は寒気を覚えた。

キリスト教を得た玉子はもうこの世になにも望まなくなっていった。

己を捨て、ただひたすら祈るばかりの女となった妻を、忠興はもう抱く気にならなかった。

だが、忠興は妻を離縁することなどできない。玉子は普通の女ではない。あの明智の娘なのだ。

玉子は歴史の生きた証《あかし》だった。どうして離縁などできよう。

もし忠興が、玉子を手放したとしたら、それを得る男はこの世にただ一人である。

(秀吉だ)

亡き主君信長の姪《めい》であり、攻め殺した柴田勝家《しばたかついえ》の義娘であった茶々《ちゃちゃ》を己のものにした男だ。同僚であり、盟友と持ち上げる前田利家《まえだとしいえ》の娘を、一人は養女としながら、一人は側室とした男だ。

秀吉なら、やりかねない。そして、この世で細川忠興以外に玉子を抱けるのは、あの男なのだ。玉子の父を殺し、信長の天下を奪い取ったあの男だけが、玉子を思うままに貪ることができるのだ。

想像するだけで、激しい頭痛と吐き気がした。そんな屈辱に耐えられるはずがない。

だが、こんな関係、続くわけがない。どうすれば、この異常な関係を終わらせることができるのか。どのような終わりがくれば、いいのか。

忠興と玉子を引き裂けるもの、それは「死」以外の何物でもなかった。

そう、妻には、劇的な最期が必要だった。

あの明智の謀叛を超えるような、なにか日の本全土にその名を轟かすような、盛大な人生の幕引きの儀式が。

そして、とうとう、その機会は訪れた。

（死ぬべくして、死んだのだ）

妻は最高の舞台で死んだ。

この天下分け目の動乱の真っただ中で、気高く己を貫いて死んだ。

思えば、あの大乱以来、玉子はそのことばかりを考えていたのか。

あの味土野での妖艶ともいえる姿態も、大坂屋敷での焦点定かならぬ眼つきも、デウスに祈る白い指先も。

すべてはその儀式を飾るための準備だったのか。

徳川が勝とうと、豊臣が勝とうと、細川が生き残ろうと、潰れようと、そんなことは関係ない。

（玉子は勝った）

この死で玉子は勝利した。そうだ、このときを玉子は待っていたのだ。

逆臣の娘、嫁ぎ先から遠ざけられた厄介者、天下の晒《さら》し者、耐え難い恥辱を受けながら、玉子は自害しなかった。

キリシタンだからではない。入信前から玉子はその気になれば死ねたのに、死のうとしなかった。

玉子は己の死をいかに飾るか、それのみを思い、そのことに生涯を捧《ささ》げたのだ。

この凄まじい最期は後世まで語り継がれるだろう。

そして、これにより玉子がここまで背負った負の十字架は霧消し、新たな栄冠を頭上に載せたのだ。

（なんといったか、あの名は。ガラシャ……そうだ、ガラシャだ）

妻の洗礼名である。

玉子は、明智の娘でもなく、細川忠興正室でもなく、こう呼ばれるのだ。

細川ガラシャ。

この名で、妻は後世に名を残すのだろう。


妻が死んだ。

凄まじい死に様、いや、凄まじい生き様だった、というのか。

そして、その死は細川家の行く道も決めてしまった。

忠興はもう豊臣側につけない。この劇的な妻の死を受け、いまさら、なにを思って西方に走れるのか。

天下すべてが知っている。細川ガラシャの最期を。

だから誰も忠興のところへは来ない。家臣すらこない。奥方の壮絶な死を聞いた細川家臣たちは既に豊臣打倒で結束している。

他の大名家のような迷いは一切ない。もう誰も忠興の意中をさぐろうともしない。細川家の進む道は決まっているのだ。

(だから、徳川もなにも言わずに帰ったのか)

玉子の死をもってして、細川家は徳川派の旗印となった。

妻を殺された悲劇の武将、その怒りと憤りで上方へと攻め上る。そんな象徴《シンボル》へと祀《まつ》り上げられた。

忠興は、口元を微《かす》かに歪めた。

恐ろしい女だ。死してなお、夫を操るのか。

世間には、忠興が拘束したと思われながら、実は忠興を縛り続けたのは、玉子ではないか。

妻は、今、天上から何を言うのか。

「ほら、叫びなさい。豊臣を倒すと。真っ先に駆けて、大坂を攻めると」

忠興の耳の中に、妻の密《ひそ》やかな囁きがこだまする。

こうして、父光秀を殺した豊臣家を滅ぼそうとするのか。

(そうはいかぬぞ、玉子)

忠興は頬にうっすらと笑みを浮かべる。

最後の最後はあの女の思いどおりになってたまるか。

(ガラシャなどと呼んでたまるか)

忠興は目の前の二通の書状に目を落としている。

騒ぐことはない。無言でいい。無言こそが忠興ができる妻への最後の抵抗だった。

忠興の頭には明日の評定の有り様すら、くっきりと浮かんでいる。

明日の評定は、上方決起の報を受けて、今後の方策を決めるもの。

主催は、徳川家康。参加者は、この上杉征伐に従ってきた、豊臣大名数十名。

徳川は躍起になって、この豊臣大名を己の味方に引き込もうとするのだろう。そして、福島正則《ふくしままさのり》、黒田長政《くろだながまさ》、池田輝政《いけだてるまさ》あたりが先を争って家康へつくことを叫ぶのだ。仁王立ちし、拳を振り回し、皆を鼓舞するのだろう。

諸侯は皆家康を仰いで、あの猿太閤の作った砂上の楼閣のごとき天下を潰しにかかるのだ。

知っている。そんなことは太閤死後、しきりに囁かれ、そして集まっては謀ってきたことではないか。

忠興は頬に笑みを浮かべたまま、口の端を少し上げる。

それは飾りだ。筋のわかりきった田舎《いなか》狂言だ。

何も騒ぐ必要はない。自分がいる。この細川忠興が。

並みいる諸侯の中で妻を殺されたのは、この細川忠興以外にいない。その自分が、評定の間の最前列で座っている。そして、無言で頷《うなず》いている。それだけで十分ではないか。

誰が何と言おうと、徳川が勝つ、勝たせる。

(当たり前のことなのだ)

自分は豊臣を滅ぼすだろう。

徳川は自分をもてなすだろう。

忠興は念じていた。

至極当然のことがこれから起こるだけなのだ、と。

玉子の思い通りに、いきり立つ必要もない。

あとは、ただ戦場へ向かう、それだけなのだ。

(そういえば、父は)

忠興はそこまで考えて、実に久しぶりに父細川幽斎を思い出した。

今、この野州の地で、細川忠興が徳川方に加担すれば、あの父はどうなるのか。

父は今、領国丹後田辺《たなべ》の隠居城にいる。

あの父だ。この状況で豊臣奉行たちに加担しないだろう。玉子を殺されたのは、細川家すべての者にとっての凶事なのだ。

細川の軍勢はほぼすべて忠興がこの遠征に連れてきている。領国には五百も兵はいない。

上方に近い丹後で兵もなく、大軍に攻められるなら。

(死ぬかもしれない)

そう思い至って、忠興の思考は瞬時淀《よど》んだ。

父が死ぬ?

あの何事もそつなくこなし、文武において達人であり、足利、織田、豊臣と三氏に亘《わた》る権勢の間を生き延びてきた細川藤孝が。

公家《くげ》の秘伝である古今和歌集の伝授を受けるほど朝廷から尊ばれ、秀吉からも一目置かれていた細川幽斎が。

忠興にとって越えようのない壁であるとともに、決して理解することができない異人が。

忠興の脳裏にあのときの父が蘇《よみがえ》る。

あの巧緻を秘めた瞳が。忠興を突き放しながらも、すべてを委ねた妖怪のような顔が。

(いいではないか)

父が自分に援けを求めることなどない。

もしそんなことがあるなら、あの時と同じように言ってやろうではないか。

「私は家康を担ぐ。父上はいかがしますか」と。

そんな文句を心で繰り返すと、忠興の胴回りがブルッと震えた。

これは報復だ。

この戦乱で父幽斎ができなかったほどに、細川家を大きく飛躍させる。

そして忠興は妻の呪縛から解かれ、父を超えるのである。
(あるいは天下を)
胸で怜悧《れいり》な炎を燃やす忠興の顔が、凄《すご》みのある微笑で歪む。
さすがに無理だ。己の代でそこまで飛躍することはできないだろう。
だが、これで細川家は忠興を祖として歴史に名を遺す。
ガラシャでもない、幽斎でもない、細川忠興の王国が生まれる。
そして、いつか、でいい。
いつか、天下にその名を挙げるのだ。それは後代に託してやろう。
これで細川忠興の執念は結実するのだ。

妻が死んだ。
雨が地をたたく音だけが、室内に聞こえてくる。
忠興は動かない。誰とも会わない。何も語らない。
(わしの勝ちだ)
細川忠興は、薄暗い部屋で静かに眼を閉じた。

(「小説宝石」二〇一九年九月号)

鴨

矢野　隆

【作者のことば】

デビューして十年、戦闘にこだわり、志や夢など熱い想《おも》いを主軸に捉えた物語を書いてきました。

十一年目を迎えるにあたり、次の十年はあらたな物に目を向け、これまでとは違うことにチャレンジしていこうと決心し、それを形にしたのが本作「鴨」です。あらたな十年に対する決意表明ともいえる作品が、「時代小説　ザ・ベスト」に選ばれたことを大変うれしく思います。

矢野　隆（やの・たかし）　昭和五十一年　福岡県生
『蛇衆』にて第二十一回小説すばる新人賞受賞
近著――『愚か者の城』（KADOKAWA）

どいつもこいつも好きなことを言う……。

手にした盃《さかずき》に満ちた酒をにらみつけて、菱屋太兵衛《ひしやたへえ》は心のなかで男達に毒づいた。目の前では三人の男が、太兵衛を囲むようにして盃を傾けている。どの顔も二十数年見続けてきたものだ。ともに若旦那と呼ばれていたころからの付き合いであった。京には呉服屋は腐るほどある。四人の家は、代々呉服や反物を商う商人だ。父の代、いや何代も前から深い付き合いのある店同士、太兵衛の代になってもその関係は変わらない。持ちつ持たれつ。これまでずっとそうやってきた。

店の者たちは太兵衛を主《あるじ》として扱う。どれだけ親しい贔屓《ひいき》の客であっても客は客だ。店の者も客も、太兵衛が本音を曝《さら》け出す相手には決してならない。目の前の三人とは、本音で語らい合うことができる。

この三人以外に本音を語ることができる相手といえば、あの女しかいなかった。心底惚《ほ》れていた女だ。寝取られた。挙句、殺された。

人伝《ひとづて》に聞いた話では、首を斬られ、頭が皮一枚で胴に繋《つな》がっていたという。なにが起こったのかさえ解《わか》らずに、あの女は冥途へと旅立ったのだ、苦しまずに逝けたのではなかろうか。ならば、さほど悪い死に方でもあるまい。女の死に様を聞かされた時、太兵衛はそんなことを考えていた。なにを呑気《のんき》なことをと、心のなかの別の己が自嘲気味につぶやいていたのだが、心の中心に居座っていた太兵衛は、どこか他人事《ひとごと》のように女の死を捉えていたのである。

嫌いになったわけではない。恨んでもいない。ましてや邪《よこしま》な想《おも》いを抱いて、当然の報いだなどと吐き捨てる気には到底なれなかった。

御免なさいとただひとこと言ってくれさえすれば、いまでも太兵衛は許すだろう。たとえ幽霊になって現れたとしても、あの女が謝ってくれさえすれば、涙を流して受け入れるつもりだ。

しかしあの日から、あの女は夢に現れなくなった。

太兵衛のなかであの女が死んだのは、殺されるよりもずっとずっと前のことだ。太兵衛のなかで死んだ日から、あの女が夢に現れたことはない。

「まぁ、言うてみれば……」

正面に座る四角い顔をした男が、太兵衛の顔色をうかがうようにして言った。

「当然の報いやろ」

太兵衛の心を見透かしたかのごとく、男はそう言って盃のなかの酒を一気に呑《の》み干した。それから温《ぬる》くなった徳利《とっくり》を手に取って、空になった盃に寄せて傾ける。男の名は仁衛門《じんえもん》といった。確かめる術《すべ》はないが、仁衛門の店に伝わる来歴を信じれば、鎌倉殿《かまくらどの》の頃から都で反物を商っている老舗《しにせ》の当代である。

「だってそうやろ」

酒を満たした盃を朱塗りの膳に置き、仁衛門は大袈裟な素振りで両腕を広げた。そして太兵衛の顔を正面から見据えて、眉尻を吊《つ》り上げる。

己は怒っている……。

そう顔で知らしめようとしているのだ。お互い酒の味も解らぬころから共に呑んで来た仲である。仁衛門がなにを考えているのかなど、手に取るように解った。

「お前という者《もん》がありながら、他の男んところに通うとったんや。それも一度や二度やない。お前も知っとったんやろ」

知っていた。だからどうだというのだ。止《や》めさせられるくらいなら、あの女が死ぬ前に止めさせていた。あの家に通うのは止めろとはっきり言えたなら、あの女は死なずに済んだはず。

が……。

だからといって、太兵衛の元に戻って来ただろうか。あの家に通うのを止めさせて、次の日から何事もなかったように過ごせただろうか。

自信はない。

いや、そもそも太兵衛には、あの家に通わせることを止めさせるような度胸などなかったのだ。心底惚れて、周囲の者の反対を押し切ってまで身受けした女を取り戻すことよりも、己の命の方が可愛《かわい》かった。殺されたくないという一心で、太兵衛は見て見ぬふりをしたのだ。

なにも答えない太兵衛を、怒りの色を滲《にじ》ませた瞳でにらみつけ、仁衛門はちいさな溜息《ためいき》をひとつ吐《つ》いた。そして、まぁお前の気持ちも解らんでもないけどな、とつぶやいてから盃の中の酒を一気に呷《あお》った。酒気の満ちた息を分厚い紫色の唇の間から漏らし、浅黒い商人は続ける。

「お前があの女に惚れとったんは、儂等《わしら》全員が知っとる」

言ってから左右に座る二人に目をやる。二人は目を伏せ、かすかにうなずく。それを確認すると、仁衛門は納得するように何度かおおきく四角い顎を上下させてから、ふたたび太兵衛を見た。

「お前の真心を知っとるから、儂は当然の報いやと言うとるんや。お前がそうやって苦しそうな顔をしとると、儂まで辛《つろ》うなる。せやから、当然の報いやとでも思うて、さっさと忘れてしまえと言うとるんや」

あぁなのか、うんなのか、とにかく曖昧な返事をして太兵衛は掌中の盃に目を落とす。すっかり冷めてしまった酒が、手の震えを感じて緩やかに揺れていた。寒くはない。なにかが怖い訳でもない。もちろん怒っているはずもなかった。なのに太兵衛は震えていた。己でも解らないのだが、三人を前にしてからずっと、太兵衛は震えている。いや、もしかしたら一日じゅう震えているのかもしれない。店の者は気を使い、客たちは見て見ぬふりをし、太兵衛に報《しら》せぬようにしていたのかもしれなかった。解らない。とにかく太兵衛は、いまこの時、はじめて己が震えていることに気付いた。

震えているのは、あの女の所為《せい》かもしれない。

店の者や贔屓の客に囲まれていると、あの女のことを話すことはないし、考える暇もない。太兵衛自身も考えないようにしてきた。だから、あの女のことを想うのは久方振りのことである。

「あの」

太兵衛の右隣、仁衛門から見て左に座る青白い細面《ほそおもて》の男がおもむろに口を開く。日頃から声が小さいのだが、この時はよりいっそう小さかった。なので、聞こえたのは太兵衛だけのようだった。仁衛門ともう一人は、男の声に気付かずに空になった己《おの》が盃に酒を満たしたり、うつむいたまま皿のなかの豆をひとつずつ箸でつかんで食い続けている。

か細い声を発した男を太兵衛は見た。

紀之助《きのすけ》は生糸《きいと》問屋の二代目だ。新興ではあるが、ずいぶん繁盛している。先代が紀州《きしゅう》の生まれであったらしく、紀之助の息子たちの名にも紀の字が入っていた。

太兵衛の視線に気付いた仁衛門たちが、紀之助を見る。細面でいかにも病弱そうな生糸問屋の二代目は、ひとつ小さな咳《せき》をしてから太兵衛に問うた。

「壬生《みぶ》のほうからは誰も来《け》ぇへんかったんか」

「八木《やぎ》家からは……」

「いやそっちじゃのうて」

太兵衛の言葉を掌《てのひら》でさえぎってから、紀之助は一度ごくりと喉を鳴らして続ける。

「狼《おおかみ》の方」

「あぁ……」

答えてから太兵衛は、みずからの盃に酒を注《つ》いだ。仁衛門たちも答えを待っている。三人の目が太兵衛を捉えて離さない。

「来た」

「来たか」

芝居っ気たっぷりに仁衛門が声を重くして言った。

「近藤《こんどう》と土方《ひじかた》言うんが来た」

あの男が死んで、壬生に住まう狼どもの頭《かしら》と二番手に収まったという男たちである。あの男が生きていたころから、近藤と土方はいまの立場にあったらしい。あの男の生前は、どうやら狼どもの頭はふたつあったようなのである。それが晴れて、ひとつになったのだ。

近藤と名乗った狼の頭の面《つら》を思い出す。武士であるくせに、どこか百姓を思わせる風情があった。太兵衛は商人である。人の顔を見れば、その者がどういう生き方をしてきたのか、おおよそのことは解るつもりだ。近藤という男は、武士だと名乗ってはいるが性根《しょうね》は百姓である。もしかしたら生まれ自体が百姓であるのかもしれない。とにかく近藤という男は、土の匂いを感じさせる朴訥《ぼくとつ》な顔をしていた。そこまで思ってから、太兵衛は正面に座る仁衛門に目を向ける。顔の造作だけを見れば、近藤に似ていなくもない。そう思い笑いそうになったが、場が場であるだけに腹の底で可笑《おか》しさをぐっと押し留《とど》めた。

「なんて言うて来たんや」

黙り込んでしまったこの家の主に苛《いら》ついた仁衛門が、先をうながすように問う。壬生の狼がなにを言ったかなど知ってどうするのか。知ったからといって、仁衛門の生涯にどんな益があるというのか。無い。なにひとつ無い。ならば聞く必要もなかろうに、仁衛門はまるで己が身の一大事だといわんばかりに、眉間に深い皺《しわ》を刻んで太兵衛を睨《にら》んでくる。

「今度《こたび》はこちらの家にも御迷惑をおかけいたしましたと言うて、金を置いて行きよった」

あの男が金も払わず持って行った品物の代金にくらべれば、雀《すずめ》の涙ほどの金であった。しかし、こんな物じゃ全然足りぬと啖呵《たんか》を切るような度胸はない。太兵衛は口許《くちもと》を緩く吊り上げて、へらへらと笑いながら紫色の袱紗《ふくさ》の上に置かれた薄い紙包みを受け取った。

狼たちとはそれきりである。

「それだけかい」

声に怒気を孕《はら》ませながら、仁衛門が問うてくる。太兵衛に怒ってみせたところで、なにも始まらない。怒るのなら、狼たちの前で堂々と怒ればよいではないか。太兵衛に怒りをぶつけるのはお門違《かどちが》いもはなはだしい。

「それだけや」

ぶっきらぼうに答えると、太兵衛は膝下《ひざもと》の膳に並んだ肴《さかな》のなかから鯛《たい》の昆布《こぶ》締《じ》めを選んで口に運んだ。あの女を弔う席であるというのに、生臭《なまぐさ》が膳に並んでいることに対し、飯炊きの下女たちに対する嫌悪の情が湧く。海のない京では、昆布締めであってもそれなりに高価である。なにもこんな席で出さずともよかろうと思う。しかし彼女たちは仁衛門たちの到来だけを知らされたわけで、太兵衛の嫌悪はお門違いなのである。これでは目の前の反物屋の主と一緒ではないか。そう思うと、自分が情けなくなった。

「なに笑《わろ》うとるんや」

太い眉を歪《ゆが》めながら仁衛門が言った。太兵衛はどうやら笑っていたらしい。笑いたくもなる。

「なにが可笑しいんや」

あまりにも不甲斐《ふがい》ない己が可笑しいだけだ。

「お前、壬生狼《みぶろ》どもになんも言うてやらんかったんか」

言ってどうなるというのか。相手は江戸から来た得体の知れない狼なのだ。同じ巣に住む仲間であろうと、邪魔になったら食い殺す。そんな人外の獣なのである。闇夜でいきなりばさりといかれた後では、文句を言うこともできないではないか。

だから黙っていたのだ。

あの女を寝取られても……。

いきなり左から勢いよく鼻水をすする音が聞こえた。仁衛門が怒りの眼差《まなざ》しを、音がした方にむける。

「なに泣いてんねん」

話をはぐらかされ、怒りの矛先を今度は丸顔の小男にむけた。豆のように丸い顔をした男は、鼻水をすすりながら煮られた大豆を箸で器用にひとつずつつかみ、口に入れている。

「なんやねん留吉《とめきち》」

仁衛門に名を呼ばれた小男は、太兵衛と同じ呉服問屋の主である。同じ品物を扱ってはいるが、留吉の店と太兵衛の店は昔から互いに助け合ってきた間柄である。

涙もろい小男は、ひとしきり豆を食ってから箸を置いて両手を膝に載せた。それから一度ぐずりと解りやすく鼻をすすってから口を開く。

「お梅《うめ》さんが可哀《かわい》そうや」

あの女の名である。

「なに言うてんねん」

右の眉尻を思いきり上げ、仁衛門が吐き捨てた。留吉は四角い顔をした反物商には目もくれず、膝に置いた手の甲を見つめて震える声を吐く。

「俺ぁ芹沢鴨《せりざわかも》っちゅう男のこと見たことあんねん。ありゃ鬼や。仁衛門よりもでかい図体《ずうたい》しおって、金棒みたいな刀下げとった」

芹沢鴨。あの男の名だ。鴨は鬼ではない。天狗《てんぐ》だ。俺は水戸《みと》の天狗じゃ、尽忠報国《じんちゆうほうこく》の志を抱く天狗様じゃと、鴨がそう言ったのを目の前で聞いたことがある。

太兵衛にとって鴨は鬼でも天狗でもなかった。お梅を奪った間男である。どれだけ厳《いか》つい形《なり》をしていても、どれだけ強かろうと、太兵衛にとって鴨は人の妻を掠《かす》め取る卑しい盗人《ぬすっと》なのだ。

「あんな男に手籠めにされて、お梅さんが可哀そうや」

「自分から通うとったんやろ」

太兵衛のことなど忘れたかのように、仁衛門がぞんざいに吐き捨てた。留吉は己の手を見つめたまま、ふるふると首を左右に振る。

「そんな訳あるかい。あんな鬼のような男に乱暴されたら、お梅さんみたいなか弱い女は、逆らうことができんやろ。自分から通うとった訳やない。脅されとったんや。自分の命やあらへん。たぶん太兵衛と、この店を質《しち》に取られとったんやろ」

「そんなこと……」

仁衛門が吐こうとしていた言葉を止めて、太兵衛を見た。その目には最前のような怒りはなかった。

己に答えを求めてどうする。仁衛門にそう言ってやりたい。お梅は望んで通ってたんだと答えれば納得するのか。死人を貶《おとし》めるようなことを言う気はない。ならば留吉を喜ばせるために、望んでいなかったと答えてやろうか。それとて、留吉が仁衛門に対して得意になるだけで、太兵衛の気が晴れるわけではない。

太兵衛は当然、真相を知っている。

お梅は望まずに鴨の所へ行った。

そして、みずから望んで通った。

三人に語るつもりはない。いや、これから先、誰に聞かせる気もなかった。己を見つめる知己にむかって微笑を浮かべ、太兵衛はわずかに首を傾けて、さぁとだけ答えた。どっちつかずな返答に、仁衛門は不服そうに鼻を一度鳴らしたが、だからといって厳しく詰問できるような話題ではない。もごもごと口中で言葉を転がしながら、酒を呷って腹中に呑みこんだ。

留吉はまだ泣いている。お前の妾《めかけ》が死んだわけでもなかろうに。まさか惚れていたのか。いや、この真っ正直な男は、お梅の末路を思ってただただ泣いているのだ。

「もう止《よ》せ」

うんざり顔で仁衛門が留吉に言う。そして横目で太兵衛を見て顎で指し示す。

「旦那同然だった男が泣いてへんのに、お前が泣いてどうすんねん」

旦那同然……。

その通りだ。

お梅は妻ではない。

妾である。

妻はすでにこの世にない。後添《のちぞ》いのつもりだった。しかし父の兄弟やら、祖父のころから付き合いのある贔屓筋などから、島原《しまばら》の酌婦《しゃくふ》が大店《おおだな》菱屋の奥になるのはどうであろうかと、会う度に言われた。皆はっきりとは言わない。太兵衛がいいのなら、好きにすればいい、と言ったあとに、だが、と続けるのだ。そうして決まって憎まれ口が始まる。体面や評判という店のことだけにとどまらず、会ったこともないお梅の気性や素性にまで苦言は及んだ。あの女は下賤《げせん》であるから菱屋には似つかわしくないと、はっきりと言われた方が清々《せいせい》する。言葉を濁すが、誰もがこちらの底意《そこい》を悟れと強要していた。そのくせ太兵衛自身に決断を任せる。卑怯《ひきょう》だ。無責任だ。お前の人生ではあるまいに。太兵衛の腹中には、有象無象《うぞうむぞう》に対する怨嗟《えんさ》が渦巻いた。

太兵衛は決断した。

妾。

それが太兵衛が出した結論だった。親類も贔屓筋も誰ひとり文句を言う者などいない結論である。

お梅は寂しそうに笑っていた。恨み言をひとつも口にせず、ただ笑ってうなずいた。

「私なんかがお店におって、太兵衛はんの奥さんみたいな顔してたら、店の人たち怒りはりますやろ。当たり前や。島原から来た女が、なにも解らんくせになんか言うたら、誰でも嫌んなるわ」

明るくそう言って笑ったお梅の顔を、太兵衛はいまでもはっきりと覚えている。美しいとか愛《いと》おしいとか、そういうことは思っていなかった。いや、通り越していた。お梅を想う気持ちが身中で爆《は》ぜ、太兵衛は何故《なぜ》か大声で泣きながら力一杯抱きしめていた。

「惚れとったんやな」

右方から聞こえてきた声で我に返った。気が付いた太兵衛の、手にしたままの盃にむかって猪口《ちよこ》が掲げられている。紀之助だ。

「今日は呑もうやないか」

言って太兵衛の盃に酒を注ぐ。

「なぁ、今宵《こよい》は明るくやろうやないか」

紀之助が盃を上げた。仁衛門と留吉もそれに続く。

細い紀之助の目が、太兵衛を見る。

「ほら、もう一度乾杯や。お梅さんは明るく呑むんが好きやったやろ。そないに辛気臭《しんきくそ》うならんと、楽しく呑もうやないか。なぁ太兵衛」

お梅の妾宅《しょうたく》で、四人で集まったことも一度や二度ではない。三人はお梅を妻だと認めてくれていた。仁衛門にいたっては、頭の固い親類や贔屓筋に腹を立て、自分が談判に行ってやろうかとまで言ってくれたのである。

太兵衛は盃を上げた。

「お梅さんに」

紀之助がいっそう高く盃を上げ、三人もそれに続いた。紀之助が注いでくれた酒を、太兵衛は一気に喉の奥に流し込む。呑み始めて半刻《はんとき》あまり。すでに程よく酔っている。顔がほてり、本来ならばいい心持ちになっているはずのころであった。なのに頭に浮かぶのは、暗い想いばかり。どれだけ皆に励まされようと、慰められようと、太兵衛の心を覆っているのはやり場のない怨嗟の闇だった。

きっかけは鴨だった。

あの男がふらりと店に来たのが、すべての始まりだった。

都の治安を守る浪士隊の頭だと名乗った鴨は、誰のおかげで店を開いていられるのかと番頭たちの前で問うたという。たしかに近頃、町には素性定かならぬ浪人どもが跋扈《ばっこ》している。尊王攘夷《そんのうじょうい》などと己自身でもよく解っていない題目を唱えながら、そこここで悪さを働いている。強請《ゆす》り集《たか》りに誘拐強姦《ごうかん》と、それこそやりたい放題であった。

そんな不逞《ふてい》浪士たちを取り締まってくれるのなら、きっと良い侍なのだろうと思っていたのも束《つか》の間《ま》、鴨は店の物を適当に見繕い、そのまま宿所に戻っていった。一度ならず二度三度。こちらが下手《したで》に出ているのをいいことに、まるで己が家の蔵のごとく、思うままに品物を持ってゆく。手代《てだい》が金を要求すれば、家財を投げ打ち尽忠報国の士に尽くしてこその民であろうと、訳の解らぬ言いわけをして鉄扇《てっせん》をちらつかせる。不逞浪士を取り締まると言いながら、やっていることは奴等《やつら》となんら変わらない。

溜《た》まりに溜まった借財を回収しに、幾度か手代を赴かせたが全然話にならない。のらりくらりとかわすだけならまだしも、最後は刀を手にして怒鳴って威《おど》す。いくら都の老舗の手代といえど、抜き身を見せられれば敵《かな》わない。這《ほ》う這《ほ》うの体《てい》で逃げて来る。

しかたなく太兵衛が赴く。

「主みずから斬られると申すか。面白い。御主が死んだ後の店は、儂が面倒見てやろうではないか。さぁ、庭の方をむいてそこの縁側に座って、頭《こうべ》を前に垂れろ。儂みずから介《かい》錯《しゃく》してくれよう」

御冗談をと太兵衛が笑うと、鴨はそれこそ悪鬼のごとくに顔を赤らめた。

「武士が冗談で斬るなどと申すわけがなかろうっ。斬ると言ったら斬るっ」

すっくと立った鴨は大股で太兵衛の前まで来ると、首根っこをつかんでそのまま縁まで引《ひ》き摺《ず》った。膝を折って座らせると、野太い腕で太兵衛の躰《からだ》を前に曲げ、おおきな掌で頭の後ろをつかみ、ぐいと下に押した。

「そのまま動くなよ」

重々しい声を吐いた鴨が縁に立って、腰の刀に手をかける。かちと鯉口《こいぐち》を切る音が聞こえたことは太兵衛も覚えていた。しかしそれから先のことはまったく思い出せない。気付けば、お梅がいる妾宅で柔らかい膝に顔をうずめて泣いていた。死ぬかと思うた、もう嫌や、ありゃ人やないなどと散々に鴨の悪口を言いながら、母に告げ口をする子供のように太兵衛はひたすらに泣いた。

「せやったら、私が行ってみましょか」

お梅がそう言った時、太兵衛は驚いて膝に埋めていた顔をくるりと反転させた。上から太兵衛を覗《のぞ》きこむお梅は、お前は妾だと言われた時と同じように笑っていた。

「ほら、男はんよりも女子《おなご》の方が物腰も柔らかいし、どない鬼みたいや言われとる人でも、少しは気を緩めるんやないでしょうか」

島原で多くの男を見てきたお梅を、太兵衛は信用していた。この女は己を選んだのだ。

大勢の男たちのなかから、菱屋太兵衛を選び、ここで笑っている。太兵衛と鴨は男であるということ以外、まったく似通っていない。というより真反対である。武士と商人という生まれだけが、二人を隔てているのではない。おそらく生き方そのものが対極なのであろう。あと数年で四十になろうとする太兵衛ではあるが、これまで一度として荒事に遭遇したことがない。遭遇すらしてないのだから、みずから拳を握ったことなどあるわけがない。太兵衛を選んだお梅が、鴨に惚れはしないはずだ。思えば太兵衛は、その時からお梅が寝取られるという疑念を抱いていたのである。

「おい太兵衛っ」

正面から罵声じみた大声を浴びせられて、太兵衛の躰が激しく跳ねた。尻から飛びあがって座布団に着地したのだが、己の躰の重さを支えきれずに後ろに仰《の》け反《ぞ》り、なんとか片手を後ろに突いて倒れるのだけは堪《こら》えた。

「大丈夫かい」

声をかけた張本人であろう仁衛門が、心配そうに問う。鴨のことを考えていたから、怒鳴られた刹那、仁衛門の声があの男のものに聞こえたのだ。

「な、なんでもあらへん」

強張《こわば》った笑みで頬を引《ひ》き攣《つ》らせながら、太兵衛は四角い顔に答える。仁衛門は、そうかいと小さくつぶやくと、下から覗きこむようにして太兵衛の顔を見た。

「なんや」

武骨な仁衛門のらしくない態度に、幾分苛立ちを抱きながら太兵衛は問う。すると長年の友は、言葉を細切れにしながら答える。

「いや、なんや、今日は、どうも、お前……。おかしいで」

同調するように留吉がうなずいて、その今にも零《こぼ》れ落ちそうなほどに真ん丸な目を太兵衛にむける。

「仁衛門の言う通りや。太兵衛、お前、今日はなんやあったんか」

あったといえばあったのだろう。

今日ではない。

七日前だ。

お梅が死んだ。

お前たちも知っているではないか。

お梅が死んだ。それ以外になにがある。太兵衛の時は、お梅が死んだ日から止まっているのだ。周囲の者は動いている。店も開くし客も来る。日は昇れば沈むし、沈めば再び昇るのだ。太兵衛の皮の外にあるものは、刻一刻と行く末にむかって進んでいるのだが、皮の裡《うち》にある肉や骨、腸《はらわた》もなにもかも、お梅がいなくなった日から、太兵衛の時は止まっている。

驚くことではなかった。

何故なら太兵衛の時は、お梅が死ぬかなり以前から徐々に緩やかになっていたのだ。それが止まっただけだ。太兵衛にはなにひとつ支障はない。こうして普通に受け答えもできるし、店を切り盛りするのは手代たちだ。主である太兵衛は、求められた場でそれ相応の対処をすれば事足りる。

「なんや、どうしたんや太兵衛」

苛立ちを露《あら》わに、仁衛門が眼下の己が膳を脇に寄せて膝を滑らせる。畳の上を滑らかに進み太兵衛の前まで来ようとした。しかし今度は太兵衛の膳が邪魔だった。避けようと手を伸ばした仁衛門の動きに合わせるように、太兵衛は己の膳が動かぬようにつかんだ。

仁衛門が太兵衛を心配するように眉根を寄せる。

「ほんまにお前、おかしいで。心ここにあらずっちゅう感じや」

たしかにここに太兵衛の本当の心は無いのかもしれない。虚《うつ》ろだという気はする。でも己がこの場に座っていることは、頭では理解できていたし、三人と酒を呑んでいることも解っているのだ。心がここに無い訳ではない。薄くなっているのだろう。

「お梅さんのことはたしかに残念やった。せやかて、あの女は最後の方は自分からあの侍とこに行ってたんやろ。留吉は違う言うが、本当に嫌やったんなら、妾宅を出てこの店に転がりこむこともできたはずや。いくらあの男でも、店襲うて女奪うような真似《まね》はせぇへんやろ。ここに逃げればよかったんや。お梅さんは頭のええ女や。そんな簡単なことが解らんこたあらへん」

いったい仁衛門はなにが言いたいのか。

だからお梅は、喜んで鴨のところに通っていたのだ。そんな女のことはさっさと忘れてしまえ。そう言いたいのか。

おおきなお世話である。

仁衛門に言われる筋合いはない。幼いころからの友だといっても、言っていいことと悪いことがあるだろう。仁衛門は親身になって励ましているつもりだろうが、言葉にいっさいの配慮がない。口調や態度で心配しているように見せかけてはいるが、吐き出す言葉に本音が透けて見えている。

そうだ。仁衛門の言う通りだ。たしかにお梅は喜んで鴨の元に通っていた。

「なんや強い顔した御侍さんどしたが、こちらの話もちゃんと聞いてくれはりましたえ」

鴨が住む壬生の八木源之丞《げんのじょう》邸に行って戻ってきた最初の日、お梅はにこやかに笑った。その時のお梅の顔は、太兵衛の心配に対する答えとしての笑顔だった。他意はない。お梅の微笑《ほほえ》む頰がわずかに強ばっていたのは、店の者や太兵衛が恐れる鴨と無事相対することができたという安堵《あんど》からだったのだろう。

「私が話せばなんとかなるんやないかと思うんどす」

太兵衛の膝を撫《な》でながら、心配せんでええと言うお梅は、自分も店の役に立つことができるというところを見せたかったのではないか。だからあれほど熱心に、鴨の元に通うと言ったのだ。あの時はまだ、お梅は鴨のことを、がさつで無礼な浪人程度にしか思っていなかったはずである。

二度三度とお梅は鴨の元に通った。

「また駄目どした」

「今日は留守どした」

「代金を払ってへんことは忘れてへん言うてはりました」

「ちゃんと払う言うてくれはりました」

八木邸から戻ってくる度に、お梅は少しずつ進展してゆく鴨との交渉を、嬉《うれ》しそうに語ってくれていた。

鴨は次第にお梅に心を開いていったのだ。

いや……。

それすらも策だったのかもしれない。

いまさらくどくどと考えたところで仕方ないのだ。だが、すべてが初めから決まっていたような気がしてならない。お梅を鴨に会わせた時から、今宵のこの席すらも定められていたのではないのか。

「太兵衛」

右方で呼ぶ声がした。紀之助である。細い顔が心配そうにこちらを見ている。

「儂等と呑むのは、しばらくええんやないか。今日のところは……」

「いや」

太兵衛は激しく首を振る。三人が目障りであるくせに、一人になるのは嫌だった。つとめて明るく笑いながら、太兵衛は紀之助たちにむかって陽気な声で語りかける。

「呑んでくれ。肴が無《の》うなったらいくらでも運ばせるよって」

「いや、でも」

「頼むわ。一人にせんとってくれ」

本心からの言葉だった。太兵衛のことを慮《おもんぱか》る紀之助が、声を失い仁衛門と留吉に目をむける。痛々しいという言葉を吐くかわりに、長年の友は一様に顔をしかめた。言葉をかけることをためらう紀之助の代わりに、仁衛門が穏やかに太兵衛に告げる。

「ま、まぁ、お前がそこまで言うんやったら、儂等はとことん付き合《お》うたるわ。なぁ」

言って仁衛門は左右の友を交互に見る。それから分厚い胸を拳で叩《たた》いて、声を張った。

「お前と儂等は、お梅さんよりも長い付き合いや。お前がどんだけ荒《すさ》んだって見捨てたりせぇへん。心配すんな」

「おおきに」

太兵衛は仁衛門たちに頭を下げた。

鴨との折衝の度に明るく報告するお梅にも、太兵衛はいまのように頭を下げた。その度にお梅は首を強く左右に振って「旦那さんの役に立てて、私は嬉しい思うとるんどす。そないに頭下げんといておくれやす」と言って、太兵衛の手を強く握ったのだ。

お梅の掌の冷たさを思い出す。手の冷たい女は情に篤《あつ》いという。お梅は本当にそんな女だった。

六度目……。

いや七度目であったか。

八木邸から戻ってきたお梅の様子がいつもと違っていた。妾宅を訪れる太兵衛のために、いつものように十分過ぎるぐらいの肴と酒を用意して笑顔で待っていたのだが、どこか言葉の端々にかすかなよそよそしさを感じた。

「いつもと変わりませんでしたえ。鴨はんは返す返すと言わはりますが、財布を出したことは一度もあらしまへん」

〝鴨はん〟と言った時、笑みをかたどるお梅の目尻がひくりと震えた。

なにかあった……。

太兵衛は確信めいた想いを抱いた。

「大丈夫か。辛うなったんなら、もう止めてええんやで。鴨につけとる金なんぞ無くても、どうってことあらへん。あんなんははした金や」

焦りが早口にさせた。一気に言い終えた太兵衛に、お梅はやはり強張った笑みで答えた。

「もう少し頑張ってみてもええですか」

あの時、否《いな》と言えばよかったと、いまでも太兵衛は後悔している。いやもし、もう八木邸に通うのは止せと言ったとしても、お梅は聞いてくれただろうか。

あの日、お梅は手籠めにされた。それは確信に近い。惚れて惚れて惚れ抜いて、周囲の反対を押し切ってまで妾にした女だ。些細《ささい》な変化の原因が解らぬ訳がない。

気丈に答えたお梅は、それからも鴨の元に通った。手籠めにされてから数回は、お梅自身も耐えていたのだろう。太兵衛の役に立ちたい。鴨につけている代金を取り立てたなら、店の者や贔屓筋も認めてくれるのではないか。妾ではなく、太兵衛の後添いとして菱屋の敷居を跨《また》げるのでは。そんな健気《けなげ》な想いがお梅を動かしていたのかもしれない。

すべては太兵衛の独りよがりの推測だ。解っている。しかしその一方で、悪《あ》しき想いが闇から太兵衛にささやく。

無理矢理であったが、心ではないところでお梅は鴨に抗《あらが》えなかった。太兵衛のためにと必死に念じながらも、お梅の女が鴨を求めた。そう考えることもできるのではないか。

どちらでもいい……。

いや、どちらでもいい訳がない。

お梅は太兵衛のために鴨の元に通ったのだ。

少なくとも、あの日までは……。

忘れもしない。あれは、お梅の態度がおかしかった日から数えて、五度目に八木邸を訪ねた時のことだ。

お梅は太兵衛にそのことを報せなかった。

何故か胸騒ぎがして、夕刻まだ奉公人たちが仕事をしている最中であるというのに、一人で店を出てお梅の妾宅に出向いた。なにがあったという訳でもない。お梅の姿を見たという話を誰かに聞いた訳でもなかった。だがとにかく一刻でも早くお梅に会いたかった。

会ってあの笑顔を見なければ、心のざわつきは治まらない。汗みずくになりながら、太兵衛は走った。

偶然とはこういうことを言うのだろう。

お梅が小さな門をくぐるところだった。

「あっ……」

悪さがばれた子供のように、一度小さく震えたお梅はちいさな声を吐いて止まった。

「どこに行くんや」

「ちょっとそこまで」

問うた太兵衛から目を逸《そ》らし、うつむき加減でお梅は短く答えた。

壬生だ……。

太兵衛は解っていた。しかし、気の利いた言葉をかけることができなかった。そんな不甲斐ない太兵衛の脇を、目を伏せたままお梅は通り抜け、小路《こうじ》の角を折れて消えた。

夕陽《ゆうひ》を浴びてまぶしいほどに紅《くれない》に輝いていたお梅の唇を、目を閉じれば今でもはっきりと思い出すことができる。太兵衛が心を奪われた島原にいたころのお梅が、夕陽のなかで見た顔に重なった。

あの日、お梅は死んだ。夕陽に輝く紅の唇と、惚れ惚れするほどの美貌。それが、太兵衛にとってのお梅の死に顔なのである。

それからも太兵衛は、お梅の元に通った。ふたりともいっさい鴨の名は口にしなかった。

そのころになると、お梅は太兵衛と指先が触れ合うのすら拒むようになった。ともに床に入ることもなく、酒を呑み夜中にひとり提灯《ちょうちん》を持たされて帰るようになった。

お梅が鴨とできていることを、太兵衛は知っているのだ。お梅も解っている。

すでに己の女ではない。

すでに己の男ではない。

そんな二人が、同じ屋根の下にいるのだ。もはや昔のようには戻れはしない。

それでもお梅は、太兵衛のことを思い遣《や》ってくれていたのだろう。己が妾宅を出て行けば、太兵衛に悪い噂《うわさ》が立つ。菱屋の主人は妾に捨てられたと莫迦《ばか》にされることになるだろう。だから八木邸に住むことはなかった。

「いい加減にせぇっ」

いきなり怒鳴られ、太兵衛はおおきく仰け反った。仁衛門である。仁衛門の鼻と太兵衛の鼻が触れ合うほどに近付いていていた。

「なに訳の解らんこと言うてんねん。あの女はお前のこと思うて、家を出て行かんかったんやない。あの侍んところに転がりこむことはでけへんやろ。相手は浪士組の頭や。泊まっとる所も間借りやないか。そないなところに女引っ張り込むことはできんやろ。せやからあの女は、お前が用意した家に住み続けとったんや。お前は利用されとったんや」

罵倒され、お梅を侮辱されていることに腹を立てるよりも先に、考えていたことをどうやらつぶやいていたらしいということに気付いて、太兵衛は驚いた。

「しっかりせぇよ菱屋太兵衛」

言って仁衛門が太兵衛の肩をつかんだ。

「お前は菱屋の主やないか。あないな女に骨抜きにされて、先祖代々守ってきた身上《しんしょう》を台無しにする言うんか。あのお梅いう女は、お前に後ろ足で砂かけて他の男んところに行ったんや。もういい加減忘れんかい」

「そうやで太兵衛」

留吉が仁衛門の後ろからささやき、紀之助はおおきくうなずいている。

「儂等に出来ることやったら、いつでも力貸すよって」

鬼瓦のような仁衛門の顔が、目の前で揺れている。いや、揺れているのは太兵衛の方だった。肩をつかまれ揺らされている。鬼瓦が遠くなったり近くなったりしているのを見つめながら、太兵衛は鴨のことを思い出していた。あれは、鴨とお梅が殺される十日ほど前のことだ。

一人でふらりと菱屋に現れた。

あの男の悪行は、店じゅうに知れ渡っているし、お梅が壬生に通っていることを知っている者もいる。奉公人に任せることもできず、仕方なく太兵衛は自室で鴨と会った。

ふてぶてしい顔で、さも当たり前というように上座に収まった鴨は、鉄扇を広げて悪辣な顔を煽《あお》ぎながら、太兵衛を見下す。

「息災か」

息災とは片腹痛い。太兵衛の息災は、この男によって奪われたのだ。なぜだか無性に腹立たしくなった。手籠めにされて戻ってきた時のお梅の笑顔が脳裏に蘇《よみがえ》り、斬られてもいいと思うほどの激しい怒りが湧いた。

「行儀の悪い鴨が屋敷の池を荒らし回り、泣き声も五月蠅《うるそ》うてよう眠れませんで、息災とは言えまへんな」

さぁ、腹を立てたか。斬るんなら斬れ。

眼光鋭く太兵衛は鴨をにらんだ。すると壬生の狼は、それまで顔に風を送っていた鉄扇を閉じて懐に仕舞うと、仰け反っていた躰を元に戻し背筋を伸ばした。斬る前に体勢を整えたのだと思い、太兵衛は息を呑む。しかし鴨は腕を組んで、分厚い唇の端をおおきく吊り上げて笑った。

「小商人《こあきんど》の分際で言うではないか」

躰の芯まで響くような重い声を太兵衛に浴びせると、鴨は鼻を鳴らして笑った。

殺気がない。

太兵衛は戸惑う。

「なんの御用ですか」

金を返しに来た訳ではないはずだ。金を返すくらいなら、お梅を返せ。もちろん想うだけで、舌には乗せない。

鴨は答えず、開け放たれた襖《ふすま》の向こうに見える中庭を眺めていた。秋雨に降られた松の葉から零れた滴が、苔《こけ》むした岩に落ちる。雲が晴れ、夕陽が庭を照らしている。滴は紅《あか》い光を受けて輝きながら、ひとつまたひとつと淡い碧《あお》の森のなかへと消えてゆく。鴨はそれを、なんだか寂しそうに見つめていた。

「菱屋よ」

庭に目をむけたまま鴨が言った。返事をする気にもなれなかった。すると壬生の狼は、太兵衛に聞かせるでもなくつぶやいた。

「儂が死んだら、全部返してやる。それまでもうしばらく待っておれ」

「え」

思わず太兵衛が吐いた声を聞いて我に返ったのか、鴨はびくりと一度肩を震わせると、誤魔化すように大声で笑った。そして、邪魔をしたなとひとことだけ言って、店を出ていった。訳が解らず、太兵衛はしばらく自室でひとり呆然《ぼうぜん》としていた。

今にして思えば、あの時すでに鴨は己が殺されることを悟っていたのではないだろうか。少なくとも、己が身に危険が迫っていることは解っていたのだろう。

全部返してやる……。

なにも返してもらっていない。

あの男はお梅を冥途にまで連れていった。

「鴨はん……。そりゃあんまりやで」

自分が吐いた声で、太兵衛は現世《うつしよ》に引き戻される。目の前には熱い目をした仁衛門の顔があった。

「なんや、鴨はんって。まるで仲のええ客が死んでもうたように言うやないか」

鴨は仲の良い客では決してなかった。今にして思えば、客でもなかったのだ。

それでも……。

鴨のことを心底から憎めない。

なぜなのか。

恐れているからではない。死んだ者を恐れてどうするというのか。故人を憎むことに、遠慮も容赦も必要ない。

あの時、寂しそうに庭を眺めていた鴨の横顔が、ずっと心に残っている。お梅を奪った憎い相手のはずなのに、どこかで親しみを感じていた。

なんや、この男も儂と一緒やないか……。

鴨は鬼でも天狗でも狼でもない。人だ。太兵衛と同じ、悲しみも恐れもする愚かしい人なのだ。

お梅は良い女である。

惚れるのは良く解る。痛いほど解る。鴨は女を見る目があるのだ。鴨と違う出会い方をしていたならば、もしかしたらと思うこともある。

「鴨はお前からお梅を奪った男や。鴨もお梅も、お前にとってはどれだけ憎んでも憎み足りん相手やないか。憎むだけ憎んで、さっさと忘れるんや」

仁衛門はさっきからこればかりである。手を変え品を変え、いろいろなことを語ってはいるが、とどのつまりは忘れてしまえと言っているのだ。

「けっきょく、あの女の遺骸も見てへんのやろ」

鴨や同じ時に死んだ浪士は、近藤たち壬生の狼によって丁重に葬られたという。しかしお梅は、下賤な女だということで彼等は葬ることすら拒んだ。鴨が宿として使っていた八木家に、お梅は幾日か止め置かれていた。その間、八木家の使いの者が菱屋を訪れ、遺骸を引き取ってくれないかと言ってきた。

太兵衛は拒んだ。

拒まざるを得なかったのである。店の番頭、手代相揃《そろ》って、太兵衛の前に並び、こういうことになるやもしれぬからかねてより親類縁者と申し合わせていたと言うのだ。なにを小癪《こしゃく》なと思うが、店のことを第一に考えた末の行いであろうし、咎《とが》めるつもりはなかった。彼等の言い分はこうである。身受けまでした女を壬生狼に寝取られたということだけでも噂になっているというのに、お梅の遺骸を引き取りでもしたら、ますます悪評が広まる。鴨の元に通うようになったころにすでにお梅には暇《いとま》を出しているということにして、八木家からの使いを突っぱねてしまう。そうすれば、寝取られたのではなく暇を出したということになり、幾何《いくばく》かは悪評も和らぐであろうということだった。

正直どちらでもよかった。

太兵衛にとってお梅は、無言で脇を通り抜けていった日に死んだのだ。目の前で番頭たちが話している遺骸とやらは、もはや太兵衛の知っているお梅ではない。

「好きにすればええ」

皆にそれだけ告げると、太兵衛は八木家の使いに会いもしなかった。

「聞いてるか太兵衛」

穏やかな声が聞こえる。仁衛門ではない。声のした方を見ると、紀之助の細い顔が太兵衛にむけられていた。

「心が定まらんのは無理もないわ。心底まで惚れ抜いた女が男に取られて、二人して斬られて死んだ言われたら、儂だってどうなるかわからへん。今のお前のようにならんとは誰にも言えんのや。そりゃこうして怒鳴っとる仁衛門や、そこで泣いとる留吉だって一緒や」

そうは言っても、紀之助も仁衛門も留吉も、家に戻れば内儀《ないぎ》がいる。子もいる。仁衛門と留吉には、別の場所に妾もいるのだ。仁衛門にいたっては三人も。

太兵衛には妻も子も妾もいない。

一人きり……。

「太兵衛よ」

紀之助はなおも穏やかに語り掛ける。太兵衛は答える言葉が見つからないから、黙って聞いた。

「泣いてええんやで」

気付けば仁衛門は座っていた場所まで退いて座布団に尻を落ち着けている。留吉は鼻をすすりながら、うつむいていた。紀之助はしたり顔で太兵衛にうなずく。

「お前はいつもそうや。人に迷惑かけんように、物事が丸く収まるように、いつも笑うとる。辛いとか、きついとか、悲しいとか、お前の口からそういう言葉を聞いたことがあらへん。でもな……」

紀之助が目を閉じて微笑みながら、もう一度うなずいた。

「こういう時は思いきり泣いてええんやで」

「そうや。紀之助の言う通りや」

仁衛門が言葉を受ける。

「ここには儂等しかおらん。思いきり泣け」

太兵衛はお梅が泣いた顔を知らない。どんな時でも笑っている気丈な女だった。そういうところに太兵衛は惚れたのだ。きっと鴨も、そんなお梅に魅《ひ》かれたのだろう。

壬生狼に斬られた時、お梅は泣いたのだろうか。皮一枚で首が胴に繋がっていたのである。痛いと思う暇もなく、冥途に旅だったはずだ。

気付けばあの世。

「なぁ」

太兵衛は涙を流す代わりに、三人に問うた。

「あの世、いうんはどないなとこやろな」

仁衛門は口をあんぐりと開けて固まった。留吉は目を見開いて、太兵衛を見つめる。紀之助は尖《とが》った顎に手をやって、少し考えた。答えたのは細面の生糸商人だった。

「人はどんなに徳を積んだ者《もん》でも、悪いことはしとるもんや。これを見い」

言って紀之助は豆を箸でつかんだ。

「これ喰《く》うことかて、悪いことやと思えば悪行や。儂が喰えばこの豆は芽を出すことができへん。いわば儂がこの豆を殺すんや」

すでに煮られているのだ。芽は出ない。そう思ったが、面倒なので抗弁するのは止めた。

「そう考えたら、人はかならず地獄に落ちる。そんな殺生なことあるかいな。人は現世でさんざん苦しんで生きるんや。死んでまで苦しめられてどないすんねん」

紀之助はそう言って笑った。

「せやから儂はこう思うんや。現世をさんざん苦しんだんや。人は死んだらかならず仏さんの元へ行くんやってな」

「そこは良いところかい」

紀之助はうなずいて、太兵衛の肩に触れた。

「お梅さんは今頃、あっちで楽しゅうやっとるはずや」

「そうやな……」

御仏《みほとけ》の元でお梅は鴨と笑っている。惚れた男と一緒だ。そこにはもう遠慮しなくてはならない相手はいない。思う存分、鴨と二人で生きることができるのだ。

「そうか、これで良かったんやな」

「そうや」

紀之助が見当違いの答えを吐いたが、太兵衛の耳には入らない。骨の髄まで惚れた女が、骨の髄まで惚れた男とともに幸せに暮らしている。もう太兵衛に遠慮することもない。あの世で永久《とこしえ》に鴨とともに幸せに暮らせばいい。いつかは太兵衛も冥途に逝くだろう。しかし、むこうでお梅を探すつもりはない。

お梅は鴨の妻なのだ。

妾ではない。

周囲の目を気にして妾にしかしてやれなかった太兵衛が付け入る隙はないのだ。

「祝言《しゅうげん》や」

「なんやて」

三人が同時に声をあげた。太兵衛は構わず、空のまま膳に投げ出されている己の盃に酒を注いだ。そして高々と掲げる。

「お梅の祝言や。さぁ呑むでぇ」

今宵一番の景気の良い声で太兵衛は言った。

「なんや、とうとう本当に壊れてもうたんか」

仁衛門が色めき立つ。留吉は太兵衛の勢いに押されて盃をかかげる。紀之助は溜息まじりに肩をすくめてから、太兵衛に声をかけた。

「まぁ、なんやわからんが、お前がそう言うんやったら、それでええんやないか」

言って盃を持った。

「さぁ、今日は良う集まってくれたな。お梅の幸せを願って乾杯やっ」

冥途でお梅は幸せにやっている。そう思うことで太兵衛は少しだけ軽くなった。

腑《ふ》に落ちた……気になった。

今のところはそれで良い。


（「小説宝石」二〇一九年九月号）

雪山越え

植松三十里

【作者のことば】

家康の異父弟、松平康俊《まつだいらやすとし》には足の指がなかった。十七歳で武田方に人質として連れ去られ、そこから逃走を図った際に、凍傷によって落ちてしまったという。なぜ、そんな過酷なことになったのか。当時の家康をめぐる状況を、ひとつひとつ検証していくと、ドラマが見えてくる。私は静岡の出身で、作中に登場する駿府《すんぷ》城も久能山《くのうざん》も、馴染《なじ》み深い場所だ。そのせいもあって筆がのった作品であり、楽しんで頂ければ幸いに思う。

植松三十里（うえまつ・みどり）　静岡県出身
「桑港にて」にて第二十七回歴史文学賞受賞
『群青　日本海軍の礎を築いた男』にて第二十八回新田次郎文学賞受賞
『彫残二人』にて第十五回中山義秀文学賞受賞
近著──『レイモンさん　函館ソーセージマイスター』（集英社）

松平康俊《まつだいらやすとし》は武田《たけだ》方の座敷牢《ざしきろう》で、十九歳の正月を迎えた。もう二年もの間、この薄暗い部屋に閉じ込められている。雨戸は釘《くぎ》で打ちつけられ、わずかな隙間から、かすかな季節の移り変わりを感じ取るしかない。

自分が甲斐《かい》国のどこにいるのかさえ、よくわかっていない。厳しい寒さからして、どうやら山がちな場所で、今は深い雪に埋もれているらしい。外は物音ひとつしない。

その夜も粗末な夕餉《ゆうげ》がすんで、見張り番が入ってきた。ろくに話もせずに、別室から布団を運んできて敷く。康俊が自分でやると言っても、けっして手を出させない。

逃げる力を奪うために体を動かさせないのだ。そう気づいたのは、幽閉され始めてから何ヶ月かが過ぎた頃で、絶望的な気分になった。

狭い座敷を歩きまわったり、横になったり起きたりを繰り返すが、それだけでは気力が続かない。せめて木刀が欲しかった。素振《すぶ》りだけでもしたかった。

その夜も、見張り番は布団を敷き終えると、灯《あかり》を吹き消して、慇懃《いんぎん》に言った。

「では、ごゆるりと、お休みなさいませ」

立ち去っていく足音を聞きながら、いつものように上掛けをかぶって横になった。

松平康俊は徳川家康《とくがわいえやす》の十歳下の異父弟だ。康俊の康は、家康から一文字を与えられた誇り高い名前だった。

だが今は刃物を遠ざけられ、月代《さかやき》が剃《そ》れないために総髪《そうはつ》にしており、まばらな髭《ひげ》も伸び放題になっている。

箱枕の上で、家康に似た大きな目から、ぽろりと涙がこぼれた。泣くのは男として情けない。でも孤独が何よりつらかった。いつまで、こんな暮らしが続くのか。いっそ死んでしまえば楽かと思う。

だが自分が死ねば、母である於大《おだい》が悲しみ、兄をなじるに違いない。そんなことにはなって欲しくない。だからこそ生きねばならなかった。

闇の中、ようやく眠りにつくかという時だった。康俊は、いつにない気配を感じた。気がつけば、部屋のただ中に、いっそうの冷気が通り抜ける。

異変を感じて、上半身を起き上がらせると、闇の向こうから押し殺した声が聞こえた。

「松平康俊さま、兄上さまからの使いでございます。お迎えにまいりました」

聞き覚えのない声で、にわかには信じがたい。しかし男の声は切羽詰まっていた。

「今すぐ、ここを出ましょう。於大の方さまも、お待ちです。見張り番は倒しましたが、武田方に勘づかれて追手《おって》がかかる前に」

母の名を聞いて、ようやく心が動いた。ためらっている場合ではないと気づき、急いで立ち上がる。だが普段、急に動くこともないために、立ちくらみがする。

なんとかこらえて、暗闇の中、手探りで声の方に近づいた。男の骨太な手が迎える。

「これから山を越えて、大井川《おおいがわ》の上手《かみて》に出ます。山は詳しいのでお任せください。無事に浜松《はままつ》までお帰りいただけるよう案内《あない》します」

浜松には家康の城がある。康俊は半信半疑で聞いた。

「そんなことができるのか。いったい、ここはどこなのだ」

「甲府《こうふ》の西、盆地の外れです」

「こんな時期に、雪山など越えられるのか」

「冬場だからこそ見張りの目が緩んでおり、逃げるのなら今しかありません。厳しい道のりになりますが、私から逸《はぐ》れずに、どうかついてきてくださいませ」

康俊は覚悟を決めた。

「わかった。頼む」

男の背を追って、手探りで土間に向かうと、引き戸が開いており、そこから冷たい風が吹き込んでいた。外の雪あかりで、さっきの見張り番が土間に倒れているのが見えた。

沓脱石《くつぬぎいし》の上に藁沓《わらぐつ》が揃《そろ》えてあり、急いで履いた。すぐに蓑《みの》が肩に掛けられ、自分で襟元の紐《ひも》を結び、さらに笠《かさ》も受け取った。

男は蓑を身に着けたままだった。近づくと、見上げるほどの上背がある。

男に続いて外に飛び出した。二年ぶりの外の世界には、凄《すさ》まじい寒気が待っていた。思わず胴震いがする。

大井川沿いまで、どれほどの距離なのか見当もつかない。今の自分の体力で、そこまでたどり着ける自信もない。

しかし母が待っており、兄が迎えを寄越《よこ》してくれた。まして長く待ちかねた脱出の機会なのだ。何が何でも、行かないわけにはいかなかった。

康俊は尾張国《おわり》の阿古居《あぐい》城で生まれ育った。三河《みかわ》湾と伊勢《いせ》湾を隔てる知多《ちた》半島が、北から南へと細長く伸びており、その中ほどにある小さな城だ。父は城主の久松俊勝《ひさまつとしかつ》、母は於大の方だった。

もともと於大は、尾張と三河の国境《くにざかい》に近い、水野《みずの》という大名家の姫であり、最初に嫁いだ先が岡崎《おかざき》の松平家だった。

当時は水野も松平も今川《いまがわ》家に従っており、この縁によって両家の絆《きずな》は盤石になった。政略結婚ではあったが、ほどなくして於大は世継ぎとなる家康を産み、幸せに暮らした。

しかし次第に尾張で織田《おだ》家が台頭し、水野は今川方から離れて、織田方に鞍替《くらが》えした。そのため松平と水野とは手切れとなり、於大は松平から離縁されて、実家に帰された。

その後、於大は、知多半島の久松俊勝に、再縁させられた。水野家も久松家も織田方ということで、縁を結んだのだ。またもや政略結婚ながらも、三人の息子に恵まれた。その次男坊が康俊だった。

康俊が九つの時に、大きな合戦が迫りきた。織田方と今川方の最終決戦と目され、久松家でも出陣準備が進む中、凜々《りり》しい若侍が、わずかな伴《とも》を連れて阿古居城に現れた。それが十九歳になっていた家康だった。

いまだ松平家は今川方であり、織田方の久松家とは敵対している。そんな危うい中を、密《ひそ》かに訪ねてきたのだ。

康俊は年子の兄とともに、初めて異父兄と対面した。まだ赤ん坊だった弟も、乳母《うば》が抱いて連れてきた。

父は家康と話がついていたらしく、三兄弟を前にして、おもむろに告げた。

「そなたたちは、これから松平の姓を名乗れ。この兄者の弟として生きるのじゃ」

康俊は驚いた。急に久松でなくなるなど信じがたい。だが面と向かって、父の命令に逆らうわけにはいかない。父が軍勢を率いて戦場に向かった後で、母に聞いた。

「なぜ私たちは松平に変わったのですか」

すると母は目を赤くして声を潜めた。

「わが久松家が味方する織田信長《のぶなが》どのは、まず今川義元《よしもと》どのには勝てませぬ」

軍勢の差が大きく、ほとんど勝ち目はないという。一方、今川方の松平家は、まず間違いなく勝ち残る。

「その時、私たちが落城に巻き込まれぬように、そなたの兄者は、そなたらを弟として認めに来たのです」

於大も一緒に救うつもりで、家康は小舟で三河湾を渡り、敵方である阿古居城まで忍んで来たというのだ。

合戦が終わった暁には、勝者となる今川義元に対して、家康は母と弟たちの命乞いをするという。なんとかして久松俊勝の身柄も、自分に預からせてもらうと約束した。久松は自分自身のことはさておき、そこまでして敵方の城にやってきた心意気に感じ入り、三人の息子たちを託したのだった。

「だから苗字《みようじ》が変わるのですよ」

康俊は父が討ち死にするのなら、自分もと思う一方で、あの凜々しい若侍の弟になったことに、誇らしい思いもあった。

しかし、予期せぬことが起きた。劣勢と目された織田信長が、桶狭間《おけはざま》の合戦で奇襲に出て、今川義元の首を取ったのだ。

予想は完全に逆転し、久松家は勝者になった。松平家は敗軍に属したものの、家康は今川家の大混乱に乗じて、今川の支配から抜け、岡崎城主として独立したのだった。

その後、久松俊勝は家康を見込んで、織田信長と手を結ばせた。そして信長の許しを得たうえで、家康の手足となって戦うようになった。

一方、駿府《すんぷ》では今川義元亡き後、息子である今川氏真《うじざね》が家督を継いで、なおも力を保っていた。家康は、こちらとも手を切るわけにはいかない。

ましで駿府には、家臣の息子たちが十一人も人質として残されている。彼らを取り戻すために、新しい人質と取り替えることになった。それが、ほかならぬ康俊だった。

家康は十歳になった弟を諭した。

「わしも幼い頃から、長く駿府で人質暮らしをしたが、けっして悪い経験ではなかった。むしろ、ありがたかったと思っている」

今川義元は文化を好み、京都から何人もの教養人を呼び寄せており、駿府は文化都市だった。そのために岡崎では、とうてい得られなかった高い教育を、家康は受けることができたという。

「それでも、いつ殺されるかも知れぬ立場だ。幼心にも、常に恐怖を感じた」

無事に岡崎に帰ってきてからは、家中のために命をかけて耐えたからと、家臣たちの大きな信頼を得たという。

「わしの軍勢が強いのは、そのせいだ。わしの苦労に、家来どもも命がけで応えてくれるのだ。そなたが駿府に行くおかげで、子供を取り戻せる家来どもは、そなたに一生、恩義を感じる。だから今は堪《こら》えよ」

於大は涙ながらに別れを惜しんだ。

「おまえが駿府にいる限りは、けっして今川に反旗を翻さないと、家康どのが約束してくれました。心配せずに行っておいでなさい」

於大は主筋《しゅうすじ》になったわが子を「家康どの」と呼んだ。母が敬称をつけ、父が見込んだ家康に、康俊もまた傾倒していた。

人質に出ることに恐怖がないわけではない。ただ兄と同じ経験を積んで、家中の役に立つことを誇りにしようと、幼心に誓った。

康俊という名は、その時につけてもらった。家康の康に、父、久松俊勝の俊を合わせた命名だった。

駿府は気候が温暖で、豊かな土地柄であり、今川義元亡き後も文化都市だった。康俊は氏真に歓迎され、予想通り、高い教育を受けさせてもらえた。

漢文が読めるようになると、軍学の漢書を片端から読破した。かつて兄も、そうしたと聞いたからだ。学のある武将は多くはない。その点、中国の戦略に関する知識は、家康の合戦を有利に導いていた。

康俊は、いつしか自分もと夢見て、馬術や剣術、弓術などの稽古にも打ち込んだ。

しかし数年が過ぎた頃、甲斐の武田信玄《しんげん》が南下を始めた。康俊が十七歳になった時には、突然、駿府の館まで攻め込まれた。今川氏真は逃走したものの、康俊は武田方に捕らえられてしまった。人質ゆえに、日頃から武器を持たされていなかったのだ。

そこから甲斐国に連れ去られた。徳川家康の弟であることは、武田信玄も承知しており、価値の高い人質だった。そして座敷牢に押し込められ、駿府とは雲泥の差の暗い日々が始まったのだった。


座敷牢の外は寒風が吹きすさぶものの、月が出ており、雪の照り返しで思いがけないほど明るかった。行く手には杉林の斜面が、彼方《かなた》まで続いているのが見えた。

康俊は男の背を追って、深雪の斜面を登った。だが、たちまち息が上がる。袴《はかま》も穿《は》いておらず、着物の裾が濡《ぬ》れて脚にまとわりつく。そのうえ足が深々と雪に埋もれ、とてつもなく歩きにくい。この状態で山など越えられるのか。体力と気力が保てるのか。

なんとか進まねばと焦るものの、たちまち足が持ち上がらなくなった。息を切らして立ち止まってしまうと、先を進んでいた男が戻ってくる。康俊は荒い息で肩を上下させながら言った。

「出て早々に情けないが、やはり無理だ。そなたは兄者のもとに戻って、伝えてくれ。とても連れてこられなかったと」

このままでは、この男も山中で立ち往生して、命を落としかねない。だが男は厳しい口調になった。

「そうはいきません。徳川さまは、これから武田信玄と戦わねばならず、大事な弟君《ぎみ》を、ここに置いておくわけにはいかぬのです」

男は、さらに厳しく言い放った。

「兄上さまの邪魔になりたいのですか」

康俊は首を横に振った。

「邪魔になるくらいなら、死を選ぶ」

「死んでもらっては困ります。どうか力を出してくださいませ」

男は康俊の腕をつかんで強引に歩かせた。

ある程度まで登ると、男は手近な枝から赤い布切れを外した。来る時に、目印として結んだらしい。そして足跡を消すために、来た方向へと雪を蹴散らした。

康俊は否定的に言った。

「そんなことをしても、雪が崩れていれば、そこを逃げたとわかるだろうに」

「消さないよりましです。足跡のままだと、たとえ雪が降っても、なかなか窪《くぼ》みが埋まりません」

そう言っている端《はな》から月が陰り、雪が舞い散り始めた。

「これで逃げた跡は消えます。とにかく急ぎましょう」

康俊は力を振り絞って、また歩き始めた。

だが行けども行けども杉林が続く。雪は軽やかに舞うばかりで、降り積もるほどには至らない。それどころか、いつしか止《や》んで、また月が雪面を照らし始めた。

その時、背後から、かすかに人声が聞こえた。ぎょっとして振り返ると、坂下の杉木立の間から、小さな明かりが垣間見《かいまみ》えた。追手の松明《たいまつ》に違いなかった。

男が小声で言う。

「急いでください。もし追いつかれたら、私が倒しますので」

だが気配からして大人数らしい。

「脇差《わきざし》を貸してくれ。私も戦う」

「いえ、私ひとりで大丈夫です。もしも私がやられたら、後は赤い目印をたどって進み、なんとしても逃げ切ってください」

「いや、ひとりで雪山越えなど無理だ」

「ならば、お急ぎください。とにかく逃げるのです」

男に急《せ》き立てられて、康俊は懸命に斜面を登った。しかし次第に人声が近づく。はっきりと言葉が聞き取れた。

「こっちだッ。こっちが崩れている。足跡を消したに違いない」

やはり跡をたどってきていた。

捕まれば、また、あの孤独な座敷牢に戻される。なんとかして逃げたかった。だが足は雪に深々と埋もれ、次の一歩を踏み出すだけでも手間がかかる。なのに追手の声が、背後に迫り来る。

とうてい逃げ切れないと覚悟した時、男が身を寄せてささやいた。

「ここに伏せて動かずにいてください。敵に見つからぬように」

男は目の前から消えた。

言われた通り、康俊が雪面に伏せていると、かなり離れた場所から、雪が崩れ落ちるのが見えた。敵の目を引きつけるために、男がおとりになったに違いなかった。

怒声が聞こえた。

「いたぞッ。今、崩れた上だッ」

声が、そちらに遠のいていく。

それから絶叫が聞こえた。刀を交える金属音が何度も響き、乱闘の気配が続く。康俊は男の無事を祈った。

しばしして静寂が戻った。片がついたらしい。どちらが勝利したのかは定かではない。ただ先程まで聞こえた大勢の声は途絶えている。

ほっと胸をなでおろした瞬間だった。思いがけないほど間近で大声がした。

「いたぞッ。ここだッ」

振り向くと、すぐそこに追手が立っており、後ろを向いて仲間を手招きしていた。

康俊は反射的に立ち上がり、無我夢中で逃げようとした。だが両足が雪に深々と埋もれて、前に進めない。気持ちばかりが焦る中、何人もが登ってくる気配がした。

「大事な人質だ。命は取るなッ。逃げられぬように脚を狙えッ」

思わず総毛立った。捕まるくらいなら殺されたい。だが、それすら許されないのだ。

間近にいた男が、すさまじい勢いで刀を振りかぶった。とっさに康俊は身をかわし、仰《あお》向《む》けになって横に逃れた。

刀身が雪面に突き刺さる。それを引き抜く間に、さらに横へ横へと転がった。しかし全身が、どんどん雪に埋もれていく。

「待てッ。逃げるなッ」

追手の声が追いすがる。

「観念しろッ」

とうとう強い力で脛《すね》をつかまれた。康俊は両足を蹴り上げようとしたが、しっかりと握られて、あらがえない。今度こそ駄目だと観念した。

追手は膝下をつかんだまま、力いっぱい刀身を突き出す。だが、わずかに切っ先が着物の裾をかすっただけで、急に動きが止まった。

何ごとが起きたか訳がわからないうちに、追手は刀を取り落とし、そのまま前のめりになって、康俊に覆いかぶさるように倒れた。血の匂いが鼻をかすめる。追手の背中から鮮血が噴き出していた。

見れば、たった今、追手がいた場所で、案内に来た男が血刀を下げ、激しい息で肩を上下させていた。

「ほかの者も倒しました」

男は大きく刀を振って血糊《ちのり》を飛ばすと、鞘《さや》に収めようとしたが、刀身が曲がって、半分も入らない。かぶっている笠もずたずたで、乱闘の凄まじさを物語っていた。

男は自分の刀を捨てた。そして今、倒したばかりの追手の刀を拾い上げ、さらに腰から鞘を抜いて収めた。それを自分の帯に差すと、康俊に手を貸して立ち上がらせた。

「脚は無事ですか」

「なんともない。裾をかすめただけだ」

「では先を急ぎましょう。いずれ気づかれて、別の追手がかかるでしょうし」

ふたたび雪が降り出し、男は康俊を励ました。

「ひとつ山を越えれば、お誂《あつら》え向きの洞窟があります。そこまで行って休みましょう」

康俊は、萎えそうになる気持ちを奮い立たせて、また歩を進めた。

雪は激しさを増していった。足跡が消えるのはありがたいが、次第に吹雪《ふぶき》になっていく。やがて目を開けていられなくなり、一寸先も見えない。ただ男の背中だけは見失うまいと、ひたすら歩き続けた。

だが疲労が襲い来る。どうしても力が入らず、足が持ち上がらない。横殴りの雪が吹きつける中、何度も立ち止まり、何度もしゃがみ込んだ。そして、また歩き出す。その繰り返しだった。

髭も眉も着物の裾も凍りつき、とうとう立ち上がれなくなって、康俊は男に告げた。

「やはり無理だ。どうか兄上には、よしなに伝えてくれ」

すると男は黙ったまま、康俊の首元に手を伸ばし、蓑の紐を解いた。蓑を脱がされるなり、とてつもない寒さにさらされる。

さらに男は自分の蓑も脱ぐと、紐をつないで一枚の大きな蓑にした。それから康俊の両腕をつかんで、自分の背中にまわそうとした。康俊は背負われるのだと気づいて拒んだ。

「人に背負われてまで逃げたくはない。どうか、兄上に」

言い終わらないうちに、思いがけない力で襟元をつかまれた。

「おまえは、それでいいかもしれねえけどな、俺は逃げてもらわねえと困るんだよッ」

今までとは打って変わった口調に、康俊は言葉を失った。

男は有無も言わせず、手荒く康俊を背負うなり、つなげた蓑を、康俊の背中から自分の襟元までまわしかけて、顎の下で紐を結んだ。そして大股で歩き始めた。

康俊は観念して運ばれた。しかし大きな背中に揺られているうちに、今度は睡魔が襲い来る。心地《ここち》よく眠りに落ちた瞬間、男の手が伸びて、康俊の顎をつかんで揺さぶった。

「おい、寝るな。寝たら凍え死ぬぞ」

いったん目は覚ましたものの、眠りの心地よさにはあらがえない。

またもや男が気づいて、肩越しに顎を激しく揺さぶる。それを何度も繰り返すうちに、康俊は、ろれつのまわらない口で言った。

「死んでもいい。寝かせてくれ」

すると男はいきなり蓑の紐を外し、康俊の両腕をつかんで大きく振りまわして放り投げた。全身が雪に埋もれ、一瞬で目が覚める。

さらに男は康俊に詰め寄って怒鳴った。

「甘ったれんじゃねえよ。おまえは死んでもいいだろうが、俺は死なれちゃ困るんだ。何が何でも生きて浜松に行くんだよッ。死体を背負って運ぶのは願い下げだぜッ」

康俊は顔にかかった雪を、手のひらでぬぐった。

「わかった。ならば歩く。背負われていると眠ってしまう」

急いで立ち上がった。

それから、どれほど進んだかわからない。疲労困憊《こんぱい》の末に、男が行く手を指さした。

「もうじき洞窟だ」

まだ吹雪は続いており、もうじきと言われても暗闇が続くばかりだ。

それにしても、しばらく前から赤い布を外すこともない。どうして場所がわかるのか、康俊には不思議だった。

なおも男の背を追いかけていくと、少し下った先で、巨大な倒木のようなものが手に触れた。それを探りながら乗り越えて、なおも男に続く。

すると突然、風雪が止み、周囲の空気が変わった。ほんのりと温かく、洞窟の中に入ったらしい。

「待ってろ。今、火を焚《た》くから」

地面近くで、二度、三度と火花が散り、赤い点が灯《とも》った。一本の藁先に火がついたらしい。男が息を吹きかけると、藁束から炎が上がった。

康俊は初めて男の顔を見た。無骨な雰囲気ながらも、頬の辺りに幼さが残り、思っていたよりも、かなり若い。

炎の明かりで洞窟内が見渡せた。人ひとりが横になれそうな広さで、高さも充分ある。一隅に薪《まき》と藁が積み上げられ、錆《さ》びた鉄鍋と柄杓《ひしやく》が転がっていた。

洞窟の真ん中には、すでに薪が中高《なかだか》に盛られており、男はそこで火を熾《おこ》している。体格は予想よりも、なお大男だった。

充分に炎が上がると、男は鉄鍋を拾って外に出た。そして鍋に雪を山盛りにして戻ってきた。そのまま火にかけると、たちまち雪は溶けて、嵩《かさ》が減っていく。どこからか風が吹き抜けるらしく、炎が揺らめく。

康俊は藁をかき集めて、その上に腰を下ろした。朱色の炎を見つめていると、気持ちが和んでくる。あの孤独な座敷牢から、逃げおおせたという実感が、ふつふつと湧く。吹雪で足跡も消えたに違いない。

ふいに疑問を投げかけた。

「どうして吹雪の中で、この場所がわかるのだ？　何も見えないのに」

男はニヤッと笑った。

「俺はな、雪男なのさ」

「雪男？　雪女なら聞くが」

「男もいるんだよ。雪山に詳しくて、動物みてえな勘が働く。寒さも平気で、裸足《はだし》でだって雪の上を歩ける」

「本当か。すごいな」

また男はニヤッと笑った。

「嘘《うそ》だよ。この辺の山は、子供の頃からの遊び場で、木の一本一本まで頭の中に入っている。念のために赤い布切れを巻いてきたけど、本当は目印なんか要らねえ。特に、ここは隠れ家だしな。おまえを迎えに行くために、あらかじめ薪やら鍋やらを置いておいたんだ」

そして藁沓を脱いで火にかざした。藁の間から氷が溶けて、湯気が立ち昇る。男は足の指を手でこすり始めた。

「俺だって、しもやけくらいできるさ。だいぶ藁沓が濡れてるから、下手《へた》をすると、足の指が落ちるぞ」

「なぜ、そうまでして、私を助ける？」

康俊が聞きながら、焚き火に手をかざそうとすると、男が止めた。

「急に温めるな。まずは自分の脇の下で、じっくり温めるんだ。顔も、あんまり火に近づけちゃならねえ」

康俊は言われた通り、両腕を交差させ、小袖の脇に指先をはさんだ。感覚のなくなっていた指に、じんわりと体温が伝わってくる。

康俊は問いを変えた。

「名は何という？　歳《とし》はいくつだ」

「山崎剛太郎《やまざきごうたろう》。歳なんか、いくつだっていいじゃねえか」

「私は十九だが、もっと下だろう？」

「まあな」

「剣を使うところを見ると、侍か」

「爺《じい》さんの代には地侍だったらしい。親父《おやじ》は百姓になったが、早くに死んだ」

「おまえは自分で体を鍛えたのか」

「そうだ。おふくろが俺に、侍に返り咲いて欲しいって言うんで、少し剣術を習って、あとは自分で稽古した」

「おふくろさんは健在なのか」

「ああ」

それ以上は話が進まない。眼《め》の前の鉄鍋で湯が沸き立つ。剛太郎は柄杓で湯をすくって、柄を差し出した。

「飲め。体が温まるぞ」

康俊は柄杓に口をつけて、熱い湯をすすった。口の中まで冷えており、舌が火傷《やけど》しそうに感じた。それでも一杯を、ゆっくりと飲み干すと、体の芯からぬくもりが広がる。

剛太郎は同じ柄杓で湯を飲むと、懐から茶色い塊を取り出して、火で炙《あぶ》ってから半分に裂き、片方を差し出した。

「干した鹿肉だ。食え。力がつく」

ふたりで干し肉をしゃぶりつくすと、剛太郎は焚き火の炎を少し落とし、敷き藁の上に横になった。

「少し寝よう。夜が明けたら、すぐに出る」

「あと、どのくらいだ?」

「まだまだ遠い」

「明日中には大井川沿いに出るのか」

「俺ひとりなら見当がつくが、おまえを連れてたら、どれほどかかわからん。おまえ次第だ」

そう言うなり、もう寝息を立てていた。


洞窟の外に人の気配がした。大勢が潜んでいる。逃げなければ。そう気づいて、康俊は剛太郎を揺り起こした。

「起きろッ。追手だッ」

だが剛太郎は目を覚まさない。

「早く起きてくれッ。追手が来たんだッ」

胸元をつかんで力いっぱい揺する。だが剛太郎は、なすがままだ。もしや凍死したかと不安になる。

「剛太郎ッ、剛太郎ッ、死ぬなッ、死んでくれるなッ」

絶叫した時、耳元で異質な声が聞こえた。

「おいッ、起きろッ」

何か変だと気づいた。目を開けると、目の前に剛太郎が平然としていた。

洞窟の外から陽光が差し込んでいる。誰も踏み込んでくる気配はない。

「夢か」

目をこすりながら身を起こした。

「おまえが死ぬ夢を見た」

「そうらしいな。剛太郎、死ぬなと叫んでた」

「そうか」

剛太郎は昨夜の鉄鍋に、柄杓を突っ込んで表面の薄氷を割ると、また康俊に差し出し、自分も飲んだ。さらに竹筒にも水を詰めた。

「じゃあ、行くか」

外に出ると、まばゆいばかりの快晴だった。雪面に兎《うさぎ》の小さな足跡が転々と続いている。座敷牢からの足跡は完全に消えていた。

その代わり洞窟の暗さと、雪の照り返しの差で、目が痛くなる。

「笠を目深にかぶれ。目をやられるぞ」

言われた通りにして歩き出した。はく息が目の前で真っ白い塊になり、風に乗って消えていく。

剛太郎の足跡に、自分の足を突っ込んで進む。昨夜のように闇雲に歩くよりも、ずっと楽だった。

それでも、たちまち足腰の力が尽きていく。どうして昨夜は、あれほど歩けたのか、自分でも不思議だった。

何度も立ち止まる。そのたびに剛太郎は、少し先で待っていてくれる。待たせては悪いと、また力を振り絞って進む。

その繰り返しを続けていると、空が一転、かき曇り、また雪が降り出した。剛太郎は空を見上げてつぶやいた。

「また吹雪《ふぶ》くな」

案の定、風雪が強まっていく。視界が利かなくなり、いよいよ体力が奪われていく。そして、とうとう足が持ち上がらなくなった。なんとしても進みたいのに、もはや膝から下の感覚がない。

すると剛太郎が近づいて、また背負おうとした。今度は蓑笠を脱がないままで背中に載せた。蓑の先が康俊の腕や脚に刺さる。

「この方が痛くて、眠くならねえだろう」

「剛太郎、すまんな」

「そう思うんなら、自分で歩け」

それからは背負われたり、自力で歩いたりの繰り返しだった。

剛太郎は風の当たらない崖下や、巨岩の陰を、よく知っており、時々、身を潜めて休みを取った。懐で温めておいた竹筒の水を、ふたりで交互に飲み、鹿肉をむさぼった。

無心に歩いていると、背後から追手の怒声が聞こえた。驚いて振り返り、耳を澄ますと何も聞こえない。

「剛太郎、追手の声がしないか」

剛太郎は首を横に振る。

「空耳だ。山の静かさに慣れないやつには、時々、聞こえるんだ」

しかし、しばらく歩くと、またはっきりと耳に届く。

「まちがいない。追われている。すぐそこまで大勢が来ている」

大慌てで走り出そうとした。すると剛太郎は大股で戻り、いきなり康俊の頰を張った。

「正気に戻れッ。とっくに足跡は消えてるんだ。追いかけてくるはずがねえ」

それから、また歩き出し、剛太郎は前を向いたままで語り始めた。

「なぜ、おまえを助けるのか、聞いたよな」

「ああ、なぜなんだ？　こんな苦労してまで」

「理由《わけ》を話してやるから、気を確かに持て」

「わかった。聞かせてくれ」

「俺はな、大井川沿いの川村《かわむら》っていう集落で、生まれ育ったんだ。俺も弟も、親が年くってからの子で、親父は早くに死んだ。だから、おふくろが女手ひとつで、俺たち兄弟を育ててくれたんだ」

物心つく頃から山を走りまわって、たくましく育ったという。

「ついこの前、浜松城から徳川の侍が来たんだ。おまえを無事に助け出したら、とてつもない褒美を取らすし、侍として取り立てると」

母子は大喜びで引き受けたという。

「だが出発する直前に、侍が、おふくろの白髪《しらが》頭に刀を突きつけて脅したんだ。もし連れて帰らなければ、おふくろの命はないと。俺も弟も、おろおろするばかりだった」

康俊には信じがたい話だった。

「そんなことは、その侍の勝手な言い草だ。兄上は、そんなことは許さない」

「いや、侍は言った。これは上さまと、於大の方さまのご命令だと。おふくろが大事なら、なんとしても成し遂げろと」

「まさか」

「そうしたら、おふくろは俺に向かって言い放った。行って来いと。自分は、俺の帰りを信じて待っているからと。そのためなら老い先短い命をかけても悔いはないし、於大の方さまだって、きっと自分と同じように、息子を待っておいでなのだろうから、かならず、お連れしろと」

会ったこともない老婆の気丈な姿が、脳裏に浮かんだ。その母心に打たれる。

だが剛太郎は鼻先で笑った。

「この図体《ずうたい》で、母ちゃんが大事なんて、みっともねえ話だけどな」

だから話したくなかったらしい。康俊は首を横に振った。

「いや、そんなことはない。立派な母親だ。おまえの気持ちも尊い」

剛太郎は、なおも前を向いたままで話す。

「とにかく気を確かに持って、歩いてくれ。俺の背中に乗ってもいい。なんとしても山を越えるんだ」

康俊は深くうなずいた。

「わかった」

それからは一心不乱に歩いた。

時折、意識が朦朧《もうろう》として、今が夜なのか昼間なのか、それすらも定かではなくなった。それでも歯を食いしばって歩き続けた。


はっと気がつくと、顔が冷たかった。どうやら歩きながら眠ってしまったらしい。前のめりに倒れて、顔が雪に埋もれたおかげで目が覚めたのだ。

周囲は漆黒の闇で、前にいるはずの剛太郎の気配がない。どうやら気づかれずに、先に行かれてしまったらしい。とはいえ、そう離れたはずはない。追いつこうと、闇雲に歩き出した。

次の瞬間、康俊は息を呑《の》んだ。足元が大きく崩れたのだ。全身が滑り落ちる。とっさに手に触れたものをつかんだ。

あっという間に体が宙吊《ちゅうづ》りになり、周囲の雪が雪崩《なだれ》を打って落ちていく。その音が、はるか下から響く。康俊は総毛立った。そうとう深い谷の崖際に、自分はぶら下がってしまったらしい。

剛太郎の声が聞こえた。

「どうしたッ？　どこにいる？」

「ここだッ。崖際に、ぶら下がっているッ」

つかんでいるのは、木の根か笹《ささ》の葉か。心もとない一本だけで、必死につかみ直す。だが今にも千切れそうだ。指も滑り始める。

もう落ちると思った寸前に、ばらばらと雪塊が顔に降りそそぎ、剛太郎が、がっしりと手首をつかんだ。

それにすがって、康俊は必死に這《は》い上がろうとした。だが足がかりがない。いたずらに宙を蹴り上げ、雪が落ちていくばかりだ。

剛太郎が手を伸ばして、康俊の二の腕をつかみ、肩をつかみ、さらに脇に手を入れて引きずり上げる。

康俊も力を込めて登りきろうとした。その時、はずみで片方の藁沓が脱げた。あっと思った時には、もう片方も脱げていた。相次いで崖下に落ちていく。

それでも剛太郎の力を借りて、なんとか這い上がった。雪面に這いつくばって、肩で息をつきながら言った。

「助かった。礼を言う」

「いや、それより、怪我《けが》はなかったか」

「大丈夫だ」

息が収まるのを待って立ち上がった。これ以上、面倒をかけたくなくて、藁沓を失ったことは黙っていた。

またふたりで歩き出す。とっくに足の感覚がなくなっており、藁沓を履いていようがなかろうが、さほど変わりはない気がした。

しばらく行くと、また月明かりが出た。つい康俊が遅れがちになり、剛太郎が振り返って気づいた。

「おまえ、藁沓をどうした？」

「さっき落としたんだ」

剛太郎は慌てて戻ってきた。

「なんで言わねえんだ？」

「言ったところで、崖下まで取りに行くわけにはいかないし」

「しもやけを軽く見るな。足の指が落ちると言っただろう」

「足の指くらい、なんでもない」

「馬鹿野郎。足の指がないと走れねえんだぞ。合戦に出られなくなってもいいのかッ」

思いがけない指摘に、康俊は言葉を失った。剛太郎は自分の藁沓を脱いで投げつけた。

「履け」

康俊は受け取らずに言った。

「おまえこそ指が落ちるぞ。雪男じゃないんだろう？」

「いいから、履け」

「おまえだって、これから侍になったら、合戦に行くんだからな。私は騎馬だからいいが、おまえは走らなきゃならない」

するると、いきなり組み伏せられ、無理やり履かされた。もう片方を履かされる間に、暴れまわって、先に履かされた側を脱いで飛ばした。

剛太郎は諦めたのか、体を離して雪の上に座り込み、情けなさそうに言った。

「おまえを五体無事に連れて帰らなきゃ、俺は侍にはなれねえ。足の指が落ちたんじゃ駄目なんだ。だから」

ふたりの間に藁沓が転がっている。剛太郎は藁沓を揃えて差し出した。

「頼むから履いてくれ。俺が合戦に出られなくなったら、弟が出る。おふくろも、それで満足してくれるはずだ。もし、おまえを無事に連れて帰れなかったら、俺は、おふくろの代わりに死ぬつもりだ。この雪山越えに命をかけてるんだ。どうか、わかってくれ」

語尾が涙声になっていた。

康俊は黙って藁沓を受け取り、足を差し入れた。すでに何の感覚もなかったのに、かすかにぬくもりが足を包む。

また歩き出し、自分の代わりに裸足で前をゆく剛太郎に対して、申し訳なくてたまらなかった。

夜、斜面を登りきると、剛太郎が言った。

「ここが最後の峠だ。後は、ほとんど下り坂だ。どこでも降りていけば、たいがい沢に出る。そのまま沢沿いを下れば、かならず大井川につながる」

月は出ていないのに、満天の星明りが雪面を照らし、ほんのりと明るい。ただ康俊は、とことん足腰が立たないほど疲れ切っていた。さすがに剛太郎も疲労の色が濃い。

「剛太郎、もう少しなら、ひと休みしないか」

できることなら剛太郎には、元気な姿で母親と会ってもらいたかった。

「そうだな。少しだけ休むか」

ふたりは手近な岩陰に腰を下ろした。そして、また竹筒の水を飲み、鹿肉を頬張った。

剛太郎が肉を嚙《か》みながら言う。

「この調子なら、夜明けには川村に着く。そしたら徳川の侍が待っているから、舟で大井川下りだな。川下《かわしも》の船着き場から浜松城までは、馬にでも乗せてもらえ。さぞや於大の方さまも、お喜びになるだろう」

康俊は優しい母の笑顔を思い出した。十歳で別れて以来、会うのは九年ぶりだ。思えば桶狭間の合戦前に、兄が阿古居城まで忍んできてくれたのも、十九歳の時だった。

あの時の兄と自分は同じ歳になったのだ。母にとっては、よく似た再会の場面だ。それが康俊には誇らしい。

剛太郎は鹿肉の最後のかけらを、口に放り込んでから、両手を払った。

「おまえも案外、頑張ったよな。連れ出して早々に、もう駄目だって言い出された時にゃ、なんで、こんなことを引き受けたんだろうって、心の底から悔いたけどな」

「あの時は、私も絶望的な気分だった。あそこから、よくぞ歩き通せたと、自分でも思う」

「よく考えりゃ、二年も狭い座敷牢に閉じ込められてたんだ。その体で、ずいぶん頑張ったもんさ。だいいち二年間も、あんなところから出られなくて、つらかっただろうよ」

康俊は胸が熱くなった。剛太郎が、しみじみと言う。

「出してやれて、よかったと思う。これで、おまえは浜松に帰れるし、俺は褒美をもらって侍になれる。いいことずくめだ」

楽しい夢に涙をごまかし、初めてふたりで笑った。

「なあ、剛太郎。おまえさえよかったら、私の家来にならないか」

「それも悪くねえな。けど、そしたら、こんな口の利き方は、もうできねえな」

「かまわんさ。このままで」

また声を揃えて笑った。

康俊は剛太郎の足を見た。自分に藁沓を譲ったせいで、指一本一本が腫れて、どす黒く変色している。これで侍として戦場に出られるのか。それでも剛太郎は痛々しさも不安も見せない。だからこそ胸が詰まった。

そこで、ふいに意識が飛んだ。

はっと気づいた時には、剛太郎の膝の上にうずくまっていた。どうやら、あと少しと思って気が緩み、わずかな時間ながらも寝入ってしまったらしい。

剛太郎は岩に背を預け、康俊をかばうような形であぐらをかいて、目をつぶっている。

「おい、剛太郎」

声をかけても動かない。

「寝たのかよ。寝るな。寝たら凍え死ぬと言ったのは、おまえだろう」

だが、なおも目を覚まさない。康俊は手を伸ばして頬をたたいた。

「おい、起きろよッ」

それでも起きない。思い切って襟首をつかみ、剛太郎にされたように、激しく顎を揺すった。

「剛太郎、剛太郎ッ」

康俊は総毛立った。大きな上半身が、力なく片方に倒れていったのだ。

慌てて懐に手を突っ込んで、素肌を探った。しかしまったくぬくもりがない。左胸や手首に触れても、鼓動が伝わってこない。顔を近づけても呼吸はなく、どこもかしこも冷え切って、生きている体ではなかった。

康俊は呆然《ぼうぜん》とした。洞窟で見た夢と同じだった。思わず屍《しかばね》にしがみついて、声の限りに叫んだ。

「剛太郎、死ぬなああッ。どうか、どうか、死んでくれるなああッ」

星明かりを頼りに、剛太郎から聞いた通りに斜面を下った。沢沿いに出て、さらに歩き続けると、夜明けには河川に合流した。大井川に違いなかった。

そして川沿いの集落に入って、最初に出会った村人に聞いた。

「川村って、どこでしょうか」

髭だらけの姿に警戒しながらも、村人は答えてくれた。

「川村なら、ここだけんが」

「そうですか。ならば山崎剛太郎の家は、どこでしょう」

すると村人が目を丸くして、いきなり駆け出し、村中に響くほどの大声で告げた。

「おおい、剛太郎の家に人が訪ねてきたぞォ。徳川さまの弟君さまじゃねえだかァ」

茅葺《かやぶき》屋根の家々から人が飛び出してくる。その中で、特にみすぼらしい家の前に、老婆と身なりのいい婦人が現れた。数人の侍たちの姿もある。

場違いな雰囲気で気づいた。身なりのいい婦人は、九年ぶりに会う於大だと。よろけながら近づいた。

「母上、母上ですね」

次の瞬間、於大が駆け出してきた。

「康俊、康俊ッ」

侍たちが先に駆けつけ、よろける康俊を両脇から支えた。於大が両腕を差し出し、涙ながらに息子の首を抱きかかえる。

その肩越しに、さっきの老婆の不安そうな顔が見えた。剛太郎とよく似た少年もいる。剛太郎の母親と弟に違いなかった。

於大への懐かしさよりも、今は、そのふたりへの申し訳なさが勝《まさ》った。康俊は黙って母を押しのけて、老婆の前まで、よろよろと進み出た。

そして崩れ落ちるように地面に正座して、両手を前につき、深々と頭を下げた。

「剛太郎は、私をかばって」

それ以上は涙で続かない。老婆は康俊のかたわらにしゃがんで言った。

「顔を上げてください。わかってますよ。息子は立派に役目を果たしたのですね」

康俊は絞り出すように言った。

「剛太郎は私を守って、守り切って。あと少しだったのに。私が休もうと言わなければ、あと少しで、この村に帰ってこられたのに。私のせいで。私のせいで」

地面に突っ伏して号泣した。於大や侍たちも、康俊と老婆を取り囲んで泣いた。

家康は知らせを受けて、川下の船着き場まで、馬で駆けつけた。

「よく帰ってきた。この雪山を、さぞやつらい思いで越えてきたのだろう。よくぞ無事に帰ってきてくれた」

康俊は兄に頼んだ。

「山崎剛太郎には弟がいます。どうか、その者を侍として取り立ててください」

「わかった。弟はもとより、山崎剛太郎も立派な武士として弔ってやろう」

それから康俊は浜松城に迎え入れられた。だが雪目と火傷のような雪焼け、さらに手足の凍傷がひどく、まして疲れも限界を超えており、何日も寝込んだ。

せっかく藁沓を譲ってもらったのに、足の指は助からなかった。小指から順番に、一本ずつ、ぽろりぽろりと落ちていった。なんとか生気を取り戻し、立ち上がれた時には、十本、すべてが失われていた。

足の指がないだけで、立っていることさえままならなくなった。剛太郎が案じた通り、全力で走ることもできない。杖《つえ》を突きながら、懸命に馬のかたわらまで行き、鐙《あぶみ》に片足をかけて、またがる稽古をした。

そして充分に乗りこなせる自信を取り戻してから、家康に訴えた。

「どうか、次の合戦には、私に先陣をお命じください」

だが家康は首を横に振った。

「おまえは人質に出て、無事に帰ってきて、充分な手柄を立てた。それで充分だ」

「いえ、私は戦場に出たいのです。戦場で戦ってこそ、武将ですので」

康俊は長い間、自分が今川家の人質に出たことで、家臣の息子たち十一人は無事に帰れたと思い込んでいた。だが本当は自分が駿府に着く直前に、十一人は今川の手によって斬り殺されていた。自分の犠牲は何の役にも立たなかったのだ。だからこそ、これから手柄を立てたかった。

するとくと家康は渋面をうなずかせた。

「わかった。いずれ出陣を命じよう」

康俊が帰って以来、家康は武田家に立ち向かい始めた。もはや大事な人質を取り戻し、ためらう理由はなかった。

徳川方は三方ヶ原《みかたがはら》の合戦では大敗したが、長篠《ながしの》の合戦では織田信長と同盟を組んで勝利を収めた。その間、いくら康俊が出陣を願い出ても、家康からの許しは得られなかった。

そして康俊は、自分が足手まといになるのだと気づいた。ひとたび落馬したら、自力で走って逃げられない。誰かが助けなければならない。そんな状態で、戦場に出してもらえるはずがなかった。武将としての命は、とっくに絶たれていたのだ。

情けなかった。でも自分は藁沓を失った時に、胸を張って言ったのだ。「足の指くらい、なんでもない」と。これは自分で選んだ結果なのだ。そう思って必死に耐えた。

徳川家康は武田家を滅ぼしてから、弟を呼んで聞いた。

「そなたは駿府の今川館にいた頃に、久能山《くのうざん》に登ったことはあるか」

康俊は懐かしく思い出した。

「何度も登りました。久能山と山続きの有度山《うどやま》からは、富士山と三保《みほ》の入江が一望にできて、今川氏真どのは日本一の眺めだと、胸を張っていました」

「わしが駿府で育った頃は、今川義元どのが自慢していた。確かに、あの眺めは日本一だ」

有度山の山頂は平坦《へいたん》で、日本武尊《やまとたける》の故事によって日本平《にほんだいら》とも呼ばれる。

家康は身を乗り出して聞いた。

「今から行ってみぬか」

「行くとは、どこへ？」

「有度山だ。馬を走らせれば一日もかからぬ」

康俊にとっては初めての兄との遠出だった。従者たちも揃え、駒を並べて出かけた。

久能山は駿河《するが》湾沿いの南斜面こそ切り立っているが、有度山から北へと続く斜面は、日本平の名の通り、ゆったりとしている。

なだらかな山道を馬を連ねて登った。登りきった頂上からは、雄大な富士山と、見事に弧を描く三保湾の眺めが広がっていた。

家康が、しみじみと言う。

「子供の頃に見たままだな」

康俊も言った。

「私も子供の頃に見た通りです」

異なる時期に、兄と同じ経験を積めたことが、改めて誇らしかった。

「康俊、ここから久能山の頂上が見えるぞ」

富士山と反対側の、南方向を振り返ると、ちょっとした谷を隔てて久能山が見えた。ただ頂上に見慣れぬ建物がある。康俊は不審に思って聞いた。

「あのような建物が、前からありましたか」

家康は笑って答えた。

「なかった。あれは久能城だ。武田信玄が、この地を支配していた間に、駿河湾の水軍を見張るために建てたらしい」

有度山から北方面には、東西に延びる街道が、はるか彼方まで見渡せる。陸路での敵の接近が、ひと目で確認できるのだ。そのうえ久能城からは駿河湾が見通せる。陸海両方の守りに、このうえない立地だった。

「さすがに信玄の築城だ」

それから家康は駿府方向に目を移した。

「いずれ駿府の館には、きちんとした城を建てようと思う。わしが老いてからの隠居城にするつもりだ。だが駿府城には本丸を設けぬ」

康俊は首を傾《かし》げた。

「本丸のない城とは、いかなる理由で」

「本丸がないわけではない。駿府城の本丸は久能城だ」

もういちど久能城に視線を戻した。

「わしは駿府城に隠居して、死んでからの墓は、久能山に立てるつもりだ」

康俊は思わず笑い出した。

「何と気の早い。隠居も墓も、まだまだ先ではございませんか」

従者たちも笑い、家康自身も苦笑した。

「まあ、それはそうだが」

それから、まっすぐに腕を伸ばして久能城を指さした。

「あの城を、そなたにやろう」

康俊は耳を疑った。

「久能城を、私に？」

「そうだ。駿府城本丸の城主は、松平康俊、そなたが務めよ」

「でも、私は何の手柄も立てておりません。そんな大事な城を頂く理由が」

「いや、ある。人質に出ることは家中の役に立つ。それも戦うことではなく、戦いを止めるために役立つのだ。わしや、おまえが今川家に人質として出たのは、松平との対立を防ぐためであり、むしろ両家の不戦の証《あかし》だった。それは時に、戦場での手柄を上まわる」

家康自身、幼い頃から人質に出たからこそ、そのつらさと価値を承知していた。

「特に、そなたは雪山を越えて、命がけで帰ってきた。山崎剛太郎の死も、大事な合戦で一番槍《いちばんやり》をつけながらも、大将を守って討ち死にしたのと変わらぬ」

従者たちも深くうなずく。気づけば、その顔ぶれは、康俊が人質に出た時に、息子たちを差し出していた家臣ばかりだった。ひとりが進み出て言った。

「息子は帰っては来ませんでしたが、康俊さまに駿府に行って頂いたことを、今でも、ありがたく感じています」

康俊の犠牲は、けっして無駄ではなかったという。家康が胸を張って言った。

「康俊、そなたには墓守も命じる。久能山の頂上で、わしの墓を守れ」

思ってもみなかった命令に、康俊は絶句した。家康は笑って聞いた。

「不満か」

康俊は慌てて否定した。

「いえ、とんでもない。光栄のあまり、何と申し上げていいのか」

「これで、ようやく母上の機嫌も直るだろう。そなたの足の指が落ちて以来、わしは責められっぱなしだったのでな」

康俊は、そうだったのかと合点した。自分が武将としての命を絶たれて悩んだのと同じように、母も悩み続けたに違いなかった。

もういちど北斜面の先を見渡した。東西に延びる街道を隔てて、有度山の対面には緑濃い山並みが連なる。その北西方向の山頂の、さらに奥には、白く雪化粧した高山の峰々が、わずかに望める。かつて剛太郎とともに越えた雪山に違いなかった。

あの山中で山崎剛太郎は命を落とした。だが大井川という目的地まで導いてくれたのは、剛太郎にほかならない。さらに彼は、この地まで連れてきてくれた。久能城主の地位は、剛太郎なしでは手に入れられなかった。むしろ、ふたりで賜った城なのだ。

康俊は白い峰々を見つめて、小声でつぶやいた。

「剛太郎、そっちの山から見えるか。私の、この誇らしい姿が」

（「小説新潮」二〇一九年十月号）

脱兎

大塚卓嗣

【作者のことば】

昨年、ハヤカワ時代ミステリ文庫に『天魔乱丸』という作品を書き下ろし、その姉妹編として『ミステリマガジン』に書いたのが本作「脱兎」でした。弟の森蘭丸《らんまる》とは、また別の視点から《本能寺の変》を観察してみようという試みだったわけです。A地点からB地点に向かうという、冒険小説の基本的なプロットとなっており、メチャクチャな性格の森長可《ながよし》も書いているだけで楽しめました。とはいえ、わりと史実通りの内容です。

大塚卓嗣（おおつか・たくじ）昭和四十九年　東京都生
「アエティウス　最後のローマ人」にて第十八回歴史群像大賞佳作入選
近著――『傾城　徳川家康』（光文社）

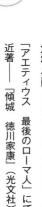

一

〈こうなったからには、手段は選ばぬ。なんとしてでも、美濃《みの》へ帰らねばならぬ〉

京からの早馬《はやうま》により、凶報を聞いた森長可《もりながよし》は、涼やかな目をかたくつむり、心に誓った。

だが、そもそも長可は、どのような戦場においても「手段は選ばぬ」男であり、その道中は、極めて滅茶苦茶《めちゃくちゃ》なものとなった。


事の起こりは天正《てんしょう》十年――、世に云《い》う「甲州《こうしゅう》征伐」の後であった。

怨敵・甲斐《かい》武田《たけだ》家を討ち滅ぼした織田信長《おだのぶなが》は、配下の森長可という武将に、信濃川中島《しなのかわなかじま》の四郡と海津《かいづ》城二十万石を、恩賞として与えた。

森氏は美濃の有力な国衆であったが、長可に関しては、かの「森蘭丸《らんまる》の兄」という説明が、もっとも通りがいいであろう。

その地において長可は、多くの国衆から無理やり人質をとるなど、かなり強引な領土支配に乗り出した。

逆らう一揆《いっき》に対しては、大将みずから槍《やり》を振るい、すべて撫《な》で斬《ぎ》りとしたという。

その首級《しるし》、信長の伝記『信長公記《しんちようこうき》』によれば、女・子供を含めて「二千四百五十余」とあり、当時の感状にも「三千余」という数が記されている。

まさに、虐殺であった。

もっとも長可からすれば、これは必要な犠牲であった。

この一揆を扇動したのは、越後《えちご》・上杉《うえすぎ》家とも強いつながりを持つ一向宗《いっこうしゅう》の者であり、畢竟《ひっきょう》、ここで手を抜けば、あとあと苦労するのは確実であった。

なにしろ長可は、いずれは越後にも攻め込むつもりで、領土経営を行っていた。やがては関東、奥州《おうしゅう》までも侵攻し、存分に功を上げたいと思っている。

だが、そのような夢想は、わずか二ヶ月後に吹き飛んだ。


――織田信長、京・本能寺《ほんのうじ》にて横死。


天下を手中に収めようという、まさに寸前、主君・織田信長は、奸臣《かんしん》・明智光秀《あけちみつひで》に弑《しい》し奉られたのだった。

よって、長可の目標は、上杉などではなく、いかにして本領・濃州金山《のうしゅうかなやま》へ戻るかということになってしまった。

＊　＊　＊

――美濃・金山へ早期帰国。

海津城の広間へと集められた森長可の家臣団は、当主・森長可の決定を受け入れ、頭を下げた。

現在、長可の所領は、信州《しんしゅう》四郡という広大なものだが、それも織田家という後ろ盾があってのものであった。信長が横死した今となっては、あまりに維持が難しい。

「ようし」

上座の長可が、低い声でつぶやいた。

「準備ができ次第、美濃へ出立《しゅったつ》する。全員、急げよ」

下座の家臣たちは、再びおとなしく頭を下げた。

森家は美貌の家系として知られ、長可自身も、梅の香が匂うような端整な顔立ちなのだが、いまは唇の端を指でめくり、不気味な笑みを形作っている。

この唇をいじる癖は、機嫌が悪いときにでるものであることを、家臣たちはよく知っている。いま不用意に話しかけるのは、非常に危険であった。

だが、そんな事情を知らない男たちが、海津城の館へとあらわれた。春日昌元《かすがまさもと》ら数名、すべて信濃の国衆であった。

「このたびの凶事、聞きましたぞ、勝蔵《かつぞう》殿」

彼らは広間に入るなり、長可の前に座った。「勝蔵」とは、森長可の仮名であり、多くの者は長可をこの名で呼ぶ。

長可は唇をいじりながら、国衆を睨《にら》みつけたが、彼らは、その視線を無視し――、

「預け置いたる人質を、御返しあれ」

と、極めて真っ当な主張をした。

確かに、織田信長が死んだ以上、長可が信州を去るのは、当然の流れであった。この地で人質をとり続けても、意味はない。

ところが、そんな彼らに対し、長可は――、

「いいか？　俺は信長だ」

と、唐突な返事をした。

このくだりは『金山記《かねやまき》』に実在する。

人質の返還を求める国衆に対し、長可は、

――信長卿《きょう》已《すで》に討死《うちじに》為給《したま》へば、我に早《は》や背くと見えたり、我則《すなわち》信長卿也《なり》、えこそ返す間敷《まじき》。

と云ったという。

現代語訳するならば「信長様が薨《こう》じたと知るや、さっそく俺に背くか。だが、俺は信長だ。人質は絶対に返さぬ」というところであろう。

突然の「信長宣言」に対し、国衆たちは驚いた様子であったが、彼らも負けじと「笑止

さよ」と云い捨て、槍先での勝負を誓いながら、去っていった。

つまりは合戦である。

長可は、下唇を指先でひねりながら、奥歯をぎしぎしと鳴らしている。

家臣たちは、信濃の国衆に対し、揃《そろ》って同情した。

＊＊＊

海津城からの出立当日が、合戦の日となった。

いまだ森長可の軍勢の中には、人質が囚《とら》われているのだが、それに構わず、信濃の国衆たちはおよそ三千もの人数を集め、千曲川《ちくまがわ》の向こうへ、横に長い陣を張っていた。

金色の名馬・百段《ひゃくだん》に跨《また》がりながら、長可は戦場を眺める。

対岸の堤では、どこから兵を掻《か》き集めてきたのか、様々な色の旗がはためいており、槍を並べて、こちらを待ち受けていた。

対する長可の軍勢は、その半分の千五百ほどであり、長可を含めた七人の将で指揮している。

「なるほど、合戦を分かっているやつが、向こうにもいるのか」

長可は、少し感心しながら、顔に笑みを浮かべた。

大勢同士の合戦では、自陣を構築した守勢が有利であり、先に攻勢をとるのは悪手《あくしゅ》というのが常識であった。その辺りを、敵将はよく理解している。

だが、長可は――、

「進むぞ」

と、全軍に渡河を命じ、騎乗したまま河へと入った。

他の兵も、躊躇《ちゆうちよ》なく河へ足を踏み入れていく。

不利な状況であることは、すべての将兵が分かっていたが、森長可という大将が、よくい。

「合戦の呼吸」を心得ていることも、彼らは充分に理解していた。命令を違《たが》える理由はない。

騎乗したままの渡河は、武士の力量を試されるが、長可らにとっては、どうということもなかった。この男が育て上げた軍勢は、すべてが精兵であった。

しばらく進むと、川向うから、鯨波《げいは》が上がった。わざわざ不利な戦場を選んだ敵勢に対しての嘲笑も混ざっている。

それを聞き、長可は唇を指でなぞった。

「槍」

ひとことつぶやき、手を伸ばす。

馬の傍《そば》についていた下男《げなん》たちは、数人で運んでいた十文字槍を、長可へと差し出した。

野太い豪槍《ごうそう》である。

よく穂先を見れば、表の首には「人間」という二字があり、その裏にも「無骨《むこつ》」という字が刻まれている。

――人間無骨。

人の骨など無いも同然という意味であり、その名の通り、凄《すさ》まじい切れ味の代物《しろもの》であった。作刀は美濃の名匠・和泉守兼定《いずみのかみかねさだ》と伝えられている。

柄には鉄の棒まで入っており、並の男では持ち上げるだけでも苦労する得物《えもの》なのだが、長可は片手で取るや、軽々と頭上で回してみせた。

そして、穂先を敵陣の中央へ向ける。

その先にあるのは、朽葉《くちば》色の旗印――、信濃の国衆・春日昌元のものであった。

長可は穂先を軽く回しながら、口の端を上げた。

挑発である。

敵方からも見えたのだろう。怒号や罵声が上がり、やがて、河の中央に立つ長可へ、一斉に弓が引かれた。

号令とともに、矢が放たれる。

だが――、

「こんなものか」

と長可が一笑に付し、豪槍をひと振りすると、すべての矢が薙《な》ぎ払われた。

周囲の下男は多くが倒れたが、長可は気にしない。

続けて――、

「撃て」

と命じる。

織田の誇る鉄砲隊が、一斉に引き金を引き、川面《かわも》が黒煙で黒く染まった。

水に濡《ぬ》れれば使えなくなる火縄銃を川で撃たせるなど、普通ならば考えられない。だが、その考えられない行動こそが、勝利につながると、よく長可は知っている。ゆえに、充分な勝算をもって、合戦の前に大量の火縄の用意をさせていた。当然、敵方の鉄砲が多くないことも、確認済である。

川沿いに布《し》いた横陣の中央が崩れ、敵勢に動揺が走った。

こちらの弓は効かないのに、敵の鉄砲は届く。ましてや、敵はどんどん距離を詰めてくるのだ。これで慌てるなという方が無理であろう。致し方なく、国衆方は陣を少しずつ後方へと下がらせていった。

〈莫迦《ばか》め〉

長可は、ほくそ笑む。

こうなれば、勝利は確定したも同然であった。あとは同様に距離を詰めていき、連中を山の際まで追い詰めるだけでよい。

国衆のひとりである春日昌元は、武田の名将・高坂弾正《こうさかだんじよう》の息子であり、よく兵法に通じているようだが、長可からすれば、そのような相手の方が、むしろ与《くみ》し易《やす》い。

〈地の利を活《い》かしたつもりだろうが、そんな小手先の理《ことわり》で、俺は殺せない〉

対岸に到着した長可は、吶喊《とつかん》の号令をかけながら、自らも馬の尻を叩《たた》いた。

飛ぶように、百段が地を蹴る。

裂帛《れっぱく》、一閃《いっせん》。

気合いとともに槍を振るうと、「人間無骨」の名の通り、穂先が敵兵をふたつに裂いた。


合戦は、長可が考えたとおりに、おおよそ推移した。

敵陣は猿ヶ馬場《さるがばんば》峠まで後退し、ついには散り散りとなった。「笑止さよ」と云っていた春日昌元ら国衆も、いつの間にか消えてしまっていた。

わずか数刻の合戦であり、いまだ日は落ちていない。不測の事態があれば、人質を盾に使おうかとも考えていたが、その必要もなかった。

〈なんだ。ずいぶんと、薄情な奴《やつ》らだな〉

長可が、馬上から背後を振り返ると、河から峠までの道は、死屍累々《ししるいるい》の惨状であった。

深くため息をつく。

身内を人質に取られたならば、もっと死にもの狂いで向かってくるものと、長可は考えていたのだが、まったく連中は手応えなく、拍子抜けであった。

あるいは、不要となった人質ならば、いずれどこかで解放されるだろうと考えているのだろうか。

〈まったく、甘くみられたものだ〉

合戦の最中こそ、すこぶる機嫌の良かった長可であったが、いま、再び下唇を指でひねった。

海津城を出立し、歯向かう国衆らを蹴散らした長可は、その日の夕刻に、すべての人質を殺害した。前述の『金山記』には「其日《その》の泊にて人質共皆指殺《さし》し」と、刺殺を示す文言で記されている。

軍勢は一路、濃州・金山城を目指す。

それは、信州・川中島からは、木曽路《きそじ》を上ること、およそ一六〇キロにも及ぶ道程であった。

二

森長可、海津城出立。

その報を、もっとも恐れていたのは、長可の地元・東美濃の国衆たちであった。

なにしろ、かの男には、これまでも散々、辛酸を嘗《な》めさせられてきた連中であった。ようやく信州へと移ってくれたのに、このまま濃州へと戻られては、どのような災禍に遭うか分からない。

間もなく彼らは、入念に練り上げた暗殺計画を携え、信州・福島城《ふくしま》へと向かった。

「脱兎《だっと》のごとく海津から逃げ出した森勝蔵を、我らの手で狩る」

米田《よねだ》城主・肥田忠政《ひだただまさ》が、目の前で静かに云った。

横に座る男たちも、揃ってうなずく。それぞれ、苗木《なえぎ》城主・遠山友政《とおやまともまさ》、高山《たかやま》城主・平井《ひらい》頼母《たのも》、久々利《くくり》城主・久々利頼興《よりおき》、全員が東美濃の有力国衆であった。

気に圧《お》され、福島城主・木曽義昌《きそよしまさ》は――、

「はい」

と、たまらず首肯してしまった。

山深い木曽路の只中《ただなか》に建つ福島城、その三ノ丸に開かれた数寄屋《すきや》であった。点前座《てまえざ》に亭主の義昌が座り、対面の客座に四人の国衆が並んでいる。

部屋にいる全員が一城の主《あるじ》であり、気の弱い義昌は恐縮するしかない。

「さすが木曽殿、事を決するのが早い」

義昌の返事に、忠政が破顔した。

「いや、そんな」

「なあに、あの森勝蔵を相手に、悩むこともなかったたな。かの悪鬼は、この機会に殺《や》らねばなるまい」

忠政の言葉に、やはり全員がうなずいていた。

――そうだ。必ずや我らで戮《りく》する。

――おお、絶対だ。

——手足を牛に引かせ、八つ裂きにでもしてやらねば、この腹の虫が治まらぬ。

銘々が、口汚い雑言を口にする。

とくに、領内の山を「砦《とりで》にするから」という理由で取り上げられそうになった忠政は

——、

「絶対に許さぬぞ、勝蔵め」

と、つぶやきながら、大きく顔を歪《ゆが》ませていた。

それらの声を聞き、義昌自身も、長可の悪行を思い出してきた。——さきの甲州征伐において、長可は軍令違反を、ふたつも起こしている。

ひとつ目は、抜け駆けであった。

弱り目の武田を相手に、織田方の将は功を争いながら侵攻したが、長可は勝手に出陣して敵将の首をとり、まんまと他のものを出し抜いたのだった。

ふたつ目は、なんと虚偽報告であった。

長可の行動に焦った他の将兵も、それに負けじと抜け駆けを行い、もはや軍令など、あって無いようなものとなった。そこで長可は、いまだ攻めてもいない城を「落城させた」と報告し、その後に攻め入ったのであった。

長可の接近を知り、城主が慌てて逃げ出したため、結果として帳尻はあったのだが、それでも軍令違反は明白であり、長可は書簡で信長から注意を受けている。

そんな男が、手負いの獣のような状態で、この城に近づいているのだ。義昌の背は、ふつふつと粟立《あわだ》ちはじめた。

〈ならば、やはり話に乗るべきであろう〉

意を決した義昌は、改めて国衆らに協力を約束し、頭を下げた。

さらには、暗殺の詳細もたずねたが、彼らの策は義昌にとって、それほど難しいものではなく――、

「勝蔵めが福島へ到着したら、丁重にもてなし、そのまま木曽路を上らせて欲しい」

と、忠政は云った。

「そのまま、ですか？」

「ああ。決戦の地を、我らは千旦林《せんだんばやし》と定めた」

千旦林とは、木曽路を進んだ先にある美濃の荒野であった。大勢を配するには、いろいろ都合がいい場所であろう。

「なにしろ他にも、奥村又八郎《おくむらまたはちろう》や長谷川五郎右衛門《はせがわごろうえもん》に、声をかけている。いくら勝蔵めが相手でも、必ずや討ち取れる兵数となるだろう」

忠政が口にしたふたりは、それぞれ大森《おおもり》城主と、上恵土《かみえど》城主という立場にある東美濃の国衆であった。

「それならば、確実ですな」

「そうだ。さらに念には念を入れる。木曽路を進む勝蔵めは、必ずや、この福島を通る。そこでそなたは、そのまま軍勢を通過させ、その後、背後から追い立てて欲しい」

「つまりは、挟撃でありますか？」

「そういうことだ」

義昌は、練り上げられた策に感心し、たまらず身震いした。

狭い木曽路で、背後から急襲すれば、さしもの森長可も、手も足も出ないだろう。さらに逃げた先には、東美濃国衆の大兵団が待ち構えている。

〈これは、完璧だ〉

かの悪鬼を討ち取るにあたり、まさに最上の手であった。

いよいよ義昌は乗り気となり、さらに策を詰めていく。国衆たちも身を乗り出すような姿勢となり、熱っぽく語り続けた。

そこに――、

「失礼します」

という声とともに、襖《ふすま》が開かれた。

向こうには、丁寧に正座した義昌の嫡男・岩松丸《いわまつまる》が見えた。どうやら、隣室で点《た》ててい
た茶を持ってきたらしい。

岩松丸は、両手を静かに畳へつけ、背筋を伸ばしたまま、深々と上体を前へかがめた。

その凜《りん》とした姿に、国衆らはうなる。

「さても、よき器量の子でありますな」

「ああ、いえ」

義昌は恐縮するしかなかった。

その後も、岩松丸は国衆らの前へ慇懃《いんぎん》に茶を置いていき、皆を感心させていた。ましてや、点てた茶も美味《うま》い。しばらくの間、数寄屋は十二歳の嫡男を褒め称《たた》える声で溢《あふ》れた。

だが、実父としては、気が気ではない。

その面立ちを見て、義昌が思い出すものは、誰あろう「武田信玄《しんげん》」であったからだ。

木曽義昌の正妻は、武田信玄の三女・真理姫《まりひめ》であり、岩松丸は、その姫君との子であった。そして、岩松丸の容姿は、その姫君とよく似ており、眼力の強い信玄の面影が、確かにあった。

国衆と談笑する息子を見て、義昌は眉根をひそませた。

〈この子は、いまの事態を、どのように考えているのだろうか?〉

なにしろ、先の甲州征伐は、木曽義昌の裏切りから、すべてが始まった。

信玄の死後、凋落《ちょうらく》していく武田家の行く末に不安を抱いた義昌は、織田からの調略に応じ、武田から離反した。

甲府《こうふ》には人質として、実母や長男、そして長女がいたのだが、切迫する事態の方を、義昌は重んじた。

結果として、その全員が処刑されたが、木曽家は生き残った。おおよそ、自身の判断に間違いはなかったと、義昌は思っている。

だが、それに息子が納得しているかどうかは、まるで分からない。

父から見ても、優秀な息子であり、とても自分の子とは思えぬほど、堂々とした性格であった。ただ、妻の影響か、自身に流れる武田の血筋を、どこか誇っているような節もある。

甲州征伐の後、とくになにかを云ってきたわけではないが、むしろ、なにも云わないところこそが、武田の裏切り者たる義昌は恐ろしかった。

その後、差し障りのない会話の後、岩松丸は部屋をあとにした。

義昌は、国衆らと策を詰めていく。

やがて話も整い、国衆らは自らの城へと戻っていった。

＊＊＊

国衆らが去ってから、数日後、義昌の元に森長可からの書簡が届いた。

――明日にでも、御領内を通行することとなるが、宜《よろ》しく御依頼申す。もし又、同心不可能の場合は、其様子改めて承知仕《つかまつ》りたい。

おおよそ、このような内容であり、とくに問題はない。義昌は、長可の無事を祝う返簡を右筆《ゆうひつ》に書かせ、使者に送らせた。

あとは、城に到着した長可を労《ねぎら》い、せいぜい心地《ここち》よく送り出すだけでよい。その後は、隙を見て兵を出し、背後を突くのだ。

〈なあに、もし危なそうであったら、わざわざ兵など出さなくてもよい〉

そのように義昌は考えている。

なにしろ本能寺での凶事以降、世相は不安であった。無理して長可を相手に戦い、損害を負うのは避けた方がよいだろう。

どうせ東美濃では、大勢で待ち構えているのだ。いくら長可が強くとも、どうしようもないはずだ。

義昌は小さくあくびし、その他の書面を決裁しはじめた。


異変は、その日の深夜に起こった。

三ノ丸の御殿で就寝していた義昌であったが、突如、地鳴りのような音が城内に響き、飛び起きた。

騒然とした空気で、すぐに察する。

〈合戦だと？〉

どうやら三ノ丸の門扉が、槌《つち》で激しく叩かれているらしい。何処《どこ》かの軍勢が、この福島城へとなだれ込もうとしているようであった。

もちろん、こんなことをする奴は、ひとりしかいないと、義昌も気づく。

——森勝蔵長可だ。

とにかく、このままではいられない。義昌は兵を二ノ丸へ集めるよう叫びながら、自身は本丸へと移りはじめた。

この福島城は三郭からなっており、とくに主郭は峻険《しゅんけん》な山頂にあった。そこに籠れば、たとえ相手が長可であろうと、耐え抜く自信はある。

それでも、疑問は尽きない。

信濃から来た長可が、いかにして美濃での企《たくら》みを知り、あまつさえ、この福島城を攻めるのか？

〈いまだ、何もしていないというのに〉

とにかく、いまは悩んでいる暇もない。ようやく本丸へと逃げ込んだ義昌は、そこで全軍の指揮につとめた。

三

いかにして森長可は、自身の暗殺計画を知ったのか？

実は長可に、この謀《はかりごと》を知らせた者がいた。

名を「道家弥三郎」という商人であった。

この男、金山城下では馬の目利きとして知られており、たびたび城に呼び出されるなど、長可に贔屓《ひいき》にされていた。

その後、長可が信州に移ってからも、やはり美濃で商売を続けていたのだが、このたびの暗殺計画を知るや、急いで木曽路を下ったのであった。

長可の勢を、塩尻《しおじり》の辺りで見つけた弥三郎は、さっそく、東美濃の情勢を伝えた。

「ほほう」

木曽路の途上、長可は名馬・百段に跨がりながら、興味深げにうなずく。

「肥田に遠山、平井、久々利、奥村、長谷川、さらには木曽か。見事なまでの、烏合《うごう》の衆だな」

「笑い事では、ありませんよ、殿様」

なにやら楽しげな長可に対し、馬の下に立つ弥三郎は、たまらず云う。

「このまま木曽路を上れば、みすみす虎口へ入ることになります。なにか、策を講じねばなりません」

「まあ、そうだな」

すると、長可は弥三郎の顔を見ながら、にやりと、牙むくような笑みを浮かべた。

「いい機会だ。ここはひとつ、試してみたいことがある」

「は？」

「連中の情というものを、是非とも、測ってみたいのだ」

その言葉と、その顔に、弥三郎は身震いするしかなかった。

長可は、木曽義昌へ「明日、到着する」という嘘《うそ》の書簡を出し、その日の夜、福島城を急襲した。

もっとも、その目的は義昌の首などではなく、嫡男・岩松丸の身柄であった。

城の構造を知っていた長可は、すぐさま三ノ丸の御殿《ごてん》へと向かい、それらしい男子を掻《か》っ攫《さら》った。その後は――、

「今日までは、木曽郡主の御子息、いまよりは、森勝蔵の若君なり」

と、勝手に「養子宣言」し、城を出ていったのだった。

＊＊＊

〈まったく油断した〉

と、木曽の嫡男・岩松丸は思う。

城が奇襲を受けたとき、少年は真っ先に父・義昌の心配をした。「子は親のために尽くすもの」と、真面目《まじめ》な岩松丸は信じており、そのためには、自分の命など惜しくなかった。

だが、そんな心配をするまでもなく、すでに父は本丸へと逃げ出しており、それを知らずに館を走り回っていた少年は、長可の配下に捕まってしまった。

このままでは、人質として利用され、東美濃国衆の策を潰してしまうかもしれない。

〈どうにか、隙を見つけて、逃げ出せないものだろうか？〉

そのように、岩松丸は考えているのだが——、

「どうだ坊主。この百段の上は、心地よいだろう」

と、背後から森長可に云われ、諦念するしかなかった。さすがに、ここからは逃げられない。

高い杉の木が生い茂る山道を、森家の軍勢が進んでいるが、その列の中央、長可が騎乗する百段に、岩松丸も座らされている。

手綱をとる大将に抱かれながら、鞍《くら》の前に跨がる少年は、傍目《はため》から見れば、本当に仲の良い親子のようでもあった。

もっとも、人質・岩松丸からすれば、たまったものではない。

「坊主はやめてください。これでも私は、木曽家の嫡男です。どうか、岩松丸とお呼びください」

「おう、そうだな。坊主」

少年の云うことなど、なにひとつ聞かぬまま、長可は上機嫌に破顔した。

「この馬は、うちの城の石段を、一気に百段すべてを駆け上がるほどの足でな。俺が百段と名付けたのだ。そこの弥三郎が見つけてきた」

長可は、馬の口をとる商人・弥三郎を指さした。

岩松丸と弥三郎は、互いに会釈するが〈なんとも気まずい〉と、少年は思う。

「俺が他人を百段に乗せるなど、滅多にないぞ。坊主よ、もっと喜べ」

「はい、身に余る光栄だと、思うようにつとめます」

岩松丸が、慇懃に礼を述べると――、

「そうだ、そうだ」

と、長可は大きな手で、少年の頭をぐしゃぐしゃと撫で回した。

「ところで、殿様。本当に、このまま進んで、大丈夫でしょうかね？」

百段の口取りとして同行している弥三郎が、少し心配げに、長可へ話しかけた。

「確かに、そこの坊っちゃんは、人質にはなるでしょうが、所詮は、木曽の人間ですからね。東美濃の連中に、どれほど意味があるか――」

もっともなことだと、岩松丸も思った。

確かに父は、このたびの企みに乗ってしまったが、東美濃の国衆と、深いつながりがあるわけではない。人質など無視し、戦いを挑むことも考えられる。

ならば、自分は木曽の嫡男として、どのように立ち回るべきかなど、いろいろ岩松丸が思案していると――、

「いや、そんなことは、どうでもいい」

と、長可は端然と云った。

「この先に、どのような罠《わな》があろうが、すべて嚙《か》み砕けばいいだけのことだ。この坊主が

人質として足り得るなど、関係ない」

「え、いや──」

弥三郎は、唖然《あぜん》としている。

それは、岩松丸も同様で、思わず口が開けっ放しになってしまった。

「云っただろう。情を測ると」

そんなふたりに構わず、長可は言葉を続ける。

「かつて俺は、親父《おやじ》の葬式で号泣した。親が死ねば悲しいってのは、人として当然のことだ。ところが、信濃で俺と戦った連中は、こちらの人質に構わず、全員が逃げ出した。なぜだ？　なんで連中は、死ぬまで俺と戦わなかった？」

徐々に怒気をはらんでいく言葉に、弥三郎は何も答えられない。

「おかげで、人質を鏖殺《おうさつ》せねばならなくなったわけだが、どうも近ごろ、情に薄い連中が増えているんじゃないかと、俺は思った。まったく、こいつは大変なことだ」

自分の背後で、長可が勝手に怒りだし、岩松丸の首筋にも、いやな汗が流れ始めた。

「だから、この坊主を使って、確かめてみようと思う」

唐突に、長可は岩松丸の頭を小突く。

「木曽家が人質の命を鑑み、東美濃の連中を留めるならば、それでいい。だが、もしも動かねば、すぐさま引き返して、鏖殺するしかあるまい。──この坊主も含めてな」

あまりの言葉に、周囲の皆が絶句した。

それでも、長可は止まらず、唇をいじりながら語り続ける。

「あるいは、東美濃の奴らが、人質を無視することも考えられるが、そのときも、やはり鏖殺であろうな。いずれにしろ、連中はまとめて滅ぼすし、この坊主は、そのとき次第だ」

突然やってきた命の危機に、岩松丸は身を震わせたが、そんな少年に構わず、長可は自信たっぷりに背をそり――、

「まったく、薄情な奴らが、多すぎるのだ」

と、笑ってみせた。


その日の夕刻、長可らは、近くの村で宿泊することとした。

このような場合、武家は強引に農民の家を接収することが多く、また農民も乱暴な武家には逆らわなかった。

長可自身は、庄屋の家に上がり込み、その客間の上手《かみて》に座した。さらには茶や飯まで要求し、出された米を、存分に喰《く》らい始めた。

その隣には、岩松丸もいたが、あまり箸はすすまなかった。

〈やはり、私は死ぬのか？〉

そんな思いが、頭をよぎる。

森長可は、あまりに無茶苦茶な男であり、何を考えているのかは、さっぱり分からない

るらしい。

が、それでも、自分の命が風前の灯《ともしび》であることは、充分に理解できた。

父・義昌が、東美濃の国衆にかけあい、上手《うま》く説得しないと、どうやら、自分は殺され
〈――とはいえ、父は動くだろうか？〉

自分が実父から嫌われていることを、岩松丸は、すでに肌で感じ取っていた。

そもそも実母たる信玄入道の娘に対し、義昌が複雑な感情を抱いていたことは、想像に難くない。だからこそ人質に構わず、武田家を裏切ることもできたのだろう。

臆病であるがゆえに、非情な判断にも躊躇がない。それこそが、木曽義昌という男の本質であった。

もっとも、そんな父であろうとも、子の自分は、せいぜい尽くすしかないと思うわけだが――、

「どうした、坊主。さあ、喰わんか」

と、こちらの心情など、お構いなしに、長可は肩を叩いてきた。

「たっぷり喰わねば、力も入らぬ。ほら、がつがつと飯を腹に入れろ」

「はい」

返事をしたものの、まるで食欲がわかず、岩松丸は難儀する。

「おい、坊主」

そんな岩松丸の顔を、長可は、じっと覗《のぞ》き込んでくる。

「お前、歳《とし》はいくつだ？」

「十二です」

「そうか。ならば、そろそろ初陣《ういじん》か」

「いえ、それは木曽の情勢次第で――」

「俺の初陣は、十五であった。一向衆が相手でな」

少年の言葉を無視し、長可は腕を組みながら、思い出話をし始めた。

「上様に頼み込んで、ようやく立たせてもらった戦場であったよ。ここで功を上げねば次は無いと思ってな、人間無骨を握りしめ、必死に戦場をかけずり回ったのだ。終わったときには、二十七の首級を挙げていた」

「二十七？」

あまりの数に、岩松丸は仰天する。

「ああ、上様にも、ずいぶんと褒められてなあ。あれは、あまりに嬉《うれ》しいひとときであった。とても、忘れることはできぬ」

まるで遠くを眺めるような表情で、昔を懐かしむ長可を見て、岩松丸は〈こんな顔もできるのか〉と、少し驚かされた。

そのとき――、

「それで、殿様。この間の甲州征伐は、どのような塩梅《あんばい》でしたか？」

と、弥三郎がたずねた。すると――、

「おう、しごく楽しかったぞ」

と、長可の顔つきは、喜々としたものへと一変した。

「特に、高遠《たかとお》城攻めは最高であったな。あそこの連中は、なかなか強かったが、屋根へと登り、板を破って弾を撃ち込んだら、大慌てになった。そこからは、もう討ち放題だ」

「鉄砲を持って、屋根の上へ？」

「ああ。誰も思いもよらぬ方法こそが、勝利への近道ということだ。あの刹那、荒肝を抜かれたような敵の顔が、もうたまらぬ」

云うと、長可は含み笑いし、ついには耐えきれず、呵々大笑《かかたいしよう》した。

隣の岩松丸は、「兵は詭道《きどう》なり」を地でいく長可に感心しながらも、いま、この男に自分の命が握られていることが、とても恐ろしくなった。

〈絶対に、逃げ出さねば――〉

心の中で、強く誓う。

自分の命など惜しくはないが、こんな男に利用されるのは、まっぴらであった。必ずや隙を見つけ、木曽に戻らなくてはならない。

ならば、いまは少しでも多く喰っておこうと思い、岩松丸は碗《わん》に盛られた白米を、無理やりかっこんだ。

急に元気になった少年を見て、長可は嬉しげに目を細めた。

峻険な木曽路の道行き、一行が目指す金山城までは、残り一〇〇キロほどであった。

四

岩松丸誘拐の報は、すぐさま木曽路を上り、東美濃の国衆たちにも伝わった。

今後、どのように対処すべきかを話し合うため、皆が遠山友政の居城・苗木城に集まっていたが、そこに、木曽家からの早馬が到着した。

その内容は、「どうか、嫡男が解放されるまで、森長可の一行には手出しせぬよう、よろしくお願い申し上げる」というものであった。

人の親としては、当然の言葉であったが、やはり、東美濃の国衆としては、落胆するしかない。

——さて、いったいどうする？

——人質がいる以上、やはり手出しはできまい。

——だが、これほどの好機を、みすみす逃すのか？

かの勝蔵を討ち果たすには、いましかないと、この計画の首魁《しゆかい》・肥田忠政も思う。しかしながら、人質を無視すれば、今度は木曽家まで敵にすることとなる。

なかなか判断が難しいと、思い悩んでいたところ——、

「ならば、こちらも木曽家に対し、人質をつかうというのはどうか？」

と、この苗木城の主・遠山友政が唐突に云い出した。

「それは、どういうことだ？」

「いや、思えば甲州征伐のおり、織田は木曽家に対し、人質を要求していたのだ。そこで木曽家は、上松蔵人《あげまつくらんど》という男を差し出したのだが、こいつは、木曽殿の弟だ」

「ああ、確かに、そんなこともあったな」

そこまで云われ、ようやく忠政も思い出した。

友政の云う上松蔵人とは、義昌の弟・上松義豊《よしとよ》のことで、義昌が織田に臣従する際に、人質として預けたのだった。

このとき、木曽家と織田家の間で立ち回り、どうにか事を成したのが、まさに目の前の遠山友政であったのだ。

「その蔵人を上手く使えば、少なくとも、人質という点においては、対等となれる」

自信があるのか、友政は、身を乗り出しながら語り続けた。

「この男、庶流のために上松と姓を変えているが、それも本家を慮《おもんぱか》ってのものであり、そんな弟を、木曽殿は憎からず思っている。人質とされた嫡男よりも、弟を選ぶことは、充分に考えられる」

「おおっ」

城の広間が、どっと沸いた。

確かに、これは名案であった。拐《かどわ》かされた岩松丸には悪いが、長可に対抗するには、これしかない。

「それで、その蔵人はどこに?」

たまらず、忠政が問うと——、

「それは、分からぬ」

と、友政は返事した。

——。

まるで時が止まったかのように、しばらく全員が沈黙した。

「いや、こればかりは仕方なかろう」

眉をひそませながら、友政は云う。

「蔵人は、奉行の菅谷《すがや》様が引き取られていたのだが、かの本能寺での一件以来、どうしても行方《ゆくえ》が分からぬのだ」

それを聞き、忠政は肩を落とした。


だが、これは確かに、致し方ない話であった。

上松義豊の身柄を預かったのは、織田家の重臣・菅谷長頼《ながより》であったが、この男は「本能寺の変」に際し、二条新御所で討死にしていた。また、菅谷長頼には、ふたりの息子もいたが、やはり小姓として本能寺で死んでいる。これでは、連絡のとりようがない。

いまだ京では、大きな混乱が続いており、木曽家の人質の行方など、「誰も気にもとめていない」というのが現状であった。

「――とはいえ、これは好都合ではないか」

と、友政は言葉を続ける。

「いくら、行方が分からぬとはいえ、どこかで生きてはいるだろう。ならば後々、辻褄《つじつま》は合う」

「お主、まさか？」

「おうよ」

友政は、大きくうなずいた。

「とりあえずは、蔵人の身柄を確保したと木曽殿に伝え、協力を仰ぐのだ。これで、当初の策は実行できる」

「後のことは、勝蔵の首級を挙げてから、考えればよいと？」

「そういうことだ」

「ぬう」

その案に対し、忠政は容易にうなずけなかったが、いつまでも迷ってはいるわけにもいかなかった。

なにしろ怨敵・森長可は、いまも木曽路を上っており、間もなく到着する距離まで迫っているのだ。

他の者たちも、複雑な表情を浮かべているが、決断を下すしかなかった。

＊＊＊

「木曽から、大勢が迫っているだと？」

その報告を馬上で聞き、長可は不機嫌に問い直した。

報《しら》せを持ってきた者は、恐れおののきながらも、首を縦に振る。

長可は口に指を寄せ、下唇をひねった。

〈父上が、勢を動かした？〉

鞍の前に跨がる岩松丸も、不審に思った。

人質として、自分が囚われているにもかかわらず、こちらに攻め寄せてくるとは、いったいどういうことか？

〈まさか、この身を救う手立てが、ついたわけではあるまい〉

ならば、自分に見切りをつけたということだろうか。

そうだとすれば、あまりに悲しい。

「おう、大変なことになったぞ、坊主？」

背後から、長可の低い声が響いてくる。

「お前の親父め。ずいぶんと、情が浅い男のようだな。大事な嫡男が殺されたところで、構わんらしい」

その挑発めいた物云いに、岩松丸は振り返り――、

「うるさいっ」

と、長可に向かい、怒鳴った。

「このように至ったからには、父上には、必ずや勝つ算段があるはずだ。もう、私を殺したところで、結果は変わらないぞ。さあ、お前も道連れにしてやる。森勝蔵長可」

「ほう」

ぎろりと、長可に睨まれたが、少年は圧に耐え、上目で睨み返した。

周囲の者たちが慌てふためくなか、しばらく、馬上で睨み合いが続いた。

「坊主よ、ずいぶんと勇ましいが、お前、本気で俺が負けると思っているのか？」

「いつかは、悪運も尽きる。――かの本能寺のように」

「俺は、死なぬよ」

「うるさい、道連れだ」

「ならば、よく見ておけ」

云うと、長可は岩松丸の顎を、大きな指でしゃくり上げ、さらに顔を近づけた。

「小手先の理で、俺は殺せない」

そのまま、長可は木曽路を上り続け、その背後からは、ぴたりと木曽義昌の勢が続くという奇妙な道中が、しばらく続いた。

一行は、木曽の山々を抜け、美濃へと入る。

金山城まで、残り五〇キロ。

ついに、東美濃の国衆が待ち受ける千旦林へと、長可は至った。

＊＊＊

空を覆う雲も、凄まじい速さで流れていき、太陽だけが、蒼穹《そうきゅう》の中央に薄っすらと輝いている。

強い風の吹く荒野であった。

野の西には、すでに東美濃の国衆が集結していた。

暗殺計画をまとめ上げた肥田忠政は、敵を囲むような横陣で、決着をつけるつもりであった。指示した通り国衆らは野に広がり、いまや遅しと、長可を待ち構えている。

六つもの国衆がまとまり、その兵数は、五千にも達しようとしていた。さらには、木曽義昌の勢も、森長可の背後に迫っているという。

これに対し、長可の兵は、わずかに千五百ばかりと聞いている。

〈まるで、負ける気がせぬ〉

布陣の中央あたり、全軍の指揮をとる忠政は、腕を組みながら、鼻で息した。

間もなく、東の彼方《かなた》から、悪鬼・勝蔵がやってこよう。その旗印めがけ、自分は采配を振るうだけでよい。

自然と緩んでいく顔を、どうにか引き締めようと、忠政は歯を食いしばった。

やがて、木曽路の方向から、土煙が上がった。いよいよ、長可が到着したらしい。

忠政の目にも、確かに見えた。

いくつもの旗指物を、はためかしながら、長可の指揮する騎馬軍団が、近づいてくる。

ただ――、

「あれは、なんだ？」

と、目を見張る。

その異様な軍団を、忠政は目元を甲でこすり、もう一度見直した。

信じられないのは、長可とともに騎乗する岩松丸も同じであった。

〈これは、本当のことなのか？〉

自身の左右に広がる光景に、少年は固唾《かたず》をのむ。

「どうだ、坊主？」

牙むく笑みを浮かべながら、長可が云う。

「勝利するとは、こういうことだ」

その言葉に、岩松丸は黙ってうなずくしかなかった。

――なんと長可は、すべての騎馬に火縄銃を持たせ、その筒先を、前方の敵陣へと向けさせていたのだった。

無数の銃口が、堂々と野を進んでいく光景に、少年は無言のまま、瞠目《どうもく》するしかなかった。

このように鉄砲で武装した騎兵を、西洋では「竜騎兵《ドラグーン》」と呼び、十八世紀ごろから、兵科のひとつとして扱われていた。

実は、発想としては、洋の東西を問わず古くからあり、本邦においても、大坂の陣で伊達政宗《だてまさむね》が運用した記録がある。

もっともそれは、片手で扱える「馬上筒」を持った騎兵であり、重い火縄銃を両手で構えるスタイルでは、もちろんない。

「なんなのだ、あれは?」

目をこすって幾度も見直し、ようやく忠政は、眼前の光景を理解したが、それでもやはり、信じ切ることができなかった。

すべての騎乗している兵が、火縄銃を構えながら、こちらに狙いを定めている。

こんな軍勢、見たことがない。

ただ、連中が突撃をかけてきたとき、自陣がどのようなこととなるかは、容易に想像できた。

〈──壊滅する〉

火縄銃は、込めた一発しか弾丸を発射することはできないが、それで充分であった。前線へと撃ち込んだ直後、そのまま怯《ひる》んだ兵へと突撃すれば、薄い横陣は簡単に破られるだろう。

どれだけ兵を掻き集めようと、敵を囲めなければ意味はない。縦横無尽に戦陣を乱され、こちらは負ける。

いまからでも、正面に厚く兵を布けないものかとも思ったが、そんな猶予が、あるはずもなかった。

将の感じる恐怖は、簡単に周囲の兵へと伝播《でんぱ》する。東美濃国衆の陣は、自然と大きく後退していった。

一方、馬上にある岩松丸も、その空気を敏感に感じ取っていた。

眼《め》の前には、数倍はあろうかという敵兵が布陣しているにもかかわらず、あきらかに、こちらが気で圧している。

「まさに潮だ」

少年の背後で、長可が笑った。

「こいつは、たまらん。そう思うだろう？」

「はい」

もはや、素直に首肯するしかない。

合戦において、勝機を「潮」というのは知っていたが、その名の通り、敵陣を波濤《はとう》によって砕かんとする気迫が、いまの自陣には満ちている。

〈もう、勝負は決した〉

年端もいかない少年であろうとも、容易に分かることであった。

やがて、じりじりと距離を詰め続けた長可は、ついに――、

「吶喊っ」

と、大音声《だいおんじょう》を上げ、千旦林の野を震わせた。

同時に、鞍の前に座らせていた岩松丸を腕で払い、地に落とす。

尻から落下した少年は、響く馬蹄《ばてい》の音を聞きながら、戦いの火蓋が切られたことを理解した。

五

合戦に邪魔な少年を払い除《の》け、長可は馬に鞭《むち》を入れた。

同時に、他の騎兵も走り出す。

雲霞《うんか》の如《ごと》く、目の前に広がる敵陣であったが、連中の慌てる顔は、遠くからでもよく分かった。

「放て」

号令一下、荒野を疾駆する馬群から、一斉に鉄砲が放たれる。

直後、悲鳴とともに、崩れた敵の前衛に向かい、長可は一気に駆けた。

手に持つは名槍・人間無骨。

いま、まさに鏖殺の時であった。


鉄砲の黒煙により、黒く染められた戦場を背に、岩松丸は東へ走った。

〈この合戦は、もう駄目だ〉

あの男には、誰も勝てない。あんな寄り合い所帯の軍勢では、傷ひとつ負わすことさえ、できないだろう。

そうなれば、背後から迫っていた木曽の軍勢も、危機に陥る。

〈それだけは、絶対に避けねば〉

あの男は、すべての敵兵を皆殺しにしようとするだろう。いまは目の前の国衆が相手だが、それに飽きれば、かの凶刃は木曽家に向かう。

少年は息を切らせながら、もと来た道を懸命に駆けた。

やがて、岩松丸の目に、木曽家の馬印が見えてきた。その先陣には弓兵が列となり、ずらりと揃っている。

「父上っ」

あらん限りの声で、岩松丸は叫んだ。

「どうか、ここは退却を――」

その刹那、先陣は一斉に弓を引き、迷うことなく矢を放った。

はじめ、岩松丸は何が起こったのか分からなかったが、耳を掠《かす》める風切り音や、足元に突き刺さった矢により、ようやく理解した。

〈私を、狙った？〉

すぐさま逆方向へと走り出す。

何かの間違いではないかと思ったが、その後も次々と矢は放たれ、自分の傍に突き刺さった。

もう、間違いない。

〈木曽家は、私を切り捨てたのだ〉

なにを理由に、その決断に至ったのかまでは分からないが、父・義昌は嫡男を犠牲にすることで、木曽家の安泰を図る所存らしい。

必死に走りながら、岩松丸は奥歯を噛み締めたが、それでも涙が溢れ出し、荒野の風に千切れた。

目元をこすり、少年は駆ける。

一族のためならと、死も覚悟していた岩松丸であったが、まさか、父の軍勢に追い立てられるとは、思ってもいなかった。

背の高い草をかき分けながら、息を切らして逃げるが、背後からは、騎馬の音まで迫ってきていた。

〈そこまで父は、私が憎いか？〉

確かに岩松丸も、父を好いてるわけではない。一族のためならば、どのような人質でも見殺しとする父は、やはり薄情であるとも思う。

それでも、どうにか自分を納得させ、木曽家のために働いてきたつもりであったが、その結果が、まさか、このような仕打ちとは――。

〈ちくしょう〉

ついに体力も尽き、岩松丸は足を止めた。

背後からは、馬蹄の響きが迫ってくる。

〈木曽家は、もう終わりだ〉

そう思い、少年は唇を強く噛んだ。

振り返ると、槍を持つ騎馬が、もう目前に迫っていた。

深く、絶望する。

親が子を弑し、子が親を喰《は》むような乱世なのだ。もはや、過去の名族という程度の家では、生き残る術《すべ》など、ありはしない。

ならば――、最後くらいは、勝手に生きてやろうと、岩松丸は決意した。

立ち向かえ！

「さあ、来い」

吠《ほ》えるように、叫ぶ。

せめて父の方向を睨みつけ、抗《あらが》いながら死んでやると、少年は覚悟を決めた。

正面からは、疾風のような速さで、騎馬が迫る。

そのまま、きらめく槍を振り上げ——、

「ああ、よく云ったな。小僧」


突如、背後からあらわれた名槍・人間無骨が、旋風のように騎馬を薙いだ。百段の踏み込みに合わせ、騎乗する長可の肢体も、大きくひねられている。

直後、人馬は一体となり、すべての筋肉を動員して、槍が振り払われた。

肉を斬る凄まじい音が響く。

馬の首ごと、騎馬武者が切断され、滝のような血しぶきが、周囲に降り注いだ。

長可は、会心の笑みを浮かべている。

「連中が逃げ出した、次の敵に当たろうと来てみれば、小僧、どうやら災難にあったようだな」

あまりの衝撃に、岩松丸は言葉が出ない。

それに構わず——、

「さあて、今度の相手こそ、しっかり戦ってくれるか？」

と云い残し、馬を前へと進めた。

ようやく追いついた兵も、大将に続き、木曽の軍勢へと向かっていく。

土煙の中、鉄砲の炸裂音《さくれつおん》が響く戦場を、少年は、ただ見つめ続けるしかなかった。

＊　＊　＊

この千旦林での戦いは、まるで合戦の様相を呈しなかった。

集結した東美濃の国衆は、ろくに戦わず遁走《とんそう》し、そのまま自城へと戻っていった。戦場に残された森長可は、背後を突こうとしていた木曽義昌の軍勢へと向かい、これを蹴散らした。義昌は、すぐさま逃げ出した。

すべての敵を圧倒した長可は、そのまま西進を続けた。岩松丸も、殺されることなく同道した。

「なぜ、私を助けたのですか？」

返り血に濡れた百段に跨がりながら、岩松丸は長可に問うた。

「もう、人質の意味など、何ひとつ、ありはしないのに――」

「まったく、不思議なことを聞く小僧だな」

長可は、笑いながら云う。

「困っている者を助けるのに、理由などいるものなのか？」

さも当然のような答え方に、いよいよ少年は、この猛将が何を考えているのか、分からなくなってしまった。

ただ、いまだ尊敬こそできないものの、この男のように我を通して生きることができれば、どれほど素晴らしいかは、充分に理解することができた。

背後から長可があらわれたとき、岩松丸が感じたものは、間違いなく「勝ち戦《いくさ》の快感」であった。これから木曽家へ戻ったとしても、あれほどの感動は、絶対に忘れることはないであろう。

体重を背に預けながら、岩松丸は荒野を眺める。それは、木曽の山奥に閉じこもったままでは、ずっと見ることのできない風景であった。

ほどなく、岩松丸は大井《おおい》で解放され、福島の地へと戻された。『金山記』には「侍二人相添《あいそえ》て」という記述があり、ずいぶんと丁重な送り出しであったことがうかがえる。

この時点で、金山までの距離は、四〇キロほどとなっており、もはや待ち受ける敵も無かった。

長可らは悠然と、美濃の野を進んでゆく。

ただ、いまだ百段の口取りを続ける弥三郎が、長可の顔をうかがうと、なぜか静かに目をつむり、泰然とした態度であった。

「――あのう、殿様」

どうしても尋ねておきたいことがあり、弥三郎は声をかけた。

「なんだ、弥三郎」

「どうして、あの子を生かしたまま、返したのですか？」

岩松丸がいたにもかかわらず、木曽義昌は背後から襲いかかろうという気配であった。いつもの長可ならば、躊躇なく人質を刺し殺したうえ、首を晒《さら》していただろう。それがどうも、あの少年には、常に甘い態度を取り続けたことが、弥三郎には奇妙に感じられたのだった。普段より、唇をいじる癖も、少なかったように思う。

「なあに」

長可は、薄く笑う。

「ただ、かつての弟たちを思い出しただけのことだ。大事ない」

よく見れば、長可の目尻には、涙がたまっている。

どうやら長可は、本能寺の炎に消えた三人の弟たち――蘭丸・力丸《りきまる》・坊丸《ぼうまる》の姿を、かの少年・岩松丸に重ねていたらしい。

正確に云えば、森蘭丸の亡骸《なきがら》は、主君・織田信長の遺体とともに、いまだ見つかっていないのだが、そのような一縷《いちる》の望みなど、長可は抱いていない様子であった。

弥三郎は得心に至り、黙して馬を引く。

百段に跨がる長可の頬には、落涙の一筋が光る。

このまま歩み続ければ、間もなく金山城に着くであろう。そのとき、森長可にとっての「本当の合戦」が始まるのだと、弥三郎は理解したのだった。

＊＊＊

こうして、信州・海津城から、木曽路を上り続けた森長可の一行は、ようやく美濃・金山城へ到着した。「本能寺の変」からは、実に二十日以上が経過していた。

もっとも、城に着いてからの長可は凄まじく、翌日には「弟たちの葬式」と称して出陣し、大森城の奥村又八郎を攻めた。

又八郎は加賀《かが》へと逃げたが、長可は勢いそのまま、今度は長谷川五郎右衛門を攻め、これを討ち取っている。

——鏖殺する。

かつての宣言どおりに、猛将は動き始めたのだった。

米田城主・肥田忠政は、突然の攻城に慌てて逃げ出し、高山城主・平井頼母は、おとなしく降伏を選んだ。次の年には、久々利城主・久々利頼興が謀略によって討ち取られ、苗木城主・遠山友政は反抗の意を示したものの、間もなく敗北し、遠国へと逃亡した。

こうして、叛意《はんい》を抱いていた国衆は一掃され、東美濃の地は、森長可の手によって統一されたのだった。

まさに、無類の強さであったと云っていい。

だが、そんな長可の悪運も、翌年の「小牧《こまき》・長久手《ながくて》の戦い」で尽きる。

このころ、羽柴秀吉《はしばひでよし》と徳川家康《とくがわいえやす》が対立を深めていたが、長可は主君・信長のかたきを討った秀吉の側につき、美濃で布陣した。

しばらく、両軍は睨み合いを続けていたが、やがて羽柴方では、三河《みかわ》本国への奇襲が提案され、それに長可も参戦することとなった。

ところが、この作戦は徳川方に見抜かれており、長可の軍勢は、逆に奇襲を受ける事態となった。

いつもどおり、長可は自ら先頭に立ち、槍を振るっていたが、たった一発の弾丸が、その頭を穿《うが》ったという。

長可は長久手の山中で戦死した。享年二十七。

このとき、長可が戦っていたのは、後に大坂夏の陣で、大坂城一番乗りを果たす徳川家康の従兄弟《いとこ》、水野勝成《みずのかつなり》であった。

森勝蔵、以《もっ》て瞑《めい》すべし。


一方、福島城へと帰された若松丸は、父との確執を乗り越えて元服し、木曽義利《よしとし》と名乗った。

その後は、幾多の危機に立ち向かい、家を守り続け、後世、名君として知られるようになった――、となれば収まりもいいのだが、そうはいかない。

家督を継いだ義利であったが、叔父《おじ》にあたる上松義豊とは折り合いが悪かったようで、なんと彼を刺殺し、一万石もの所領を徳川幕府に没収されたという記録が、『寛政重修《かんせいちょうしゅう》諸家譜』という史料に残っている。

当然、木曽家も取り潰しとなり、その後の行方についても、まったく分からない。没年など、すべてが不明である。

ともあれ、森長可に拐かされた経験が、何か良い方向に作用し、その決断をもたらしたものと信じたい。

（「ミステリマガジン」二〇一九年十一月号）

ゴスペル・トレイン

川越宗一

【作者のことば】

西南戦争を書くつもりが、気が付けば殿さまの御曹司がコーラスグループに入る話になっていました。思わぬ展開とは、どうやら書いている側にもあるようです。楽しみながら書いたのですが、読まれる皆様にも楽しんでいただけたらうれしいです。

川越宗一（かわごえ・そういち）　昭和五十三年　大阪府出身
『天地に燦たり』にて第二十五回松本清張賞受賞
『熱源』にて第百六十二回直木賞受賞
近著――『熱源』（文藝春秋）

一

「死にたくないなあ」

ほとんど確定している明日の予定について、島津啓次郎《しまづけいじろう》はごく軽い口調で嘆いた。

城山《しろやま》と呼ばれる丘陵の中腹に、啓次郎は佇《たたず》んでいる。頭上には月光が溢《あふ》れ、夜空に星の光はほとんどない。代わりに麓では八個旅団、五万人の兵士が野営する篝火《かがりび》が無数の光点になって浮かんでいる。昼であれば、焼け野原になった鹿児島城下の市街地も一望できただろう。城山は今、政府軍に隙間なく包囲されている。

秋の夜風に、襟まで届く長い髪がなびく。フロックコートは垢《あか》と埃《ほこり》にまみれ、ほつれや擦り切れだらけだったが、肌寒さを健気《けなげ》に防いでくれている。無理やり巻きつけた兵児帯《へこおび》に突っ込んだ二刀の重さにも、すっかり慣れた。

七カ月前、維新の英雄、西郷隆盛《さいごうたかもり》率いる一万数千の軍は意気揚々と鹿児島を発した。政府軍と九州の各地で戦い、敗れ、今は四百名足らずに萎《しぼ》んで城山に立て籠もっている。

西郷が決起した時、啓次郎は郷里の日向佐土原《ひゅうがさどわら》（現宮崎市）で私立学校を始めたばかりだった。時の熱気に中《あ》てられた佐土原の同志たちと共に西郷軍に身を投じ、気が付けば余命が半日を切ってしまった。

明日、総攻撃を行う。城山から派遣された軍使に、政府軍はそう通告したという。ならば戦って死ぬべし。西郷隆盛を囲んでの軍議は早々に決した。

「前途洋々たる二十一歳の若者を内乱で無為に戦死させるとは一体どういうことだ。理不尽極まる。納得がいかない」

周囲に誰もいないのをいいことに、啓次郎は憚《はばか》らずぶつぶつと文句を言う。

今さら恐れや後悔はない。ただ自分の望みのままに生き抜こうとした帰結が、明日の死であっただけだ。いずれ人は死ぬのだから早いか遅いかの違いでしかないとは思えたが、

「にしても、ちょっと早すぎるんじゃないかな」

やはり恨み言が尽きない。

啓次郎の背後、少し離れた場所からは陽気な喧騒《けんそう》と薩摩琵琶《さつまびわ》の音、朗々とした歌声が聞こえてくる。惜別の宴《うたげ》は和やかに進んでいるらしい。

ふと、仰ぐ。頭上に輝く真円が、真っ黒な夜空を白く灼《や》いている。

宴につられて、啓次郎はうたう。今、見上げている望月《もちづき》にそっくりの眼《め》をした男が教えてくれた歌だ。

The gospel train is coming（福音の列車が来る）
I hear it just at hand（その音がすぐそばで聞こえる）

I hear the car wheels moving（車輪の唸《うな》りが聞こえる）
And rumbling thro' the land（大地が鳴り響く）

Get on board, children!（さあ乗り込もう、子供たちよ！）
Get on board, children!（さあ乗り込もう、子供たちよ！）
Get on board, children!（さあ乗り込もう、子供たちよ！）
For there's room for many a more（客室はまだまだ余裕があるさ）

軽快な律動と明朗な詞が、啓次郎の状況に不釣り合いにも思える。

だが、そうではない。

米国に留学していた三年前の夏の日、男は黒い肌に汗をにじませながら、詞のもう一つの意味を啓次郎に教えてくれた。

自由であるはずの神のみ国が必ずあり、そこへ向かって諦めず自ら進む。希望と決意を込めて、米国の黒人奴隷たちはこの歌を育み、うたい継いできたのだという。いつ終わるとも知れぬ艱難《かんなん》にあったからこそ、その歌は光が跳ねるような調子を帯びる。

そういえば、と気付いた。

「この歌、人前で歌ったことがないな。せっかく覚えたのに」

死の間際で思ったのは、ごくごく些細《ささい》なことだった。

二

アナポリスは、アメリカ合衆国の大西洋岸《たいせいよう》、中部にある港街だ。合衆国の独立に参加した十三州の一つ、メリーランド州の州都で、イギリス植民地であった頃の景観が色濃く残っている。大小の船が行き交う要港で、海軍士官を育成する合衆国海軍学校も設置されている。

三年前の六月、啓次郎は海軍学校の生徒で、四号生（第一学年）の年度を終えたばかりだった。

六月の太陽が西の空から光と熱気を投げ込むアナポリスの街は船の水夫や旅客、労働者、荷馬車で溢れている。紺地に二列の金ボタンを並べた詰襟服に白いズボンという海軍学校の制服は嫌でも目立つ。とはいえ私服での外出は許可されていない。背だけを心持ち丸めながら目抜き通りを抜け、細い路地へ入っていく。

雑多な建物がひしめく一角、《ミハイロフの店》という看板を掲げた飲食店の扉をそっと開くと、酔客の陽気な喧騒に迎えられた。奥にある演台では痩せぎすで青い目の男が笑い話を披露しているが、誰も聞いていないようだった。汗や酒の臭いを潜《くぐ》り抜け、カウンターの空いた席に腰を下ろす。

「おや、ケイ。今日は早いね」

店主のミハイロフ氏が、酒樽《さかだる》のように豊かな体を揺らして近づいて来た。

「定刻前行動は海軍士官の大事な心懸けだからね」

本当は、学校の寮にいてもやることがなかったからだ。啓次郎は笑う。

新学期の十月まで続く長い夏期休暇を、啓次郎はもてあましていた。寮のほとんどの生徒が帰省してしまい、何をするにも相手がいない。しばらくは復習の振りや読書の真似事《まねごと》をしていたが、今日はやる気もやることも、どこにも見当たらなかった。ベッドでごろごろと過ごし、数週間前に見つけて以来通い詰めているミハイロフの店を、逃げ込むように訪れた。

「故郷には帰らないのかね、ケイは」

「遠いし、何より旅費がない」

琥珀《こはく》色の液体が注《つ》がれたグラスを差し出すミハイロフ氏に、正直に答える。

「日本が遠いのはわかるが、金はあるだろ。君の家は貴族《ノーブル》なんだから」

「貴族と言っても大小いろいろあってね。ぼくの家は、ごくごく慎《つつ》ましい」

肩を竦《すく》めてから、啓次郎はいつものブランデーを呷《あお》る。灼けるような感触が数えで十七歳の肢体に広がる。背伸びをしているという自覚はある。

「食事はいつものでいいね」

ミハイロフ氏は楽し気に目を細めて、その場を離れた。放り出されたように一人きりになった啓次郎は、グラスを両手でもてあそぶ。

啓次郎は佐土原藩主、島津忠寛《ただひろ》の三男に生まれた。父の家臣の町田《まちだ》家に養子に出され、名は町田啓次郎といった。

佐土原島津家は、薩摩島津家の分家にあたる。御一新に続いた戊辰《ぼしん》の戦争では本家とともに官軍となり、明治の世では華族に叙された。実父忠寛は教育に思いが深く、町田家へやった啓次郎も含めて息子たちを米国に留学させた。

啓次郎は、まず英語学校で学び、それから、日本の新政府が苦心して獲得した合衆国海軍学校の外国人入学枠に選ばれた。卒業して帰国すれば、建軍間もない日本海軍の将来を担うこととなる。

選ばれた時、啓次郎は意欲より無力感を覚えた。

大名家《だいみょうけ》に生まれ、海外留学に出され、将来は職がある。

全て、自ら望んだものではない。実家や国家の期待に四肢を縛られ、あらかじめ用意された世界に、啓次郎はただ漂うしかない。

英語学校では真面目《まじめ》に勉強していたが、海軍学校に入ったあたりから糸が切れたように意欲が失《う》せてしまった。試験の点数はみるみる下がり、代わりに罰則点が積み重なった。

「運がいいのは、ありがたいが」

ミハイロフの店の喧騒の中、啓次郎はぽつりと呟《つぶや》く。落第を免れたことについて言ったつもりだったが、恨みがましい気持ちも幾分か混ざった。

揚げたジャガイモと白身魚、湯がいた緑の豆。一皿に盛られたミハイロフ氏の自慢らしい食事をもそもそ食べていると、視線を感じた。

「傷はもう、治ったのかね」

ミハイロフ氏の目が、フォークを使う啓次郎の右手に注がれている。そこには、甲をかばうように繃帯《ほうたい》が巻き付けてある。

学校で、決闘をした。その時に受けた傷だ。

「皮を切られただけだからね。もう痛まないけど、傷痕だけはまだ派手に残っているから」

答えて、再びフォークを動かす。

海軍学校では、校則で禁じられた酒を楽しむ秘密の会が夜な夜な開かれる。学業に精が出ず退屈を持て余していた啓次郎は、開催の話を聞くたびに積極的に参加していた。

ある時の会で、啓次郎は藩主の子息としての生活を面白おかしく披露した。そのような階級のない米国の生徒にたいそう受けた。

海軍学校の生徒たちだから、自然と戦争の話になる。戊辰の戦《いくさ》は、恰好《かっこう》の戦例として知られていた。

「ケイも戦ったのか」

とある生徒の質問に、啓次郎は首を振った。

「僕は子供だった。父が天皇《エンペラー》のために領地から兵を出した」

大名としては下から数えた方が早いほど小さかった佐土原藩には、父が苦心して養った洋式軍があった。装備と練度、何より士気にすぐれ、江戸から東北までを半年に亘《わた》って転戦し、藩の面目を施した。戦の終わった後、父は東京の藩邸に兵たちを集め、慰労した。庭に整列した佐土原の士卒の逞《たくま》しい顔付き、戦死者の名を読み上げる声。それらは、父の後ろに座っていた啓次郎の目と耳に強く焼き付いていた。

「きみの父上は、何人くらいの兵を出したのだ」

「四百人前後だと聞いているけど」

「少ないな」

ごく当たり前の感想だったから、啓次郎は思わず頷《うなず》きかけた。だが「それだけでは戦争に何の寄与もしなかっただろう」とからかうように続けられて、首でなく体が勝手に動いた。尻のポケットに突っ込んでいた白い手袋は、笑ったばかりの相手の鼻面に叩《たた》きつけられていた。

「決闘か」

硬い声で言われて、啓次郎は初めて知った。

どうも自分は、故郷に誇りを持っていたらしい。

宿酔《ふつかよい》を考慮して、決闘は二日後となった。

自習を放り出して寮の裏に集まった生徒たちが囃《はや》し立てる中、啓次郎はすらりとサーベルを抜く。

扱いにくい、と得物《えもの》について啓次郎は感じる。

日本にいた十三歳のころまで、武門の習いとして剣の稽古はみっちりやらされた。両手で使う日本の刀と片手で握るサーベルでは、勝手が違う。

とはいえ、扱う感覚はそう遠くもない。腕慣らしで何度か振り回すと「おお」という無責任な感嘆の声が上がる。

かたや相手は、構えから様になっていなかった。貴族も戦士階級もない米国には日常から刀剣を扱う者などおらず、陸海軍の士官を養成する学校に入って初めて、刀剣に触れる。当然と言えば当然だった。

――四民平等

日本でその言葉が盛んに使われたのは啓次郎が米国へ発《た》ってかららしいが、佐土原の士卒が命で贖《あがな》おうとした新時代とは、サーベルもろくに持てない男子が胸を張れる世なのかもしれない。

型も何もなく、相手はしゃにむに刃を繰り出してくる。その一つが右手の甲を掠《かす》め、

「痛っ」

と、情けない声を上げてしまった。

それから数合《ごう》を打ち合った。啓次郎のサーベルの切っ先が相手の首元を捉えようとした瞬間に教官が怒鳴り込んで来て、決闘は勝負つかずで終わった。

啓次郎にとっては、「あのままならケイが勝っていた」という評判よりも、右手の傷のほうがはるかに重要だった。短い人生を振り返って最も時間を費やした剣すら、自分は中

途半端なのだ。見栄え良く振り回せても、素人《しろうと》の刃《やいば》を避《よ》けることもできない。

「――どうした、ケイ？　不味《まず》いかね」

ミハイロフ氏の心配そうな声に、我に返った。手に取ったフォークで魚の身を突き崩していただけで、料理はほとんど口に運んでいなかった。

「いやいや、おいしい。いつもどおりの味だよ」

慌てて答え、見せつけるようにがつがつと食べ始める。ミハイロフ氏は満足げな顔をしてから、別の客の応対に去って行った。

必要もないのに急いで食べ終える。顔を上げると、いつの間にか店内は静まり返っていた。さっきまで陽気に騒いでいた立ち飲みの客たちは、薄い笑みを顔に張り付かせたまま一点を凝視している。

「ひっこめ、黒ん坊」

誰かが叫ぶと、とたんに罵声が湧いた。

三

啓次郎は思わず腰を浮かせた。さっきまで誰も聞かない笑い話が続いていた演台に、若い男女が五人ばかり並んでいる。

その肌の色は濃淡こそあれ、皆、褐色だった。真ん中に女性が二人、その左右を男性が挟んでいる。啓次郎から見て左手、四人から一歩離れたところに背の高い男がいる。

　この国では、黒人への蔑視がすさまじい。彼らを奴隷のままにしてよいか否かで、国を南北で二つに割る内戦まで起こった。九年前に内戦が終わり、奴隷の身から解放された今も、黒人への風当たりはすさまじい。見るに堪えない光景や聞くだけで怖気《おぞけ》立つ話に、啓次郎も何度か接している。

　罵声は、ますますひどくなる。「どうして黒人が店にいるんだ」とミハイロフ氏に詰め寄る客もいる。

　そんな中で何をするのか。啓次郎が見つめる先で、背の高い男が合図するように目くばせした。

　女性たちが、高く伸びやかな声を発した。それに合わせるように、周りの仲間たちも喉を震わせる。

　やがて、男性たちが低い声で、同じ言葉を規則的に繰り返し始めた。女性たちは声を伸ばしたまま、緩やかな旋律へ移行する。

　合唱が、前触れもなく始まった。男性たちが転がるような発声でうたい、女性たちの声がきらびやかに包み、飾っていく。

　The gospel train is coming
　I hear it just at hand

I hear the car wheels moving
And rumbling thro' the land

啓次郎はまず、教会で白人たちが歌う讃美歌《さんびか》を思い起こした。だが黒人たちの歌はそれよりずっと、揺さぶるような律動と熱に溢れている。

女性たちの声が駆け上がるように高くなり、主旋律を取る。男性たちは大地を支えるように低い位置に降《くだ》って合いの手のように声を差し込む。

Get on board, children!
Get on board, children!
Get on board, children!
For there's room for many a more

一通りの歌詞の締めくくりに、調子外れの声が交じった。女性の一人が、息継ぎの合間にぺろりと舌を出した。合唱の一団は新たな歌詞を、同じ旋律で紡いでいく。一巡目より身振りは大きく、表情にも楽し気な余裕が浮かぶ。

啓次郎の身体《からだ》はいつのまにか、ゆらゆらと左右に揺れていた。歌の律動に合わせて振幅は刻々と大きくなる。耐えきれなくなり、立ち上がる。歌は身体に直接流れ込み、渦巻き、雑多な想念を洗い落していく。縛《いまし》めから解かれるような感覚があり、あるいは縛めを自ら断ち切れと扇動されているようにも思えた。

旋律はもう一巡する。最後に歌手たちは全員で高く声を伸ばし、堂々とうたい終えた。客たちは誰も、物音一つ立てなかった。カウンターの中にいたミハイロフ氏が太い拍手で静寂を追い払うと、それを合図に一斉に歓声が上がった。口笛と拍手が続く。

「ありがとう、私たちはザ・チャリオット・シンガーズといいます」

先導役らしき男が、はにかむような笑顔を聴衆に向けた。白い歯が眩《まぶ》しい。

それから、様々な曲が続いた。歌い終わるたびに白人たちは拍手喝采し、三十分ほどの舞台は終わった。

啓次郎は立ち上がった。演台の脇、出番を終えたばかりのザ・チャリオット・シンガーズが屯《たむろ》しているテーブルへ向かう。

「素晴らしかった」

火照《ほて》った手を差し出してから、凡庸な言葉になったと啓次郎は後悔した。英語はもう少し話せるはずだったが、熱っぽい感動が薄っぺらい言葉を奪った。

黒人たちは一様に、怪訝《けげん》な顔をしている。それはそうだろう。彼らから見れば小柄な東洋人が、合衆国海軍学校のいかめしい制服を纏《まと》って英語を話しているのだ。

「ありがとう」

先導役が手を握り返してきた。笑顔には硬さが残っているが、敵意はなかった。

「中国人かい。たいそうな服を着ているが」

「僕は町田啓次郎。日本から来た。海軍学校の学生だ」

「ジャパン？」

さっき舌を出していた女性が軽く首を傾《かし》げた。会話ですらも音楽的なその声の響きに、啓次郎の胸が高鳴った。

西海岸の向こう、中国の近くの国だな。先導役が説明するように言ってから、

「俺はウィリアム・ニューマンだ」

角張った名前の男の黒い肌と大きな目の組み合わせが、夜空の満月を思わせた。厳《いか》つい顔立ちで、歳《とし》は啓次郎より少し上くらいに思えた。

「彼女はネッティ。俺の妻だ。それから——」

紹介された女性が、音楽的な声で「よろしく」と笑った。啓次郎は紹介される歌い手たちと握手を交わす。

「で、なんの用だい」

「ミスター・ニューマン——」

「ウィリアムでいい」

「ではウィリアム。僕も、入れてくれないか」

「入れる？」

「ザ・チャリオット・シンガーズに。僕も、きみたちの歌をうたいたい」

四肢を縛られて漂う身でも声くらいは出せるはずだ。啓次郎はそう思っていた。

四

「まず普段の俺たちを見て、それから決めるといい」

うたいたいという突拍子もない啓次郎の申し出に、ウィリアム・ニューマンは穏健な提案を示した。

ザ・チャリオット・シンガーズは教会に通う人たちで結成されたという。毎週日曜の礼拝でうたい、そのあとに練習をする。そう教えられた啓次郎は日曜日の朝早く、教会を訪れた。

街外れ、という説明よりだいぶ遠くの野っ原に、十字架を掲げた白壁の教会がぽつんとあった。外見も内装も質素な教会の中には、正装をした黒人たちがひしめいていた。

「わたしたちは、魂を解放された神の子です」

演台を叩き、白いローブを着た牧師が叫ぶ。その深い褐色の額には汗が光っている。背後にはあのチャリオット・シンガーズが、こちらも白いローブに身を包んで牧師の背後に並んでいた。

「ダニエルの前には獅子《しし》がいました」

牧師が声を張り上げる。

「だが獅子はダニエルに牙を向けることはなかった。誰が獅子の口を閉じたのでしょう?」

「神だ!」

全員が叫び返す。

キリスト教では日曜日に教会に集まり、聖書の説く意味や神についての説教を聞き、静かに礼拝を行う。それは啓次郎も知っていたが、この教会での景色は遥《はる》かに騒々しい。

「誰が獅子の口を閉じたのでしょう?」

再びの問いに、「神だ!」という返事は力を増す。牧師は感極まったかのように仰《の》け反《ぞ》り、手を振り回した。

「我らはもう、奴隷ではありません。売られ、買われ、鞭《むち》打たれる存在ではなくなった。主《しゅ》はダニエルを救われたように、我らも救いたもうたのです!」

やにわに、牧師は聴衆にぐるりと背を向ける。足を踏み鳴らし、拍子を取るように手を上下に振る。聴衆たちはがたがたと立ち上がる。ローブを着たザ・チャリオット・シンガーズたちの白い肩が一斉に上がる。

My Load delivered Daniel,(主はダニエルを救われた)
My Load delivered Daniel,(主はダニエルを救われた)
My Load delivered Daniel,(主はダニエルを救われた)
Why can't He deliver me?(どうしてわたしを救わずにおられようか)

歌は、ミハイロフの店で聞いたものに近く、だが全く違っていた。ぎらつく太陽が現れたように啓次郎は感じた。陽光に灼かれる大地が現れ、埃と、むせかえるような体臭がたちこめた。天も地も、その間の全ても、脈打つ心臓のような熱っぽい律動に揺れる。もっと激しく、もっと高く。歌は肉体を直接煽《あお》ってくる。

参列者たちは、もはや参列者ではなかった。飛び跳ね、揺れる。膝を曲げて伸ばし、腰をぐるぐると回し、噴き出した汗をまき散らし、うたい、手を叩く。

「主よ！　主よ！」

牧師は合いの手のように歌声を発している。うたい手たちを指揮するように手を振り、自らも恍惚《こうこつ》の中へ突っ込むように体をくねらせる。

歌は大意、救いを期待して待つと言っている。うたう全員は待つどころではない。救いへ向けて手を伸ばし足を踏み鳴らしている。

啓次郎もいつのまにか、制服を脱ぎ捨てている。熱と汗と恍惚に満ちた教会で、夢中で体を動かし続けていた。

そして、祝祭のような日曜の礼拝は終わる。参加者たちは汗みずくのまま、回される麻の袋に思い思いの寄付金を投じていく。

「よかっただろう、ケイ」

額に汗を浮かべたウィリアムが近付き、得意げに白い歯を見せた。傍らには妻のネッティがいる。ケイとは、啓次郎が望んだ呼び方だ。

「よかった。けど《ミハイロフの店》で聞いた時と、ずいぶん雰囲気が違っていた」

「外でうたうときは白人向けに、上品にしている」

「品の上下はわからないけど、今日のほうがずっといい」

覚えた感動を簡素な言葉で表現すると、ウィリアムは「ほう」と角張った顔を歪《ゆが》めた。

「ケイには〝ソウル〟がわかるかもしれないな」

「ソウル？」

短い質問に答えはなく、代わりに肩を軽く叩かれた。

「食事がある。金や食材を持ち寄った信徒のためのものだが、今日のきみはゲストだ。食べていくといい」

啓次郎は隣の集会所へ案内された。中にはテーブルが四つ置かれていて、うち一つには食べ物が山と盛られてあった。元は緑色であったろう、半ば煮溶けた茶色い菜っ葉。何かのフライ。切り分けられた大きなパンケーキ。隅に積まれていた深皿を、ウィリアムが差し出してくる。

「カラード・グリーンは青臭い菜っ葉を、食べられるまでひたすら炒《いた》めて煮込んで作る。これはキャットフィッシュ（鯰《なまず》）のフライ。それと焼きたてのコーンブレッド。ぜんぶ、俺たちのソウルを育ててくれた最高のメシだ」

ウィリアムはなぜか誇らしげに説明しながら、啓次郎の皿に盛ってくれる。

啓次郎の腹がぐうと鳴る。そのうちに礼拝の参列者もぞろぞろとやってきて、皿に食事を取ってテーブルに着く。

最後に牧師が現れる。その着席が合図と思った啓次郎はコーンブレッドを摑《つか》んでかじりつく。ふるまいの礼も兼ねて味もわからないうちに「うまい」と言おうとして、自分の失敗に気付く。

信徒たちはみな、指を組んで俯《うつむ》き、熱心に祈りを捧《ささ》げている。ウィリアムに至っては、祈りに潜っていくように、首《こうべ》を深く垂れている。啓次郎はそっとコーンブレッドを離し、かじった跡を下にして皿に戻す。いびつな形になって均衡を失ったコーンブレッドがごろりと転がり、慌てる。口の中のかけらは、無理に吞《の》み込んだ。

祈りが終わると、皆一斉に食べ始める。

啓次郎は再びコーンブレッドを手に取り、今度はなるべく上品にひとかけらをちぎり取って口に入れた。みっしりした食感と、穀物の素朴な甘みが口の中に広がる。カラード・グリーンは苦かったが、煮びたしのような日本の食事を思い出させた。難しかったのは鯰のフライで、泥臭さがどうにも受け付けない。一気に片付けてしまおうとカラード・グリーンと一緒に口いっぱいに頰張った。大きな目で啓次郎を睨《にら》みながら食事を続けるウィリアムの横で、ネッティが「へえ」と笑った。

「ケイは〝ガッツ〟がありそうね」

知らない語の意を尋ねるには、口に食べ物を詰め込みすぎていた。

食事が終わった者は、自分で片付ける。食器を洗い、拭き、積み上げる。洗い桶《おけ》の水がなくなれば汲《く》みに行く。

片付けを終えた信徒たちは再びテーブルに戻り、今度は筆記用具を広げ始めた。ウィリアムは奥に引っ込み、足の付いた黒板を引きずり出してくる。見よう見まねで自分の食器を洗って片付けた啓次郎は、ぼんやりテーブルに座って様子を眺めている。

「私はここで、信徒たちに読み書きを教えているの」

ネッティが教えてくれた。言われて辺りを見回すが、子供は数人しかいない。生徒らしき姿勢で座っているのは、ほとんどが大人の男性だった。

「あたしたち黒人は九年前、法的には奴隷でなくなった」

知っている話だったが、啓次郎は黙って頷いた。

「けど奴隷のような契約で働かされることもある。せっかく商売を始めても騙《だま》されてしまう人もいる。読み書きと簡単な計算ができれば、白人に騙されることは少なくなるし、理不尽を法に訴えることもできる。それに――」

話す言葉の意味よりも、何か力めいたものを啓次郎は感じた。

「あたしたちは今や、選挙で政治家を選ぶことができるし、選ばれて議会に立つこともできる。だから新聞くらい読めなきゃあね」

堅苦しい話だったが、本人の明るさのためか、息苦しさよりも楽観的な情熱を感じた。困難はあるが準備も整っているから、あとは進むと決めて踏みだすだけだ、そう言っているように思えた。

「日本はどうなの？　みんな選挙に行けるの？」

「議会がないね、まず」

　肩を竦めて啓次郎は答える。御一新はそのような政体が目指されるはずだった。天皇は「広ク会議ヲ興《おこ》シ万機公論ニ決スベシ」と天地神明に誓い、啓次郎が米国に来てからだが、身分制度もなくなった。徴税額と伴う予算、各種の法律。人民の生活に直結する事柄を人民自身で決定する。啓次郎の知るところ、明治の世に日本が目指す先は、そういうものであった。

「学校は？」

「公教育はまだないね、まだ」

　いずれは、という思いを込めて答える。自分たちで学校まで作ってしまう彼らに比べて、祖国にはなにやら覇気に欠けるような気後れがあった。

　ウィリアムが黒板に単語を書いてアルファベットと読みを読み上げ、大人の生徒たちが野太い声で続く。ネッティやザ・チャリオット・シンガーズのメンバーは助手や助教として忙しく立ち回る。

「では皆さん、お手元の聖書を」

　一通り教え終わると、ウィリアムは生徒たちに促し、章と節を指示した。

「一緒に読み上げましょう。いつも言っていますが、読めない単語は復習すればいいから、無理する必要はありません。わかる言葉だけ、大きな声で」

話の途中らしきところから、朗読は始まった。王の信任厚いダニエルという人が周囲の陰謀で罪を着せられる。王はしぶしぶ、ダニエルを獅子のいる穴へ閉じ込めた。翌朝、王が石で塞がれた穴の前に立ってダニエルを呼ぶと、答えがあった。

「神はみ使いを送られ獅子の口を閉ざされたので、獅子は私を傷つけませんでした」

その時、いかつい体格の男の生徒が、分厚い両手で顔を覆った。ネッティがそっと近付き、その震える肩に手を置いて小声で話しかけた。思わず啓次郎は耳をそばだてた。

「すまない、大丈夫だ、具合はいい」

漣《さざなみ》のように続く朗読に、男の声が交じった。

「俺、今、聖書を読めた。それがうれしくて」

教育は偉大だ、と啓次郎は思った。

五

スピリチュアル——というのが、ザ・チャリオット・シンガーズがうたう一連の歌の総称らしかった。讃美歌でもあるが、もとは黒人奴隷たちの中で、悲嘆や解放への思いを込めて、うたい継がれていたものだという。

「おれたちが教会の外、白人たちの前で歌うのは、フィスク・ジュビリー・シンガーズの成功があったからだ」

ウィリアムが教えてくれたのは、授業に続いての合唱の練習が終わってからだった。夏の太陽は、もうだいぶ傾いていた。

奴隷解放の後、黒人のためにフィスク大学という学校が設立された。すぐに運営資金に行き詰まり、職員は学生を集めてフィスク・ジュビリー・シンガーズなる白人向けの歌の合唱団を作り、寄付を募る巡業を始めた。当初こそ差別でうまくいかなかったが、レパートリーにスピリチュアルを加えた途端、大きな人気を博した。フィスク・ジュビリー・シンガーズは大統領官邸、連邦議会、果ては海を渡って英国の女王の前でうたい、いくばくかの黒人への理解と数万ドルの寄付金を集めた。

ザ・チャリオット・シンガーズのメンバーは全員、奴隷の家に生まれ、十代のころに奴隷解放令に触れた。地元の教会が始めた日曜学校の最初の卒業生で、生業《なりわい》や家事の傍らで教会の運営や学校を手伝うようになった。彼らは教育の恩恵を深く感じていて、地元の大人や子供を学校に入れようとしたが、たちまち資金不足になってしまった。

「つまりはお金のためにうたうのよ」

ネッティはあけすけに語り、ウィリアムは「寄付だ」と訂正した。

「ただし、ケイには教えられない。正確には、教えてもケイにはうたえない」

考えた結果だと、ウィリアムは言い添えた。

曰《いわ》く、スピリチュアルはただの歌ではない。聖書の逸話をうたった表向きの詞の裏に、もう一つの意味があるのだという。奴隷としての艱難や自由の希求、故郷のアフリカや奴隷制の無い北部州への逃亡の願望、あるいは秘密集会の日時を知らせるなど具体的な意味が、そこには込められている。

「俺たちへの蔑みは、自由になったはずの今も止《や》まない。少し前までは〝ＫＫＫ《クー・クラックス・クラン》〟に襲われ、殺された奴《やつ》も大勢いた」

新聞で、啓次郎も知っている。奴隷制を維持しようとしていた南部出身の退役軍人が作った秘密結社で、緋色《ひいろ》の三角帽子とローブ、おどろおどろしい仮面という馬鹿げた扮装《ふんそう》を特徴とする。黒人や彼らを支持する白人、また黒人向けの学校や教会を襲撃して回り、時には公然と街を行進した。あまりに過激なため合衆国政府の弾圧の対象となって組織は潰《つい》えたが、その暗い意志を継ぐ者は未《いま》だ絶えていない。

「だからこそ、いまもスピリチュアルがうたわれる意味があるんだ」

ウィリアムによればそれは、神のみわざが白人の独占物ではないという喝破であり、我らは必ず救われるという宣言であり、ソウルを抱き、ガッツによって救いの日まで生き抜くという誓約である。

「スピリチュアルに必要なものは、ソウル、それとガッツだ」

ウィリアムは力説した。米国の黒人にしか持ちえない、父祖の苦難の歴史と己の艱難の経験によって育まれた感性のようなものを、ソウルと言うらしい。ガッツとは勇や胆力のような性格を指す言葉で、艱難の中で救いを信じて生きる黒人には大事な徳目なのだという。

「ケイにはソウルがない。だからスピリチュアルはうたえない。詞と旋律の上っ面だけなぞっても、それはスピリチュアルじゃない」

啓次郎はおとなしく学校の寮へ帰った。ただ寝て起き、ときおり《ミハイロフの店》で酒とともに沈思して六日を過ごし、次の日曜日の朝に再び教会を訪れた。

入信に来たわけではないと断りつつ、礼拝に参加する。スピリチュアルがうたわれる時間には踊り、少ない所持金のほとんどを寄付の麻袋に投じた。

集会所へ移動する。やはりあった鯰のフライだけを、深皿に大量に盛る。ウィリアムとネッティの前に座り、ただひたすらにフライを口に放り込む。泥臭さが鼻腔《びこう》を満たす。涙がにじむが、構わずウィリアムを睨み続け、もぐもぐと咀嚼《そしゃく》する。慣れてきたのか、不気味な風味の先に、白身の魚の滋味が微《かす》かだが確かに感じられた。

「寄付をありがとう」

ウィリアムは苦笑しながら、それだけを言った。

次の週、再び礼拝に参加し、寄付をし、集会所へ行く。

「今日はごちそうよ、あたしたちにとっては」

すれ違いざまにネッティが指さしたのは、真っ赤に茹《ゆ》で上がった蝲蛄《ざりがに》の山だった。ちょっと意地が悪いんじゃないの、彼のためだ、という小声の問答が後ろから聞こえた。気にせず皿に蝲蛄を盛り、テーブルで殻をむいたり割ったりして、やはりウィリアムを睨みながら身を頬張る。これも泥臭い。ちらりと目を遣《や》った先では、ネッティが体格のわりに太く節くれ立った指で、忙しく殻を剝いている。ごちそう、というのは本当なのだろう。

「蝲蛄は、夏のいまが旬だ。あと、寄付をありがとう」

目に涙をためた啓次郎に、ウィリアムはそれだけを言った。

翌週、また啓次郎は教会へ行った。《ミハイロフの店》にはしばらく行けないな、と思いながら啓次郎は寄付金を袋に入れる。

集会所へ入ると、鼻が曲がるような生臭さが立ち込めていた。いつも料理が並ぶテーブルには湯気の立つ巨大な鍋があって中には生き物のかけらのような白っぽい何かが、煮立ったスープの海に見え隠れしている。

「よお、今日はチタリングスか。俺の寄付で足りてるかな」

声に振り向くと、聖書を読んで泣いていた信徒が目を輝かせている。

「うまいぜ、それに力がつく」

信徒はいかつい体を揺らして親しげに話しかけてくる。もともと陽気な性質なのかもしれない。

「チタリングスって？」

「洗ってよく煮た、豚の腸さ」

啓次郎は戦慄した。長い米国生活で肉食には慣れているが、さすがに内臓はまだ食べたことがない。これも彼らのごちそうなのだろうか。ままよとレードルで鍋をかき混ぜ、具をごっそり皿に盛る。

おい取りすぎじゃねえか、と口を尖《とが》らせる信徒を無視して、ウィリアムとネッティの前に座る。

「東洋には、三度礼を尽くすという故事がある。サンコノレイ（三顧の礼）と言う」

言い放ってから啓次郎はテーブルに着き、内臓を頰張る。

嚙《か》み始めると、生々しさに体が硬直した。喉が嚥下《えんか》を拒否するように震える。

普通なら捨てられ、あるいは見向きもされない食材で作られた料理は、黒人たちの生き抜く意志や直面している困難さそのものに思えた。

いつものように、涙が出てきた。食事も学業も身の振り方も、誰かによって注意深く選《よ》り抜かれ、手を掛けられたものを、ただ与えられる。疎ましいと感じていた、あの恵まれた境遇に今さら逃げ帰りたくなる。

だめだ、と啓次郎は首を振った。涙は勝手に溢れて止まらないが、咀嚼は自らの意志で止めない。

「まずいか。ケイ」

ウィリアムの声には、試験官のような冷厳さがあった。

「いや――」

頷こうとして、首を振った。口の中の感触が、変わっていた。

「おいしい」

嘘《うそ》ではなかった。吐き出したくなるような生臭さの先に、未知の美味があった。自分は自らの足で、知らない世界に辿《たど》り着けたことを知った。

「ケイは、どうしてそんなにスピリチュアルをやりたいんだ」

啓次郎は掌《てのひら》を向けて、待ってもらった。口はチタリングスで、胸はとめどなく湧く感情に塞がれている。

歯ごたえのある内臓肉を何とか呑み込み、水を飲んで前を向く。ニューマン夫妻の真剣な目が、黒い肌に白く光っていた。

「僕にもわからない」

正直に答えた。

「もとから歌が好きだったわけでもない。けど、あなたたちの歌は本当に素晴らしかった。どうしてもうたってみたいと思った。それに」

袖で顔を拭った。立派な海軍学校の制服も、今の啓次郎にはそれくらいしか役に立たない。

「これから僕は、自分が決めたことをするんだ」

生々しい内臓食が、啓次郎の決意を言葉にしてくれた。

ウィリアムは啓次郎の皿に目を落とした。

「ケイにはソウルがない」

突き放すような言葉は、深く、柔らかかった。

「だが、ガッツがあるな」
笑った拍子に、白い眼が輝いたように思えた。

六

九月までの夏期休暇の間、アナポリス郊外の教会で慈善活動に参加する——という名目で、啓次郎は学校から長期外泊の許可を得た。安否の報告のため隔週で顔を出すように、という条件がついた。

集会所の隅っこで寝起きし、教会の掃除と修繕、来客の簡単な応対も行う。日本で言えば寺男のような仕事だ。無給だが、衣食は教会が世話してくれる。

毎晩や日曜の礼拝のあとは、ニューマン夫妻と牧師による学校が開かれる。英語の読み書きができる啓次郎は助手や、時には講師も務めた。

毎日、昼夜の空いた時間にはウィリアムかネッティから歌を習う。二人の指導方針は正反対で、ウィリアムは音程や拍子、言葉の発音や発声をうんざりするほど事細かに指摘してくる。ネッティは「楽しくうたうのよ」「もっと楽しんで」の二言しか口にしない。

前者だけでは歌が嫌いになりそうだったし、後者だけだとうたい方は一生わからなかっただろう。夫婦の意図はともかく、均衡のとれた指導を受けていると思いながら、啓次郎は朝に夕に、時間を見つけてうたった。

二カ月ほど過ぎたある日、学校へ顔を出しに行くと郵便物が届いていた。日本の外務省を経由した、実父からの手紙だった。

久しぶりに入った寮の自室で、古風な筆致の文面を確かめる。

四号生徒八十三名中、英文法七十三位、歴史六十四位、仏語七十七位、罰則点二百四十五。惨憺《さんたん》たる成績を列挙した後、「それはよい」と父は言う。

——果し合いとはいかなる仕儀か。やるなら一太刀《ひとたち》くらい浴びせよ。

妙な叱責をした後には、日本の情勢を書き連ねてあった。

去年、東京で政変があり、維新に大功を成した西郷隆盛、板垣退助《いたがきたいすけ》らが下野した。板垣は選挙で選ばれた議員が国政を議する議院の設立を政府に上申し、その内容を新聞にも出した。朝野を上げて激しい論争が続いているという。

下野した西郷も、郷里の鹿児島で私《わたくし》に学校を作った。そこでは士族に漢籍と軍事を教えているという。

「士族に、漢籍と、軍事」

目を疑い、思わず読み上げた。明治の世はまだ来ていないのではないかと思った。

「そろそろケイも人前でうたうか」

ウィリアムに言われたのは、数日後の夕暮れ時、教会の庭でのことだった。顔を上げた拍子に、涼しげな秋風が啓次郎の頬を撫《な》でた。九月もそろそろ終わりに近づいている。

「いいのかい」

啓次郎がつい訊《き》いたのは、さっきまでの練習でこっぴどく叱られたからだ。

「一曲だけな。東洋から来たゲストとしてなら、聴衆からも不満は出ないだろう」

ウィリアムは常に思慮深いが、歯に衣着《きぬき》せぬ物言いになる時がある。そのたびに啓次郎は傷つくが、ウィリアムが邪気を持たない男であることは知っている。ひょっとすると生来がうっかりしてしまう為人《ひととなり》で、後からの努力で思慮深くなったのかもしれない。

「せっかくだ、ケイがうたいたい曲を選べ」

「なら〝福音の列車《ザ・ゴスペル・トレイン》〟がいいな」

啓次郎は即答した。ザ・チャリオット・シンガーズとの出会いの曲だ。思い出というには近すぎる過去だが、初めて聞いた時の衝撃が、何度聞いてもうたってもこみあげる。

「わかった。それと」

「なんだい？」

「十月には学校に帰るんだろ」

「まあ、そうだね」

新学期が、もうすぐ始まる。三号生徒になれば学期中も日曜の外出はできるが、外泊には面倒な詮索込みの煩瑣《はんさ》な手続きが要る。

「俺たちは追い出しも追いかけもしない。どうするかは、ケイが決めるんだ」

夕日に照らされたウィリアムの顔には、まるで父親のような威厳があった。

数日後、啓次郎は街へ買い出しに出た。馬車の上で手綱を握りながら、胸は高鳴っていた。

出演は三日後、《ミハイロフの店》に決まった。緊張と高揚で、ずっと胸が高鳴ったまま、食材や筆記用具、ランプの油などを買い込む。

帰り、誰もいない原っぱで馬車を止めた。急ぐ用でもない。馬車から降りて足を広げて立ち、拍子を取るように何度か肩を上下させ、息を吸う。

「福音の列車が来る、その音がすぐそばで聞こえる――」

いいんじゃないか。うたいながら、啓次郎は自分の声に満足する。一時間くらい歌を練習してから、教会へ向かった。

なだらかに起伏しながら延々と広がる野っ原の果てに、一筋の煙がたなびいていた。焚《た》き火《び》にしては大きく、黒い。胸騒ぎを覚えて手綱をしならせる。老いた馬は一つ嘶《いなな》いてから歩速を上げた。ごとごとと馬車は進む。

やがて状況が判然とする。

教会が、火を噴き上げて燃えていた。

七

どうした、なにがあった。

何の手掛かりもないまま空っぽの思考が、啓次郎の頭をぐるぐると巡る。

馬車から飛び降りて駆け寄る。熱風が荒々しく肢体を撫でる。外に備え付けている水桶に駆け寄り、バケツで水を汲む。振り向き、絶望する。

火はすでに教会を抱き込むほど大きい。水桶の水全部をぶちまけても、勢いは露も揺るがないだろう。

「だめだ――」

獣が叫ぶような悲鳴が聞こえた。泣き叫ぶ女の声が続く。啓次郎は走り出す。裏手に回った途端、目を見開いた。

三角帽子、緋色のローブ、仮面。恐ろしさと、人をからかうような滑稽さがないまぜになったような恰好の者たちが、さざめくように声だけで笑い合っている。

KKKだ。見たこともない集団の素性を、啓次郎は一目で確信した。

緋色の一人が右手に、先が真っ赤に焼けた鉄棒を握っている。その足元には、上衣を剝がれたウィリアムが後ろ手に縛られて跪《ひざまず》き、顔を苦痛に歪めている。傍らで同じく縛られて跪くネッティが、泣きながら哀願している。

「ウィリアム――」

啓次郎が叫ぶと同時に、肉が焼けるような音が聞こえた。ウィリアムはのたうち、ネッティが金切り声を上げる。緋色の集団は身を捩《よじ》って笑う。

「ミスター・ニューマン、あの黄色い子猿はなんだね」

ウィリアムの肌を焼いたばかりの、ひときわ高い三角帽子の声は男のものだった。

「知らない、ケイ、来るな」

苦痛のためか、ウィリアムは錯乱しているようなことを言った。

「黒んぼは馬鹿だな」

緋色の者たちはなお笑う。

「どうして教会を燃やすんだ」

啓次郎は叫んだ。

「ここは厳粛な信仰の場だ。君らは神を信じないのか」

「神が、黒んぼなんぞ救うものかよ」

鉄棒を持った人の形をした緋色から、男の声が聞こえた。

「お祈りごっこはやめろ。教会の紛《まが》い物《もの》なんぞ、それこそ神のみ心に反する」

キリストの教えは知らないが、そんな勝手な理屈があるものか。

啓次郎は獣のように吠《ほ》え、走り出した。鉄棒を持った男が、戸惑うように啓次郎に向き直った。希望交じりの想定通り、男は人質の存在を忘れて啓次郎へ鉄棒を振り上げる。その腰は浮いていて、剣が使えるような動きには見えない。覚悟を決め、啓次郎は左腕を上げる。その前腕に息が止まりそうなほどの激痛が走る。堪《こら》えろ、と念じる。袖のおかげか打撃の痛みのせいか、熱は感じなかった。右の肱《ひじ》を相手の喉元に差し込みながら体ごとぶつかり、足を巻き付け、もろともに倒れる。

衝撃と「ぐえっ」という蛙《かえる》のような声があり、鉄棒が地に転がる金属音が続いた。啓次郎は急いで体を起こし、鉄棒を拾い上げる。見せつけるように何度か振り回すと、打たれた左腕に痛みが波打つ。出そうになった声を必死に呑み込む。

「戦いたいやつはいるか」

ぴたりと正眼に構えて叫んだ。

緋色の集団は明らかに怯《ひる》んだ。一人が、ローブを翻して飛び掛かってくる。喉元を狙って鋭く鉄棒を突き出すと、手足をばたつかせて踏み留《とど》まった。顔を黒く塗った演者が愚鈍な黒人を演じて笑いを取るミンストレルショーにそっくりだった。

「死にたいか」

吠えると、KKKは一斉に背を向けて逃げ出した。啓次郎が押し倒した男はよろめき、仲間たちに数歩遅れている。追いかけて打ち据えたい衝動に駆られ、抑える。逃げ去る足音が聞こえなくなると、啓次郎は鉄棒を放り出した。

ウィリアムは地面に突っ伏して肩を震わせている。棒状の酷い火傷《やけど》が体中にある。ネッティの顔は涙でぐしゃぐしゃになっているが、外傷や、ひどい出来事を思わせる衣服の乱れはなかった。まず男のほうから、という順番だけのことだったのかもしれないが、ともかく安心した。

右の腕と肩だけで、啓次郎はウィリアムの体を起こす。

「けがはないか、ケイ」

「あなたよりは」

奇妙な問答に、啓次郎は泣き出しそうになってしまう。

「牧師さまは？」

「幸い、留守だった」

何が幸いなものか、と叫びそうになったが、ウィリアムは心底から安堵《あんど》しているようだった。あの動きの激しい牧師は、信徒たちの信仰の拠《よ》り所なのだ。

「立てるかい、ウィリアム？」

「無理だ。腰の骨が、たぶん砕けている」

返ってきた声には苦痛が滲《にじ》んでいる。身を焼かれるより先に、ひどい暴行に遭ったらしかった。

「神さまは何をしてたんだ」

啓次郎は震えながらつぶやいた。

「神さまを悪く言うな」

ウィリアムの声は苦しげだったが、揺るぎないものがあった。

「けど、あれほど祈りを捧げ、歌で讃《たた》え、信じているあなたを、神は助けなかった」

「そんなことはない」

啓次郎に向かってウィリアムは首を振った。

「〝福音の列車〟を、神様は確かにお遣わしになった。一つ欠点があるが」

「欠点？」

「歌が、下手《へた》だ」

泣きながら、啓次郎は笑った。

八

教会が掘っ建て小屋のような作りで再建されたのは、海軍学校の新年度が始まって一カ月ほど経《た》ったころだった。

啓次郎は素直に学校へ戻った。日曜のたびに再建の工事を手伝い、完成すると牧師にいくばくかの寄付をし、それきり教会へは行かなくなった。

その時すでに、ニューマン夫妻はいなかった。

夫のウィリアムは火傷こそ治ったが酷い痕が残った。腰の痛みは去らず、立つのが精一杯だった。妻ネッティの稼ぎだけでは生活が立ち行かない。夫妻は療養を兼ねて、隣の州に住むウィリアムの親戚の世話を受けることにして、教会の再建を待たずに旅立った。

「初舞台が流れて、すまなかったな。ケイ」

見送りの日の空は、抜けるように晴れ渡っていた。荷馬車の上からウィリアムは体を起こして言ってくれた。傍らに座るネッティが、その背中を支えていた。

「おまえが来てくれなければ、俺もネッティも殺されていた。本当に感謝している」

その時、啓次郎は首を振った。助けることができたのは、たまたまあの緋色の集団が間抜けだったからだし、教会は燃え屑《くず》に変わり、ニューマン夫妻は生活を壊された。

「これから、二人はどうするの」

こんな理不尽な世で、この夫妻はどうやって生きるよすがを見つけるのだろう、と不思議に思った。

「まず、俺は体を治す」

ウィリアムの声に迷いはなかった。

「治ったら、また働く。夫婦で教会へ戻って、学校をやり、うたう」

「また、誰かに襲われるかもしれない」

「次は自分で何とかするさ。主がおられ、愛する妻がいて、ソウルがある。あとは俺のガッツだけだ」

チタリングスの材料を数え上げるように、ウィリアムは言う。

「おまえはどうするんだ、ケイ。真面目に学校へ行って、軍人になるのか」

「決めていない」

答えてから、寂しさを感じた。うたうための師と場を、啓次郎は失った。あらかじめ用意された世界でただ漂うだけの時間が、再び始まろうとしている。

「ケイ」

ウィリアムは啓次郎の顔を覗《のぞ》き込んだ。その目は、夜闇を白く灼く望月に見えた。

「おまえにもガッツがある。あとは、ソウルだ。ケイ自身の」

「僕の、ソウル」

ウィリアムは頷き、御者に合図した。あの聖書を読んで泣いた男が、「いい日和《ひより》だ」と陽気に言い、ぴしりと手綱をしならせた。

「元気でね、〝福音の列車〟さん」

手綱が馬を打つ音とともに、ネッティの声が聞こえた。月並みな言葉と不思議な綽名《あだな》の組み合わせが可笑《おか》しかった。

自分は、まだないソウルを、もうあるらしいガッツで探さねばならないらしい。

小さくなっていく馬車を見つめながら、啓次郎は考えた。

それから三カ月だけ、学業に没頭した。定期試験のだいたいの科目で十番以内の成績となるくらいの知識と、軍人の道に衝動を感じないという確信を得た後、国許《くにもと》に無断で退学届けを提出した。父への言い訳は、会った時まで考えないことにした。

一年近くの間、啓次郎は彷徨《さまよ》うように米国を旅した。

ちょうど大統領選挙の熱狂があり、参政権を求める女性たちの声があった。投票帰りに襲われる黒人がいて、土地や命を奪われる先住民がいた。増える中国からの移民は誰かにとって貴重な労働力となり、誰かにとって職を奪う競争相手となった。感情は博愛にも憎悪にも転化した。教養は融和を説き、また差別を美辞やもっともらしい理屈で糊塗《こと》した。とめどなく生まれる新たな娯楽が、日々の憂さを吹き飛ばし、あるいは隠していた。

何かを知ったすぐ後に正反対の光景を見る。頭が割れそうな日々で、啓次郎にはふたつのものが残った。

決闘で負った右手の傷痕。聖書が読めると泣いた男の震える肩の記憶。

ソウルかガッツかわからないが、心は定まった。西海岸から船に乗り、品川《しながわ》で日本の土を踏んだのは明治九年の四月。啓次郎は二十歳《はたち》になっていた。

「佐土原で、学校をやります」

東京の旧佐土原藩邸、古色蒼然《こしょくそうぜん》たる殿さまの書院で、啓次郎は実父に宣言した。退学も含めて米国での生活を一通り聞いた父は沈思してから、

「お主を町田家から島津の家に戻すことにした」

と別のことを言った。

「勝手に学校を辞めるようなぼんくらを、いつまでも預けておくわけにはいかんからな。さて、島津啓次郎よ」

父の声の重さは、啓次郎には一生持ちえない種類のものだった。かつての日本に三百人余りしかいなかった、大名のそれだ。

「ぼんくら息子なりに、世の役に立て」

父なりに新しい世を意識しているのか、まるで民草《たみくさ》のような表現で、啓次郎の願いは許された。日本では、政策により急速に学校が増えていたが、まだまだ数が足りないのだという。

啓次郎はまず東北へ往《ゆ》き、戊辰の戦に斃《たお》れた佐土原の者たちの墓を巡った。

そのころ日本では、不穏な気配が立ち込めていた。徳川《とくがわ》幕府以来の禄《ろく》を奪われた士族の不満を吸収して勃興した自由民権運動は、政府が出した「三権を分立し、いずれ立憲政体へ移行する」という詔勅で弱体化した。政府は安定を手にしたが、士族の不満は行き場を失い、統制を失ったまま加熱だけが続いていた。

高知の立志社《りっししゃ》を率いて、なお民権を説く板垣退助。

国内の争論から距離を置き、鹿児島で私設軍隊を養う西郷隆盛。

実質的な武力を持つ二人の去就が、国内では騒がれていた。

明治の世は、まだ遠い。だが、戊辰の戦で佐土原の士卒が命で贖おうとした、平等な市民が議会で国政を議する時代はいずれ来る。教育こそ、その準備となろう。

啓次郎は確信を新たにしながら東北への旅を終え、郷里へ帰った。

日向灘《なだ》から打ち寄せる波が洗う浜と、すぐ立ち上がる山に挟まれた、小さな平野。南北二本の川沿いに広がる田畑。

八年ぶりに見た佐土原の景色は、啓次郎の記憶とほとんど変わらなかった。山間《やまあい》の廃寺に居を定め、志ある若者を集めた。

「自立の精神を保ち固有の権利を全うせざるべからず」

自ら書いた趣意書から名を取り、「自立社」という読書会を始めた。佐土原の若者と集団生活を送り、和漢西洋の書を読み、議論する。また自立社は学校の設立準備会を兼ねていて、社員たちと用地の選定や役所への届け出、教員探しに走り回った。

啓次郎は自ら旧藩主の子息であることは言わなかったが、知らぬ者はいない。啓次郎さま、と常に呼ばれ、そのたびに「さん」と言い直させた。四民平等の世なのだから、とも必ず説いたが、身分制度が染みついた社員たちの癖は容易に改まらなかった。

自立社を設立したころ、熊本と福岡で士族の反乱が起こった。

反乱はすぐに鎮圧されたが、政府に不満を持つ者たちの鬱屈は、なお強まったように啓次郎には感じられた。自立社にも政府に批判的なものが多く、学問の議論がいつの間にか、悲憤慷慨《こうがい》めいた政論となることが多かった。

——西郷、起《た》つ。

その報に接したのは明治十年の二月、学校設立にこぎつけた数日後だった。

九

「起つべし、今こそ起つべし」

「正義は大西郷にあり。かの軍に加わるべし」

「政府の暴虐、正すべし」

自立社がある廃寺では社員たちが興奮し、西郷軍への参加を盛んに唱えていた。なんでも政府は、西郷暗殺を謀り刺客を放った。ために西郷は政府を問責するため、兵を率いて上京するのだという。

「勇に逸《はや》ってはだめだ」

啓次郎は必死に止めた。

「政府は立憲政体の実現を約束している。それまでに必要な知識を蓄え、広めるのが僕たちの仕事だ。失政の責《せめ》は道理と言論で、あるいは議会で問うべきなんだ」

アナポリスの黒人たちは、学んでいた。叛乱《はんらん》の企《たくら》みなど一度も聞かなかった。

「起たずともよし」

西郷挙兵の報《しら》せをもたらした鹿児島出身の役人が、居丈高に言った。

「佐土原はしょせん、島津分家の小藩。役立たずが数名加わったとて足手まといなり」

あからさまな焚き付けに、場が収まらなくなった。制止もむなしく、同志を集めて西郷軍へ投じると衆議は決した。

啓次郎はその総裁となるよう乞われた。断ろうとして、できなかった。社員たちの、つまり佐土原の者たちの決然とした目を見て、思い至ったからだ。若気の至りでしかなかった右手の傷が疼《うず》いた。

せめて、なるべく死人を出さずに佐土原へ帰ってこよう、と啓次郎は決めた。社員たちに比べて冷静な自分が指揮官であれば、無謀に足を突っ込む可能性も低くできる、なんとなれば「逃げろ」と命じればいい。

かくて、四百名ほどの佐土原隊は出発した。数日後に到着した鹿児島の城下は、出陣を控えた士気旺盛な兵で満ち満ちていた。その数は一万を超えるという。

啓次郎は島津本家の当主に挨拶した後、単身、西郷軍の本営へ向かった。

伸びてきた癖のある長髪、フロックコートにネッキタイ（ネクタイ）。見せつけるような洋装は啓次郎の意地だった。和装に古臭さを感じているわけではないが、時代が変わったと言いたかった。

ただし、無理やりぐるぐる巻きにした兵児帯には二刀を突っ込んでいる。戦いに行く体だから仕方ないとあきらめているが、とにかく重くて仕方がない。

市街を見下ろす丘陵、城山の麓に石垣で囲まれた広大な敷地がある。西郷が作った私学校の本校として使われていたというが、いまは「薩軍本営」と大書された門標が掲げられている。

隊の編制や物資運搬の手配で騒がしい庭を抜ける。旧時代の屋敷そのままの校舎で来意を告げた啓次郎は、軍議の場に通された。

板敷の広間には瀟洒《しょうしゃ》な洋装、厳めしい袴《はかま》姿など、思い思いの恰好の男たちが向き合って座っている。西郷軍、いや薩軍の最高幹部たちだ。

「島津啓次郎です。日向佐土原より兵四百にて参陣いたしました」

ご苦労でござった、幹部の一人が首だけを動かしていった。挨拶以下の礼儀しか払わない態度に、高慢さを感じる。

奥に、古風な床几《しょうぎ》に腰掛けた大きな人影があった。

紺地の上等な衣服の胸に二列の金ボタンを並べ、詰襟と両袖に金糸の刺繍《ししゅう》を這《は》わせている。目深にかぶった制帽の頭頂は前から見えるように傾いて作られ、これも金糸で五芒星《ごぼうせい》が六つ縫いこまれている。その顔は制帽の陰になって判然としない。

西郷隆盛。御一新を成した勲功第一等であり、官を辞した今なお、軍人の最高位たる陸軍大将にある。

ふと、思いついた。蛮勇、あるいは無謀に思えたが、啓次郎は息を吸った。

「貴軍に加わるにあたり、一つ問いたい。よろしいか」

啓次郎なりにせいぜい虚勢を張った。「貴軍」と敢《あ》えて隔意のある表現をしたのは、鹿児島の人士に佐土原を従属的に扱う素振《そぶ》りがあるからだ。

「軍議の最中である。手短に願いたい」

さっきの幹部が、面倒くさげに告げた。腕っぷしが強かったら殴ってやるのだがな、と思うが、殴って勝てるかは分からない。薩軍の幹部は御一新の前から血しぶきや硝煙を潜ってきた猛者《もさ》ばかりだ。

「今回の挙兵は、政府の非を正すための上京であり、国家に弓引くものにあらず、と伺っている。聞けば政府には御一新に無二の功を成した西郷どのを刺殺する企みがあったとか」

「さよう。非道極まる。捨て置けぬ」

幹部の返事は無視して、啓次郎は広間の一点を睨み続ける。その先で、六つの五芒星を頭に載せた人影は微動だにしない。

「西郷どのにお尋ねしたい」

啓次郎は声を張った。幹部連はざわめき、陸軍大将の恰好をした偶像へ目を遣り、続いて非難するように啓次郎を睨んだ。

「兵権は独り、国家にのみあり。いかに陸軍大将であっても、私《わたくし》に兵を動かしては国の基《もとい》が揺らぐ。いかなる理《ことわり》により、西郷どのは兵を挙げるのか」

言った途端、斬り付けられるような敵意を幹部たちから感じたが、啓次郎は怯まなかった。

西郷が挙兵を思い止《とど》まれば、万事は丸く収まる。御一新を指導し、政府の中枢にいた西郷隆盛であれば、理非が分からぬはずはない。

「非は政府にあり」

さっきの幹部が立ち上がった、

「今の政府は有司（官僚）専制。上に皇威を侵し奉り、下に人民を虐げ、憚らず、人民には、その権利を擁護せぬ政府を廃するの権利あり。英国の暴政に抗せし米国の華盛頓《ワシントン》の如《ごと》し」

抵抗権、革命権というやつだ。

「ならば今の政府を廃したのち、いかなる国家を目指すお考えか」

「それは――」

「ワシントンは大陸市民の代表会議から全軍の司令官に任じられた。西郷先生はいつ、誰に、どのような手続きで兵権を授かったのだ。政府の非に、西郷どのも非を以《もっ》て対するおつもりか」

「この野郎《コンワロ》ォ――」

「あなたは黙っていろ！」

今にも抜刀しそうな幹部に、啓次郎は怒鳴った。

「いかがか、西郷どの。我ら佐土原の衆、義のため命は惜しからず。しかれども義のなき戦、理のなき暴挙は国家人民のためならず。お答えあれ」

はち切れそうな静寂があった。それから、きらびやかな人影がゆらりと立ち上がった。

「皆、座を外せ」

声、というより臼を挽《ひ》くような音が聞こえた。幹部たちは啓次郎を睨みつけながら、不本意そうな足音を鳴らして去っていく。

二人きりになると、西郷はゆっくりと啓次郎に歩み寄った。その巨軀《きょく》に、啓次郎は押し潰されるような威を感じた。寸前で立ち止まった西郷は膝を折って端座する。制帽を脱いで傍らに置き、それから、平伏した。

「西郷隆盛でございます。先ほどの者らのご無礼、どうかお許しくだされ」

「ちょっと、ちょっと待って下さい。顔を上げて下さい」

大名の子らしい尊大さを覚える前に米国に渡った啓次郎は、慌てて片膝を突く。

「では、お許しにより遠慮なく」

上げられた西郷隆盛の顔を、ついしげしげと覗き込む。太い眉、大きな目、豊かな頰、大きな頭と短く刈り込んだ頭髪。すべてが簡素で、大ぶりな造形だった。隠然たる武で日本中から警戒と羨望を集めていた男とは、とても思えない。

「お尋ねのこと――」

ごろごろと重い音を立てて臼が回る。西郷の顔は穏やかで、微笑《ほほえ》んでいるようにも見える。

「おっしゃる通り。この挙兵は私戦にて、義も理もなし。政府軍の討伐を受けるは必定、となれば敗けもまた必定」

「分かっていて、なぜ起たれるのです」

「明治の世を、呼ぶため。それにはまだ人死にが足りませぬ」

啓次郎は自分の目と耳を疑った。微笑みを湛《たた》えたままの西郷の表情が、言っていることとまるで釣り合わない。

「手前はご一新の折、三百諸侯の封土（領地）に分かれた日本を一つにせんとし、数多《あまた》の命を損ないました。ですがまだ、日本は二つに割れております。報われし者と」

西郷は、饅頭《まんじゅう》でもつまむような手つきで右手を上げ、次に左手を上げた。

「報われざる者。今度はこれを」

上げられた両手が、ぽんと音を立てて合わせられた。

「一つにせねばなりませぬ」

「そのための挙兵と」

「さよう」

饅頭をもう一つ食べたいとでもいうような軽さで、西郷は頷いた。

「手前は、報われぬ者どもの恨みとともに死ぬ。そうして初めて日本は一つになり、明治の世が訪れ申す」

「死なれるのですか、西郷どのは」

「それが手前の天命でござれば」

自分の死を、饅頭を食べ終わったような満足げな顔で西郷は言う。

「ただ、大変残念なことに」

饅頭を喰《く》い足りないのか、と啓次郎は訝《いぶか》った。

「啓次郎さま、あなたも同じ。佐土原の報われざる者どもを率いて国家に叛する軍に身を投じた。それはもはや、どこにも逃げられぬお立場。勇ましく戦って佐土原の名を上げ、従容《しょうよう》と大逆の罪に服するしかありませぬ」

「死ぬ」急に背筋が寒くなった。「僕が」

「さよう」西郷は頷く。

「来《きた》るべき明治の世のために。それが、あなたの天命」

啓次郎は言葉が出なかった。人並みに死は怖いが、それ以上に愕然《がくぜん》とした。自ら決めた生を歩むつもりが、天命なるものに捕まってしまった。やはり自分は、あらかじめ用意された世界からは逃れられず、その中に漂うしかなかったのか。

その時、体が揺れた。太陽に灼かれた埃と汗の臭いが鼻の奥に現れ、律動する心臓が肉体を内から敲《たた》き始める。

歌が聞こえ、啓次郎を煽った。

「僕はもう、あなたが起こす戦からは逃れられない。それには同意します」

目の前にあった造作の大きな顔が、包むように啓次郎を見つめる。

「ですが、僕は死なない。生きて明治の世を迎えます」

啓次郎が米国で会った黒人たちは、救いに向かって自ら進もうとしていた。ソウルを抱き、ガッツを滾《たぎ》らせ、福音の列車が来る日まで生き抜き、来れば自分の足で飛び乗ろうとしていた。現実を引き受けながら、天命なるものに全てを委ねようとは、決してしなかった。

自分にソウルがもしあるならば、それは今やっと見つかった。啓次郎はそう思った。

「善きお覚悟」

西郷は微笑んだまま頷く。それから制帽をつまみ、被《かぶ》りながらゆっくり立ち上がった。

「佐土原の衆の部署は、追って本営より達せられましょう」

片膝を突いたままの啓次郎は、巨《おお》きな巌《いわお》に向き合っているように錯覚した。

「戦でござる。奮われよ」

血と硝煙で維新を成した勲功並びなき陸軍大将、一万数千の精兵を率いて国家に逆せんとする男は、啓次郎を押し潰すように屹立《きつりつ》していた。

十

明治十年九月二十四日、午前三時五十五分。

夜明け前の静寂を、号砲らしき三発の砲声が殷々《いんいん》と抜けていった。

直後に短いが猛烈な砲撃があり、城山の各所にあった西郷軍の堡塁《ほうるい》は雨のような砲弾に打たれた。続いて、地を震わせるような喊声《かんせい》と無数の銃声が沸騰する。

西の空に残る満月の明かりの下、政府軍の総攻撃が始まった。

啓次郎は数名の薩人の兵士と共に城山の中腹に築かれた堡塁の守備を任されていた。背後には西郷隆盛はじめ薩軍の最高幹部たちが籠もる本営がある。

麓から伝わる騒音が、激戦の開始を教えてくれた。

「助太刀《すけだち》に――」

土を詰めた俵を積んだ胸壁をよじ登った薩人の後ろ襟を、啓次郎は摑んで引き倒した。

「ここが抜かれたら、西郷どののいる本営まで守るものがいなくなる。動くな」

言ってはみたものの、威圧するような物言いはどうも慣れない。

「どうせ、皆死ぬ」

薩人は吐き捨てながら起き上がり、再び胸壁に手を掛けた。もう啓次郎は止めなかった。

釣られるように、薩人の全員がいなくなってしまった。

「しょうがないな」

喧騒が耳を撫でる中、のんびりと呆《あき》れて啓次郎も胸壁によじ登り、腰を下ろした。

薩軍は結局、政府軍に敗れた。精強ではあったが、それ以上に驕《おご》りがあり、戦略は杜撰《ずさん》を極めた。七カ月にわたって九州各地を転戦し、鹿児島城下に帰ってきた時は数百人にまで減っていた。城下で兵糧を奪取するために戦闘を起こして果たせず、戦火に燃える市街を突っ切って城山に籠もった。

佐土原隊は開戦からしばらく後方に置かれていたが、無謀な戦闘に投入されて無為の戦死者を出した。啓次郎はそれを理由として郷里へ帰って隊を解散させたが、追いかけてきた薩軍の者が裏切りを疑って詰《なじ》った。さらには、戻らねば佐土原を攻めるなどと脅した。

仕方なく啓次郎は佐土原隊を再結成した。隊そのものは信頼できる側近に任せ、自身は隊を離れて薩軍本営付きを志願した。裏切りを疑われた佐土原から出す人質として恰好なのが自分だと思ったからだ。佐土原隊はいくつかの戦闘に参加した後で再び解散し、啓次郎は気が付けば、城山にいる。

「死ぬ気なんてさらさらなかったのにな」

まるで他人事《ひとごと》のように、軽く言った。

月明かりに加わるように、夜が白み始めてきた。

今日で、日本の内戦は絶える。刻々明るくなる空を睨んで、啓次郎は確信を新たにした。

西郷が起こした戦争は、これまで起こった士族の反乱のうち最大だった。それでも、呼応する反乱は一つも起きなかった。城山の四百人を最後に、政府に武力で抗《あらが》う者どもは絶える。

真の明治の世、福音の列車が、やっと日本にも来るのだ。このやかましく、血なまぐさい戦闘の騒音とともに。

感慨を、次に飽きを感じた啓次郎は胸壁から飛び降りた。月と日のそれが混然となった光を頼りに、緩い坂道を下る。

十間《けん》（約二十メートル）ほど先の茂みから、政府軍の一隊が躍り出た。いいところに来た、と思いながら、啓次郎は刀を抜く。

兵士たちは啓次郎を認め、広がり、着剣した銃を構えようとする。啓次郎は大きく息を吸った。駆け出しながら、叫ぶようにうたい始める。

福音の列車が来る
その音がすぐそばで聞こえる
車輪の唸りが聞こえる
大地が鳴り響く

さあ乗り込もう、子供たちよ！

さあ乗り込もう、子供たちよ！
さあ乗り込もう、子供たちよ！
客室はまだまだ余裕があるさ

山の端に日が煌《きら》めく。騒々しい銃声が、すぐそばで聞こえた。

（「小説　野性時代」二〇一九年十一月号）

剣士

青山文平

【作者のことば】

小説は特殊を普遍化する作業です。私は時代小説の書き手ですが、常に、そこに普遍性はあるかを己れに問いかけて書いています。読む方が、いまを生きる自分と重ねて読み進めることができるか、ということです。そのために重要なのが、舞台や道具立てのリアリティーです。些細《ささい》なことにも史実を追求しないと、現代のテーマを江戸時代に置き換えただけになってしまいます。テーマを支える細部のリアルを感じていただけると幸いです。

青山文平（あおやま・ぶんぺい）　昭和二十三年　神奈川県生
『白樫の樹の下で』にて第十八回松本清張賞受賞
『鬼はもとより』にて第十七回大藪春彦賞受賞
『つまをめとらば』にて第百五十四回直木賞受賞
近著——『跳ぶ男』（文藝春秋）

「少々、お話があるのですが、よろしいですか」

雑穀交じりの飯と味噌汁《みそしる》、それに漬物の朝飯のあとで、垣谷哲郎《かきたにてつろう》が言った。

わたしは無言でうなずいて、濡縁《ぬれえん》に出ようとする哲郎に従った。哲郎は垣谷家の当主であり、そして甥《おい》でもある。

「実は、この前、叔父《おじ》上が幾世《いくよ》に話された件なのですが……」

積年の風雨で濡縁は木の色を奪われ、灰色と化している。が、座しても塵《ちり》は付かない。哲郎の嫁の幾世がこまめに雑巾を掛けるからだ。

国で御蔵番《おくらばん》を勤める六人扶持《ぶち》の軽輩の家とはいえ、掃除の手抜きはいっさいない。哲郎と幾世の心延《こころば》えが磨き上げられた粗末な家に現われ出る。

「なにか、わたくしどもに至らぬ点がございましたでしょうか」

要らぬ気持ちの負担をかけてしまったと悔やみつつわたしは答える。

「至らぬ点などあろうはずがない」

幾世にだけ内密に頼んだつもりだったが、やはり己れ一人では処しがたく、夫の耳に入れたのだろう。

慮外ではない。哲郎に話さぬほど幾世は情が薄くないし、夫婦《めおと》の仲が離れてもいない。

わたしのよく識《し》る幾世であり哲郎だ。わたしは落胆と安堵《あんど》が綯《な》い交《ま》ぜになった気持ちを抱えながら言葉を足した。

「まったく、ない」

ほんとうに言いたいのはそんな素っ気ない言葉ではない。胸底《むなそこ》では謝意をたっぷり伝えたい。いつもよくしてもらってありがたく思っていると声を大にしたい。でも、それを口にしたら足下《あしもと》の薄氷に罅《ひび》が走る。わたしはなんとか堪《こら》えて否《いな》む言葉を繰り返した。

「まことでございますか」

「むろんだ」

わたしは俗に言う厄介叔父だ。父の代には次男坊として、兄の代には弟として、そして兄の長子の哲郎の代には叔父として、ずっと実家に居座って無駄飯を喰《く》いつづけている。なのに、哲郎夫婦はあくまで目上の叔父として遇してくれる。この貧しく、新規召出《めしだ》しが叶《かな》わぬ国にはわたしと同じ厄介叔父が哀《かな》しいほどに数多く居るが、わたしほど大事に扱われている厄介叔父はまちがいなく居《お》らぬだろう。

わたしはありえぬ厚意の下《もと》に暮らしている。矢の飛び交う戦場《いくさば》に緋毛氈《ひもうせん》を敷いて茶を楽しんでいるかのごとく暮らしている。そしてわたしはそこが茶席ではなく戦場であることをわかっている。わかっていて緋毛氈を出ない。向き合う哲郎夫婦の背後に広がる屍体《したい》の群れを目に入れながら差し出される茶碗《ちゃわん》に口をつけるわたしの振る舞いは知らずにぎこちなくなる。

「ならば、それがしのほうからお願いがございます」

幾世に言った日の晩もそうだった。垣谷の家には八歳の松吾郎《まつごろう》と六歳の由《ゆい》の二人の子が居るのだが、わたしの膳にだけ久々に干魚とはいえ魚が上《のぼ》っていた。六十七歳の厄介叔父で己れの生を扱いかねているわたしがいまさら家族のなかで一人だけ魚を喰ってなんになろう。喰うべきはこれからおとなの躰《からだ》を造らねばならぬ松吾郎であり由だ。すくなくとも十日に一度は魚を与えて、骨を強くしなければならない。

当然、わたしは魚に箸を付けなかった。そして申し訳なくはあるが、いったいいつまで同じことを繰り返すつもりなのだろうと思ってしまった。魚の件は昨日今日のことではなかった。延々と、出されては残すを繰り返している。最後に口に入れたのがいつだったか思い出せぬほどだ。あの日はけっこう間が空いて、ようやく終わったかとほっとしていたらまた出された。だから、わたしは幾世に頼んだのだ。けれど哲郎は変わらぬ篤実《とくじつ》な顔で「お願い」を言った。

「水屋《みずや》でお一人だけで食事をされるなどとおっしゃらないでください」

哲郎夫婦が行き届いているのは家の手入れだけではない。子供達の躾《しつけ》も同様だ。貧《ひん》しても鈍《どん》することがなく、松吾郎と由の前ではことさらにわたしを立てる。だからこそ無理も出る。哲郎とて人の親だ。わたしさえ共に膳を並べていなければ魚を二人に与えることができるだろう。で、わたしは晩飯のあと、幾世に「水屋で飯を喰えぬか」と申し出た。

「握り飯など置いといてくれれば適宜喰わせてもらう」と。

それはそれで面倒をかけることになるだろうとは思ったが、面倒はもう幾重《いくえ》にもかけている。そもそも息をしているのが面倒なのであり、そして、息をせぬわけにはゆかない。わたしとしては息する音を小さくするしかなく、だから、言い出さぬわけにはゆかなかった。緋毛氈を出ぬ代わりに、わたしは腰を浮かせたり、爪先で立ったりしなければならなかった。

「叔父上だけが水屋で箸を取っているのを松吾郎と由が目にしたらどう想《おも》いましょう」

それはわたしも考えた。

「長幼の序を導きようがありません」

考えはしたが、そうしてもらうしかなかった。

「どうぞ、要らぬことはお考えになりませぬよう。どっしりと垣谷の家の要として座っていらしてください。叔父上は〝藩校道場に垣谷耕造《こうぞう》あり〟と謳《うた》われた御人《おひと》ではございませんか。ひとかたならぬ恩もございます。水屋での食事など、誰よりもそれがしが我慢なりません。二度とあのようなことは申されぬよう。よろしいですね」

答に詰まるわたしににっこりと笑いかけて哲郎は立ち上がった。御勤めに出るとなれば、もう話は打切りだ。無駄飯喰いの無駄話で御役目に差し障りが及んではならない。わたしは哲郎の背中を見送ってからしばらくすると、幾世に握り飯の包みをもらい、釣竿《つりざお》を手に取って近くの川縁《かわべり》へ向かった。

午間《ひるま》はできるだけ家を空けるようにすることも緋毛氈にとどまるために己れで決めた縛

りだった。幾世は生来の働き者で、朝、布団を解くと、綿《わた》の打ち直しと布の洗い張りを一日でやってのけて、晩にはふっくらと膨らんだ布団で眠ることができた。わたしは夜の色に染まった褥《しとね》に躰を滑り込ませて溢《あふ》れる陽《ひ》の匂いに気づかされるたびに、幾世という嫁のありえなさを思い知らされている。だから、わたしが家に居ると、手を抜かぬ家事と賃機《ちんばた》の合間を縫ってあれこれと世話を焼こうとする。それがわたしにはいたたまれない。

あたかも長幼の序を促す天保《てんぽう》臭い芝居に嵌《は》まり込んだかのようだ。哲郎も幾世も、松吾郎と由も実は玄人《くろうと》の役者で、緞帳が降りるまでそれぞれの役を演じている。みんな見事に役をこなすが、素人《しろうと》役者のわたしだけが外す。ついていくしかないし、ついていこうともしているのだが素人は素人でやはり外す。かといって舞台を降りることもできぬし、玄人役者が先に舞台を降りてしまうのを恐れてもいる。

向かう川の幅は八間《けん》余りと、さして広くない。水源が遠くて勾配が緩やかなせいで常にゆったりと流れており、いつ川縁を通っても長閑《のどか》さを醸し出す。

とはいえ、あと半月もすると川は御留川《おとめがわ》になってとたんに顔つきを変える。鮭《さけ》が上るのだ。地の者は鮭が遡上する最も南の川と自慢する。鼻を鉤形《かぎがた》に曲げた異相の鮭が我れ先に上流を目指すようになると、川は国から許された漁師だけの場処になる。塩引きした鮭が国の専売になるからだ。

わたしが釣竿を携えて川縁に通うのもあと半月というわけだが、わたしは釣竿は手にしても釣りはしない。川縁に着いたら竿は支えに預け、両手を自由にしてただ座している。浮子《うき》に目を遣《や》ることもない。鉤《はり》には餌をつけていないし、毛鉤《けばり》でもない。なのに釣竿を持つのは、言ってみれば消えるためだ。

手ぶらのわたしが毎日川縁を行けば、垣谷の家の厄介叔父はなにをやっているのかということになる。釣竿を持てばわたしは川縁の風景のひとつになって厄介叔父は消える。わたしへの矛先が垣谷の家に向かって、哲郎があることないこと言われずに済むというものだ。

釣らぬ釣竿を持つのはわたしだけではない。昔、藩校道場で共に竹刀《しない》を振るっていた益子《ましこ》慶之助《けいのすけ》もその一人で、わたしの行きつけになっているある場処へ着くと、たいてい慶之助も居る。

向こうに言わせれば「俺の行きつけの場処におまえが来たのだ」ということになるのだが、なんでそこが行きつけの場処になったのかと言えば別段の理由はなにもない。地元では知られた景勝の地でもないし、子供の頃、みなで水遊びに興じたわけでもない。水の流れる具合や曲がりかげん、腰を着ける草地の心地《ここち》、あるいは遠くの山の見え方なんぞが相まって、六十七歳の躰を預ける空き地をつくってくれたということだ。

わたしはそこで息する音を遠慮することなく存分に息を吸う。もしも慶之助の行きつけの場処でもあったとすれば、息をつける場の感じ方が重なるのかもしれない。ともあれ、わたしと慶之助はそこでしばしば会う。どちらからともなくずらすのでさすがに毎日ではないが、五日は空けない。で、いよいよ釣らぬ釣竿が仕事をする。老いた厄介叔父二人が川縁で日がな一日、並んで座しつづけるためには傍らに据えた釣竿が欠かせない。手ぶらで並べば一人のときにも増してあの厄介叔父たちはなにをやっているのかということになる。

その日も、釣竿は働いた。そこに足を運ぶと慶之助はすでに居て、三日ぶりに並んで座した。そして、支えにもたれる釣竿を顎で指して唐突に言った。

「掛かったのだ」

釣竿に「掛かった」とすれば魚ということになるが、なにしろ釣らぬ釣竿だ。

「なにが掛かった？」

わたしは問わずにはいられなかった。

「魚だ」

「まことか」

ひょっとすると、とんでもないものかもしれぬと思ったが、我々の鉤に掛かる、いっとうとんでもないものは魚だった。

「めずらしいな。今日は釣る気か」

空《から》の鉤に魚が掛かるはずもない。今日に限っては釣る仕掛けで釣ったのだろうとわたしは思った。

「いや、餌は付けん。毛鉤でもない。いつもどおりだ。なのに掛かった。ちっぽけな雑魚《ざこ》だがな」

「ほう……」

「鰭《ひれ》とかに引っかかったのではない。ちゃんと鉤を呑《の》んでいた」

「そんなこともあるのだな」

めったにない興味深い話で、わたしはなんで魚が鉤を呑んだのかを推し量ろうとした。けれど、量る間もなく慶之助は言った。

「己れのようだとか口にするなよ」

言われてみればすぐに、たしかに己れのようだと思った。餌の付いていない鉤が己れで、魚が哲郎だ。見返りはなにもないのに世話を買って出る。己れは日々、餌のない鉤で魚を釣り上げている。

身につまされる話なのに、わたしは上手《うま》いことを言うと感心してしまった。子供の頃は聞かん気の強い腕力自慢の少年だったのに、ただ磨《す》り減っているだけではないようだ。

「おまえは空の鉤ではない。しっかり、やることをやっている」

おそらく慶之助は三十数年前のことを言っている。

実はわたしはずっと部屋住みだったわけではない。垣谷家の当主となり、御蔵番を勤めたことがある。わたしが三十二のとき家長になっていた兄が病で逝った。当時、跡取りの哲郎はまだ六歳。御役目を果たせるはずもなく、弟のわたしが垣谷家の当主となって御蔵番に就いたのだ。

むろん、順養子《じゅんようし》の定めに則《のっと》った代役の当主であって、そのまま居座りつづける筋合いではない。九年後、己れの養子に入れていた哲郎が十五歳になったのを機に代を譲り、家督を戻した。そうして、わたしは軽輩から軽輩の厄介叔父になった。

「おまえは定めのままにやっただけと言うだろうがな」

慶之助はつづけた。

「誰もが真っ正直に守るわけではない。定めどおり甥を己れの養子には入れても、ずっと代を譲らぬことなどざらだ。妻を迎えて子を得れば、己れの子に家督が行くようさまざまに画策もする。おまえのように三十二から四十一になるまで嫁取りもせず、子も儲《もう》けず、甥っ子を元服するまで育て上げて、きっちり十五で家督を返す輩《やから》などどこを探したって居らん」

持ち上げてくれているのかと思ったら、そうではなかった。

「褒めているのではないぞ。人ならば当主の座にしがみつきもする。血を分けた子に継がせたくもなる。人とはそういうものだ。そのあさましさ、みっともなさが生きるということだ。俺だってその立場ならそうする。買って出る。なのに、おまえは子を得れば邪心が生じるとしてけっこうな縁談話に耳を貸そうともしなかった。おまえなんぞ人の血が流れていないようで気色が悪いわ」

別になんとしても順養子の定めを遵守しようとしたわけではない。おそらく、わたしは三十二にして厄介が染み付いていたのだろう。

三十二といえば老成には遠い齢《とし》だが、元服からだってすでに十七年が経《た》っている。その間ずっと養子と召出しに焦がれつづけて叶わなかった。己が躰にある形質が行き渡るには十分な年月だ。その十七年には二十代の十年すべてが入ってもいる。

垣谷の家の当主になっても御蔵番になってもわたしの心底《しんてい》は厄介のままだった。当主になってからさえ気は養子話に向かい、順養子の当主の座を守ることなど思いつきすらしなかった。

嫁を取らなかったのも、子を得れば邪心が生じるからなどではなく、ひたすら養子に出る腹づもりだったからである。慶之助は人の血が流れていないようだと言ったが、それがわたしの血だ。哲郎に家督を戻したとき、わたしは掛け値なくほっとした。

「おまえは甥っ子夫婦がありえぬと語るが、ありえぬのはおまえだ」

慶之助は追撃の手を緩めない。

「世間の声が怖くて常に善人であろうとする。それで貧乏籤《くじ》を引いても不平を口にせぬのは唯一の取り柄だが、しかし、それだけだ。せっかくの剣の腕もなんにも生かそうとせず無駄に老いた己れの道連れにした」

当主でいるあいだ、たしかに上の方からいろいろ声が掛かった。が、話を聞いてみればことごとく絵に描いたような派閥の勝手で、よくもまあ、あからさまに侮ってくれるものだと感じ入りさえした。

求められているのは己れではなく己れの剣の腕であり、そこは軽輩の身軽さを生かしてすべて遠慮した。将来、哲郎に代を譲る気でいたわたしとしては、わずか六人扶持とはいえ、家督をそういう面倒なもので汚したくなかった。

「おまえは篤実なのではない。ただの怖がりだ。子供の頃からそうだった。弱虫だった。道場では打ち負かされても俺はちっとも怖くはなかった。本身《ほんみ》で闘えば絶対に勝てると思った」

慶之助と話していると、ふつうの話がいつの間にか悪態に代わる。

馴《な》れぬうちは腹が立った。十年若かったら鯉口《こいぐち》を切っていたかもしれぬと思った。そして、それで気づいた。その手に乗ってたまるか、と。

死のうとしなかった厄介叔父は居らぬだろう。死に焦がれてこそ武家でもある。けれど、口減らしのために死ぬのは厳しい。闘うべく組まれた武家の躰が老いても後ろ向きの自裁を拒む。

どうすれば己れを始末できるか……己れの尻尾《しっぽ》を噛《か》む犬のようにさまざまに試みた挙句、多くは老いを深めるに連れ死ぬ気力さえ薄れさせていくのだが、慶之助はそうではなかった。諦めていなかった。最も新しい始末の手立てが相手を激昂《げっこう》させて己れを討たせることで、その相手に選ばれたのがわたしのようだった。

そうと弁《わきま》えていなければ慶之助の悪態はけっこう効く。いちいち思い当たる処《ところ》を突くからで、当時、わたしも本身で斬り結べば打ち果たされるかもしれぬと感じていた。竹刀での試合では負けぬが、想わぬ一撃にもしやと怯《ひる》ませるものがあった。

そのように慶之助はきつく抉《えぐ》るが、もともと柄《がら》ではないのだろう、長くはつづかない。始まったと思っていたら直《じき》に治まる。

「ともかくだ」

それが慶之助の息が切れる合図だ。近頃はとみにつづかなくなった。ちがう手立てを考えているのか、それとも、己れの気持ちを閉じようとしているのか……。

「おまえは俺とはちがう。小さくなっている必要はない」

慶之助は甥の子にも赤裸《せきら》に見下されるらしい。しばしば「老いても悔しいぞ」とこぼしては「俺は本物の厄介だからな」とつづけた。「おまえのように貸しがない」。

もしも屋根の下で聞いたら救いのない話だが、そこはゆったりとした流れを縁取《ふちど》る川縁だった。

この季節ならば向こう岸に広がる灌木《かんぼく》の群落が色づき始め、澄み渡った薄藍の空が遠くの山の初雪をくっきりと伝える。

柔らかな草地に躰を預けて目を遣っていれば、慶之助もそうやって息する音を潜めることなく息をしているのだと思うことができる。

「ふんぞり返っていればいいのだ」

慶之助はつづける。

「たとえ四人扶持の家でもな」

「おい」

わたしは口を挟む。

慶之助の語りの誤りをいちいち咎《とが》め立《だ》てはせぬ。

わたしは順養子の一件を「貸し」とは思っていないが、慶之助が「貸し」と言いたいのならそのままにしておく。

が、家督に関わる誤りだけは断じて捨て置けない。

「垣谷は四人扶持ではないぞ」

家督は引き継ぎ、引き渡していく、侵されてはならぬものだ。

「益子の家と同じ六人扶持だ」

やおら、流れに預けていた慶之助の目がこっちを向く。そして呆《あき》れたように言った。

「知らんのか」

わたしも見返して問うた。

「なにを？」

「ひと月ほど前、また減知《げんち》があったのだ。益子も六人扶持から四人扶持になった。同格だから、おまえの家も同じはずだ。哲郎から聞いておらぬか」

初耳だった。哲郎も幾世もなにも言わなかった。

窮した気配を窺《うかが》わせもしなかった。

あとの慶之助の言葉は耳に入らなかった。頭は四人扶持でいっぱいに塞がった。

六人扶持でもぎりぎりどころではないのに、四人扶持では、もう、どうにもならぬではないか。

哲郎にたしかめるつもりは端《はな》からなかった。

たしかめてよいのは、そのとおりと答えられたときに、ならばと申し出る策を持っている者だけだ。

己れはなにもない。空の鉤だ。もとより減った二人《ににん》扶持を助《す》ける資力はなく、家を出る腹も据わっていない。

たしかに四人扶持になりました、の答を聞き届けてなんとする？　あるいは、いや、六人扶持のままです、と答えられたらなんとする？　それが気休めの騙《かた》りではなく、まことと知れれば、ならばと安んじて厄介叔父をつづけるのか……。

四人扶持と聞いてうろたえているが、己れが余計者であることは四人扶持でも六人扶持でも変わりない。いまに始まったことではない。

己れが為《な》すべきは四人扶持をたしかめることではなく、戦場の緋毛氈を抜ける腹を据えることであり、己れを始末する手立てを決することだ。

とっくにそうするべきなのはわかり抜いていたのに果たせなかった。なんとかなると思い、どうにかすると思ったが、どうにもならなかった。

その気で始末を考えると、命が急坂を転がる岩のようなものであることを思い知らされる。

意思とは無縁に転がりつづけて、坂の途中で止めるのは至難だ。

命と己れは別物で、己れの想いなど歯牙にもかけない。

命は王、命を仮寓《かぐう》させる己れは従僕だ。

厄介叔父はみな己れの裡《うち》の転がる岩と闘っている。

喰わねば減る腹と、旨《うま》ければ喜ぶ舌と、凍えれば火にかざしたくなる手と、雨に濡《ぬ》れつづけるわけにはゆかぬ躰と闘っている。

わたしの闘いはとりわけ厳しい。幾世が日々つくるものは質素だが気持ちがこもってい て丁寧だ。無駄飯喰いを自戒しながら膳を待ちわびてしまう。一日を終える布団は繁《しげ》く干されて陽の匂いが絶えたことがない。岩はいよいよ勢いづき、従僕の想いを弾《はじ》き飛ばす。

そういう一日が積み重なって、浦島太郎のように六十七になった。

わたしは止まらぬ岩を止めるための柵をなんとか拵《こしら》えようとする。哲郎の、幾世の横顔に翳《かげ》りを見ようとする。その深さを柵の強さに変えんとする。けれど、哲郎も幾世も常のままだ。

慶之助は「ひと月ほど前」と言ったが、いくら思い返しても「ひと月ほど前」より前とあとの二人の変化がまったくわからない。わたしを慮《おもんぱか》ってそうしているとしたら、いよいよありえなさが増して追い込まれるはずなのだが、そこが転がる岩で、ならばなんとかなるかと従僕に想わせようとする。

わたしは横顔を覗《のぞ》くのをあきらめて、なんでそれほどに変わらぬのかと想う。

幾世の賃機が存外馬鹿にできぬのか、実は四人扶持への減知は益子の家だけで垣谷は六人扶持のままなのか……。もろもろ想いを巡らせるうちに、ふっと、わたしが御蔵番を勤めていた頃の不祥事がよみがえった。

二人の同役が御蔵に収められていた専売の塩引鮭を横流しして召放《めしはな》ちになったのである。始まりは苦しい活計《たつき》を助《す》けるためで、馴れてからは己れの遊興にも回したという、あまりにもありきたりの犯行だった。

わたしはとたんに落ち着かなくなる。なんで思い出さなかったのかと己れを糾《ただ》す。わたしはずっと垣谷での暮らしにありえなさを察していた。矢の飛び交う戦場に緋毛氈を敷いて茶を楽しんでいるかのごとく暮らしていると感じてきた。横流しを疑ってもよかったはずだ。

たしかに、不相応の贅沢《ぜいたく》をしていたわけではなかった。十日に一度、わたしの膳に上る魚は決まって小さな塩干魚《えんかんぎょ》だった。むろん着る物は木綿《もめん》で、みな幾世が糸から織り上げて仕立てたものだ。食事の菜《さい》が旨いのも庭の野菜に胡麻《ごま》や豆腐で工夫を凝らしているからである。垣谷の家の贅沢はすべて幾世が躰を惜しまず動かすことでもたらされている。

哲郎にしても酒の臭いをさせて戻ったことなど一度もない。そもそも遅く帰ったことがない。遊興とは無縁だ。不祥事を気取《けど》らせるような兆候はなにひとつない。

にもかかわらず、生まれた疑念が消えぬのは垣谷の家に常に余裕《ゆとり》が醸されているからだ。幾世が、哲郎が、貧しさを貧しさとも感じておらぬからだ。

哲郎は「叔父上が当主の頃、親類を束ねて荒地を開墾してくれたお蔭《かげ》です」と言う。「とりわけ冷害に強い稗田《ひえだ》が気持ちの支えになっています」。けれど、得心《とくしん》するには田はあまりにささやかだ。気休めにはなるだろうが、活計の足しにはなるまい。さまざまに考えを巡らせるほどに、横流しを怖《おそ》れる気持ちが膨らみつづける。

とはいえ、質《ただ》して意見できる立場ではない。哲郎を横流しに追いやったかもしれぬ張本人がどうして諫《いさ》めることができよう。

もはや、できることはわかり切っているのだ。想うだけでずっとできずにいた己れの始末を果たすしかないのだ。

猶予はない。これが好機だ。よしんば哲郎が塩引鮭に手を付けておらぬとしても、手を付けるのを防ぐために踏ん切りをつけなければならない。

けれど、気持ちを追い込んでも転がる岩をどう止めてよいかわからぬのは変わらない。たとえ想いを切っても、下手《へた》な始末では哲郎や幾世に累が及ぶ。

厄介叔父に冷ややかな視線を送るくせに、自裁でもすれば今度はその視線を家のほうに向けるのが世間だ。自裁が明らかになった日から、その家は厄介叔父を死に追いやった家として括《くく》られる。

死んだあとのことなど知らぬでは武家は済まぬ。後始末を考えての始末となると、解《かい》はいよいよ遠ざかる。

弱り果てたわたしは、やはり川縁しかあるまいと思った。川縁で慶之助に会って、ともかく話を聞こう。

家人の侮蔑を受けつづけてきた慶之助はわたしよりも遥《はる》かに強く圧迫されている。さまざまに始末の手立てを考えてきたはずだ。

翌日、わたしはいつもの刻限よりも早く川縁へ向かって慶之助を待った。顔を合わせたら前置きなしで始末の仕方を教えてくれと切り出そうと思った。


「俺たちが若い奴らから羨ましがられているのを知っておるか」

ほどなくやって来た慶之助は着くなり言った。

「あるいは妬まれていると言ってもよいかもしれぬがな」

「奇妙な話だ」

出鼻を挫《くじ》かれたわたしは短く答えた。厄介叔父だ。羨ましがられる理由はひとつもあるまい。

「俺たちは万事派手だった文化文政《ぶんかぶんせい》を躰で知っている。だから、気持ちが伸びやかだというわけだ。対して、自分たちは節約第一の天保の御代《みよ》に長じて縮こまるのに馴染《なじ》んでしまっている。だから羨ましいし妬ましいということらしい」

六人扶持だ。化政《かせい》の豪奢《ごうしゃ》に加われるはずもない。が、目にはしてきた。それが羨ましいなら、そうかと言うしかない。

「よりによって、伸びやか、だぞ」

慶之助も悲憤を込めて言う。

「俺たちからいっとう遠いものだ」

いっとう遠いが、あった。そういう御代があった。

「そんなことを俺たちに言われても困る。言うなら祭りに興じた奴らに言って欲しい」

慶之助はつづける。

「伸びやかどころか、俺は化政からこのかたずっと縮こまってきた。いや、物心ついてから六十七の老いぼれになるまでずっと縮こまってきた」

話は結局、厄介叔父に行き着く。切り出す頃合はすぐに戻ってきた。

「おまえに聞きたいことがある」

慶之助の話がどこかへとっ散らからぬうちにわたしは言った。

「なんだ」

「始末の手立てをもろもろ考えただろう。教えてくれ」

余計な言葉を足すつもりも、そんな余裕もなかった。

「藪《やぶ》から棒だ」

慶之助はまだ化政の話をつづけたいようだった。

「それを承知で頼んでいる」

ふーと息をついてから慶之助は言う。

「頼まれてもよいが役には立たぬぞ」

「そんなことは自明ではないか。俺はこうしておまえの目の前に居る。幽霊ではない。俺は生きている。もろもろ始末の手立ては考えたが、ことごとく、しくじったということだ。だから、役には立たん」

「なぜだ」

「それでもよいから聞かせてくれ」

　慶之助はしくじってもわたしはしくじらないかもしれぬ。そうでなくとも、その手立てを元に別の手立てが浮かぶかもしれぬ。

「おまえに言っておくが、まともな人間に己れの始末はできん」

　いつになく引き締まった顔で慶之助は言った。

「できる人間は始末の前にすでにして己れが壊れておるのだ。だから、始末しようと思えば壊れなければならぬが、壊そうとして壊れるものではない。おまえも俺も壊れる者ではない。線引きがあるのだ。俺がつくづく己れをまともだと認めざるをえないのは、甥の子からも愚弄されるにもかかわらず、益子の家の安泰を考えてしまうことだ。そこが家督を継承していく定めの武家なのだろう、己れの始末は考えても家に復讐《ふくしゅう》してやろうとか道連れにしてやろうとかは露ほども考えぬ。そうなると、いよいよ始末の手立てがむずかしくなる。だから、こんなのがあるぞと、道具箱から道具を取り出すようにはゆかん」

「お手上げか」

　慶之助の語りは道理で、二の句が継げなくなる。

「ま、そうだ」

あっさりと認めた。

「なにもないか」

未練がましく言う。

「ま、そうだが……」

今度はなにやら歯切れがわるい。

「なにかあるのか」

「ある、と言ってよいのかどうか……」

「勿体《もったい》ぶるな」

「ひとつだけ、あるといえばある」

色づき始めた灌木に目を遣って慶之助は言う。

「ただし、一人ではできない」

「ほう……」

一人ではできぬ、とはどういうことだ。

「何人要る？」

「何人もは要らない。相手一人だけだ。ただし、その一人は誰でもよいわけではない。限られるのだ」

「俺はどうだ。駄目か」

不安と期待を綯い交ぜにしつつ言ってみる。

「おまえならよい」

思わず張り詰めていた気が緩んだ。

「というか、相手はおまえでなくてはならん」

また、張る。

「どういうことだ」

前よりもきつく気が張る。

「それはまた日をあらためて話そう」

間《ま》を置かずに慶之助は答えた。

「おまえの始末の腹が据わったときにな。慰みに語られてよい話ではない」

わたしも間を置かずに言う。

「腹はすでに据わっている。懸念無用だ。いま話してもらって差し支えない。おまえの目にはそう見えぬか」

慶之助の目がわたしを嘗《な》める。

「たしかにそのようだ」

そして言った。

「ならば話そう。前語りから始めさせてもらうがよいか」

「おまえのいいように語ってくれ」

「いまとなっては昔話だがな、おまえと俺は藩校道場の龍虎《りゅうこ》とも語られた」

「ああ」

言われなければ思い出すこともない。言われてもそんなこともあったかと感じる程度だ。だから、話が道場から始まったのは意外だった。剣術話と始末がいったいどうやってつながるのだろう。

「龍虎とはいっても開きはあった。俺は七本勝負で二本取るのがやっとだった。一本も取れぬときもあった。勝者の常で、おまえは勝ち負けに頓着せぬが、いつも負ける俺は悔しかった」

「そうか」

ともあれ、聞くしかない。

「下士が上士と対等に力を競えるのは藩校道場だけだ。そこで頭角を現わせば上士からも一目置《いちもく》かれる。いざとなったら斬られるのではないかと畏《おそ》れられる。が、一目置かれるのはいつもおまえで、大きく後れた二番の俺は軽んじられたままだった。だから余計に悔しかった」

それは識《し》らなかった。

「それに、以前にも言ったが、俺は竹刀では負けても本身で闘えば己れが勝つのではないかという予感を抱いていた。根拠もあった。押し寄せるおまえの気が薄いのだ。あれでは刃筋が十分に立たない。相打ち覚悟で立ち向かえば、俺は浅手を受けるだけでおまえには深手を与えられると信じた」

そのとおりかもしれん。だから当時のわたしは想わぬ一撃に怯んだのかもしれん。

「武家が真に強いかどうかは竹刀ではなく本身で決まる。ほんとうは俺の方が強いのに弱いおまえがもてはやされていると思うと悔しさが滾《たぎ》った」

初めて聞くことばかりだ。

「そんなことに想いが及ぶのも若い時分だけで、歳《とし》を重ねるに連れ薄れていくのだろうと思っていたが、しかし、厄介がうまく歳を取るのはむずかしい。他に大事にすべきことがないゆえなのだろう、薄れていくどころか、ますます本身での勝負への想いが募っていく。もう、残された時がわずかと悟ってからはなおさらだ。せめて、このくすみ切った一生に一点だけでも鮮やかな緋色《ひいろ》を入れたいと願うようになった」

気持ちはわかる。その辺りからは厄介叔父の領分だ。

「だがな、それが敗者の勝手な言い草であることくらい俺も弁えている。勝者のおまえは与《あずか》り知らぬことだし、たとえ気持ちは理解しても勝負の申し入れにうなずくはずもない。よしんば受け入れたにしても気が入るまい。気が入らなければ俺が望む勝負にはならぬ。そんな相手に勝っても仕方ない。だから勝負はあきらめていた」

ひとつ息をついてからつづけた。

「ひょっとすると、と思うようになったのは、ここで老いたおまえと顔を合わせるようになってからだ。俺の裡で勝者のおまえは厄介叔父に入っていなかった。が、繁く会ってみれば、おまえもまた厄介叔父の一人だった。そのとき、勝負と始末がつながったのだ。勝負を剣の雌雄を決するためではなく始末のためと捉えたらどうだ。おまえも腹を据えて始末を求めているとしたらどうだ。話は変わってこよう」

わたしは耳に気を集めた。

「言ったように俺は相打ち覚悟でいく。身を捨てて掛かる。いましがた俺は浅手を受けるだけと語ったが、あれは俺の自惚《うぬぼ》れであり強がりだ。おそらく俺も深手を負って已れを始末することができるだろう。むろん、俺もありったけの気を込めて掛かっておまえに深手を負わせる。おまえを始末して俺がおまえに負けぬことを証《あか》す。そうして俺もおまえも厄介叔父を終える」

そんな手立てがあったのかと、わたしは嘆じた。

「これがよいのはどちらの家にも累が及ばぬことだ」

慶之助はつづけた。それはわたしが最も懸念していることだった。

「むろん、年寄りがなにをとち狂ったかと嗤《わら》う者は出るだろう。が、そのように表で嗤う者も胸底では気圧《けお》されている。武家だからだ。武断《ぶだん》は武家の本分だ。どちらが強いかを本身をもって明らかにせんとする営みを、馬鹿にできる武家など居らん。老いぼれがそれをやるからこそ武家の粋《すい》がほとばしる。その愚直さが、滑稽さが、武家の地肌だ。天保になってまた世の中は武張《ぶば》り出している。時代も味方してくれよう」

いちいち言葉が染み入る。

「それに、有象無象《うぞうむぞう》が勝負をするのではない。垣谷耕造の名はまだこの国の剣を嗜《たしな》む者のあいだに強く残っている。付録としての俺の名もだ。二人が剣を交えても納得は得られるだろうし、然《しか》るべき敬意を期待したってよいだろう。だから、垣谷と益子の家に災いが降りかかることはあるまい。六十七にして真剣勝負をして果てた老剣士を生んだ家として了解されるはずだ。厄介叔父の始末はそうして消される。俺たちは剣士として死ぬ。家人にとってもだ。叔父は剣士として逝ったと己れや子に語ることができる。そういう話だが、どうだ」

「素晴らしい」

わたしは言った。

「完璧だ。非の打ち処がない」

凄《すご》いと感心した。そんな策を打ち立てた慶之助を敬いさえした。

「いつやる？　場処はどこだ」

わたしは問うた。

「場処はここでよかろう。そもそもおまえと再会したここから話は始まった」

異存はなかった。

「しかし、そうなると時がない。もう間もなく御留川になる。その前にやらねばならぬということだ」

「俺は明日でもよいぞ」

「まことか」

「ああ、早いほどよい」

明日にも哲郎は蔵の塩引鮭に手を付けるかもしれない。

「さすがに明日はなかろう。それに俺には一つ懸念が残る」

「なんだ」

「先刻も言ったが、俺の気は満ちている。なにしろ、積年の想いを解き放つのだ。相打ち覚悟でおまえをしっかり冥土へ送ってやる。しかし、おまえの気はどうだ。俺と釣り合いが取れているか」

そのように問われれば、むろん、とは返せなかった。わたしには慶之助への遺恨や因縁がまったくないし、どちらが強いかをはっきりさせるといっても、いまとなっては、そこまでの剣への想い入れがない。

「俺が生き残るようでは困る。俺にしても雌雄を決することだけが目的ではない。始末も入っている。浅手を負って生き永らえたら、いまより以上に家に迷惑がかかる。しっかり刃筋を立てて深手を与えてくれなければなんのために勝負をしたのかわからない。どうも俺が観《み》るところ、おまえは己れを始末する腹は据わっているが、俺を打ち果たそうという気はまだ足りぬようだ」

答えようがない。今日の慶之助は道理ばかりを言う。

「三日、置こう。三日のあいだに気を満たしておいてくれ。三日後、満ちていなくとも不本意ではあるが勝負はする。この先も満ちることはないだろうからな。叩《たた》っ斬《き》ってやる。始末はしてやるから安心しろ。俺は生き延びるかもしれぬが、垣谷耕造を打ち果たしたのだ、己れに名分が立つから自裁を果たすことだってできるだろう。しかしながら、本意が相打ちにあることは言うまでもない。努めて気を満たすようにしてくれ」

「承知した」

そうしてわたしは慶之助と別れた。


一日が終わるごとに始末の意は強まった。哲郎と顔を合わせるたびに、この甥っ子を召放ちにはさせぬという想いが増した。

けれど、慶之助を打ち果たす気は満ちなかった。逆に引いた。話を聞いたばかりのときはあまりの見事な架構に高揚するばかりだったが、あいだを置けばもろもろ綻びらしきものも目についた。

少年の頃、慶之助とは特に仲がよいわけではなかった。しばしば持ち前の負けん気を持て余すことがあった。己れが勝つまでかかってくる。勝つと、わざと負けただろうと口を尖《とが》らせる。

だから、悔しさゆえの勝負の話もすんなりと耳に入った。慶之助だからこその始末の手立てだと感じ入った。が、川縁で釣らぬ釣竿を傍らに置く慶之助を想えば、いささか話は変わる。

老いた慶之助は一にも二にも始末を考えていた。わたしを激昂させて鯉口を切らせようとさえ企《たくら》んだ。

あの川縁の慶之助からすれば、悔しさが滾る話は怪しい。まず悔しさゆえの勝負があって、それが始末にも通じるという筋道は怪しい。

やはり、まず、始末なのではないか。始末をたしかなものにするために、本身で雌雄を決するという説が持ち出されたのではないか……。

そのように想い出すと、慶之助を打ち果たす気はいよいよ減じた。

少年の頃はともあれ、川縁に並ぶ慶之助はたしかに友だった。かつて友と恃《たの》んでいた者はことごとく世を去り、六十七歳の厄介叔父の日々を分かち合うのは川縁の慶之助だけになっていた。救われ、救った。些細《ささい》なひとことに助《す》けられた。いまとなっては唯一の友を打ち果たす気が満ちるはずもない。

三日後、わたしは始末の腹だけを固く据えて川縁へ向かった。

もうずっと道場に足を向けていないどころか素振りからも離れたままではあるが往時は淫するほどに稽古に打ち込んだ。筋の衰えを差し引いても、まだ己れの躰に太刀《たち》筋が生きているのを信じた。

生きてさえいれば、打ち果たす気とは関わりなく躰が勝手に太刀筋を描いてくれるはずだ。望まずとも慶之助を始末してやれるだろう。仮にも果たし合いに臨む以上、気を満たして対するのが礼儀だが、叶わぬからには目的だけでも遂げるしかない。

川縁に着くと、まだ慶之助の姿はなかった。

わたしは携えてきた青竹の頭を脇差《わきざし》で割って果たし合いの旨を認《したた》めた書状を挟み、草地に突き刺した。

手早く襷《たすき》をかけ、終えると大きく息をして気を丹田《たんでん》に送る。

始末されるためには始末しなければならぬ。その一点に気を集める。

間もなく慶之助も現われる。同じように書状を挟んだ青竹を手にしてはいるが突きはしない。浮かせたまま口を開いた。

「仕合う前に、おまえに言って置くことがある」

この期に及んでなんだと想う。

もはや、言葉は邪魔者でしかない。

やはり、こっちの気が満ちているようには見えぬとでも言うのか。

懸念は無用だ。

気なんぞ足りなくともしっかり始末してやる。

「あの四人扶持の件だがな」

なんで、この場で四人扶持が出てくる？

「哲郎にたしかめたか」

「いや」

「やはりな」

「四人扶持がどうした？」

わたしはすくなからず苛立《いらだ》った。

「うそだ」

音は届いたが、意味を結ばない。

「なんと言った？」

「だから、あれは嘘《うそ》だ。嘘をついた」

「うそ」が「嘘」とわかっても判然とせぬままだ。

「六人扶持が四人扶持になったと聞けば、おまえの始末の腹が据わるだろうと思った」

それで、ようやく摑《つか》めた。

「で、嘘を言ったが、嘘を言ったまま仕合うのも釈然としない。それゆえ告げることにした。おまえが話がちがうと言うのなら果たし合いを止《や》めてもいいがどうだ」

聞き届けたわたしは、慶之助はまたしくじったと思った。

慶之助はわたしを怒らせせようとしている。

一連の話は垣谷の家督が六人扶持から四人扶持になったと慶之助が語ったことから始まった。

それが真っ赤な嘘だったとわかれば慶之助への怒りが滾るだろうと踏んでいるのだ。

その怒りが打ち果たそうという気を満たす、と。

「果たし合いを止めてもいい」などと言うが、そんな気は露ほどもない。逆に、いい加減を装って、怒りを弥《いや》が上にも煽《あお》り立てようとしている。勝負をぞんざいに扱うな、とわたしが激昂するのを待っている。

わたしが申し出たとおり勝負を決めた明くる日ならば、慶之助の狙いは図に当たっただろう。

明くる日ならば考える間もなかった。

わたしは目論見《もくろみ》どおり怒りに震えただろう。

その嘘のせいで篤実な哲郎を盗《ぬす》っ人《と》と見たのだ。

惜しまず躰を動かして貧しさを吹き払う幾世の献身を疑ったのだ。

憤怒《ふんど》に燃え、許してなるかと身をよじっただろう。

けれど、今日は三日後だ。

わたしは嫌というほど考えた。

だからわたしは怒れない。

その手には乗れない。

それほどまでに始末されたいのかと嘆じるばかりだ。

「どうだ、止めてもよいぞ」

慶之助は言葉を重ねる。止めてもよいと繰り返しながら火吹き竹を吹く。

健気《けなげ》、とさえ映る。

ならば、と、わたしは想う。

怒ってはいないが、それほどまでに始末されたいのなら、願いどおり立派に始末してやろうと思う。

「いや、やろう」

わたしはきっぱりと言う。

そしてもう一度、今度は胸の裡で、立派に始末してやると繰り返す。

立派に始末するということは、剣士として対するということだ。

剣士が剣士を打ち果たすということだ。

決意するやいなや、わたしの胸底に荒波が立つ。

剣士、益子慶之助を打ち果たそうという気が滾る。

滾ってみるみる満ちていく。

己れにこれほどの剣への想いがまだ残っていたのかと驚くほどだ。

常にのしかかっていた厄介叔父が薄れて、己れは剣士、垣谷耕造であると思う。

ふと気づくと、巡り巡って慶之助が願ったとおりになっている。

いや、これはやはり慶之助の企みが奏功したということかと想いつつ、わたしは鯉口を切った。


（「オール讀物」二〇一九年十二月号）

貸し女房始末

浮穴みみ

【作者のことば】

この物語の主人公、それはサッポロという町そのものです。
北辺に突如現れた都には、特殊な成り立ちと独自のメソッドがありました。
そして、それは現代においても同様です。
北海道は、東京とは違う、新しい秩序を追い求めることを忘れてはいけません。
もっともそれは、すべての地方都市に言えることなのかもしれませんが。
来し方を振り返れば、行く末がおのずと見えてきます。

浮穴みみ（うきあな・みみ）　昭和四十三年　北海道生
「寿限無　幼童手跡指南・吉井数馬」にて第三十回小説推理新人賞受賞
『鳳凰の船』にて第七回歴史時代作家クラブ賞受賞
近著――『楡の墓』（双葉社）

一

「おふき！」

夫の貞吉《さだきち》の声に押されでもしたかのように、ふきは、びくんと体を震わせた。

痛っ……。

はずみで縫い針が指を刺した。繕いかけの襦袢《じゆばん》が膝からすべり落ちていく。指先にみるみる血がにじむ。

貞吉が怒鳴ると、総身が震える。また殴られるのではないかと、怖《おそ》れが押し寄せる。

「ちょっくら、こっちさ来い！」

「へえ」

急《せ》かされて、ふきは血のにじむ指先を吸いながら土間へ下りた。

埃《ほこり》っぽい店先で貞吉が手招きしている。空を流れる雲間から、春の日差しがこぼれていた。

店といっても、丸太の柱を板で囲った粗末な草葺《くさぶ》き小屋の軒先に、雑多な品を並べているだけである。それでも、常に品不足のさとほろでは、笊《ざる》や桶《おけ》、木綿《もめん》の晒《さらし》や手拭いまでよく売れた。貞吉は、さとほろの普請景気を当てこんで、函館《はこだて》や小樽《おたる》から荒物を仕入れているのだ。

貞吉の声音はいつもより穏やかだった。

殴られることはあるまい。

ふきは、夫の機嫌を敏感に察して安堵《あんど》した。ふきより二つ年下、二十四になる貞吉は、北海道に渡ってこの方、ひどく癇性《かんしょう》になった。

薄暗い小屋の中から急に表に出ると、まぶしくて目がくらんだ。春の日差しが、流れ落ちるぬるま湯のように、ふきに絡みついた。

店先のぬかるみに、みすぼらしい身なりの大きな男が立っていた。人足《にんそく》か山稼ぎだろうか。岩みたいな顔をした、たくましい男である。男は細い目を更に細めるようにして、ふきを見ていた。

貞吉もふきを見た。珍しく笑みを浮かべている。ふきは、ふと、貞吉と二人で駆け落ちした旅の初めの頃のことを思い出した。昼も夜も、ふきだけを見つめていた彼の熱いまなざしを。たった二年ほど前のことなのに、まるで遠い昔のことのような気がする。

「先《せん》に、お役所に行ったのを、覚えとるべ？」

貞吉が聞いた。いつもより優しい物言いである。

「へえ、覚えとります」

三月《みつき》ほど前、函館からさとほろに着いて早々に、貞吉と役所に出向いた。まだ雪が深くて、歩くのすら難儀した。

「あんときと同じようにな、おめえ、今日は、この人と一緒にお役所さ行ってくれ」

「この人と……」

大きな男はにやにやしながら、値踏みするようにふきを見ていた。

「さ、早く着替えてこい、ほれ！」

貞吉は有無を言わせず、ふきを追い立てた。

なんだべ、いってえ。

気は進まなくても、貞吉には逆らえない。楯突《たてつ》こうものなら、何をされるかわからない。

着替えといっても、何度も洗い張りして色あせ、継《つ》ぎの当たった縞《しま》木綿を脱ぎ、もう少しましな、継ぎの当たっていない藍《あい》木綿を着ればそれで終《しま》いだった。

ふきはちらと鏡をのぞいた。化粧気のない顔は青白く、目の下には濃い隈《くま》ができている。雛《ひな》のようだと褒めそやされた器量は、すっかり色あせてしまった。くたびれきったこの顔が、故郷と家を捨て、男に引きずられ、北の果てに流れ着いた女の顔だった。

ふきの耳に、男二人が表でやり取りする声が途切れ途切れに流れ込んできた。

「なんぼだ？」

「二円。前金一円だ」

「高《たけ》えな」

「だども、それが相場だ。嫌なら……」

「嫌だとは言ってねえべ。ほれ、しだら、これ……」

慌てたように男が言った。貞吉に金を渡したらしい。

着替えて再び日差しの中に降り立つと、ひんやりとした早春の風が土埃をたてて、日なたの温《ぬく》みをさらっていった。

ふきは、にわかに心細くなった。何か危ない橋でも渡る羽目になるのだろうか。

「あんた、あたし、何すればいいの……」

ふきが込み上げる不安をぶつけても、貞吉は取りあわなかった。

「黙っとればいい。何ぃ言われても、うなずいておればいいんだ、ほら、いげ」

「しだら、女房借りてくど」

待ちかねたように男が歩き出した。

「あんた……」

ふきはすがるように貞吉を振り返ったが、貞吉は、犬ころでも追うように手を翻した。

仕方なく、ふきは男の背を追った。

二

男は、南から北へと開拓地を真《ま》っ直《す》ぐ貫く用水沿いの道を、ずんずんと北上した。幅十八間《けん》の火除《ひよ》け地を挟んで北側が、官舎や仮役所のある官地なのである。道はぬかるんで歩きにくかった。雪解け水がいたるところに流れ込み、池のような水たまりを作っている。この辺りはもともと谷地《やち》なのだ。制御しきれぬいくつもの水の流れが、好き勝手に蛇行する。殊に雪解けの春には、用水も川も一緒になって、どこもかしこも水浸しである。

男の歩く速度に追いつこうと、ふきは足を速め、泥はねだらけになってしまった。薄曇りの灰色の空を雲が押し流されていく。時折のぞく青空から、気まぐれのように陽《ひ》だまりがこぼれると、原野の景色が水に洗われたように浮かび上がる。浚《さら》ったように木々をすっかり伐採された開拓地は、原生林の中に、ぽっかりと浮かんでいるかのようだった。

雪と泥に埋もれた、整地されたばかりの碁盤の目のような町割り。切り拓《ひら》かれた大道の傍《わき》には、時が止まったように枝を広げた大木や、岩のような切り株が、頑固に居座っている。

さとほろ。

お役人はこの町を「札幌」――サッポロ――と名づけた。

だがずっと以前から、移住者の中には、この土地を「さとほろ」と呼びならわす者がいた。ふきも、その一人だった。

時を経て、いつの間にか周囲の誰もが、当然のように「札幌」を使うようになった。まるで目に見えない静かな波に呑《の》まれてしまったかのように。貞吉もそうだった。

それでも、ふきはひそかにこの町を「さとほろ」と呼び続けた。

慣れた呼び名は変えられない。手になじんだ道具のように。それにふきは「さとほろ」という響きがなんとなく好きだった。

ここは特別な町だ。

どこへ向かっていくのかわからない、とめどなく未完成な町。

ここかしこで間断なく槌音《つちおと》が聞こえる。いたるところに木材が積み上げられている。さとほろは、町そのものが普請中なのである。

明治の世になって、御上《おかみ》が石狩《いしかり》原野の真ん中に町を作ると決めた。蝦夷地《えぞち》改め、北海道の都である。つい数年前まで、石狩原野は見渡す限り一面の茅原《かやはら》だったという。

拓かれたばかりの土地に建物はまばらだ。

本建築に取りかかった本陣や官舎や役所は、西洋風の洒落《しゃれ》た佇《たたず》まいを見せている。

一方、ふきたちの住まいと変わらないような丸太に草葺き屋根の粗末な小屋も、雪解けあとの蕗《ふき》の薹《とう》のように、勝手気ままに増えていた。その日暮らしで流れてきた移民たちは、御上の縄張りした区割りや体裁などお構いなしで、行き当たりばったりに仮小屋を建てた。崩れそうな空き小屋に入り込んで住みついた。役人から注意を受けても、頓着《とんじゃく》しない。最果ての町で一旗揚げようと集まってきたのは、家を建てることなどと縁のない、食いつめ者ばかりなのである。

コトコトコト、コトン、ザッ！

川沿いの水車小屋から、勢いよく水の流れる音が聞こえた。

真新しい水車が、生糸《きいと》のような白い水しぶきを立てて軽々と回っていた。

ふきは、故郷の水車小屋のことを思い出した。

古びた水車は、ふきが生まれるずっと前から回り続けていた。朝から晩まで、まるでお天道様でも回しているように、重そうにゆっくりと。

小屋の中で、コットン、コットン、と時を刻むような水車の音を聞きながら、貞吉と逢《あい》引《び》きをした。初めて唇を重ねたのも、肌を許したのも水車小屋の中だった。抱き合う時はいつも夢中だった。時の経《た》つのも忘れた。

まどろみから覚めて、ザッと大きな水音がすると、二人は頭から冷水を浴びせられたように我に返った。そのとたん、甘い夢から覚めて、いきなり見知らぬ景色の中に放り込まれたような、居心地《いごこち》の悪さをふきは感じたものだった。

そして北海道まで流れてきたふきは、あのときと同じような居心地の悪さを絶えず感じているのだ。まるで一瞬で覚めるはずの夢が、何かの加減で現実に取って代わられてしまったかのような。

コトコトコト、と水車が回り、いつかまた夢は覚めるだろうか。

ザッと水が流れた。

ふきは、ふと我に返った。

春霞《はるがすみ》の原野は、どこまでも続いていた。覚めない夢のように。

やがて役所に着くと、ちょうど時を告げる鐘楼の鐘が鳴った。

男が足を止め、鐘楼を見上げた。ふきは、その間にようやく男に追いついた。

受付の官員に来意を告げて、しばらく待たされた。同じように待っている男や女が幾人もいた。どの顔も暮らしに疲れ、同じようにみすぼらしい身なりである。

彼らの姿を眺めているうちに、ふきは少しずつ緊張が解けてきた。

〽吉野～のォ、山ァ～を……

ふいにどこからか、端唄《はうた》が聞こえたような気がした。故郷にいた頃、三味線《しゃみせん》のお師匠さんがよく口ずさんでいた唄のようだった。振り返ると、職人らしい粋な感じの男が、役所から出ていくところだった。ふきは、なんとはなしに続きを口ずさんだ。

〽雪ィかァと、見れば、雪ィ、ではあらでェ、これの花吹雪《はなふぶき》……

「太物商《ふとものしょう》、庄五郎《しょうごろう》、前へ」

突然耳元で声がして、ふきは口をつぐんだ。顔を上げると、険しい表情の官員が、鋭い眼差《まなざ》しでふきを見つめていた。

「へい」

と、ふきと同道してきた大きな男が返事をして立ち上がった。ふきも慌てて腰を上げた。

ふきはそれで初めて、大きな男が庄五郎という名だと知った。

官員は、ふきの一挙手一投足へ、ひとつの落ち度も見逃すまいとするかのように、刺すような眼差しを向けてくる。三十を少し過ぎたくらいの、痩せて暗い顔つきの男である。ふきは気味が悪くなって目を伏せた。

「太物商、庄五郎、妻、ふき……相違ないな?」

「へえ、左様《さよう》でござんす」

庄五郎が頭を下げるので、ふきも一緒に頭を下げた。

官員が、おほんと一つ、咳《せき》ばらいをした。弾《はじ》かれたようにふきが顔を上げると、再び官員の鋭い眼差しと出合った。目をそらすこともできず、ふきはその目を見返した。

そのとき、庄五郎が素早く官員の袖の下に、小さな紙の包みを滑り込ませるのが見えた。

官員の眼《め》つきがやわらいだ。

「よろしい。相整った」

「へい、ありがとうございます」

官員が書類に、ぺたんと大きな判を押した。

「うまくいったじゃねえか」

庄五郎はほくほく顔で、帰り道の足取りは軽く、口数も多くなった。

「おかげさまで、博打《ばくち》の借金が返せる」

借金、ああ、そうか……。

それでふきは腑《ふ》に落ちた。庄五郎は、役所へ金を借りに来たのである。

さとほろでは、役所に永住を願い出れば、家作料百円の貸し付けを受けられる。十年年《ねん》賦《ぷ》で無利子。三度に分けて貸付けられるが、それでも大金だ。本府建設のための人集めの策であるという。

役人や人足ばかりでは町は成り立たない。金を回す商家や、そこで暮らす住人たちが要るからだ。

貞吉も庄五郎と同様、開拓役所から金を借りた。だが住まいは相変わらずの草葺き小屋である。

本格的に家を建ててこの地に根を下ろすつもりなどない。借りた金は、店の仕入れにでも使ったのだろう。

儲《もう》けるだけ儲けたら、またどこかへ流れていく。貸付金は踏み倒す。無頼の吹き溜《だ》まりみたいなこの町では珍しくない。庄五郎も大方、そんなところだろう。

だが貸し付けを受けるには、条件があった。女房持ちでなくてはならないのである。家と家族を持って、この地に根を張り町づくりに寄与すべし、ということなのだ。したがって、独り者が金を借りるには、まず女房を借りなくてはならない。

だから貞吉がふきを貸したのだ。二円で。二円は高いが、百円が入ると思えば安いものだ。

帰ると、貞吉が店番をしながら待っていた。

「おお、庄さん。首尾は」

「上々よ。ほらよ、約束の」

庄五郎が貞吉に半金を手渡した。

「助かったぜ」

庄五郎は貞吉に礼を言うと、もうふきには見向きもせずに、すたすたと帰っていった。

「ちょっくら、出て来るわ。店、閉めとけ」

貞吉も、懐に金を突っ込むと、後も見ずに出ていった。近頃貞吉は、妓楼《ぎろう》になじみができたらしい。

風が出てきたようである。

荒物を片づけていると、近所の子供たちがじゃれ合いながら、風上へ向かって駆け出すのが見えた。

小さな手の先では、千代紙で作った風車《かざぐるま》が回っている。留め方がいびつなのか、風車はいちいちどこかに引っかかって、つんのめるように時々止まった。それでも子供たちは、どうということもない紙の細工が、見えない力を受けてひとりでに回るのが面白いらしく、けらけらと無邪気に笑っている。

ふきは、去年流れた赤ん坊のことを思った。

無事に生まれていれば、今ごろ歩き始めていたかもしれない。風車が回るのを、ふきと一緒に眺めて笑っていたかもしれない。

三

四年前、徳川《とくがわ》の御代《みよ》が終わりを告げた。

越中《えっちゅう》にあるふきの家は裕福な小間物屋だったが、御一新のごたごたで、店は傾きかけていた。老舗《しにせ》だった店は幕府筋のお得意がいくらもあったのだが、それが新時代には仇《あだ》となった。父母は亡くなっており、兄や番頭が店を立て直そうと必死であった。

ふきも兄と一緒になって得意先回りをし、職人や奉公人の世話に明け暮れ、気づくと婚期を逃していた。その頃ふきは手代《てだい》の貞吉と恋仲になっていた。機を見て兄に打ち明け、貞吉と夫婦になればいい、と考えていた。

ところが、ふきに縁談が持ち上がった。戊辰《ぼしん》の戦《いくさ》の時、武器を横流しして大儲けした成金が、ふきを見初めたのである。その中年の男は、以前なら兄も親戚もそっぽを向くような無頼漢だったが、時代の変わり目にはそういう男が力を持つのだ。兄は、店のために成金からの援助が必要だ、と言って、その話を勝手に決めてしまった。ふきは呆然《ぼうぜん》としたが、家のためには仕方がない。貞吉と一緒になるのは諦めるつもりでいた。

「お嬢様、わたしと一緒に逃げてください。新しい町で、新しく出直しましょう」

水車小屋での逢引きの時、今日で最後、と別れを告げたふきに向かって、貞吉はすがるようにそう言った。

新しい町、新しく出直す――。

コットンコットン、と水車の回る音に背中を押されるように、ふきはうなずいていた。新時代なのだ。旧弊にしがみついてなんになろう。

ふきは、貞吉と歩む新しい暮らしのことしか考えられなくなっていた。先祖代々受け継がれてきた守るべき家も、兄や親戚や奉公人たちも、みるみる過去へと流されていくような気がした。

成金との婚礼を目の前にして、ふきは貞吉と手に手を取って出奔した。

北を目指したのは、越中や越後《えちご》からの移民が大勢、北海道で新生活を始めていると聞いていたからだ。函館には貞吉の遠い親戚もいた。それに海を渡ってしまえば、連れ戻される懸念はないように思えた。

だが、慣れない旅暮らしは若い二人を苛《さいな》んだ。頼りの親戚は引っ越してしまって見つからなかった。家から持ち出した金も、盗まれたり騙《だま》されたりして、すぐに底をついた。

出奔から二年が過ぎて、さとほろに住みついた頃から、貞吉の態度が徐々に変わった。

「この役立たずめ」

ふきに向かって悪態をつくようになった。

「こんなはずじゃなかった。てめぇのせいだ」

お嬢様のためなら死んでもいい、と熱い眼差しを向けていた貞吉は、野良犬《のら》でも見るような蔑《さげす》んだ目で、ふきを見るようになった。一度手をあげるとそれは習い性になり、ふきの体に痣《あざ》が絶えなくなった。気弱で真面目《まじめ》だった貞吉は、別人のようにすれっからしの悪党になってしまった。

だが皮肉にも、貞吉の人が変われば変わるほど商売は上向いた。貞吉は人相の悪い男たちと付き合って、さかんに取引しているようだった。遊びも覚え、機嫌の良い日も増えた。

ふとした拍子に、貞吉の表情に昔のような優しさが表れると、ふきは一縷《いちる》の望みを繋《つな》いでしまう。

もしかしたら、また元に戻れるかもしれない、昔のように。二人で小さな店を開こう、貧しくてもいいから、二人寄りそって生きていこう、そう語り合ったあの日のように。

四

数日後には、別の男が貞吉を訪ねてきた。庄五郎の時と同じように、役所に同道しろという。

「だども……」

ふきはためらった。役所で応対した官員の、あの刺すような鋭い眼差しを思い出すと怖《おぞ》気《け》立った。

「また、同じ女が来たと、気づかれねえべか……」

「そっだらこと、気にせんでええ」

貞吉は聞く耳も持たず、ふきを送り出した。

役所で応対したのは、またあの同じ鋭い目つきの官員だった。

官員はやはり、穴のあくほどふきを見つめた。

「そなたは芸者か」

と官員がいきなり聞いてきた時は、肝が冷えた。

「いいえ」

ふきは、息がつまるような心地で答えた。

「生まれは、どこだね」

官員は、男のほうには目もくれず、ふきにばかり問いかけた。貞吉からは、黙ってうなずいていればよい、と言われていたが、答えないわけにはいかない。

「越中でございます」

「ほう、雪国か。どうりで色が白い」

「とんだ田舎者《いなかもの》で、お恥ずかしゅうございます」

「百姓か」

「いいえ。家は小間物商いをしておりました」

「商家か。なるほど」

官員は結局、何食わぬ顔で判をついた。ふきの顔を覚えているはずなのに、そ知らぬふりをした。もちろん、同道した男は鼻薬をかがせるのを忘れなかった。

皆、示し合わせているのだ。

ふきは気づいた。からくりが見えてきた。

人足には百円、貞吉には二円、そして官員には、いくばくかの袖の下。ふきは、男たちが御上の金をくすね合う茶番に添えられた、あだ花でしかないのだ。

びくびくして損した。

家に戻ると、貞吉は留守だった。筋向かいで、やはり荒物を商う年寄り夫婦の婆《ばあ》さんの方が、つくねんと座って店番をしていた。

「ご亭主は、すぐ戻ると言っていなすったよ」

歯の抜けた口で、婆さんは言った。

「ああ、それから、『お客から後金を貰《もら》うように』と、そうあんたに伝えてくれ、と言っていなすった」

「わかりました。いつもすみません」

ふきは、百円をせしめて上機嫌の男から後金一円を取り、婆さんを帰した。

貞吉はなかなか帰ってこなかった。霞のかかった空が、淡い茜《あかね》に変わっていく。

帰らねえかもしれねえ。

貞吉の気持ちはとっくに冷めている。いつふきを棄《す》ててもおかしくない。それでもまだ一緒にいるのは、少しは情が残っているからか。

嬌声《きょうせい》が聞こえて、四、五人の女たちが、ぬかるみを除《よ》けながら歩いて来るのが見えた。

これから化粧にかかろうという売女屋の女たちである。風呂にでも出かけていたのか、どの顔も素のままである。

一丁北の、火除け地沿いにあるそこは、春嬉楼《しゅんきろう》という、楼とは名ばかりの草葺きの丸太小屋であった。勤める女たちは山出しばかりである。それでもさとほろは女日照りだから、贔屓《ひいき》の客がつくという。

女たちはふきを見つけると、それぞれ軽く挨拶した。春嬉楼の裏手に良い水の出る井戸があり、ふきもよくそこを使うので、お互いに顔なじみだ。

女たちの間断のないおしゃべりが、嫌でも耳に入ってくる。

「今晩も、芋畑は来るかねえ」

「来るさ、芋畑の野郎、おこげちゃんに首ったけだもん」

おこげというのは、女郎《じょろう》のあだ名であった。色が黒くて不器量なので、誰からともなくそう呼んだ。本名はおそで、という。人気があるとはいえないが、気立ては良いらしく、贔屓の客がついている。

その贔屓が、畑山《はたけやま》という名の官員で、女たちは「芋畑」と呼んでいた。ふきも見かけたことがあるが、薩摩《さつま》出身で赤ら顔の、いかにも田舎くさい下級官員である。野暮ったい官員と不器量な女郎がお似合いだといって、女たちはいつもからかうのだ。

「いいわねえ、おこげちゃん、官員さんの御贔屓さんがいて」

「うまく取り入ったねえ」

若い女たちが口々にそう言った。遊里では官員は人気がある。何といっても、この町は開拓役所の天下なのだ。多少見かけが悪かろうが、学があって羽振りのいい官員には、遊女たちのほうが夢中になってしまうという。

「そ、そんなんでねえよ」おこげがつっかえながら、顔を赤らめて言った。「と、取り入るとか、そんなんでねえのさ、お、おらだち、なんとなぐ、き、気が合う、っていうか……」

女たちが、どっと笑った。

「き、気が合う、だってよぉ。売り物買い物に、気もなんもねえべさ、馬鹿らしい」

「んだんだ、おら、気なんかどうでもいい。金くれれば、閻魔様《えんまさま》とでも寝るさ」

「おめえなら、閻魔様と気が合うかもよ」

きつい物言いも、針のような悪態も、彼女たちにとっては、ごく日常のなれあいに過ぎなかった。

いずれ女のどん底である。どろどろした水底《みなそこ》から偶然のあぶくみたいに浮き上がる日を夢見て、その日その日を送るしかない。

年かさの、せんという女郎が、ふきと目が合うと、器用に水たまりをよけながら近づいてきた。そして告げ口するように言った。

「あんたのご亭主、さっき見たよ。備後屋《びんごや》の裏で。女将《おかみ》と話してた」

「そう……」

備後屋も売女屋である。

「あそこは、最近、小樽から新しい妓《こ》を入れたって、評判らしいね。あんたも、気をつけねば、色男の亭主、かっさらわれるよ」

ふきは黙ってやり過ごした。すると、せんは煽《あお》るように声高に続けた。

「おやまあ、ご新造《しんぞ》さん、そんなにお高くとまってると、しまいにゃ、ご亭主に売り払われちまうよっ。あたいたちみたいにねっ」

女たちがけらけらと笑った。

女たちが笑い転げながら、色鮮やかな吹き寄せのように草葺き小屋へと吸い込まれていくのを、ふきは呆然と見送った。

売り払われちまう……。

本当にそうなるかもしれない。貞吉が未《いま》だにふきを棄てず一緒にいるのは、もしかすると、そういう心づもりでいるのかもしれない。

やがて宿屋や妓楼に火が灯《とも》り、槌音の代わりに、どこからか三味線の音が聞こえ始めた。酒と脂粉《しふん》の匂いをさせて貞吉が帰ってきたのは、夜も更けてからだった。

「あんた、おかえり」

「ああ」

貞吉はふきの脇をすり抜けると、横になってすぐにいびきをかき始めた。怒鳴られも、殴られもしなかった。

安堵する一方、ふきは狂おしいほどの寂しさに襲われた。

翌日、板戸を叩《たた》きつけるような風の音で、ふきは目が覚めた。貞吉は正体なく眠りこけていた。

小屋の中は暗かったが、外を見ると、すでに夜は明けていた。分厚い灰色の雲が空を覆っていたのである。

湿った風が頬をなぶる。じき雨になりそうだった。

雲の向こうに丸い日輪が透けて見えた。風で雲が流れると、まるでお日様のほうが天を転がっていくように見える。

妓楼の裏手の井戸で水を汲《く》んでいると、裏口から男が一人、出てきた。

「お、おはんは……」

妓楼の手拭いを首にかけた無精ひげの男が、ふきを見て目を見張った。よく見ると、それは開拓役所で貸付金の受付をしていた、あの鋭い目つきの官員であった。

一瞬ふきは後ずさったが、考えてみれば同じ穴の狢《むじな》である。官員も、ふきを咎《とが》めだてするふうもなく、むしろ親し気に近づいてきた。

「おはん……いや、そなた、住まいは、この近くかね」

「へえ」

ふきが見返すと、官員は、ばつがわるそうに手拭いを首から外した。

「いや、昨晩は、役所の会合がありまして、つい酒を過ごして寝込んでしまったという次第で、これから早速、出仕です」

「まあ、それは、ご苦労様でございます」

まるで女房相手に朝帰りの言い訳をするような官員の口ぶりに、ふきは苦笑した。

「官員さん、どうぞお先に」

「ああ、かたじけない」

ふきが井戸端を譲ると、官員は手早く手と顔を洗った。その武骨ながら、どこか折り目正しい仕草を見て、この人は御一新の前はきっとお武家様だったのだろう、とふきは思った。官員として手腕を発揮しているのだから、故郷は土佐《とさ》か薩摩か長州《ちようしゆう》か、そういえば西国《さいごく》の訛《なま》りを口にしていた。

官員は手拭いを使いながら、ふきが水を汲むのをいつまでも眺めていた。何か言いたそうに、時折咳ばらいをする。

このひと、どういうつもりなんだべか。

ふきはいたたまれなくなって、水汲みもそこそこに、

「お先に失礼いたします」

と告げ、早々に逃げ出した。

春が進むにつれて、さとほろの普請も進んだ。

それにつれて、無用の輩《やから》もますます流れ込んできて、ふきの「貸し女房」も大忙しだった。

流れ者が貞吉を訪ねてきて、ふきと共に役所へいく。例の官員が判をつく。それで開拓使の予算が、建ちもしない建物の名目で、彼らの懐に転がり込む。簡単なものだった。

御上の金を食い物にして、さとほろの草葺き小屋の住民は肥え太っていった。

五

生暖かい風の吹く午後、重そうに垂れこめる雲を見上げながらふきが井戸端へ行くと、おこげとせんが、褞袍《どてら》姿でふさ楊枝《ようじ》を使っていた。

「こんちワ」

おこげが、色黒の顔をくしゃくしゃにして愛想よく声をかけてきた。言葉少なだが、この女は、どこか人懐っこい無邪気なところがあった。

「今日は暖かいね」

せんが含むように、にやにやしながらそう言った。

「ええ、ほんとに」

ふきは受け流して、井戸端に屈《かが》んだ。

「ねえ、おふきさん」せんが、しつこく顔を寄せてきた。「こないだね、岡部《おかべ》さんていう官員さんに、あんたのこと聞かれたよ」

「官員さんが、へえ」

例の官員だ、とすぐに気がついたが、ふきは何食わぬ顔でとぼけた。おかしな噂《うわさ》をたてられてはかなわない。

「井戸端で会ったと言っていたけど、あんた、あの人と何かあるのかい」

「……いいえ、一度、偶然会っただけです」

貸し女房の件も周知のこととはいえ、わざわざ吹聴《ふいちょう》する必要はない。悪くすれば貞吉もふきもお咎めを受けるかもしれないのだ。余計なことは言わないほうがいい。

「ふうん……」意味ありげにつぶやいて、せんは続けた。「あの岡部さんて官員さんはね、このおこげの贔屓の、芋畑のお連れさんなのさ」

「薩摩の？」

「んだ」

おこげが隣で、にこにことうなずいた。

「芋畑は、どこがいいんだか、この妓にべったりだろ。だども、岡部さんは、女嫌いっちゅうのか、よくわかんねえけど、懇《ねんご》ろにしている妓は、いねえのさ。酒ばーっかり飲んで、女将さんやらお仲間と難しい話なんぞして、酔っぱらって寝ちまうことが多くてねえ。変わり者さ。それが、おふきさんのことを根掘り葉掘り聞いてくるから、あたしゃ、てっきり、ね……」

含むようにせんは笑った。

「ふふふ、てっきり、岡部さんは、おふきさんに気があるんじゃないのかと、そう思ったのさ」

「まさか……」

驚いたふうを装いながら、せんの言葉が腑に落ちた。初めに役所を訪れた時から、岡部は異様なくらいに、ふきに関心を持っていたではないか。

「でも、気をつけな。官員さんなんて、御身大事《おんみだいじ》で保身に走るよ。よほどうまく転がさなきゃ、泣きを見る。あんたみたいなお嬢様には、無理だね」

「そっだらこと、なしてわかるの」

「そりゃ、わかるよ。こちとら、だてに泥水啜《すす》っちゃいないからね。あんたみたいな甘ったれに、男を手玉に取るなんて、無理なんだ」

「そんな……」

「じゃあね……あらやだ、雨になるよ」

せんは空を仰ぎながら、ひらりとふきに背を向けた。

おこげは、せんの後を追おうとして足を止め、ふきに向かって、

「岡部さん、良い人だよ」

とかばうように言った。そして不器量な顔とは不似合いな、すんなりした細い指をふきの頬へ、そっと伸ばした。頬には、貞吉に殴られたあとが痣になって残っていた。

「おふきさんのご亭主、殴るんだべ。辛《つら》いべなあ。おらのおっ父《とう》も、おらのこと殴ったんだ。岡部さんは、乱暴しねえよ」

「ありがとう。んだども、貞さんはあたしの亭主だから、仕方ないのさ」

「堅気だもんな、おふきさん」

どこか羨ましそうに、おこげがつぶやいた。

堅気といっても紙一重だとふきは思った。一歩踏み出せば、どっちに転ぶかわからない、誰もがどん底を向いている、それがさとほろだった。

井戸から水があふれて、ふきの足を濡《ぬ》らした。水は湿地を縫うように、低い方へと流れていく。

自分もとうとう、こんなところまで流れてきた。後は、泥にまみれて朽ち果てるだけ……。

「この先、どうなるんだか……明日のことも、わからないのよ」

ふきは、つい心の底を打ち明けた。するとおこげが真面目な顔で、

「明日のことなんか、わからなくて当たり前さあ。おらの知ってる八卦見《はっけみ》だって、筮竹《ぜいちく》じゃらじゃら鳴らすくせに、よく外すこと、外すこと」

と言ったので、ふきは思わず笑った。ふきにつられるように、おこげも、あっけらかんと笑顔を見せて言った。

「あのな、取り越し苦労は大概にしねえと。沈む淵《ふち》ありゃ、浮かぶ瀬もある、ってな。死

んだ婆っちゃんが言ってた」

「そう……」

「んでな、うまぐいって浮かんだときは、思いっきり、息、吸い込んで、はっ、ちゃきんなって、這《は》い上がれ、って、そう言ってた」

なりふり構わず必死になって這い上がれ、それが、おこげの婆っちゃんの教えだった。

「なして、思いっきり息吸い込まねばならねか、おふきさん、わかるか？」

「……いんや、なしてだろう」

「次に沈んだとき、なるべく長く、息が続くように、だ」

「次に沈んだとき……」

「んだ。たまたま浮かんでも、いつどこで、足踏み外して落っこちるか、わかりゃしねえからね、この世の中……」

大粒の雨が落ちてきた。

おこげが、天を仰いで目をしばたたかせた。

「ひゃー、雨だ、雨だ……したらね」

おこげは、雨の当たるのが楽しくて仕方ないかのように、はしゃぎながら売女屋へ帰っていった。

六

数日後の夕刻、ふきが小屋の奥で飯《めし》の仕度をしていると、貞吉が店先で素っ頓狂な声を上げた。

「いやあ、こりゃどうも、岡部様じゃございませんか」

岡部？

ふきは耳を疑った。そっと表をうかがうと、官員の岡部が、役所の帰りらしく風呂敷包みを小脇に抱え、店先に立っていた。

「ちとそこまで来たのでな……景気はどうだね」

「いやあ、なかなか」

「そうかな。ずいぶん、景気のいい話も聞いているが……」

「ご冗談でしょう。こうしてやっと細々とやっていけるのは、岡部様のお陰でございます」

貞吉は小腰を屈めて、岡部の袖口に白い紙包みを滑り込ませた。

岡部が小屋の奥をのぞきこんだ。ふきは知らん顔をするわけにもいかず、表に出て挨拶をした。

「そなたの住まいはここであったか。なるほど、貞吉の……」

岡部は、貞吉とふきとを見比べるように眺めた。やがて気が済んだようにうなずいて、

「邪魔したな」

と言い捨てて、川沿いの道を帰っていった。

「なんだ、あいつ、何しにきやがった」

貞吉は作り笑顔を引っ込め、小声で毒づいた。

「おい、おふき、なして岡部様が、おめえのこと知ってるだ」

「なしてって……何度も役所さ行ってるからでねえの」

「ふん……」

貞吉は不服そうにふきを一瞥《いちべつ》すると、いつものようにぷいと出かけてしまった。

朝方になって、がたがたと乱暴に表戸が鳴り、貞吉が帰ってきた。

寝ぼけ眼《まなこ》でふきが戸を開けると、酔っぱらった貞吉が、「畜生、馬鹿野郎」などと悪態をつきながらなだれ込んできて、土間に突っ伏してしまった。

「あんた……」

声をかけると、とたんに貞吉は起き上がり、いきなりふきの襟元をつかんで力いっぱい締め上げた。

「あっ、あんた、苦し……」

「おい、おふき、てめえ、役所で何か、へましやがったんじゃねえか！」

「やく、しょだって……」

貞吉は、昼間の岡部の訪問が気になっているのだ。

「知らないよ、あたし、あんたに言われた通りにしただけだ」

「したら、なして、官員が、うちまで様子見に来るだよ」

「知らない……」

「てめえ、さては色目でも使いやがったな」

貞吉は、ふきの横面を思い切り張った。張り飛ばされて、ふきは、柱にしたたかに頭をぶつけた。

「やめて、やめてください。貞さん、あんたの言うことなら、あたし何でも聞いているでねえの。なして、こっだら無体を……」

「うるせえ、小利口そうな口ききやがって、生意気な。いつまでもお嬢様面しやがって、もう我慢ならねえ、出てけ、今すぐ、出てけ！」

「あんた、後生だから。なんでもするから、あたし……」

「うるせえ、出てけったら、出てけ、もう顔もみたくねえや！」

貞吉は、両手でふきを家の外へと突き飛ばした。

ふきが仰向《あおむ》けに転がると、鼻先で表戸がぴしゃりと閉められた。

「あ、あんた……」

しんばり棒がかられた気配がした。戸に手をかけても、びくともしない。

やがて小屋の中から、気持ちよさそうな貞吉のいびきが聞こえてきた。

コトコトコト、コトン、ザッ。

しらじらと夜が明けてきた。

コトコトコト、コトン、ザッ。

ふきはいつの間にか、水車小屋まで歩いてきていた。

新しい水が汲み上げられて、それがまた流れに戻っていく。ふきは、もう小半時も、その繰り返しを飽きず眺めていた。

早くもどこかで木槌の音が、かーん、かーんと響いている。川辺には、水面《みなも》を覗き込むように、蕗の薹が首を伸ばしている。点々と黄色い福寿草も見えている。

身内がうずくような春の温みが足元から上ってくる。草木や花や虫や、それにこの町自体も、土の中から生気を吸い上げ、肥え太っていく。それなのに、ふきの胸の内は冷え切ったままだった。

新しい町で、新しく出直しましょう。

貞吉が熱い目をしてそう言ってから、まだ二年しか経っていない。それなのに。

あたしは水車に乗り遅れた水。高みからのぞむはるかな景色を知ることもなく、川床深く汚水と混じり合い、泥にまみれて流れていくしかない。

出てきたはいいが、行くところなどない。

越中には帰れない。ふきが縁談を反故《ほご》にしたからには、実家は資金繰りに苦しんだだろう。帰る家など、とっくになくなっているかもしれない。

すっきりと晴れて美しい空が、痛いほど目にしみた。ふきは、とぼとぼと来た道を戻った。

本陣の向かいの水路に、真新しい木橋がかかっている。

創成橋《そうせいばし》。

ここから生まれて、町が作られていく、そんな意味だろうか。開拓判官《はんがん》、土佐の岩村通俊《いわむらみちとし》が名づけ親だと聞いていた。

北には綺麗《きれい》な橋と本陣。整然と区画された町並み。一方、南側には、川辺の雑草のような不ぞろいの草葺き小屋が雑然と建っている。

火事が多いので、草葺きのような燃えやすい家に住んではならん、とお触れも出ているが、一向に小屋掛けは改まらない。雑然とした町並みは、際限なく増殖していく。

このさとほろでは。

町とはそういうものだった。その混沌《こんとん》の中に、ふきも呑まれていくのだった。

どこかで女たちの笑い声が聞こえたような気がした。

売女屋、上等じゃないか。男を手玉に取るなんて、お嬢様には無理だって？　そんなこと言っていられるものか。

時の狭間《はざま》で生きていくには、身を任せるしかないのだろう。淵の底まで沈んでも、いつかふと浮かぶ瀬もあるかもしれない。そのときは、思い切り息を吸い込んで、はっ、ちゃきになって這い上がる。

「あら、おふきさんじゃないの」

振り向くと、青海楼《せいかいろう》という料理屋の女将が立っていた。

「あんた、どうしたの、その顔」

女将はふきに走り寄ると、心配そうに顔をのぞきこみ、頬に触れた。

「痛っ」

ぴりっと痛みが走って、ふきは思わず声を上げた。

「あーあ、血が出てるじゃないか。なんだってそんな……また、あの亭主だね、全く、ひどいったらありゃしない……とにかくうちにおいで」

女将は抱え込むようにふきの肩を抱くと、青海楼まで連れて帰った。

「亭主に身一つで叩きだされたって？　ひどいことするねえ」

女将は事情を聞くと、ふきの傷の手当てをしながらしきりに憤慨した。

「申し訳ございません」

「おふきさんが謝ることないさ。ちょうどいい、あんな亭主、あんたのほうから棄ててやればいいい」

「んだども……」

昨夜の貞吉はひどく酔っぱらっていたのだ。もののはずみであんなことになったけれど、本当にもう戻ることはできないのだろうか。

すると女将は、ふきの胸の内をのぞきこんだように、ぴしゃりと告げた。

「駄目だよ、だめだめ！　あんたが甘い顔するから、貞さんは余計につけあがるんだ。出て行けだって？　上等じゃないか。おふきさん、しばらくここにいたらいいよ。先のことは、落ち着いたら、考えればいい」

女将の厚意で、その夜、ふきは布団部屋に寝た。

料理屋といっても、旅人宿を兼ねていて、飯盛女郎《めしもり》を何人も抱えている。襖《ふすま》の向こうから、あからさまな男女の睦言《むつごと》が聞こえてきた。

じきに自分も客を取るようになるのかもしれない、とふきは思った。

それも仕方のないことだった。生きていくつもりなら。

もう顔も見たくない、と怒鳴った貞吉の冷たい眼差しが思い出された。他人を見るよりもっと冷たい目つきだった。

あたしは一人きりになったのだ。

埃っぽい部屋の片隅で、薄い布団にくるまって、ふきは少しだけ泣いた。

七

早朝、宿の外が騒がしくて、ふきは飛び起きた。

男たちの怒声、入り乱れる足音、馬のいななき。どこからか、きなくさい臭いまでする。

まるで戦でも始まったような……。

ふきは廊下に出た。薄着のままの女や男が、不安そうな面持ちで、外の様子をうかがっていた。

「何の騒ぎですか？」

ふきは女将をつかまえた。

「それが、よくわからないんですよ」

女将も客たちと同じくらい不安そうだった。

ふきは女将について外へ出た。

突然目の前に馬が飛び出してきて、ふきと女将は飛びすさった。ひひん、と馬がいないた。

「どう！　どうどうっ！」

馬上の男が朗々とした声で叫び、馬の首を巡らせた。見上げると、ほんの一瞬、男と目が合った。鋭い眼光に射抜かれたように、ふきはその場に立ちすくんだ。

「開拓判官、岩村通俊様ですよ」

女将が囁《ささや》いた。ふきはもう一度、男の姿を仰いだ。ぎらぎらと底光りするような瞳。それは御一新の騒乱を駆け抜けた土佐の雄、戦乱の炎の中を生き残った男の目だった。

「判官様が、なしてここにおるんだべか」

「それがねえ、先ほどおっしゃるには、ここら一帯を焼き払う、と……」

「焼き払う?」

ふきは耳を疑った。

「いえね、あたしも、聞き間違いかと思ったんですよ。ですけどね、判官様直々に、はっきりとおっしゃったんですよ。この辺り一帯の草葺き小屋を、すべて焼き払う、と」

「まさか」

徳川の昔から、火付けは大罪である。その大罪を、本府の、すなわち北海道の実際の長である開拓判官自ら、犯そうというのか。

しかし、どうやら「火付け」は、本当の事らしかった。はっぴ姿の男たちがぞろぞろと後に従い、何人もの手に松明《たいまつ》が握られていた。辺り一帯に焦げ臭いにおいが満ちていた。

折から吹き始めた春風に、馬上の幟《のぼり》がばたばたとはためいた。

祭りの時に掲げるような、その白い幟には、見事な筆で「御用火事」と大書《たいしょ》してあった。

御上の火付け?

「本当に、どうしたらいいのか……」

女将が気をもんでいると、岩村が従えていた官員の一人が近づいてきた。その顔を見て、ふきは驚いた。

「岡部様」

「おや、そなたは……なにゆえ、このようなところに」

岡部もまた、ふきを見つけて仰天したようであった。

「実は、そなたと、一度じっくり話したいと思っていた……」

岡部は続けて何か言いたそうにしたが、後方で騒ぎが起こっているのに気づき、すぐに女将に向かって言った。

「女将、早く、急いで、板、板を……」

岡部が血相を変えて言うには、区画整理を進めるために、邪魔な草葺き小屋は一掃すると判官自ら決めたのだという。要は、危険な小屋を取り壊すのは、いちいち手間も人手もかかるため、一斉に焼き払うのがよかろう、というのだ。無茶といえば無茶である。

青海楼も屋根は草葺きである。下手《へた》をすると焼かれてしまうのだが、それを逃れるため、当座しのぎに板で囲ってしまえ、と岡部は言うのである。

「そんな子供だましみたいなことで、お目こぼし下さるのでございますか」

疑わしそうに女将が言った。

「とにかく、早く……」

そして岡部は、忙《せわ》しなくふきに告げた。

「後ほど、出直して参る。待っていてくれ、よいな」

開拓使の官員から、有無を言わせぬ調子で命ぜられては、うなずくほかなかった。

岡部は、まなじりを決して奉公人たちを指図する女将に近づき、ためらいがちに声を落とした。

「女将、頼みがある」

「何でございましょう」

「この者を」そう言って岡部はふきを指差した。「しばらくの間、預かっておいてくれ。事が済み次第、この者に話があるのだ」

ふいに女将の表情がやわらいだ。そして、万事心得たとばかりにうなずいた。

「承知しました。その代わり、間違っても宿が焼かれませぬよう、よろしくお頼み申しますよ、岡部様」

「力は尽くそう」

そして岡部は、ふきにもの言いたげな一瞥をくれると、荒波に飛び込むように騒ぎに割って入っていった。

宿の男衆たちが、どこからか何十枚も板を運んできて、青海楼を壁から屋根まですっかり板で囲った。それで本当に青海楼は、からくも焼打ちから逃れられたのである。

ほっとしたのも束の間《つかのま》、町のあちらこちらから次々に火の手が上がり、春霞の空が黒い煙で覆われた。

「正気の沙汰じゃ、ない……」

女将が青い顔で立ち尽くした。

火の粉が季節外れのホタルのように、天にも地にも飛び交っている。

南でも西でも、次々に火の手が上がっていた。みるみるうちに、さとほろが炎になめ尽くされようとしていた。

焼けるのもあっという間なら、火が消し止められるのも早かった。

「火付け組」が火を付け、「消防組」が消し止める。それが御用火事のやり方だった。まるで野焼きだ。

区画整理のために空き小屋を焼き払った、というのが官員の言い分だった。しかし実際は、春風にあおられ飛び火して、焼くつもりのない建物までがずいぶんと焼け落ちた。

更地になったさとほろに、官は一から区画整理をし直すのだという。

さとほろらしいやり方だった。焼くも建てるも、御上の思いのまま。勝手に住みついた流民など、知ったことではない、金を出すのは御上なのだから。

貞吉とふきが住んでいた草葺き小屋の一帯も、戦のあとのような焼け野原になった。もしあのまま留《とど》まっていたら、火付け組に追い立てられて行き場を失っていたか、もしかしたら焼け死んでいたかもしれない、と思うと、ふきは背筋がぞっとした。

貞吉はどうしただろう。

春嬉楼も跡形もなくなっていた。裏手の井戸だけが、ぽっかりと焼け残っていた。

女たちの行方《ゆくえ》はわからなかった。

「焼け出されて、散り散りばらばらになっただろうねえ。焼け死んだ妓も、いたらしいから」

青海楼の女将は気の毒そうにため息をついた。

おこげはどうしただろう。逃げ遅れて焼け死んだのだろうか。それとも、どこかうらぶれた売女屋で、またいつか浮かぶ瀬を思い焦がれているのだろうか。

八

御用火事の騒ぎが落ち着き、しばらくしてから、約束通りに岡部がふきを訪ねてきた。

「じゃ、ごゆっくり」

女将が含むような一瞥をふきに向け、襖を閉めて出ていった。

御用火事の時以来、覚悟はできていた。女将は、ふきを布団部屋からまともな部屋へ移らせて、「官員さんの囲い者になるのも悪くないと思うよ」と囁いた。

確かに、この年で飯盛女郎に堕《お》ちたとて、荒くれ男たちの相手になるのは骨が折れるだろう。

一方で、岡部を見るたび、何食わぬ顔で袖の下を受け取る姑息《こそく》さを思い出す。開拓使だ、官員だ、と偉ぶっても、結局はこの人も貞吉と同じではないか。予算の上前をかすめ取り、その金で女を抱く破廉恥漢《はれんちかん》でしかない。

岡部さん、良い人だよ。

今は、井戸端で聞いたおこげのその言葉だけが慰めだった。

不安を抱いて、ふきは岡部と向かい合った。

「実は、そなたを一目見た時から……」

ふきは、岡部の熱いまなざしを受け止めかねてうつむいた。

「……一目見た時から、ぴんときたのだ。この女となら、やっていけるのではないか、と。どうであろう、そなた、わたしの下で働かないか」

「働く……」

岡部の意図を解しかねて、ふきは答えをためらった。岡部は真剣な面持ちで膝を進めた。

「言っておくが、妾《めかけ》だとか、妻だとか、そういうことではない。わたしは商売の相方を探しているのだ。それで、そなたを見込んだのだ」

「商売とは、どのような」

「貸座敷だ」

「貸座敷？」

ふきは耳を疑った。

貸座敷といえば遊女屋である。そもそも開拓使の官員が商売をするとは、どういうことなのか、ふきにはさっぱりわからなかった。

「今日明日という話ではないが、いずれ早いうちに、と考えておる。そなたには、是非とも手伝ってもらいたい、いや、奉公人としてではなく、女将として……」

岡部が一人でどんどん話を進めていくので、ふきは黙っていられなくなった。

「恐れながら、岡部様、何か勘違いをなさっておられるのではございませんか。あたしは、ずぶの素人《しろうと》でございます。越中の小間物屋の娘で、その方面の商売でしたら、少しはお役に立てるかと存じますが、色街のしきたりとは無縁な無粋な女でございます」

「だからこそ、こうして頼むのだ」

煙《けむ》に巻かれたような気がして、ふきは返す言葉を失った。

「無理もない。頼むからには打ち明けるが、わたしは、早晩、御役目を辞するつもりだ」

「開拓使をお辞めになる……」

「いかにも。女郎屋の楼主になろうと思う」

ふきは当惑した。

このさとほろで、開拓使の官員ほど安泰な身分はない。皆から一目《いちもく》置かれ、十分すぎる実入りがあり、出世もできよう。その官員の座を、岡部は進んで捨てようというのだ。

「このまま官員でいても、先が見えているのでな。良い目が出れば、出世もできよう。だが、それでどうなる。所詮、官員は将棋の駒だ。上の言うなりに、あっちへやられ、こっちへやられ、つてがあれば引き上げられるが、用が済めば蹴落とされる。浮沈まことに木《こ》っ端《ぱ》の如《ごと》し。虚《むな》しいではないか」

官員の役得にどっぷり浸かっているかに見えた、岡部の述懐は意外であった。

「わたしも薩摩の侍の端くれ。御一新の当初は、青雲の志を抱いて、開拓使に奉職したものだ。新時代を切り拓く我こそが先鋒《せんぽう》であると信じていた。だが、いざ蓋を開けてみれば、役所には、卑俗な駆け引きがあるばかり。貧民相手に威張りくさって小金を貯《た》めて、なんになろう。ほとほと嫌気がさした」

　ふきはいつしか、岡部の言葉に聞き入っていた。

「試してみたいのだ、この北海道で。しきたりもしがらみも蹴散らすような、この札幌でなら、何だってできそうではないか」

「このさとほろで……」

　ふきが思わずつぶやくと、岡部が微笑《ほほえ》んで言った。

「さとほろ……札幌のことをそう呼ぶ者が、まだいたのだな」

「はい」

「サッポロよりもさとほろのほうが、この新しい土地の名にふさわしいかもしれぬ。我々が築く新たな町の名。ここでなら、きっと何だってできる……手始めに、遊女屋」

「手始めに？」

「ああ。その先は、わからん。さ、さ、さとほろが大きくなれば、わたしも、変わっていくかもしれぬ」

　ふきは、岡部の言葉の端々から、彼の目の前に広がる、壮大な新世界の景色を垣間《かいま》見たような気がした。

「あたしのような者に、お手伝いができますやら……」

「役所で初めて、そなたの唄を聞いたとき、てっきり芸者崩れかと思った。ほんの一節だったが良い声だった」

「お恥ずかしゅうございます」

「ところが、芸者にしては崩れたところがない。立ち居振る舞いは美しいが、武家娘でもないようだ。小間物屋の娘と聞いて、なるほどと思った。裕福な商家の育ちであれば、芸事も行儀作法もひと通り仕込まれ、客商売に慣れているから人好きもする、そろばんにも明るい。商家の女将として通じるように育てられたのだと、そなたの様子を見るにつけ、よくわかったのだ。商家の女将が務まるなら、女郎屋の女将などわけもない。わたしが欲しいのは、すれっからしの女将ではない。女たちを束ね、客あしらいに長《た》けたしっかりした女だ。芸事もわかり、行儀作法も身につけた堅気の真面目な女がいい。どうだ、そなたに打ってつけではないか」

降ってわいたような話である。飛びつくのは簡単だった。だが、下手をすれば浮かび上がるどころか、深みにはまって、二度と日の目を見られなくなるかもしれない危ない橋だとも言えた。

岡部の気概と、ふきの手腕が、どこまで通じるか。このさとほろで。

「しばらく、考えさせていただけませんでしょうか」

「しばらくというと」

「お引き受けするなら、万全を期したいと存じます。ですから、少し考えてみたいのです」

落胆するかと思いきや、岡部は喜色を露《あら》わにした。

「安請け合いをせぬところが、ますます気に入った。よし、わかった。待とう。もっとも、わたしのほうも、いろいろと準備があるゆえ、お互い様だ。熟慮の後、良い返事を待っている。……ところで、そなたは、この宿に住んでおったのか。先の住まいは焼け野原になってしまったはずだが」

「はい。しばらくは、こちらにお世話になると思います」

「一人でか」

「はい……」

言いよどむふきを、岡部は睨《にら》むようにじっと見つめて言った。

「亭主はどうしたのだ」

ふきは答えられなかった。貞吉がどうしているか、ふきにもわからないのだ。

「あの男は、やめておけ」

岡部が静かに言った。

「我が女房を、かりそめとはいえ、小金のために貸し出すような亭主のことなど忘れなさい。それとも、未練が」

「いいえ」

ふきは即答した。

「ならば、きっぱり忘れなさい。もし、あの男が何か言ってくることがあれば、わたしが何もかも引き受ける。安心して良い」

「はい」

岡部の言葉が、すとんと心に落ちてきた。貞吉と暮らした日々が、みるみる彼方《かなた》へと遠のいていく。

「では吉報を待つ。時々顔を出すゆえ、不自由があればなんなりと申せ」

堅苦しい挨拶を残して岡部は辞した。

九

さとほろの秋の日は、転がるように暮れていく。

赤い夕陽《ゆうひ》がひとつ落ちるたびに、冬が駆け足で近づいてくる。

水車小屋のそばまで来ると、ふきは自然と足を止めた。

生糸のような白い水しぶきを立てて、水車が回る。川を流れる色とりどりの紅葉葉《もみじば》が、水車に絡みつき、水と戯れ、濡れて輝き、次々に流れ落ちていく。

コトコトコトコト、コトン、ザッ！

ふきは我に返った。足元を、落ち葉がかさこそと音を立てて、風にさらわれていく。

あたしも行こうか、風に吹かれて。

みるみる空が薄墨色に暮れていく。

ふきは、転がる落ち葉を追いかけるように川沿いの道を南へと下った。

妓楼の窓に灯がともり、三味線の音が聞こえてきた。

青海楼では、女将が忙しく立ち働いていた。

「おふきさん、ご苦労様。悪いわね、使いまでさせて」

「いいんですよ。気晴らしになるもの。今日はお天気が良くて」

「顔色が良いわ、おふきさん」女将が目を細めて言った。「近頃なんだか、きれいになったみたい」

「あら、何も出ませんよ」

二人の女は屈託なく笑い合った。

ふきは笑い声を立てながら、ふいに涙が出そうになった。

こんなふうに笑える日がくるなんて。

この春、貞吉から追い出され途方に暮れていたときは、この先自分はただひたすらに堕ちていくのだとしか思えなかった。

青海楼の女将に助けられて、岡部に会って、そして……。

半年ばかりの間にめまぐるしく景色が変わり、今ふきは、声を立てて笑っている、そのことがまるで夢のように思えた。

つい最近、岡部が貞吉の噂を聞いてきた。御用火事の後、商売仲間と揉《も》め事を起こして、さとほろにいられなくなったのだという。

「もう心配せんで、よか」

そう言って、岡部は珍しく相好《そうごう》を崩した。近頃岡部は、ふきの前で、お国訛りを隠そうとしなくなっていた。

「そういえば、今夜、岡部様が見えるそうですよ。お支度なさいませ」

冷やかすような調子で、女将が言った。

「でも、お得意様が……」

「いいんですよ。岡部様も大事なお得意様です。お行きなさいな」

「はい。すみません」

青海楼に世話になるにあたり、女将に頼んで宿の手伝いをするようになったのだが、ふきは案外重宝された。得意先の接待にも駆り出されることがある。

故郷では、両親亡き後、店を切り盛りする兄を手伝っていた。その経験が役立った。もとよりそろばんはできるし、客あしらいも慣れたものだ。筆も達者であることから、ちょっとした書きつけから、今では遊女の付文《つけぶみ》の代書まで引き受けて、女たちから喜ばれている。

「おふきさんがいなくなると、困るわねえ」

女将は半ば本気でそんなことを言う。

「だからって、引きとめちゃ、岡部様に恨まれちまう」

岡部はついこの間、開拓使の御役を辞した。本腰を入れて遊郭の楼主になるつもりだ。ふきもそろそろ、岡部にきちんと返事をしなくてはならなかった。

あなたを支えていく覚悟ができました、と。

青海楼で働いてみると、宿の切り盛りは、ふきに向いているようだった。女将もお世辞抜きで認めている。

それでも、実際、貸座敷業を始めたなら、どうなるかわからない。数十人もの若い女たちを束ねるのは一苦労だろう。揉め事、喧嘩《けんか》は日常茶飯事。同業者同士の汚い足の引っ張り合いもあるという。気苦労が絶えないに違いない。

こんなことなら、妾のほうがずっと楽だわ。

ふきは苦笑まじりにそう思うのだ。

あの御用火事から間もなく、野焼きのあとの肥えた土地に作物が実るように、焼け跡の新しい区画には、新しい建物が続々と建った。

さとほろの至る所で草葺き小屋を建てて営業していた妓楼は、官地の南の一角に集められ、薄野《すすきの》遊郭と名付けられた。中でも東京楼《とうきようろう》は、女の雇い賃から年季証文まで開拓使予算で賄われる御用遊郭である。

薄野遊郭の一隅に、岡部が楼主を務める「雪乃屋《ゆきのや》」があり、もうほとんど普請が済んでいた。

だが、官費を注《つ》ぎ込んだ御用火事と御用遊郭を差配した張本人、岩村判官は、その成果を見届ける間もなく、すでに北海道を離れていた。岩村は、つい先ごろ、本府建設の長たる職を解かれてしまったのだ。岩村の独断専行が、開拓次官、薩摩の黒田清隆《くろだきよたか》と相容《あいい》れなかったという噂であった。

岡部に言わせれば、薩摩の黒田にとっては、誰も彼もが目の上のたんこぶなのだという。

さとほろの町は、よきにつけ悪《あ》しきにつけ、東京の政府に振り回されていた。

この町を「さとほろ」と呼ぶ者はもういない。「札幌」と名づけられ、東京の政府に御されて、東京みたいな町になっていくのだろうか。

だが、ふきにとっては、やっぱりここは特別な町「さとほろ」だ。どんな町にも似ていない。依然として、どこへ向かっていくのかわからない、とめどなく未完成な町だ。

女将が思い出したように言った。

「おふきさん、今朝《けさ》、噂を聞いたのよ。誰の噂だと思う。あのおこげ、安女郎のおこげですよ」

「まあ、生きていたのですか」

「生きていたどころか、えらい出世ですよ。あの妓、官員さんの奥様に収まったんですよ」

「まさか、畑山様の」

「その芋畑、薩摩の黒田次官の引きで、大層な出世をなさったそうですよ。おこげちゃん、玉の輿《こし》で万々歳さ。開拓使の薩摩の天下は揺るがないね」

そうだろうか。

ふきは半信半疑であった。

あれほど権勢を誇っていた岩村も、黒田の一声で去ったのだ。また誰かの一声で、黒田が明日にも去らぬとも限らない。官員ほど無責任で頼りないものはない、と岡部は言っていた。

女将が女中に呼ばれて、廊下の向こうへ消えていった。間もなく、女将の声が聞こえた。

「おふきさん、岡部様がお着きです」

「はい、今参ります」

窓から外を見ると、灯《あか》りに浮かび上がる店先に、ひょろりと長い岡部の影が、ゆうらりと揺れて消えた。

商売だけでなく、本当の女房になっておあげなさいな、と青海楼の女将は、いつもふきをからかうのだ。岡部はふきに惚《ほ》れているのだから、と。だが、肝心の岡部は何も言わない。正直なところ、岡部もふきも、初めて手掛ける貸座敷という商売のことで頭がいっぱいで、それどころではないのだ。

武士の商法、いつなんどき、借財背負って夜逃げすることにならないとも限らない。

それでも、ふきの心は軽かった。岡部となら、淵の底まで沈もうとも、きっといつか手を携えて、浮かぶ瀬もある、二人そろって。そう思う。

幸せは、いつなんどき、ぱちんと割れるかわからない、あぶく。栄達も幸福も、うたかたでしかない。

おこげもきっとわかっている。またいつか、淵に沈む日に備えて、おこげは、息をいっぱいに吸い込んでいるかもしれない。

遠くで水車が回る音がする。

コトコトコト、ザッと水が流れて、男も女も、ふうわりと浮かび上がったり、沈んだり。

このさとほろでは。

窓から風が入ってきた。乾いた秋の風である。

またひとつ、季節が巡るのだ。

コットン、コットン、コットン……。

岡部のもとへ、廊下を歩くふきの耳に、水車の回る音が聞こえる。


（「小説推理」二〇一九年十二月号）

巻末エッセイ　節目の時代に読者に夢を与える歴史時代小説

末國善己

二〇一九年四月三十日に天皇が退位され、翌五月一日に新天皇が即位されたことで、元号が「平成」から、『万葉集』の巻五の一節「于時初春令月　気淑風和」を典拠とする「令和」に変わりました。天皇の退位と新元号が事前に公表されたのは近代に入って初めて、元号の典拠が漢籍ではなく国書になったのは史上初のようです。

そのため『万葉集』への関心が高まったり、「令和」の典拠の一節は漢籍の『帰田賦《きでんのふ》』を換骨奪胎しているので『万葉集』から採ったといえるのか議論されたりと、近年、歴史小説では静かなブームになっている古代史に注目が集まりました。

二十世紀が終わり二十一世紀が始まった二〇〇一年は、世界中がお祭りムードになりました。歴史の変わり目が持つパワーのためか、「令和」も祝祭的な雰囲気に包まれた中でスタートしたといえます。ただ時代の結節点を越えたからといって、社会がドラスティックに変わるとは限りません。それは徳川家康《とくがわいえやす》が終止符を打った戦国時代の気風が完全に脱けたのが五代将軍綱吉《つなよし》の時代とされ、徳川幕府を倒した明治政府が理想とした中央集権的な新国家を完成させたのが日露戦争後との説があることからもうかがえます。

始まった直後から長い不況になった「平成」は、低賃金で不安定な非正規雇用が増えたことで格差が広がり、少子高齢化が進んで日本の国際的な競争力が低下し、さらに社会保障費の増大がそれに追い討ちをかけました。「令和」も、「平成」が残した課題を解決するのに、長い年月がかかるのではないでしょうか。

二〇一九年に発表された歴史時代小説の中から、傑作十一篇《ぺん》をまとめた本書『時代小説ザ・ベスト2020』は、六人の選考委員が、物語のクオリティや作品のテーマなどを議論しながら傑作をセレクトしていったのですが、収録作を改めて読み直してみると、時代の変わり目を通ったがゆえに思わぬ苦労を強いられたり、新時代で暮らしているのに旧時代の価値観が棄《す》て切れず苦悩する人を取り上げたりと、歴史の結節点を題材にした作品が並んでいることに気付きました。もしかしたら選考委員は、無意識のうちに「平成」から「令和」への変化を重視していたのかもしれません。

その意味で、同じように時代の結節点を生きている読者の方々が、共感できる物語が揃《そろ》ったと考えています。また本書には、新鋭からベテランまで目覚ましい活躍をしている作家の作品が網羅されていますので、歴史時代小説の最前線も見て取れます。

奥山景布子は、徳川御三家の尾張《おわり》藩の分家・高須《たかす》藩出身で、尾張藩、一橋《ひとつばし》家、会津《あいづ》藩、桑名《くわな》藩の当主になった四兄弟を軸に、幕末維新史を切り取った『葵《あおい》の残葉』で、第三十七回新田次郎文学賞と第八回本屋が選ぶ時代小説大賞をW受賞しました。北海道開拓に向かう旧尾張藩士たちを描く「太郎庵より」は、『葵の残葉』の後日譚《たん》です。

尾張徳川家の当主・慶勝《よしかつ》に北海道への入植を願い出た旧藩士の娘・慶《けい》ですが、一人では行かせられないとの話になり、何人もの仲を取り持ったという妙春尼《みょうしゅんに》の庵《いおり》で、小田光太郎《おだこうたろう》と見合いをします。やがて慶と光太郎の知られざる過去が明らかになるのですが、それは佐幕派か勤皇派かの選択を迫られ、どちらを選んでも反対派から命を狙われる危険があった幕末を象徴するものでした。激動の時代を生き延び新時代を迎えた二人が、死者に想《おも》いを馳《は》せながら新たな一歩を踏み出す展開を読むと、相次ぐ天変地異で亡くなった人たちの想いをどのように受け継ぐべきなのかを考えさせられます。

林真理子「仮装舞踏会」は、二〇一八年のNHK大河ドラマ「西郷《せご》どん」の原作になった『西郷どん！』の後日談です。不平等条約の改正を悲願とする明治政府は、欧米の要人を接待する施設として鹿鳴館《ろくめいかん》を建設します。そこでは日本を西欧のような国にしたいと考える井上馨《いのうえかおる》と武子《たけこ》夫人が連日のように舞踏会やバザーを開き、政府高官とその夫人に協力を呼びかけていました。しかし西郷隆盛の弟・従道《じゅうどう》は、急速に欧化主義を進める井上の一派に、不満を募らせていくのです。夏目漱石《なつめそうせき》は講演「現代日本の開化」の中で、「内発的でない、外発的」で行われた日本の近代化は「皮相上滑りの開化」ではあるが、「涙を呑《の》んで上滑りに滑って行かなければならない」と述べています。本作は漱石が感じた不安と、それでも欧化主義を進めなければならない日本の立場を端的に表現したといえます。日本の伝統より、欧米の最新流行を評価する風潮は現代も変わらないので、本作のテーマは重く受け止める必要があります。

鳥羽上皇《とばじょうこう》の崩御後、政治の実権を握ろうと考えた崇徳《すとく》上皇は、兄の藤原忠通《ふじわらのただみち》と争っていた藤原頼長《よりなが》と結んで兵を挙げ、忠通は後白河《ごしらかわ》天皇の後見役だった信西《しんぜい》らと連携して対抗しました。これが武士階級が台頭する切っ掛けとなった保元《ほうげん》の乱です。

村木嵐「あかるの保元」は、今様の上手さが気に入られ後白河天皇に仕える藤原能盛《よしもり》の雑仕女《ぞうしめ》になった十五歳の少女あかるの視点で、保元の乱に至る時代を描いています。物語は、刹那しか維持できない権力を摑《つか》み取るため血みどろの政争、戦争に明け暮れる公家《くげ》や武士と、永遠に残る文化に情熱を注ぐあかるを対比しながら進んでいきます。ここには経済効率を優先して文化を蔑《ないがし》ろにしている現代社会と、物質的な豊かさばかりを追い求め心の平穏を後回しにしている現代人への批判があります。

戦国時代は、斎藤道三《さいとうどうさん》、織田信長のように才覚だけで成り上がった戦国武将を生み出した一方、平安、鎌倉の昔から続く名門が没落していきました。簑輪諒「宇都宮《うつのみや》の尼将軍」は、関東でも屈指の歴史と家名を誇るも戦国時代には没落していた宇都宮家を、驚くべき戦略で救った実在の女性・南呂院《なんりょいん》を軸にしています。といっても主人公は南呂院ではなく、合戦とは無縁の門松《かどまつ》奉行の家に生まれたことに不満を持つ宇都宮家の家臣・若色弥九郎《わかいろやくろう》です。南呂院の警護役を命じられた弥九郎は、草花が好きな南呂院のため、毎日、鉢木を交換するようになりますが、周到な伏線がまとまり、弥九郎の行為の意外な意味が明かされる終盤は、ミステリとしても面白く読めます。大国が武力を使って小国を踏みにじっていた時代に、南呂院は武力を使わず国を平和に導こうとします。この安全保障のあり方は、現代日本の今後を考える時にも参考になります。

関ヶ原《せきがはら》の合戦の直前、諸大名は石田三成《いしだみつなり》、徳川家康のどちらに付くかで悩みます。この難しい選択を迫られた細川忠興《ほそかわただおき》を主人公にしたのが、佐々木功「沈黙」です。物語は、家康軍に加わり上杉景勝《うえすぎかげかつ》討伐に向かっていた忠興が、妻の玉子《たまこ》の訃報を知るところから始まります。玉子は、諸大名の妻を人質にしようとした三成の兵に抗《あらが》い、命を落としたのです。玉子は明智光秀《あけちみつひで》の娘なので、忠興は細川家が光秀に味方しないと決めた時に、玉子を殺すことも、離縁することもできましたが、どちらもせず幽閉します。しかも何度も幽閉先の玉子を訪ねては、肉体関係を持ちました。本作は玉子との愛欲と細川家の存続を賭けた政治ドラマが渾然《こんぜん》一体となっており、強く印象に残るでしょう。

ここ数年、門井慶喜『新選組颯爽《さっそう》録』、小松エメル『夢の燈影《ほかげ》』など、若手作家が従来とは異なる視点で新選組をとらえた作品が増えています。二〇一九年に、生きて明治を迎えた新選組の生き残りが事件に巻き込まれる『至誠の残滓《ざんし》』を刊行した矢野隆も、その一人です。「鴨《かも》」も、著者らしい斬新な新選組ものになっています。

初期の新選組は、近藤勇《こんどういさみ》、土方歳三《ひじかたとしぞう》ら天然理心《てんねんりしん》流を学んだ試衛館《しえいかん》派と、水戸《みと》藩出身の芹沢《せりざわ》鴨、平山五郎《ひらやまごろう》ら水戸派が対立しており、試衛館派は水戸派が宿泊していた八木《やぎ》屋敷を襲撃し芹沢らを暗殺しました。この時、芹沢と同じ部屋にいた呉服屋菱屋太兵衛《ひしやたへえ》の妾《めかけ》お梅《うめ》ら女性たちも巻き添えで殺されています。本作は、愛妾《あいしょう》を芹沢に奪われた太兵衛の鬱屈を、丹念に追っています。時代の流れが生み出す理不尽は、誰もが巻き込まれる可能性があるだけに、太兵衛の境遇は身につまされるもののように思えます。

植松三十里「雪山越え」は、武田《たけだ》家の人質になっていた徳川家康の異父弟・松平康俊《まつだいらやすとし》が、雪山を越えて故郷に向かった史実をベースにしています。康俊は、近隣の山々を知り尽くす山崎剛太郎《やまざきごうたろう》の案内で逃走を続けますが、その前には、武田の追跡部隊と厳しい冬の自然が立ちはだかります。休息の時の会話を通して、剛太郎が危険な任務を引き受けた理由や、子供を心配する親の情愛が浮かび上がってくるところは、胸が熱くなります。康俊と剛太郎の逃避行は、歴史の裏には史料には書かれていない偉人がいることや、諦めず生き抜くことの大切さも教えてくれるのです。

ミステリと歴史時代小説の両方を手掛ける作家は珍しくありませんが、やはりミステリとSFの老舗《しにせ》出版社の早川書房が時代小説のレーベルとしてハヤカワ時代ミステリ文庫を創刊したのは、二〇一九年の最大のトピックの一つといえます。

織田信長《おだのぶなが》に仕えた森蘭丸《もりらんまる》の兄・長可《ながよし》を主人公にした大塚卓嗣「脱兎」は、同文庫から刊行された『天魔乱丸』の外伝です。本能寺《ほんのうじ》の変で信長が討たれた時、長可は信濃《しなの》の海津《かいづ》城にいましたが、そこは信長が新たに手に入れた地域なので政情が安定していませんでした。そこで長可は撤退戦を始めるのですが、その途中で木曽《きそ》家の嫡男・岩松丸《いわまつまる》と行動を共にすることになります。複雑な事情を抱え、もはや自分を助ける意味などないという岩松丸に、「困っている者を助けるのに、理由などいるものなのか?」と応える長可は、現代人が忘れかけている大切なことを思い出させてくれます。

川越宗一「ゴスペル・トレイン」は、薩摩《さつま》藩と縁が深い佐土原《さどわら》藩出身で、アメリカに留学しアナポリス海軍学校で学ぶなどエリートコースを歩みながら、西南戦争では西郷隆盛《さいごうたかもり》軍に入り戦死した島津啓次郎《しまづけいじろう》を主人公にしています。物語は、西南戦争における最後の戦いの直前、啓次郎がアメリカでの経験を回想することで進んでいきます。南北戦争でアフリカ系アメリカ人は奴隷制度から解放されたものの、まだ根強い差別にさらされていました。アメリカで東洋人というだけで差別された啓次郎は、アフリカ系の人たちと親しくなり、特にゴスペルに魅了されます。アフリカ系の友人にゴスペルを歌うには「ソウル」が必要といわれた啓次郎が、自分の「ソウル」とは何かを見つめ直す終盤は、国家とは、民族とは何かの問い掛けになっているのです。

青山文平「剣士」は、武家に生まれ剣の腕も一流なのに、次男だったがゆえに家を継げず、兄と兄の息子の世話になりながら老齢を迎えた、いわゆる「無駄飯喰《ぐ》い」の男を主人公にしています。これは、非正規雇用が多い就職氷河期世代が高齢化して四十代を越え、社会保障費のさらなる増加が現実問題としてのしかかってきた現代日本を、意識した設定のように思えます。無為な人生を送ったと考えていた男が、同じ境遇だった友人と共に、武士らしい最期を迎えようとする終盤を読むと、どのように老い、そして死んでいくのが美しいのかを考えてしまうのではないでしょうか。

浮穴みみは、明治の北海道の歴史を連作形式で描く『鳳凰《ほうおう》の船』で、第七回歴史時代作家クラブ賞の作品賞を受賞しました。「貸し女房始末」は、その姉妹編で黎明《れいめい》期の「さとほろ」（札幌《さっぽろ》）に焦点をあてた『楡《にれ》の墓』の一編です。全国から開拓民を集めるため、役所は永住を願い出ると無利子で百円を貸し付けていましたが、結婚をしていることが条件でした。本作は、単身で北海道に渡ってきた男たちに、貸付金の審査の間だけ妻を演じる女性を貸し出す商売を題材にしているのですが、現代でも社会問題になっている補助金の不正受給が、当時からあったことに驚かされます。この作品は、政治によって翻弄される庶民の悲哀を活写していますが、どれほど辛《つら》い現実があっても諦めてはならないという強いメッセージがあるので、勇気がもらえます。

「令和」初の年越しを経て、オリンピックイヤーとして祝祭が続くはずだった二〇二〇年ですが、新型コロナウイルスの世界的な流行で、社会が一変しました。ただ暗い世の中でも、物語は読者に夢を与え続けました。歴史時代小説は、戦乱、政治の無策、権力者の横暴に人生を狂わされながらも、絶望せず前に進んだ人たちを描くことが多いジャンルですので、本書が読者の希望になることを願ってやみません。

本書は、集英社文庫のために編まれたオリジナル文庫です。

集英社文庫

時代小説　ザ・ベスト2016

日本文藝家協会　編

歴史・時代小説ファンなら読まずにはいられない。
市井小説から剣豪小説まで、
気鋭やベテランがその力量を見せつける珠玉の10編。

◆収録作品

「梅香餅」藤原緋沙子
「直隆の武辺」天野純希
「泣き娘」小島　環
「山の端の月」中嶋　隆
「呑龍」木内　昇
「青もみじ」宇江佐真理
「クサリ鎌のシシド」木下昌輝
「名残の花」澤田瞳子
「紛者」朝井まかて
「家康謀殺」伊東　潤

集英社文庫

時代小説 ザ・ベスト2017

日本文藝家協会 編

実力派作家たちが、その力量を余すところなく発揮。
誰もが知る武将から名もなき市井の人々まで、
ひたむきに生きる姿と繰り広げられるドラマを描く12編。

◆収録作品

「役替え」青山文平
「歳神」折口真喜子
「生仏」花房観音
「流人富士」植松三十里
「鈴の恋文」奥山景布子
「越後の女傑」武内　涼
「鯰のひげ」西山ガラシャ
「伊賀越え」村木　嵐
「嘘とまこと」小松エメル
「へうげの茶」仁志耕一郎
「雲州下屋敷の幽霊」谷津矢車
「不屈なれ」吉川永青

集英社文庫

時代小説　ザ・ベスト2018

日本文藝家協会　編

さまざまな時代や舞台で生きる人々の営みや思いを鮮烈に描き出す傑作10編を収録。読書の楽しさを再確認できる絢爛たるアンソロジー。

◆収録作品

「子捨て乳母」中嶋　隆
「清経の妻」澤田瞳子
「つはものの女」永井紗耶子
「怪僧恵瓊」木下昌輝
「鬼の血統」天野純希
「夢想腹」上田秀人
「雲のあわい」村木　嵐
「初陣・海ノ口」髙橋直樹
「川中島を、もう一度」簑輪　諒
「筋目の関ヶ原」東郷　隆

集英社文庫

時代小説 ザ・ベスト2019

日本文藝家協会 編

これぞ歴史・時代小説最強の布陣。
名手たちが濃やかにつづる情や志が胸を打つ11編。
豪華執筆陣による年度版アンソロジー。

◆収録作品

「一生の食」吉川永青
「春天」朝井まかて
「津軽の信長」安部龍太郎
「安寿と厨子王ファーストツアー」米澤穂信
「扇の要」佐藤巖太郎
「夫婦千両」中島 要
「黄泉路の村」矢野 隆
「沃沮の谷」荒山 徹
「大忠の男」伊東 潤
「海神の子」川越宗一
「太鼓橋雪景色」諸田玲子

集英社文庫

時代小説《じだいしょうせつ》 ザ・ベスト2020

2020年6月25日 第1刷

定価はカバーに表示してあります。

編　者　日本文藝家協会《にほんぶんげいかきょうかい》

発行者　徳永　真

発行所　株式会社 集英社
東京都千代田区一ツ橋2-5-10　〒101-8050
電話　【編集部】03-3230-6095
【読者係】03-3230-6080
【販売部】03-3230-6393(書店専用)

印　刷　中央精版印刷株式会社　株式会社美松堂

製　本　中央精版印刷株式会社

フォーマットデザイン　アリヤマデザインストア　　マークデザイン　居山浩二

ISBN978-4-08-744131-4 C0193